네 입술에 물들어 2

네
입술에
물들어

2

아리킴 장편소설

Tefface Book

Vol. 1

나랑 이런 거 할 수 있겠어?   7

기억의 편린   61

나한테는 정말 너뿐인가 봐   121

나랑 데이트해야지   175

있지, 첫사랑   215

널 가지고 싶어   265

이곳에 온 목적   326

나는 처음부터 너였는데   370

남자의 질투   399

Vol. 2

더없이 완벽한 위로   7

이상한 소문   47

경고   111

나쁜 진실   168

서로에게 물드는 순간   226

외전 Ⅰ. 유안의 이야기   281

외전 Ⅱ. 우석의 이야기   313

외전 Ⅲ. 이안의 이야기   354

외전 Ⅳ. LOVE YOU MORE   411

작가 후기   462

Colored by Your Lips

Chapter 10

더없이 완벽한 위로

다음 날, 지안을 가운데 두고서 빙 둘러싸고 있는 모든 사람들의 입에서 감탄사가 튀어나오고 있었다.

"정말 너무 예쁘다!"

"학생이라고 해도 믿을 것 같은데요?"

"예쁜 사람이 뭘 하든 예쁜 건 당연한 건데, 걱정을 왜 했지?"

무한 칭찬 굴레에 빠져 버린 지안은 훅 짧아져 버린 자신의 머리끝을 만지작거리며 어색하게 웃었다. 이미 여러 스태프들은 각 잡고 그녀를 핸드폰에 담고 있었다. 혹시나 이상하면 어떡할까 걱정도 했지만, 스태프들의 찬사에 한시름 놓고 고개를 이리저리 돌려 가며 거울을 보았다.

"언니! 어때요?"

스태프 중에 한 명이 사진을 보여 주며 뿌듯한 표정을 지었다. 항상 자신의 포토 스케치를 담당하고 있는 만큼 역시나 잘 찍은 사진에 지안이 고개를 끄덕이며 웃었다.

"역시 네가 최고야."

"바로 보내 줄게요!"

메신저로 온 사진을 저장하던 지안은 잠시 고민하다가 도진과의 대화방으로 들어갔다.

> 오늘 잘랐어요. 어때요?

바쁜 건지 사진까지 보냈음에도 메시지를 확인했다는 알람이 바로 사라지지 않아 화면을 끈 지안이 자리에서 일어났다. 조금 있다가 드라마 '타성'을 같이 찍을 주연 배우들인 민호와 선오 그리고 조연 배우 아리를 만나기로 했기에 부지런히 움직여야 했기 때문이었다.

잠시 후, 배우들을 만나기로 한 장소에 도착한 지안이 직원에게 안내받다가 울린 핸드폰에 그들이 있다는 위치를 확인하고, 사람이 없는 외진 곳으로 가서 반갑게 전화를 받았다.

"여보세요?"

[오랜만에 중학생 꼬꼬마 정지안을 본 것 같군.]

발신자는 도진이었다. 전화를 받자마자 웃음기가 섞인 목소리로 지안이 보낸 메시지에 대한 답을 전하는 그였다. 그러나 지안에게서 대답이 바로 나오지는 않았다. 말이 없는 지안을 향해 도진이 낮게 웃었다.

[혹시 원하는 대답이 아니라서 말이 없는 건가?]

"……아니요, 그런 것도 기억하나 싶어서요."

지안은 도진이 정확하게 짚어 낸 시기에 놀랐다. 두루뭉술하게 어릴 때도 아니고, 단발머리를 처음이자 마지막으로 해 봤던 중학생의 그녀를 기억할 줄은 몰랐기 때문이다.

"오빠, 기억력이 진짜 좋네요."

[글쎄. 내 머리가 좋은 건지, 아니면 정지안이라서 모든 걸 기억하는 건지, 나도 잘 모르겠네.]

전혀 장난이라고 느껴지지 않는 말에 지안이 입술을 안으로 감쳐물었다. 입 안에서 어떤 대답을 꺼낼지 고민하는 사이, 도진이 먼저 말머리를 돌렸다.

[약속 장소에는 도착했어?]

"네. 방금 왔어요."

[재미있게 놀고. 남자 조심하고.]

"네?"

[나를 버리고 놀러 갔어도 믿을게, 정지안.]

지안은 결국 질투로 대화를 마무리하는 도진에 설핏 웃음을 터뜨렸다. 이 사람이 이렇게 귀여운 남자라는 것을 세상 사람들이 알아야 할 텐데. 사람들에게 까다롭고 차가운 이미지만 가득한 것이 안타까워 지안이 입맛을 쓰읍, 다시며 전화를 끊었다.

핸드폰을 주머니에 집어넣은 지안이 배우들이 모여 있을 방문을 열었다. 드르륵, 하고 열린 문 사이로 마주친 눈동자에 지안이 당황하며 눈동자를 굴렸다. 약속대로 자신을 제외한 세 사람이 모여 있어야 하는 건 맞는데, 예상외의 인물이 하나 더 있었다.

"작가님……?"

"더 예뻐졌네요, 지안 씨?"

해맑게 웃으며 아무렇지 않게 칭찬을 건네는 사람은 우석이었다. 이게 도대체 어떻게 된 일이냐며 다른 사람들을 향해 눈빛을 보냈지만 지안이 궁금해하는 대답이 나온 건 이번에도 우석이었다.

"민호한테 술 한잔하자고 전화했는데 마침 여러분들이 모인다고 하길래, 저도 끼워 달라고 했어요."

"단체 대화 방에 올렸는데 네 답은 미처 못 들었어. 미안하다, 지안아."

민호가 진심으로 미안해하는 기색을 보이며 사과하자 고개를 저은 지안이 비어 있는 아리의 옆자리에 앉았다. 그리고 그 자리는 공교롭게도 우석의 맞은편이었다. 지안은 자신을 보며 미소를 띠고 있는 우석을 애써 외면하며 아리를 바라보았다.

"무슨 이야기 하고 있었어?"

"민호 오빠랑 우석 작가님이랑 어떻게 친해졌는지 물어보던 중이었어요!"

"나 작가님이랑 친한 배우 처음 봤어. 게다가 형은 작가님 작품에 출연하지도 않았잖아."

선오가 두 눈을 빛내며 나란히 앉아 있는 우석과 민호에게 시선을 보냈다.

"동창이었어."

민호의 '동창'이라는 말에 지안의 얼굴이 새하얗게 질렸다.

대본 리딩 때의 그리 유쾌하지 않았던 기억이 떠올랐기 때문이다. 티가 나지 않게 긴장을 한 지안의 얼굴을 흘깃 본 우석이 굳이 하지 않아도 될 말을 덧붙였다.

"고등학교에서 만났어요."

우석이 간접적으로 전한 대영 재단 산하 학교에서 만난 것이 아니라는 말에 지안은 마른침을 삼켰다.

"그럼 둘이 바로 친해진 거예요?"

우석에 대해 궁금한 것이 많은지 아리의 질문이 이어졌다.

"얘가 하드웨어도 좋은데, 소프트웨어는 더 좋거든. 그래서 내가 냅다 친구 먹자고 괴롭혔어."

수려한 겉모습뿐만 아니라 머리와 마음도 좋다는 완벽한 칭찬이기는 했지만, 마치 사람이 아니라 어느 최고급 사양의 컴퓨터를 말하는 듯한 느낌이었다. 다들 '피식' 웃음이 터졌으나 오직 우석의 미간만 일그러졌다. 유난히 자신을 귀찮게 만들었던 고등학생 민호를 떠올리며 질색하던 그는 이내 지난번에 봤을 때와 달라진 지안의 모습에 관심을 보였다.

"머리카락 잘랐네요?"

"아…… 수현이한테 잘 어울릴 것 같아서요."

우석의 말에 나머지 배우들도 달라진 지안의 스타일을 칭찬하기 바빴다. 처음 본다며 '잘 어울린다', '예쁘다', 그녀를 칭찬 감옥에 가두는 사람들과 달리 우석은 생각에 잠긴 듯 알 수 없는 눈으로 지안을 바라볼 뿐이었다.

"근데 작가님, '타성'은 어떻게 나온 작품이에요?"

이런저런 이야기로 술자리를 이어 가던 중, 선오가 궁금하다는 얼굴로 우석에게 말했다. 우석은 이런 질문을 할 줄은 몰랐다는 듯 잠시 멈칫했다가, 이내 별거 없다는 듯한 말투로 말했다.

"음, 처음에는 '첫사랑은 이루어질 수 없다'는 클리셰로부터 시작됐죠."

"첫사랑? 그러면 작가님, 첫사랑을 떠올리면서 쓰신 거예요?"

무심한 말에 들어 있는 흥미진진한 단어에 선오가 눈을 반짝 빛내며 물었다. 친구인 민호조차 처음 듣는 이야기인지 호기심 어린 눈으로 옆에 앉은 우석에게 시선을 고정했다. 지안과 아리 역시 별반 다르지 않은 반응이었다.

"그건 아니에요. 제 첫사랑은 이렇게 애절하지 않았거든요."

"그러면 네 첫사랑은 누군데?"

우석에게서 기대했던 대답이 흘러나오지 않자 실망한 선오를 대신해 이번에는 민호가 가볍게 물었다. 친구였기에 더 편하게 할 수 있는 말이었다. 무슨 첫사랑 이야기냐며 손사래를 치며 거절할 줄 알았는데, 우석은 의외로 쉽게 입을 떼었다.

"단발머리 여학생이었어."

'오', 우석이 거침없이 말하기 시작하자 반응이 뜨거워졌다. 그가 민망하지 않게 막내 라인인 선오와 아리는 과한 리액션을 했고, 지안 역시 흥미로운 얼굴로 우석을 바라보았다.

"집에 돈이 엄청나게 많아서 콧대 높은 아가씨일 줄 알았는데 조용하고, 남들 눈에 띄고 싶어 하지 않아 하고. 그런데 친구들한테는 다정하고, 남에게 피해 주는 건 죽을 만큼 싫어했어."

"뭐야, 얼굴까지 예뻤으면 게임 오버."

"엄청 예뻤는데? 나 외모 보잖아."

솔직하고 화끈한 우석의 말에 민호가 자신의 친구를 향해 감탄한 듯이 박수를 쳤다.

"인성, 외모, 돈을 전부 가진, 그런 사람이 세상에 있다고요?"

"여기! 나 여기 있잖아!"

"네~ 다음 환자분!"

선오의 믿을 수 없다는 말에 아리가 장난스럽게 자신을 가리키며 말하자 선오는 굳은 얼굴로 손을 휘휘 저었다. 투덕거리는 두 사람으로 인해 지안과 민호가 웃음을 크게 터뜨렸다. 우석 역시 '피식' 웃으며 말을 이었다.

"사실 처음에는 전혀 관심 없었는데 봉사 활동을 하러 갔을 때, 우연히 그 아이를 보게 된 거야."

"와, 영화 같은데요?"

우석에게 기분 좋은 추억이었는지 말을 하는 내내 그의 입가에서 미소가 떠나가지 않았다. 우석이 이야기를 끝내자 선오가 부럽다는 듯이 그를 향해 말했다. 아리 역시 눈을 빛내며 우석을 바라보고 있었다. 그러나 지안은 더 이상 그들처럼 우석의 이야기에 집중할 수 없었다.

"그래서, 그 아이를 다시 만난 적은 없어?"

"만났어. 13년이 지나고서."

"뭐야, 만난 지 얼마 안 됐네? 그래서 어떻게 했어?"

"그냥 인사했지."

민호의 질문에 우석의 시선이 느릿하게 움직였다. 멍하니 있던 지안이 앞에서 느껴지는 시선에 고개를 들자, 두 개의 시선이 맞물렸다.

"근데 알아줬으면 좋겠다."

"……."

"당신이 나한테는 아주 풋풋했던 첫사랑이었다고."

한껏 가라앉은 음성이 지안의 귓가에 닿았다.

"다시 만나게 되어서 무척 반가웠다고."

지안은 그제야 확신할 수 있었다. 지금까지 자신의 기분을 이상하게 만들었던 우석의 이야기 속 여학생이 자신이었고, 자신이 우석의 첫사랑이었다는 것을 말이다.

"그분은 형을 알아봤어요?"

"아니요. 그래서 속상해서 조금 놀려 줬어요."

"엥?"

모두가 의아한 반응을 보여도 오직 지안과 자신만이 이해할 말로 마무리를 지은 우석이 맥주 잔을 입가로 가져갔다. 그런 우석을 빤히 바라보는 지안은 생각지도 못했던 이 사실이 그저 당혹스러웠다.

지이이잉―.

지안은 우석을 바라보던 눈길을 옮겼다. 시간을 확인하고 핸드폰을 테이블 위에 놓았던 탓에 요란하게 울린 진동으로 사람들의 시선이 모이자 핸드폰의 주인인 지안은 머쓱하게 웃었다.

"이 야심한 시각에 누구야?"

"엄마야, 엄마."

민호의 성격을 잘 아는 지안은 당황하지도 않고 그의 장난을 차단했다. 이번에는 선오가 '킥킥' 웃으며 물었다.

"누나, 혹시 전 남친의 '자니?' 아니야?"

분명 지안을 향해 물었는데 대답은 엉뚱한 곳에서 흘러나왔다.

"야, 그건 적어도 자정 넘어서……."

"뭐야? 형, 설마 그 찌질한 멘트 해 봤어?"

민호가 그건 아니라며 단호하게 말하자 선오가 다시 그를 향한 장난에 시동을 걸었다. 전생에 고양이와 쥐였을까, 틈만 나면 서로를 못 잡아서 안달인 둘을 보던 아리까지 합세했다.

덕분에 그들의 관심에서 멀어진 지안은 고개를 절레절레 저으며 핸드폰을 두드렸다. 언제 오냐는 메시지의 발신자는 도진이었다. 보고 싶다는 그의 표현을 알아차린 지안의 입가에 웃음이 스멀스멀 피기 시작했다.

> 늦게 갈 것 같아요. 오빠 먼저 자요!

이제 막 시작한 술자리였기에 늦게 자리를 뜰 것이 분명했다. 오늘 도진을 보지 못하는 것은 아쉬웠지만, 언제 끝날지도 모르면서 피곤한 그를 기다리게 하는 건 말도 안 됐다.

코를 찡긋거리며 답장을 보내던 지안은 자신을 바라보고 있던 우석과 눈이 마주쳤다.

"건배나 할까요?"

고개를 끄덕이며 우석이 내민 잔을 부딪쳤다. 짠, 소리에 장난을 치던 세 사람이 허겁지겁 자신의 잔도 부딪쳤다. 왁자지껄한 사람들 덕분에 당황했던 마음과 달리, 술자리는 꽤 부드럽게 넘어갔다.

도진은 지안과의 전화를 끊고서 마주 앉은 사람을 향해 부드럽게 미소를 지었다.

"실례했습니다."

"아니…… 아닙니다!"

엉덩이를 들썩이며 손사래를 친 사람은 지안의 소속사 사장인 강준이었다.

도진의 비서실에서 연락이 와 약속을 잡고도 믿을 수가 없어 끝까지 장난 전화에 속은 건 아닌가, 의심에 또 의심을 하던 그는 눈앞에서 벌어지는 상황이 믿기지가 않았다. 특히 피곤한 눈가를 꾹 누르며 차가운 냉기를 풀풀 풍기던 남자가 제여자의 전화를 받고 저렇게 순하게 풀어지는 모습을 직접 볼

줄이야. 강준은 속으로 연애도 남다르게 하는 지안 덕에 새로운 경험을 다 한다고 생각했다.

강준의 옆에 나란히 앉은 경석은 그런 자신의 대표님을 거듭 이해하고 있었다. 아직도 도진과 독대하던 그날의 긴장감이 잊히지 않았다. 그래도 사장님은 자신이 있으니 다행이지 않냐며 응원을 보내고 싶었다.

도진은 안절부절, 어쩔 줄 모르는 두 남자를 위해 입가에 그린 미소를 지우지 않았다. 사늘한 인상이 디폴트인 얼굴은 자신이 제일 잘 알았다. 평소처럼 얼굴에 표정을 없애면 둘 중한 사람은 눈에서 땀이 나지 않을까 싶었던 그의 아주 작은 배려였다.

"잘 아시다시피 지안이가 워낙 바빠서 이렇게 저 혼자 오게된 점, 양해 부탁드립니다."

"그럼 우리 지안이가 만나시는 분이……."

강준이 말끝을 흐리며 묻자 옆에 앉아 있는 경석이 빠르게 고개를 끄덕였다. 경석의 반응을 보니 진작부터 알고 있었던 것 같은데, 미리 언질을 주지 않은 그를 괜히 원망스럽게 힐끔거렸다.

하지만 놀란 것도 잠시였다. 지안의 배경이 특별한 만큼 그녀가 만나고 있는 사람 역시 범상치 않을 것이라는 예상은 하고 있었다. 다만 그게 '대한민국' 하면 가장 먼저 떠올리는 대기업의 후계자일 것이라고는 생각하지 못했을 뿐이었다.

강준은 문득 도진이 찾아온 것에 대한 의구심을 품었다. 처음에는 놀라고 당황스러워 이상하다고 생각하지 못했는데, 흥분을 가라앉히고 보니 '혼자서 굳이?'라는 의문이 머릿속에 가득했다.

"오늘 찾아오신 것, 지안이한테는 비밀로 해야 하는 만남일까요? 무슨 일이라도 생긴 건가요?"

사뭇 진지하게 묻는 강준을 보고 도진이 의외라는 듯 작게 웃음을 터뜨렸다. 지안이 그와 오랫동안 일을 같이한 이유가 납득이 가 고개를 끄덕이며 그의 물음에 대답했다.

"지안이한테 무슨 일이 생길 리 없죠. 제가 그렇게 만들지 않을 거니까."

막힘없고 당당한 말에 강준은 이 상황을 더 의아하게 여겼다. 그러면 혼자 자신을 만나러 온 이유가 무엇인지 물으려는 찰나, 이어진 도진의 말에 목덜미가 뻣뻣하게 굳었다.

"얼마나 탈이 나려는지, 아무거나 주워 먹으려는 하룻강아지를 봤거든요."

도진의 미소가 한없이 차가워지는 순간이었다. 여유 넘치는 목소리와 느긋한 태도, 먹잇감을 눈앞에 두고도 전혀 조급해하지 않는 모습.

"길가에는 위험한 게 참 많다는 걸 알려 줘야 하지 않겠어요?"

가소롭다는 듯이 '피식' 웃으며 소파에 등을 기대는 도진이었다. 그건 야생에 존재하는 수많은 거친 포식자 중에서도 압도적으로 군림하고 있는 왕의 모습 그 자체였다.

모든 것이 느긋하고 여유로웠지만, 예리하게 뻗어 있는 도진의 눈과 눈을 마주한 두 사람은 등줄기가 서늘해지는 것을 느껴야 했다. 무슨 일을 꾸미는지, 심지어 아직 누군지도 모르지만 그의 덫에 걸릴 사람이 벌써 불쌍하게 느껴질 지경이었다.

"저희 소속사가 무엇을 하면 될까요?"

"그냥 있는 그대로의 사실을 말해 주세요."

"네?"

"차도진과 정지안이 열렬한 사랑 끝에 결혼을 약속했다?"

단조로운 목소리로 저들의 사랑을 열렬하다고 표현하는 도진의 표정은 변화가 없었으나, 듣는 경석과 강준은 다른 의미로 돋은 닭살을 잠재우느라 바빴다. 그런 두 사람을 아는지 모르는지, 도진은 고요하게 시선을 내리깔았다.

"사람들의 이목을 집중시키고, 셀 수 없이 많은 기사들이 오르내릴 겁니다."

마치 저와 지안의 위치가 어느 정도인지 자신이 제일 잘 알고 있다는 듯한 말에는 자신감이 넘쳤다. 그러나 이상하게도 그게 자만심과 자랑처럼 느껴지는 것이 아니라, 자기 이름을 소개하는 것처럼 물 흐르듯이 자연스럽게 느껴졌다.

"대표님에게는 지금까지 늘 하신 것처럼 선처 없는 강경 대응 부탁드립니다."

"네? 아, 그럼요."

강준은 고개를 끄덕였다. 그건 도진의 부탁이 아니어도 소속사 사장으로서 아티스트에 대한 당연한 의무였다.

"대표님의 시간을 많이 뺏은 것 같군요."

도진은 손목을 돌려 손목시계로 시간을 확인하고 자리에서 일어났다. 그를 따라 강준과 경석도 바로 일어서자, 손을 뻗어 악수를 청했다.

지안의 재능을 알아보고 그녀를 배우 정지안으로 키워 낸 강준이었다. 도진은 지안이 강준에 대해 절대적인 신뢰를 보이는 것은, 그가 먼저 전폭적인 지원과 믿음을 주었기에 가능한 일이라고 생각했다.

자신의 손을 맞잡은 강준을 보고 잠시 말을 고르던 도진은 나지막이 말했다.

"지안이를 지금까지 잘 이끌어 주서서 감사합니다."

자신이 지안의 곁에 있어 주지 못했던 시간 동안 사회에 던져진 그녀의 또 다른 보호자가 되어 준 강준에 대한 예의였다.

밤이슬이 눅진하게 내린 새벽, 택시를 탄 지안은 일부러 내려야 할 지점보다 먼 곳에서 내렸다. 고요한 밤에 은연히 들리는 풍경 소리를 배경 삼아 집을 향해 천천히 걷기 시작했다.

— 설마 아직도 현재 진행형인 건 아니지?

— 그럴 리가. 시간도 많이 지났고, 같이 쌓은 추억도 없는걸.

민호의 짓궂은 물음에 바람 빠진 웃음과 함께 대답하던 우석의 목소리가 지안의 귓가에서 흩어졌다. 우석이 자신을 봤다던 고아원은 지금도 여전히 후원하고 있는 곳이었다. 그러나 긴 시간 동안 단 한 번도 우석과의 접점이 없었다. 그랬기에 지금까지 그가 자신을 기억하고 있다는 것이 신기했다.

　"제이 그룹 때문인 건가?"

　쉽게 잊을 수 없는 자신의 집안을 떠올린 지안이 실없이 '피식' 웃으며 고개를 절레절레 저었다. 그렇게 멍하니 걷다가 머리 위로 갑자기 드리워진 그림자에 고개를 천천히 들었다. 그리고 두 사람이 들어갈 만큼 커다란 우산을 들고 있는 도진과 눈이 마주쳤다.

　"위험하게 이렇게 혼자 오면 내가 속상하지."

　도진의 말을 끝으로 마치 그가 우산을 씌워 주기를 기다렸던 것처럼 하늘에서 굵은 빗방울이 후드득 떨어지기 시작했다. 지안이 갑자기 떨어지는 굵은 빗방울에 당황하자 도진은 손을 뻗어 그녀의 어깨를 감쌌다.

　"비가 올 줄은 몰랐어요."

　우산도 없이 갑작스럽게 내리는 비를 그대로 맞았을 것에 대한 걱정인 줄 알았던 지안이 다급하게 변명했지만, 도진은 그게 아니라는 듯 고개를 살짝 저으며 그녀를 안쪽으로 최대한 끌어당겼다.

　"네가 이 밤에 혼자 걷고 있다는 게 속상하다는 거야."

　지안이 혹여 감기라도 걸릴까 품에 껴안은 채 걷는 도진의 한쪽 어깨는 이미 축축하게 젖어 있었다. 그러나 도진은 개의 치 않고 자신보다 보폭이 작은 지안의 발걸음에 맞춰 걸었다.

퇴근을 지안의 집으로 한 도진은 자정이 넘어서까지 소파에 앉아 그녀를 기다리며 일하던 중, 갑작스러운 비 소식에 하던 것을 정리했다.

퇴근하면서 주차장에 그대로 주차되어 있는 지안의 차를 보았던 도진은 그녀가 차를 가져가지 않았다는 것을 알았다. 게다가 먼저 자라고 메시지까지 보낸 그녀가 자신에게 연락할 것 같지 않았기에, 무작정 우산을 집어 들고 밖으로 나왔다.

그렇다고 모처럼 동료들과 시간을 보내고 있는 지안을 방해하고 싶지도 않았던 도진은 그저 산책을 하듯이 펜트하우스 근처를 배회하며 그녀를 기다렸다.

한 시간 남짓 지안을 계속 기다리던 도진은 이걸 다행이라고 해야 할지 모르겠지만, 저 멀리서 멍하니 걸어오는 그녀를 단번에 알아보고 한달음에 달려갔다.

밤길이 얼마나 위험한데 혼자 무방비하게 오는 모습에 예민하게 신경이 곤두섰던 도진은 결국 쏟아지는 비에 지안이 감기라도 걸릴까 걱정하기 바빠 잔소리도 제대로 하지 못했다.

"비가 생각보다 많이 오……."

비가 적지 않게 오는데 아무리 우산이 크다지만 자신에게 지나치게 물기가 없는 것이 이상했던 지안이 위를 올려다보고 반 이상 제 쪽으로 쏠린 우산을 발견했다.

"오빠가 다 젖었잖아요!"

이어서 도진의 다 젖어 버린 옷까지 발견한 지안이 놀라며 우산대를 도진 쪽으로 밀었으나, 단단하게 버티고 있는 도진의 힘이 그녀에게 밀릴 리가 없었다. 그래도 어떻게든 밀어 보겠다고 끙끙거리는 지안을 본 도진이 웃음을 터뜨렸다.

"차라리 빨리 가는 게 더 좋은 방법일 것 같은데."

"진짜!"

지안은 도진이 절대 양보하지 않을 것을 느끼고 점점 걸음을 빠르게 했다. 물론 도진은 자신을 위해서가 아닌 그녀가 빨리 따뜻한 집으로 들어갔으면 하는 바람에서 한 말이었다. 그러나 곧 뛰다시피 가는 지안이 다칠까 봐 냉큼 잡아채며 화제를 돌렸다.

"재미있게 놀았어?"

"빨리 가야 하는데……."

"남자 조심하라는 약속은 잘 지켰나?"

급한 마음과 반대로 도진이 자신을 잡고서 느긋하게 걸으며 계속 질문하니 지안도 불만스럽게 그를 쳐다봤다. 그러다가 나온 '남자'라는 단어에 곧바로 우석을 떠올린 지안의 입꼬리가 슬쩍 올라갔다.

"나는 오늘 배우들끼리만 만나는 줄 알았는데, 그 자리에 작가님이 오셨어요."

"지우석 작가?"

"네! 알고 보니까 민호 오빠랑 고등학교 때부터 친구였대요!"

지안이 어떤 말을 할지 흥미롭게 듣고 있던 도진의 굳게 다문 입술 끝이 살짝 떨렸다. 지안이 자신도, 이안도 아닌 다른 사람을 오빠라고 부르는 걸 듣는 건 처음이었다. 그녀보다 나이가 많은 남자에게라면 당연하게 쓸 수 있는 단어인데, 듣고 보니 썩 유쾌하지는 않았다.

그런 도진의 심정을 아는지 모르는지, 지안의 입술이 바쁘게 움직였다. 할 말이 많아서 얼른 해 주고 싶어 하는 듯한 얼굴이었다. 말간 얼굴이 너무 해맑아서 도진은 그저 묵묵히 그녀와 발을 맞춰 걸었다.

동료들과 소소하게 나눴던 이야기를 도진에게 전해 주던 지안이 드디어 그녀가 이 말을 꺼낸 목적에 가까이 닿았다.

"이번 드라마 키워드 중 하나가 '첫사랑'이거든요. 그러다가 작가님이 자신의 첫사랑을 말해 줬는데, 놀라운 게 뭔지 알아요?"

"글쎄."

태생부터 다른 사람에게 관심이 없는 도진이 우석의 첫사랑에 대해 관심을 보일 리가 없었다. 그저 말을 하면서 신난 지안이 비를 맞을까 살피는 데 온 신경을 집중했다.

"그 첫사랑이 저였대요."

그러나 마지막 한마디가 기어코 지안을 향해 쏠려 있던 도진의 신경을 흐트러지게 만들었다. 지안은 일정하게 움직이던 도진의 발걸음이 멈추자 씨익, 웃었다. 자신이 원하는 대로 반응하는 도진을 아무것도 모르는 눈망울로 쳐다보았다.

"신기하지 않아요?"

"……지우석 작가랑 작품을 같이했던 적이 있었나?"

도진은 질문에 대한 답을 이미 알고 있었다. 지안은 우석과 만난 적이 단 한 번도 없다는 것을. 그럼에도 이렇게 묻는 이유는 혹시라도 자신이 놓치고 있는 것이 있을지도 몰랐으니까였다. 심기가 불편한 얼굴로 물었는데, 지안은 그저 시원한 웃음을 터뜨릴 뿐이었다.

"이번이 처음인걸요? 사실 우리가 어렸을 때 본 적 있는 사이였던 거 있죠!"

지안은 우석이 자신들과 같은 대영 중학교 출신인 것과 고아원에서 저를 보았던 것에 대해 아무 말 없이 듣고 있는 도진의 반응을 살피면서 재잘거렸다.

"아이들하고 놀던 모습이 그렇게 예뻐 보였다던데?"

물론 우석은 예뻐 보였다는 마지막 말은 하지 않았다. 그저 종종 생각나는 편이었다고 말했지만, 정정해 줄 당사자가 없는 지금 지안은 일부러 조금 더 과장해서 도진에게 전했다.

"그래서 설렜나?"

그러나 아쉽게도 지안의 노력에도 도진의 목소리에는 크게 동요가 없었다. 자신이 기대한 것만큼 반응하지 않는 도진의 모습에 금방 의욕을 잃은 지안이 순순히 제 마음을 말했다.

"설레지는 않았고, 그냥 좀 신기하잖아요."

"뭐가?"

"그냥…… 내가 누군가의 첫사랑이 되었던 적도 있었구나,

싶어서."

"왜. 아무도 없을 것 같았어?"

"오빠도 내가 첫사랑이 아닌데, 누가 내가 첫사랑이겠어요."

지안은 아직도 도진의 첫사랑이 누군지 몰랐다. 그게 분하면서도, 굳이 알고 싶지는 않았다. 어차피 그의 곁에 마지막까지 있을 사람은 저일 테니까. 그럼에도 지안은 도진의 첫사랑을 생각하면 얼굴도 모르면서 그렇게 심통을 부리고 싶어졌다.

도진은 그제야 지안이 적극적으로 자신의 질투를 유발하는 말을 한 이유를 알아차렸다. 지나치게 솔직한 그녀의 모습이 사랑스러웠던 도진은 아파트 현관으로 들어가기 몇 발자국 전에 멈췄다. 지나가는 사람 하나 없는 고요한 거리임에도 불구하고 커다란 우산을 눕히어 지안을 전부 가렸다.

"왜 그…… 읍!"

갑자기 제 쪽으로 젖혀진 우산으로 인해 비를 전부 맞는 도진을 보고 놀란 지안의 입이 단번에 그의 입술로 틀어막혔다. 동그랗게 커진 눈동자는 아직 밖임을 상기했지만, 진하게 밀고 들어오는 도진으로 인해 정신은 혼미해졌다.

도진의 매혹적인 입술이 지안의 여린 입술을 전부 앗아 갔다. 아주 충동적이었고, 지극히 본능적인 입맞춤이었다. 그의 호흡을 따라가지 못한 지안이 모자란 공기를 갈구하기 위해 도진의 가슴 위로 올린 손을 여러 번 두드렸다.

어깨가 움츠러든 지안의 다급한 신호에 입술을 떼어 낸 도진의 짙은 눈동자가 지그시 그녀를 내려다보았다.

"자꾸 눈에 밟히는 거야, 그 쪼그마한 게 말이야."

"네?"

"특히 정원에서 춥다고 비 맞은 강아지처럼 바들바들 떨고 있는 걸 보면 당장 끌고 안으로 들어가고 싶었는데, 혹시 재미있게 놀고 있는 걸 방해하는 걸까 봐 내가 할 수 있었던 건 고작 내 옷을 덮어 주는 것밖에 없었어."

지안은 자꾸 몽롱하게 변하려는 초점에 힘을 주어 말을 이어 가는 도진을 바라보았다.

"대체 다칠 곳이 어디 있는지 매일 같이 덤벙거려서 다쳐 오는데, 흉터라도 남을까 봐 얼마나 신경이 쓰이던지."

그런데 이상하리만큼 자신의 기억과 도진의 이야기 속 아이가 겹쳐졌다.

"툭하면 감기에 걸려서, 오죽하면 내가 수백 번을 탔던 유자차는 눈 감고 타도 매번 똑같았을 거야."

지안은 하마터면 비명을 지를 뻔했다. 자신이 수없이 질투하고 질투했던 사람이 어쩌면 자신일지도 모른다는 생각. 아니, 도진의 첫사랑은 자신이라는 것을 확신했다.

"설마⋯⋯."

도진은 입이 점점 벌어지며 놀라는 지안을 보고 고개를 끄덕이며 '피식' 웃었다.

"맞아."

일부러 숨기고 있던 것은 아니었다. 오히려 말해 주려고 해도 그저 지안이 고개를 재빠르게 저으며 듣고 싶지 않다고 해서 하지 않았을 뿐이었다. 바람으로 인해 헝클어진 지안의 머리카락을 귀 뒤로 넘겨 주며 나직하게 속삭였다. 드디어 전할 수 있게 된, 지안만 모르던 비밀이었다.

"나도 네가 첫사랑이야."

빗소리, 그리고 그것을 배경으로 삼은 평온한 목소리. 어지러운 시야 사이로 떠오른 짧게 끊어진 기억의 조각들은 오래 남지 못하고 흩어졌다. 지안은 눈을 깜빡이며 옅게 웃고 있는 도진을 멍하게 바라보았다.

이윽고 빗줄기가 점차 세지더니 이내 퍼붓기 시작하자, 지안은 마음을 간지럽히는 고백의 여운을 즐기지도 못하고 도진의 팔짱을 끼고서 다급하게 집으로 향했다.

그다지 멀지 않던 거리였음에도 우산으로 오직 지안만을 가렸던 도진은 그새 온몸으로 비를 맞아 흠뻑 젖은 상태였다. 집으로 들어온 지안은 욕조에 따뜻한 물을 틀어 놓고 수건을 여러 개 꺼내서 다시 현관에 서 있는 도진에게 덮었다.

도진은 우왕좌왕하며 부산스럽게 움직이는 지안을 붙잡았다. 어차피 젖은 옷을 벗어 내고 씻어야 하는데, 부질없이 깨끗한 수건만 더럽힐 뿐이었다.

"괜찮아."

괜찮다는 말에도 지안의 눈빛에 점점 걱정이 들어찼다. 봄이 왔다고는 하지만, 아직 겨울 공기를 보내지 못한 날씨였다. 호되게 아팠던 도진의 모습도 보았었다.

"감기 걸리겠어요. 얼른 씻어요."

"쉽게 안 아픈 거 알잖아."

"알아요. 그래도……."

평소 잔병치레가 거의 없었던 도진이었어도 본 것이 있어서 인지 안심이 되지 않은 지안이 계속 말끝을 흐리며 속을 태우자, 도진은 그녀가 원하는 것을 얼른 들어주기로 했다.

"알았어. 지금 씻을 테니까 수건 그만 가져와도 돼."

당장이라도 뽀송뽀송한 수건을 더 가져올 듯한 모습에 도진이 달래듯이 천천히 말하자 지안은 그제야 어수선하게 움직이던 것을 멈추고 벽으로 붙으며 길을 비켰다. 그런 그녀를 귀엽다는 듯이 '피식' 웃으며 바라본 도진은 욕실로 향하던 걸음을 잠깐 멈추고 장난스럽게 물었다.

"같이 씻을래?"

"그거, 오빠 유행어 됐어요?"

지안은 어이없는 웃음을 지었다. 이쯤 되면 이제 오히려 안 듣고 넘어가는 게 섭섭한 수준이 되어 버렸다. 덕분에 면역이 생겼는지, 어쩔 줄 몰라 하던 사람은 이제 없었다. 당황하지 않고 눈을 흘기더니 도진의 가슴팍을 손바닥으로 내리쳤다. 물기를 머금고 있는 탓인지 세게 내리치지 않았음에도 찰싹하고 찰진 소리가 났다.

"안 넘어오네."

도진은 지안이 이제 더 이상 얼굴을 붉게 물들이며 수줍어 하는 모습을 보이지 않자 아쉬운 듯 혀로 입가를 쓸며 웃었다. 바람 소리 같은 웃음의 뒤로 물소리가 점점 크게 들렸다.

"너야말로 아프면 안 봐줄 거니까 따뜻하게 씻어."

지안을 스쳐 지나가며 나지막이 경고한 도진은 욕실로 들어갔다. 철컥, 하고 문이 닫힘과 동시에 몸에 달라붙은 무거운 옷을 벗은 그는 커다란 욕조를 가득 채운 거품을 보고 웃음을 터뜨렸다. 지안이 정신없는 와중에 친절하게 배스 밤까지 풀어 놓고 나간 것이었다.

"미치겠네."

반신욕도 잘 즐기지 않는데 거품 목욕이라니. 알록달록 무지개 색깔을 띠는 거품 사이로 몸을 집어넣은 도진은 자꾸만 귀여운 짓을 하는 지안을 머릿속에 가득 채우며 한쪽에 머리를 기대고 눈을 감았다.

10분여 정도 지났을까, 지안의 성의를 생각해 얌전히 욕조에 몸을 담그고 있던 도진이 슬슬 나가야겠다고 생각하며 눈을 뜸과 동시에 문이 드르륵, 하고 열렸다. 제가 아니면 절대 열리지 않을 문이라고 생각했기에 도진은 일어나야겠다는 생각도 잊어버리고 멍하니 열린 문만 바라보았다.

"아직 다 안 씻었어요?"

그곳에는 샤워 가운만 걸친 지안이 배시시 웃으며 서 있었다. 당황한 도진이 적당한 말을 찾는 사이, 도진의 곁으로 다가온 지안은 욕조 끝에 걸터앉았다.

사그라들지 않은 거품에 반쯤 몸이 가려져 있어 드러난 것은 딱 벌어진 어깨뿐인데도 가만히 있어도 성난 근육 덕분인지 저절로 도진의 완벽한 몸을 상상해 버린 지안은 시선을 아래로 내렸다.

"들어올래?"

정신을 차린 도진은 고개를 까딱이며 말했다. 어느새 가만히 물에 앉아 있기 지루해 벗어나고 싶던 마음이 싹 사라진 눈빛에는 이채가 반짝이고 있었다.

도진의 말에 놀란 지안이 휙 고개를 들었다.

이러려고 들어온 건 아닌데…… 아니, 이러려고 들어왔나?

뒤늦게 취하기라도 한 건지 화끈거리는 볼을 손바닥으로 꾹꾹 누른 지안은 욕조를 짚은 손끝에 닿는 미적지근함에 말을 얼버무렸다.

"이미 물도 다 식었고……."

"이건 새로 틀면 되지."

어딘가 애매모호한 대답에 도진이 벌떡 일어나 따뜻한 물을 틀었다. 금빛으로 반짝이는 수전에서 물이 시원하게 쏟아져 내렸다.

"이리 와."

지안을 일으켜 그녀의 샤워 가운을 벗겨 낸 도진은 잡은 손에 힘을 주었다.

"으악!"

도진의 힘에 이끌린 지안은 벗겨진 자신의 샤워 가운을 느낄 틈도 없이, 조각처럼 빚어진 도진의 몸에 시선을 빼앗길 틈도 없이, '풍덩' 하고 물 안으로 들어갔다. 두 사람이 한꺼번에 들어간 만큼 욕조 안을 가득 메웠던 물은 폭포처럼 밖으로 흘러내렸다.

도진은 대범하게 씻고 있는 자신을 찾아온 것과는 다르게 쭈뼛쭈뼛 무릎을 모으고 앉은 지안을 보고 '피식' 웃었다. 젖은 손으로 머리를 쓸어 넘기고 지안을 끌어 자신의 다리 위로 앉혔다.

지안은 맨살로 붙어 있는 탓에 허벅지 아래에서 그대로 느껴지는 도진의 열기에 눈이 커다래졌다. 주변 물의 온도보다 더 뜨거워진 채 커다래진 형체는 뚜렷한 존재감을 나타내고 있었다.

"왜 벌써……?"

지안이 생각을 머릿속에서 끝내지 않고 꼬리를 물어 입 밖으로 중얼거리자 작은 소리조차 놓치지 않은 도진은 입꼬리를 말아 올렸다. 그에게는 지극히도 당연한 것이었다.

"네가 왔잖아."

도진은 떨리고 있는 지안의 눈을 마주하며 골반을 느릿하게 움직였다.

"아……!"

자극적인 움직임에 지안의 입술 사이로 낮은 탄식이 흘러나왔다. 거품에 의해 미끈거리는 것과는 달랐다. 자신의 무게에 짓눌려 있으면서도 꼿꼿하게 일어나서 허벅지 안쪽을 찔렀다. 도진은 자꾸 움찔거리는 지안의 허리를 팔로 감싸 자신에게로 바짝 끌어안은 뒤, 그녀의 귓가에 낮게 속삭였다.

"어떻게 할까 고민 중이었거든. 믿고 술자리를 보냈더니."

지안은 눈을 질끈 감았다. 신이 나서 우석의 이야기를 꺼낸 것이 실수였다는 것을 깨달았다. 단순히 질투를 하는 남자 친구의 모습을 보고 싶었을 뿐이지만…….

"다른 남자의 첫사랑이 되어서 나타난 너를 말이야."

도진은 지나치게 위험한 남자였다.

욕조 안은 그새 새로운 물이 차오른 채 도진의 움직임대로 넘실거리다가 쏟아지고, 또다시 채워지는 것을 반복했다.

"잘못했어요."

모두 자신이 저지른 일이지만 그 결과로 오늘 밤이 순탄치 않을 것을 예상한 지안이 빠르게 용서를 구했다.

도진은 시선을 내린 지안을 보고 웃으며 손가락을 움직였다. 곧게 세워져 있는 척추를 훑고 내려가 탱글탱글한 엉덩이 사이에서 멈췄다. 애를 태우듯 손끝을 움직일 듯 말 듯하던 도진이 나직이 숨을 뱉으며 말했다.

"괜찮아. 어차피 나는 곧 위로받을 거니까."

지안이 아슬아슬하게 멈춰 있는 도진의 손끝에 침을 꼴깍, 삼켰다. 그가 말하는 위로의 방법은 단 한 가지일 것 같은 느낌이 강하게 들었기 때문이다.

아니나 다를까, 멈춰 있던 도진의 손이 움직였다. 도진이 비좁은 틈을 가로지르자 지안은 자신도 모르게 허리에 힘이 들어갔다. 한쪽 손으로는 욕조 끝을, 다른 손으로는 도진의 어깨를 지지대처럼 잡고 반쯤 물에 떠 있는 상태로 부들부들 떨어야 했다. 동시에 눈을 질끈 감았다가 느릿하게 뜨며 지안이 적응하기를 기다렸던 도진은 자신과 이어진 지안이 점점 힘이 빠지자 천천히 움직이기 시작했다. 물속에서, 그것도 지안을 지탱하면서도 일정한 박자였다. 도진이 느끼는 물의 저항은 단 하나도 없어 보였다. 심지어 그 속도는 점차 더 빨라졌다.

도진이 처음 우석의 이야기를 들었을 때 크게 반응하지 않은 이유는 지안이 누군가의 첫사랑인 것이 그다지 놀랍지 않았기 때문이었다. 어려서부터 외모만큼이나 마음까지 예쁜 아이였고, 때문에 누구에게나 호감으로 다가갈 아이였기 때문이었다.

첫사랑? 차도진의 모두를 가져간 여자인데 다른 사람의 마음 정도야. 그토록 거만한 자신을 반응하게 한 건 제 첫사랑이 자신인 줄도 모르고 스스로에게 질투하는 지안이었다. 사랑스러워 견딜 수가 없었다. 술을 마시지 않았더라면, 오후에 스케줄이 없었다면 몇 번이고 그녀를 가졌을 테지만, 한계를 초월한 인내로 참아 내었다.

그러나 간신히 참았던 욕망은 제 발로 들어온 지안으로 인해 모두 물거품이 되어 버렸다. 그렇다면 도진은 그녀가 보고 싶었던 자신의 질투를 가감 없이 전부 보여 줄 생각이었다. 그래서 지안이 도망가면 도망가는 대로 끝까지 밀어붙이며 집요하게 따라갔다.

찰박찰박, 물보라가 일어났다. 누구의 것인지 모를 신음이 물소리를 품고 더욱 커져 타일을 울리며 욕실 안을 메웠다.

지안은 발끝부터 시작된 전율이 온몸으로 퍼져 휘청이며 힘을 잃어버렸다. 그런 그녀의 몸을 단단하게 받치고 도진은 지안을 오래도록 안으며 숨을 골랐다.

아주 짧았지만, 더없이 완벽한 위로였다.

지안은 도진의 허벅지를 베개 삼아 엎드려 눈을 감고 있었고, 도진은 침대 헤드에 기대어 앉아 훅 짧아진 지안의 머리카락을 만지고 있었다. 나른하고 기분 좋은 느낌에 지안은 무의식적으로 말했다.

"내년 봄은 어때요?"

도진이 고개를 아래로 내리고 의아한 눈으로 지안을 바라보았다. 그의 시선을 느꼈는지, 지안이 천천히 몸을 일으켜 앉았다.

"'타성' 촬영이랑, 이것저것 마무리하면 가을 정도 될 테니까."

날짜를 곰곰이 세어 보며 고개를 끄덕인 지안은 여전히 영문을 모르겠다는 얼굴을 한 도진을 보며 싱긋 웃었다.

"우리 결혼이요. 오빠는 그때 시간 괜찮아요?"

갑작스러운 말에 기뻐하거나 놀라거나, 적어도 둘 중 하나일 것이라고 생각했다. 그러나 도진의 눈동자에는 아무것도 담기지 않았다. 의외의 반응에 웃고 있던 지안의 입꼬리가 어색하게 굴었다. 결국 그의 답을 기다리지 못해 도진을 불렀다.

"오빠?"

"……어?"

느지막이 반문하는 모습은 오히려 지안을 당황스럽게 했다. 한 번도 제 말을 놓친 적이 없었던 그였기에 더 그랬는지도 모른다.

"무슨 문제라도 있어요?"

지안은 평소와 다른 반응에 덜컥 겁을 먹었다. 혹시 결혼을 다시 생각해 보자는 건 아니겠지? 막상 나랑 사귀다 보니 결혼까지 아닌, 뭐 그런 건 아니겠지?

"그런 거 아니야."

도진은 얼굴에 쓸데없는 걱정이란 걱정은 다 드러낸 지안을 보며 '피식' 웃었다. 그저 조금 놀랐을 뿐이었다.

그에게는 언제나 지안이 첫 번째였다. 배우로서 정점에 있는 만큼, 적어도 결혼이 그녀의 커리어에 부담이 되지 않았으면 했다. 또 얼마나 무궁무진하게 펼쳐질지 모르는 그녀의 앞길에 발목을 잡고 싶지 않았다.

지안과 자신을 다시 잇게 만든 정략결혼은 더 이상 의미가 없었다. 서로의 마음을 확인한 이상, 허식에 쫓겨 치르는 결혼식 또한 필요 없었다. 외부의 어떠한 압력도 없이 지안이 스스로 때가 되었다고 판단했을 때, 결혼식을 준비할 예정이었다.

자신의 일정은 언제 비워 놓으면 되냐고 은근하게 묻는 아버지인 석중의 말도, 결혼을 하겠다고 말을 꺼냈으면 첫발이라도 내디뎌야 할 거 아니냐 대놓고 말하는 할아버지인 차 회장의 꾸준한 재촉도 철저하게 무시하는 중이었다.

만약 지안을 찾아가기라도 한다면 결혼은 없던 일로 만들겠다며 마음에도 없는 무시무시한 협박으로 철옹성이 되어 견고하게 버티고 있었다. 무너뜨릴 수 있는 사람은 오직 정지안, 그녀 하나뿐이었다.

"그때라면 후회 없겠어?"

도진이 진지하게 물었다. 연기를 못 하게 된다면 직접 작품을 제작해서라도 평생 할 수 있게 만들면 된다. 그러나 사람들, 특히 지안의 팬들은 제 영역 밖이었다. 그들이 어떤 반응을 할지 아무것도 모르는 상황에서 어떻게 해야 그녀가 상처받지 않을 수 있을까.

"뭐야~. 그런 걱정이었어요?"

지안은 도진의 말에 결국 저를 위한 걱정을 했다는 것을 알아차리고 바람 빠진 웃음을 지었다.

"난 또 결혼하겠다고 한 걸 후회하는 줄 알았네."

"그런 건 상상 속에서도 하지 마."

도진의 단호한 부정에 알았다며 고개를 끄덕인 지안이 웃음기를 거두고 도진의 손등을 제 손으로 덮으며 말했다.

"내가 연기를 사랑하는 건 분명한데, 비교도 안 될 만큼 더 오빠를 사랑해요. 그러니까……."

나지막이 이어지는 말끝에는 조바심도 약간 묻어 있었다.

"나를 배려하느라 나를 포기하지는 말아 줘요."

도진은 눌렀던 숨을 깊게 내뱉었다. 포기라니, 가당치도 않은 말이다. 언제나 제 안에 가두고 아무에게도 보여 주고 싶지 않은 가학적인 마음까지 들게 하는 그녀였다. 유일한 집착을 보이게 되는 대상인데 포기라니.

"절대 놓아줄 생각 없어."

"나도 오빠 놓을 생각 없는데?"

　지안이 살짝 웃으며 팔을 뻗어 도진의 얼굴을 끌어당겼다. 조심스럽게 도톰한 입술을 머금으며 눈을 감았다. 저항감 없이 열린 입술 사이로 혀끝이 맞물렸다. 기다렸다는 듯이 서로의 혀가 엉겨들었고, 해가 떠오를 때까지 그들의 호흡은 길게 이어졌다.

　아침이 밝으면서 햇빛이 침대를 번히 비추자 숨을 색색 내쉬며 잠든 지안의 매끈한 미간이 좁아졌다. 도진이 커다란 손바닥으로 눈가를 가려 주자, 그녀는 만족스러웠는지 구겨진 미간을 펴고 입꼬리를 슬쩍 올리기까지 했다.

　도진은 투명한 지안의 반응에 '피식' 웃으며 자리에서 일어나 미처 닫지 못했던 커튼을 꼼꼼하게 쳤다. 다시 침대로 돌아가 가장자리에 걸터앉고서 도무지 일어날 기미가 보이지 않는 지안을 어둠 속에서 빤히 바라보았다.

　가뜩이나 술까지 마셔 피곤했을 텐데 너무 몰아붙였나, 뒤늦게 알량한 죄책감이 고개를 들자 도진은 한숨을 내쉬었다. 그렇다고 어제로 다시 돌아간다 해도 손만 잡고 잘 자신은 없었기에 차라리 다르게 생각을 하기로 했다.

"체력을 길러야겠다. 보양식도 먹이고. 내가 조금이라도 덜 미안하게."

지안이 만약 깨어나서 들었다면 기함을 할 소리를 진지하게 중얼거렸다. 도진은 지안의 눈가에 가볍게 입을 맞추고 일어났다. 마음 같아서는 그녀가 일어날 때까지 옆에 있어 주고 싶었지만, 처리해야 할 일이 산처럼 쌓여 있었다. 게다가 지안이 정한 일정에 맞추려면 지금부터 일정 조율을 시작해야만 했다.

살면서 한 번도 일을 쉬고 싶다거나 미루고 싶은 적이 없었는데, 요즘 들어 매일 똑같은 생각을 꼬박꼬박 밥 먹듯이 반복적으로 하고 있었다.

"다 때려치우고 그냥 너랑 둘이 놀고 싶다."

도진은 난생처음으로 평생 놀고먹는 베짱이를 꿈꿔 보며 침실 문을 닫고 나갔다.

부드럽게 핸들을 돌리어 펜트하우스를 빠져나온 도진은 출근 시간으로 인해 꽉 막힌 도로에서 잠시 룸 미러로 시선을 힐끔 돌렸다가 눈썹을 꿈틀거렸다.

"156 루……."

도진이 느릿하게 혀를 굴렸다. 남들보다 눈썰미가 뛰어난 편에 속하는 그는 자신의 뒤에 붙어 있는 자동차의 번호가 눈에 띄자 단번에 눈빛이 어둡게 가라앉았다. 그건 펜트하우스를 나와 언덕길을 내려오면서 스치듯이 봤던 차량이었다. 무언가를 생각하며 한 손으로 잡고 있는 핸들을 톡, 톡, 톡, 두드리다가 자동차로 꽉 막혀 있는 주변을 확인하고는 입맛을 다셨다.

"널 어떻게 확인해 볼까."

대시 보드 한가운데서 돌아가고 있는 붉은색 시곗바늘을 보며 시간을 계산하던 도진이 신호가 바뀌자마자 차선을 변경했다. 그러자 자연스레 도진의 뒤에 있던 자동차 역시 차선을 변경했다. 그 뒤로도 일부러 차선을 여러 번 변경하며 테스트하던 도진은 졸졸 자신의 뒤를 밟는 자동차를 보고 '피식' 웃었다.

그대로 다시 왔던 길을 되돌아가 다시 주차장으로 들어간 뒤 차에서 내린 도진은 슈트 안주머니에서 또 다른 차 키를 꺼냈다. 사람들 눈에 익지 않은 자동차의 필요성을 느낀 도진이 얼마 전에 새로 출고한 차량의 키였다. 자신조차 아직은 낯선 버튼을 터치하자 바로 옆에 주차되어 있던 SUV에 반짝하며 시동이 걸렸다.

SUV에 올라탄 도진이 지체 없이 바로 주차장을 다시 빠져나갔고, 언덕길을 내려가며 그를 따라다니던 차를 그대로 스쳐 지나갔다. 유유히 그들에게서 멀어져 가는 자신을 눈치채지 못하고 가만히 서 있는 차가 도진의 눈동자에 걸렸다.

"노력은 가상한데, 능력이 부족하네."

도진은 실소를 흘렸다.

CHA 호텔.

여느 때와 다름없이 긴 다리를 이용해 성큼성큼 집무실로 걸어간 도진은 자신의 뒤를 따라 들어온 김 비서를 돌아보았다.

"사람 하나 구해 줘요."

도진에게 깍듯하게 허리를 굽혀 인사하던 김 비서의 눈빛에 의아함이 서렸다. 업무에 관련된 이야기라고 하기에는 딱히 짚이는 것이 없었다. 결국 머리를 빠르게 굴리던 김 비서는 원하는 사람을 물었다.

"어떤 사람을 구하면 될까요?"

김 비서의 물음에 도진이 적당한 말을 입에서 골라냈다.

"일단 호칭은 경호원 정도가 좋겠군요."

"네?"

경호원이면 경호원이지, 호칭이 경호원 정도면 좋겠다는 건 무슨 뜻인지. 게다가 어디 가서 신변의 위협을 했으면 했지, 절대 당할 사람은 아닌 제 상사를 당황스러운 눈길로 바라보는 김 비서였다.

"깔끔하게 뒤탈 없이 일 처리하는 사람이면 됩니다."

김 비서는 도진을 모시면서 생전 처음 겪는 지시에 당황한 기색을 얼굴에 띠었다. 도진은 간단하다는 듯이 말했지만, 안에 담긴 내용은 전혀 간단하지 않았다. 그가 어떤 일을 지시하든 소문 없이 완벽한 결과를 가져올 수 있는 사람을 원했다. 그리고 그런 사람은 절대 평범한 사람이 아닐 것이었다.

"오늘 내 뒤를 밟는 놈들이 있더라고."

도진의 입술 사이로 조소가 터져 나왔다. 제 뒤를 따라오던 수상한 차의 허술함을 떠올리자 하도 어이가 없었다.

"괜찮으십니까?"

김 비서가 표정을 싸하게 굳혔다. 아무렇지 않아 보이는 도진의 모습에 안심하기에는 사안이 심각했다. 대기업 후계자의 뒤를 캐는 사람의 의도가 어떠하든, 결코 순수한 의도일 수가 없었다. 언제든지 도진에게 위협을 가할 수 있었기에 김 비서의 신경이 곤두섰다.

비서의 예민함을 아는지 모르는지 도진은 그저 어깨를 으쓱였다. 이내 바지 주머니에 손을 꽂아 넣으며 자신의 책상에 걸터앉아 김 비서를 바라보았다. 정체 모를 사람이 자신의 뒤를 쫓았는데도 도진은 더 느긋해지고 대담한 모습이었다.

"참 이상하지 않나요?"

"네?"

"어젯밤만 해도 없던 차가 오늘 아침 주차장에서 내가 나오기를 기다리고 있었어요."

도진에게 일어난 일이라면 이상할 것 없는 내용을 가만히 듣던 김 비서가 이어진 말에 눈을 크게 떴다.

"내가 드나들기 시작한 지 얼마 되지 않은, 지안이 집 앞 주차장에서 말입니다."

사람이 붙은 시기도, 장소도 전부 이상했다. 도진은 단번에 누구인지 모를 사람이 그리고 있는 그림을 파악했다. 아니, 어쩌면 누구인지 알 것 같기도 하고.

"실수 없는 사람으로 알아보겠습니다."

김 비서의 말에 고개를 끄덕이며 책상 모서리를 손가락으로 쓰는 도진의 눈빛이 차갑게 가라앉았다. 그제야 무슨 상황인지 알아차린 김 비서의 표정도 별로 좋지 않았다. 물론 도진의 안위에 대한 우려가 아니었다.

상황을 귀찮게 만들어 버린 그들은 도진의 진짜 성격을 몰랐다. 더군다나 그의 여자인 지안과 관련된 이상 도진은 여기서 더 치밀해질 것이고, 더욱 냉혹해질 것이다.

"적당히 원하는 대로 움직여 주다가, 한 번에 잡아먹죠."

마치 먹이를 단번에 죽이지 않고 살아 있는 채로 서서히 고통스럽게 질식시켜 집어삼키는 악어처럼 말이다.

"변명조차 듣기 귀찮으니까."

진심으로 성가시다는 표정을 지으며 책상에 걸터앉았던 몸을 일으킨 도진은 어느 먹이 사슬에서나 최상위 포식자였다.

도진의 뒤로 수상한 차가 붙기 며칠 전, 한강이 내려다보이는 어느 한 호텔의 스위트룸에서 유진이 슬립만 입은 채로 와인을 마시고 있었다. 그런 그녀의 뒤로 허리에 수건만 두른 남자가 다가왔다.

"오늘은 화가 많이 나 있네. 누가 이렇게 만들었대~."

테이블 위에 올려진 담배를 입에 물고 불을 붙인 남자가 한 모금 깊게 빨아들였다. 모든 구역에서 금연이라는 호텔의 기본적인 매너는 깔끔하게 무시했다. 어차피 자신의 옆에 있는 이 여자의 돈이면 아무 문제 될 것이 없었기 때문이다.

"그나저나, 난 줄 게 없는데?"

그는 경력 많은 연예부 기자였다. 경력이 많은 만큼 이곳저곳에서 들리는 정보를 모아 유진에게 넘기고, 그 대가로 그녀와 몸을 섞거나 연봉보다 더한 금액을 일시불로 받으며 살아가는 사람이었다. 그에게는 여러모로 손해 볼 것이 없는 장사였다.

남자는 한 손에는 여전히 담배를 들고 다른 한 손으로는 유진의 엉덩이를 쓰다듬으며 귓가에 속삭였다.

"내가 재미있는 거 하나 줄게."

유진의 말에 남자의 눈이 흥미롭게 반짝였다. 원하는 반응이었던 만큼 유진의 입꼬리가 길게 올라갔다. 나지막이 자신을 요즘 거슬리게 만드는 두 사람의 이름을 나란히 말했다.

"차도진하고 정지안."

"같이 붙여 놓을 만한 이름들이 아닌데?"

남자는 심드렁하게 반응했다. 그도 그럴 것이 수많은 기자들이 지안의 사생활을 잡기 위해 노력했지만, 건질 수 있는 건 아무것도 없었다. 도진 역시 연예인보다 더 유명한 사람이었다.

발길이 닿는 곳마다 시선을 끄는 두 사람이 엮였는데 기자들 사이에서 이렇게 조용할 리가 없었다. 유진은 제가 던진 말에 관심을 보이지 않는 남자를 한심하게 바라보았다.

"남 기자, 감 죽었어? 여배우랑 재벌이 얽힐 게 뭐가 있겠어?"

"그야 결혼 아니면 스폰……?"

"정지안이 데뷔 후에 곧바로 주연급 배우로 성장했지?"

"그게 다 차도진 덕분이다?"

유진이 그냥 하는 말이 아님을 느낀 남 기자의 눈이 음흉하게 번뜩였다. 유진은 이제야 자신이 원하는 방향대로 대화가 흘러가는 것을 느끼고 얼굴이 유하게 풀어졌다.

"내가 언제 자기한테 헛소리한 적 있어?"

"증거 있어?"

"내가 둘이 룸으로 올라가는 걸 직접 봤다면?"

손가락으로 남 기자의 가슴을 쭉 쓸어내리며 내는 자신감 넘치는 유진의 목소리에는 확신이 담겨 있었다. 그러나 덥석 물기에는 껄끄러운 것이 한두 가지가 아니었다. 특히 기자들에게 자비가 없기로 유명한 차도진을 멋모르고 건드렸다가 낭패를 본 동료들도 여럿 있었다.

"차도진은 차원이 다른 이야기야. 확실한 증거 없인 나 같은 서민들에겐 그냥 저승 세계로 가는 프리 패스 티켓이라고."

흥미를 보이지만 여전히 미적지근한 반응만 하는 남 기자의 모습에 유진은 짜증이 나 미간을 확 찌푸렸다.

"그래서, 안 할 거야? 그럼 다른 사람한테 넘기면 돼. 당신의 승진도 날아가겠네."

"말이 또 왜 그렇게 돼. 사진만 넘기면 당장이라도 쓰지."

"돈이면 안 되는 일이 어디 있겠어?"

곧 사진을 넘기겠다는 의미였다. 대어를 잡을 수 있겠다는 생각에 남 기자가 싱글벙글 웃었다. 자신도 이제 나이나 사회적 위치를 보았을 때, 어중간한 자리가 아니라 머리에 있을 때가 되었다. 김칫국부터 들이켠 남 기자는 호언장담하며 자신했다.

"말만 해! 자기가 원하는 대로 다 써 줄게!"

남 기자를 다루는 건 그녀에게 쉬웠다. 그는 권력과 돈 그리고 여자에 환장하는 동물이었다. 유진이 자신의 어깨에 걸린 끈을 아래로 내리자 얇은 슬립이 바닥에 톡, 하고 사뿐하게 떨어졌다. 팔을 앞으로 뻗은 그녀는 남 기자의 목을 끌어안았다.

"사람들은 진실을 원하지 않아. 자극적인 재미만 원할 뿐이지."

유진의 말에서 남 기자는 그녀가 원하는 것이 무엇인지 정확하게 읽었다. 도진과 지안의 사이가 어떻든 간에 그녀가 원하는 것은 더럽고 자극적인 내용이었다. 마치 지금의 그녀와 저처럼. 음험하게 돌변한 눈빛의 남 기자가 몸을 일으키며 유진을 안아 들었다.

"그건 내 전문이지."

일시적인 쾌락을 즐기는 사이에 오로지 욕망으로만 이루어진 탑이 서서히 무너지고 있는 것을 두 사람만 모르고 있었다.

Chapter 11

이상한 소문

　도진이 호텔로 출근하고도 한참이 지나도록 침대에서 꾸물거리다 느지막이 일어난 지안은 모처럼 여유롭게 혼자만의 시간을 즐기다가 샤워를 하기 위해 욕실로 들어갔다.

"이게 뭐야?"

　지안은 샤워 부스로 걸어가다가 스치듯 본 거울 속 가득한 붉은 자국에 당황해 제 몸을 구석구석 살펴보았다. 손가락으로 열심히 문질러도 군데군데 피어 있는 붉은 꽃은 사라지지 않았다.

　한참 동안 거울 속 자신의 모습을 살펴보던 지안은 헛웃음을 터뜨렸다. 그동안 많은 관계를 가졌지만 도진은 자신의 몸에 흔적을 단 한 번도 남기지 않았다.

　의상 피팅과 촬영이 잦은 자신을 배려했다는 것은 알고 있었지만, 이렇게 스케줄이 없는 틈을 타 마음껏 잔뜩 새겨 놓은 것을 보니 단순한 배려가 아니라 지독한 참을성에 가까웠던 것 같았다. 저를 위해서라면 본능조차 자제하는 도진에게 진심으로 감탄했다.

"그래도 이건 좀 너무한 거 아니야?"

다시 봐도 신기한, 빼곡한 붉은 자국에 지안이 고개를 절레절레 저었다.

간단하게 샤워를 마치고 나와 나갈 준비를 마친 그녀는 꽤 신경 쓴 모습이었다. 특히 아이보리 색감의 트위드 원피스는 지안이 오늘 약속을 중요하게 생각하고 있다는 것을 보여 줬다.

"각 잡고 꾸몄네?"

"그래도 예쁘게 입고 사고 치려고."

지안을 데리러 온 경석의 감탄에 지안은 어깨를 으쓱이며 너스레를 떨었다.

그들이 탄 차는 빠르게 달려 지안의 소속사인 우드 엔터테인먼트의 사옥으로 향했고, 주차장에 도착하자 지안은 소속사 대표인 강준의 사무실로 들어갔다.

"날 보러 오는데 웬일로 꾸몄어?"

"그냥요."

강준은 지안을 보고 의외라는 듯이 말하며 자리에 앉으라고 손짓했다. 지안은 짧게 대답하며 소파에 앉고서 시계를 힐끔 보았다. 올 때가 되었는데…….

똑똑ㅡ.

기가 막힌 타이밍으로 노크 소리가 들렸고, 지안의 매니저인 경석이라고 생각한 강준은 들어오라고 말했다.

"대표님, 손님 오셨어요."

문을 열고 들어온 사람은 경석 혼자가 아니었다. 올 사람이 지안 말고는 없었던 터라 강준이 의아한 얼굴로 문을 바라보자, 그곳에는 도진이 서 있었다. 갑작스러운 도진의 방문에 강준이 얼떨떨한 반응을 보이는 사이, 지안이 벌떡 일어나 도진의 곁으로 다가가 그의 손을 잡고 자리로 이끌었다.

"여기는 우리 소속사 하강준 대표님, 그리고 여기는 CHA 호텔 차도진 이사님."

도진은 서로 초면이라 생각하고 친절하게 통성명을 대신해 주는 지안을 귀엽다는 듯이 바라보았다. 그의 반응까진 신경 쓰지 못한 지안은 도진과 강준이 인사를 나누자마자 경석까지 모두를 자리에 앉히더니, 바로 본론을 꺼냈다.

"대표님. 저 '타성' 촬영 끝나면 쉬고 싶다고 말했었죠?"

이미 합의가 된 사항이었기에 강준은 고개를 끄덕였다. 지안은 그런 강준의 반응에 만족스럽게 웃은 뒤, 도진의 손을 꼬옥 붙잡고 말했다.

"저 그때 결혼하려고 해요."

어색한 공기를 가로지르는 해맑은 목소리였다. 결혼? 해야지. 속으로 생각하며 지안의 말을 듣던 강준이 눈을 크게 떴다.

배우를 관리하는 소속사 사장으로서 강준은 앞으로 지안에게 일어날 일에 대비하고 있는 중이었다. 건우와 스캔들이 터졌을 때, 지안은 자신에게 만나는 사람이 있다는 것과 결혼까지 할 예정이라고 말했다. 게다가 얼마 전에는 무려 차도진이 직접 찾아오기까지 했으니 결혼을 하긴 하겠구나, 싶었다.

"이번 드라마 끝나면 결혼식을 올리겠다는 말이야?"

"네."

지안은 환하게 웃으며 고개를 끄덕였다. 제 대답에 강준의 머릿속이 빠르고 복잡하게 돌아가고 있는 것이 보였다. 자신이 맡고 있는 광고의 계약 기간이며, 벌써부터 차기작을 위해 받은 대본이며, 무엇보다도 그녀가 정한 디데이가 촬영이 끝난 후라면 드라마가 방영되고 있을 때 결혼 발표를 해야 했다.

"너 대체 나한테 왜 그러냐……."

아니나 다를까, 이렇게 봐도 저렇게 봐도 골치 아픈 일투성이가 되리라 예상한 강준이 지안을 밉지 않게 흘겨 보며 우는소리를 내었다. 거기다 현재 일에 욕심이 많은 지안이 대중들에게 인정받는 유일무이한 20대 여배우인 만큼, 적어도 이 시기는 지나고 결혼할 줄 알았기에 아쉬운 마음도 컸다.

지안은 그런 강준의 마음을 충분히 이해하기 때문에 미안한 마음에 괜히 샐샐 웃었다. 강준에게 앞으로 자기가 더 잘하겠다고 말을 하려던 지안은 손등을 덮은 온기에 고개를 아래로 내렸다. 귓가에 웃음기를 머금고 있는 낮은 목소리가 퍼졌다.

"죄송합니다. 제가 마음이 급해서 좀 보챘습니다."

사실과 다른 이야기에 지안이 눈을 키우며 가만히 올려다보자, 도진은 그냥 웃을 뿐이었다.

"아닙니다! 괜찮습니다!"

지안을 향해 작게 투정을 부리던 몸을 바로 한 강준이 손사래를 강하게 쳤다. 자신이 아쉽다고 해서 많은 축복을 받을 결정을 한 지안과 도진을 미안하게 할 생각은 없던 강준이었다. 오히려 지안의 또 다른 친정으로서 전폭적인 지지를 할 예정이었다.

"그런데 대표님은 안 놀라셨어요? 내가 신랑감으로 이런 남자를 데려왔는데."

다행히 부드럽게 풀어지는 분위기에 지안은 옆에 앉아 있는 도진의 팔을 붙잡으며 강준에게 말했다. 결혼할 사람이 있다고 말은 했지만 막상 그 사람이 도진이라는 것을 알게 되면 놀라는 게 당연한 반응일 텐데, 생각보다 강준의 반응이 잠잠했다.

지안에게 정곡을 찔린 강준의 눈매가 어색하게 굳었다. 물론 그는 도진과 대면한 첫날, 이미 앞으로 흘릴 땀은 다 흘렸을 만큼 긴장했었다.

"너는 왠지 결혼도 범상치 않은 사람이랑 할 것 같았어."

대수롭지 않은 척하며 예상했다는 듯이 반응한 강준에 지안은 의외로 쉽게 넘어갔다. 고개를 끄덕이며 그렇구나, 하는 지안의 눈치를 살피며 강준은 도진과 눈을 마주쳤다.

도진은 지난번 자신과의 만남을 비밀로 하려고 노력하는 강준을 보며 부드럽게 입매를 올리어 미소를 지었다. 눈꺼풀을 한번 아래로 내렸다가 다시 밀어 올리며 전한 눈짓은 덤이었다.

"저로 인해 우드 엔터테인먼트에 피해가 가게 된다면 바로 연락 주세요."

도진이 슈트 안주머니에서 명함을 꺼내 강준에게 건넸다. 계약이라면 진저리가 날 정도로 많이 했다. 모든 계약의 공통점을 찾으라면 단 하나였다. 위약금. 도진은 강준에게 지안과 자신의 결혼으로 회사에 생길 금전적인 피해를 모두 보상하겠다고 말한 것이었다.

"오빠?"

"괜찮습니다. 소속사에서 마땅히 처리해야 할 일이니까요."

지안도 도진이 한 말의 뜻을 모르지 않았기에 당황한 목소리로 도진을 불렀다. 위약금이라면 자신이 충분히 감당할 수 있었다. 도진의 명함을 건네받은 강준 역시 그 제안을 거절했다. 그러나 도진은 두 사람의 만류에도 개의치 않고 말을 이었다.

돈이 인생의 전부는 아니지만, 서로의 이익을 위해 성립된 계약 관계에서는 돈이 전부였다. 도진은 위약금이 얼마가 되었든 지저분하게가 아니라 원만하고 깔끔하게 끝났으면 했다.

"혹시 대표님께서 아쉬운 소리를 해야 할 상황이 올까 봐 드리는 겁니다. 그러지 마시라고요."

"네?"

"오빠."

"원하면 원하는 대로 더 주세요. 저는 대표님이 을이 되지 않았으면 합니다."

상대방이 원하는 대로 하는 것이 어떻게 갑의 위치일까 아이러니했지만, 도진의 말을 이해하지 못한 사람은 이 방에 없었다. 평생 갑의 삶을 살아온 도진의 여유에 모두가 할 말을 잃어버리자 도진의 눈가가 활처럼 휘어졌다.

"지안이가 연기에 대한 진심으로 쌓아 올린 이미지에 흠집 나는 건 제가 죽어도 싫거든요."

도진은 고작 돈 때문에 지안에게 잡음이 생기는 건 용납할 수
없었다.

일주일 후, '타성' 촬영 첫날.

첫 촬영의 설렘, 기대감을 마음 가득 채우고 현장에 나온 지
안은 기존에 여러 번 같이 작업했던 스태프들과 반갑게 인사하
고, 또 새로운 얼굴인 스태프들에게는 깍듯하게 인사했다. 그
리고 감독과 남자 주연을 맡은 민호가 있는 곳에 도착하고 두
눈을 크게 떴다.

"역시 대배우라서 제일 늦게 오는 거야?"

배우 중에서 지안이 가장 늦게 도착하자 장난기가 가득한 음
성으로 지안을 놀리는 사람은 선오였다.

"너 왜 왔어?"

오늘 첫 촬영을 하는 배우는 민호와 자신밖에 없었던 터라
선오가 현장에 있는 것에 놀란 지안은 그의 장난을 받아치지
못했다.

"오늘 우리 드라마 첫 촬영이잖아요~. 그래서 선오랑 같이 응
원하려고 왔어요."

거대한 민호와 선오 사이에 가려져 지안이 미처 발견하지 못
한 아리가 모습을 드러냈다. 지안은 유독 작은 아리의 모습을

귀여워하며 반갑게 인사했다. 선오가 그런 지안을 보고 뺨을 부풀리며 투덜거렸다.

"와~ 똑같은 동생인데 강아리만 예뻐하는 것 봐."

나이가 몇 개인데 대놓고 질투하는 선오를 향해 어이없는 웃음을 터뜨린 지안은 손질되지 않은 그의 머리를 마구 헝클였다. 그러다가 제 옆에 딱 붙어서 조심스럽게 말을 거는 아리를 내려다보았다.

"저, 언니……."

"웅?"

"이거 드세요!"

아리가 지안에게 건넨 것은 따뜻한 아메리카노였다. 얼떨결에 커피를 건네받은 지안이 주위를 둘러보았다. 선오와 아리가 준비한 것인지, 스태프들의 손에는 저마다 똑같은 프랜차이즈의 로고가 그려진 컵이 들려 있었다.

"고마워. 잘 마실게."

"샷 추가했어요! 언니 좋아하시잖아요."

"내가 그런 것도 말했었나?"

자신의 커피 취향을 정확히 알고 있자 지안의 눈동자가 커졌다. 지난번에 모였던 이자카야에서 말했던가, 고민하는 그녀에게 선오가 답을 주었다.

"얘 롤 모델이 누나라니까? 누나 데뷔 때부터 팬이라서 누나라면 소름 돋을 정도로 빠삭하게 꿰고 있어."

"정말? 난 그냥 하는 말인 줄 알았지."

"아니에요! 저 정말 언니 팬이에요! 언니 연기 너무 잘하세요."

지안은 정말 좋아하는 연예인을 마주한 듯 두 눈을 빛내면서 자신을 바라보는 아리를 보고 배시시 웃었다. 누군가에게 롤모델이라는 소리를 직접 들으니 민망함이 몰려왔다. 그런 지안의 반응을 눈치채고 민호는 말을 보탰다.

"너랑 작품 찍는 거, 아리 버킷리스트였대."

"다들 그만하면 안 돼?"

"혹시 부담스러우세요?"

지안이 부끄러워하자 아리가 그녀의 눈치를 살피며 물었다. 그러자 지안은 다정하게 아리의 등을 쓰다듬으며 고개를 저었다. 그저 동료 배우가 자신을 정말 존경하고 있다는 느낌을 받은 것이 처음이라 당황스럽고 민망했을 뿐이었다.

"아니야. 너무 고맙지."

"저, 그러면 언니한테 더 치대도 돼요?"

"그러면 너무 영광이지."

아리가 지안의 말에 활짝 웃었다. 그런 그녀의 반응이 귀여워서 지안은 웃음을 터뜨렸다. 꼭 뭔가 다 퍼 주고 싶은 언니. 아니, 엄마의 마음이 된 것만 같았다.

"자, 이제 우리 리허설 들어갈까?"

타이밍 좋게 다가와 대화를 끊는 감독의 말에 지안은 고개를 끄덕이며 주머니에 있던 핸드폰을 경석에게 전해 주기 위해 꺼냈다. 그와 동시에 '지이이잉' 하고 울리는 진동에 화면을 확인한 지안의 입꼬리가 길게 올라갔다.

> 오늘부터 수현이로 살아갈 지안아, 이따 보자.

자신을 응원하는 도진의 메시지였다.

CHA 호텔.

> 이따 봐요.

곧바로 지안의 답장을 받은 도진은 핸드폰을 책상 위에 내려놓으며 '피식' 웃었다.

똑똑―.

노크 소리에 도진은 서류에서 눈을 떼지 않고 들어오라고 말했다. 그의 허락에 집무실 안으로 들어선 사람은 김 비서였다.

"전무님, 저번에 보고드렸던 분 왔습니다."

김 비서의 말에 고개를 든 도진은 데리고 들어오라는 의미로 고개를 끄덕였다. 곧바로 몸을 돌려 집무실을 나간 김 비서는 곧이어 체격이 건장한 남자와 함께 들어왔다.

남자는 쌍꺼풀이 없고, 가로로 기다란 눈매를 가져 사진에서 미리 보았던 얼굴보다 더 날카로운 인상의 소유자였다. 특히 볼에 움푹 팬 상처가 눈길을 끌었다.

도진은 천천히 시선을 내리며 남자를 살펴보다가 손등이 흉터로 가득한 것을 보며 '피식' 웃음을 터뜨렸다. 자칫 비웃음처럼 느껴질 수 있는 웃음이었으나, 그저 제가 받아 보았던 남자의 이력이 떠올랐기 때문이다.

그 외에도 국내, 국외 가릴 것 없이 비밀이란 비밀 작전에는 다 참여해 A4를 꽉 채운 글자들은 웬만한 일에 감흥이 없는 도진조차 감탄할 만큼 화려했다.

감정이 없는 사람처럼 자신을 눈앞에 두고도 무감한 눈을 보이는 남자를 도진 역시 팔짱을 끼고 말없이 응시했다. 절대 서로의 기에 눌리지 않는 두 남자의 모습에 숨이 턱, 막히는 건 그들의 가운데 서 있는 김 비서였다. 그런 그의 숨통을 트게 한 건 제가 만든 적막을 즐기던 도진이었다.

"시끄럽지 않아서 좋네요."

도진은 남자가 풍기는 묵직함이 마음에 들었다.

"감사합니다."

"대답도 간결해서 좋고."

푹신한 의자에 등을 기대며 도진은 남자를 향해 고개를 끄덕였다. 남자는 이미 김 비서를 통해 자신이 해야 할 일을 전해 들었고, 고용주인 도진에게서 채용 의사가 떨어졌으니 도진을 향해 가볍게 고개를 숙였다.

"맡은 바 최선을 다하겠습니다."

"다 필요 없고 본인이 본인 입으로 한 말, 꼭 지키기를 바랍니다."

도진은 목을 조이고 있는 넥타이를 느슨하게 잡아 내리며 의자에서 등을 떼었다. 남자를 향해 묻는 눈빛에는 일순 광채가 어렸다.

"그럼 낚시를 하려면 미끼를 먼저 던져야겠죠?"

M 미디어 본사, 유진의 방.

누군가와 통화를 하던 유진은 이내 전화가 끊기지 않은 핸드폰을 바닥으로 던져 버렸다. 씩씩거리는 그녀의 뒤로 한쪽 벽면을 채운 TV 화면에서 송출되고 있는 문구가 반짝이고 있었다.

여러분의 알 권리, 깨끗하고 정직한 M 미디어에서 정확한 정보로 보장하겠습니다.

유진의 아버지인 민 회장이 이끄는 민강 그룹은 신문사 그리고 방송업에 특화되어 성장한 미디어 기업이었고, 신뢰를 덕지덕지 묻힌 이 문구는 허울뿐인 이사인 유진의 이미지를 포장하는 아주 좋은 수단이었다.

유진은 금방이라도 부러질 듯한 높은 하이힐을 신고 허리를 짚은 채 심호흡을 했다. 얼마나 세게 던졌는지 화면이 깨져 버린 핸드폰을 노려보던 시선이 공손하게 두 손을 모으고 서 있는 윤 비서에게 향했다.

"눈치챈 거야?"

유진과 통화한 사람은 그녀가 도진의 뒤에 붙인 사람이었다. 그러나 자신이 기대한 것과 달리 지난번에 도진이 아침에 차를 끌고 나왔다가 다시 들어가더니, 하루 종일 나오지 않았다는 말뿐이었다.

"……잘 모르겠습니다."

금방이라도 벼락을 떨어뜨릴 것 같은 목소리에 윤 비서는 잠시 숨을 참았다. 한번 화가 나면 컨트롤하기 어려운 상사였다. 그녀의 히스테릭한 성격은 오직 자신이 감당해야 했다.

"하지만 차도진 전무가 눈치를 챘다면, 아무도 무사하지 않았을 겁니다."

거친 숨을 내쉬던 유진은 윤 비서가 차분하게 전하는 말에 공감을 하며 고개를 끄덕였다. 도진에게 걸렸으면 멀쩡하게 자신에게 전화를 걸지는 못했겠지.

만약 자신이 원하는 사진을 얻기 전에 도진이 눈치를 챘다면 그의 뒤를 계속 밟는 건 사실상 불가능하게 될 것이었다. 유진은 일을 단번에 끝내지 못한 사람들을 한심하게 여겼다.

"돈을 받았으면 돈값을 해야지."

유진은 바닥에 던져진 핸드폰을 길고 뾰족한 구두 앞코로 밀어 버리며 의자에 앉았다. 아직 기회가 남았다는 생각에 마음의 여유가 생긴 유진은 이번에는 부디 제 말에 긍정적인 답이 돌아오기를 기대하며 윤 비서에게 물었다.

"소문은 어때? 잘 퍼지고 있어?"

"아직은 말도 안 된다며 믿지 않는 반응이 대부분입니다. 그러나 곧 이사님께서 원하시는 대로 될 겁니다."

"이미지 관리 하나는 잘했나 보네, 더러운 몸 굴려 가며."

코웃음을 친 유진은 이를 까득, 하고 물었다. 그녀의 기분이 나빠진 것을 육안으로 확인한 윤 비서는 얼른 말을 덧붙였다.

"하지만 기사가 터진다면 해명한다고 한들 걷잡을 수 없을 겁니다. 의심의 싹을 틔우면 내내 정지안 씨의 꼬리표가 될 테니까요."

윤 비서의 말이 마음에 든 유진은 흡족하게 웃으며 고개를 끄덕였다.

까만 밤하늘이 되고 나서야 첫 촬영이 끝난 지안은 뻐근한 목을 돌리며 퇴근할 수 있었다. 주변 사람들을 챙기며 더 밝게 행동하던 그녀는 자신의 집 주차장에 홀로 남겨지고 나서야 비로소 피곤한 한숨을 내쉴 수 있었다.

"너무 많이 먹었나?"

지안은 퇴근하기 전에 자신을 담당하고 있는 팀과 야식에 가까울 만큼 늦은 저녁을 먹었다. 어느덧 8년 차 베테랑 배우가 되었음에도 첫 촬영이라고 긴장을 했는지, 촬영 중간중간에는 음식이 넘어가지 않았기에 하루 종일 굶은 뒤에 먹은 첫 끼였다.

그게 탈이 난 건지 더부룩한 속에 집에 들어가서 소화제라도 먹고 자야겠다는 생각을 하면서 현관 비밀번호를 눌렀다. 힘없는 발걸음으로 터덜터덜 중문까지 들어간 지안의 눈이 휘둥그레졌다.

"와, 깜짝이야!"

복도에 꺼져 있던 불이 환하게 켜지며 나타난 사람은 도진이었다. 아까 퇴근을 했다는 연락은 확인했지만, 자신의 집으로 퇴근했다는 말은 없었던 그였다. 보통 자신의 집으로 올 때면 '집으로 갈게.'라는 말은 꼭 덧붙였기 때문에 집에 아무도 없다고 당연하게 생각하던 지안은 예상치 못한 도진의 등장에 더 놀랐다.

"많이 놀랐어?"

도진은 화들짝 놀란 지안의 모습에 살짝 미안하다는 듯이 웃다가 손에 들고 있던 걸 불쑥 지안의 눈앞으로 내밀었다.

시야 가득 들어찬 것은 동그랗고 붉은 꽃송이들을 샛노란 꽃들이 둘러싸고 있는, 예쁘게 묶인 꽃다발이었다. 저마다 커다란 꽃은 꽃잎이 겹겹이 쌓여 아주 풍성한 모습을 자랑하는 아름다운 자태였다. 내밀어진 꽃다발을 얼떨결에 받아 든 지안은 품 안에 한 아름 가득 들어온 크고 화려한 꽃다발에 얼굴을 가까이했다.

진한 장미 향이 훅 끼치고, 이윽고 달콤하고 상큼한 꽃내음이 코끝에 퍼졌다. 아직 봄꽃이 피는 걸 시기하는 듯 추위가 가시지 않은 날씨였으나, 꽃향기를 맡으니 꼭 따스함만 가득한 완연한 봄이 온 것만 같았다.

피곤한 것도 잊어버리고 기분이 좋아진 지안은 옅게 미소를 지었다. 그러나 갑작스럽게 꽃다발을 건네주는 영문을 몰라 고개를 들고 도진을 빤히 바라보았다. 도진은 애정이 듬뿍 담긴 눈길로 어리둥절해하는 지안을 바라보며 유유히 웃었다.

"오늘도 고생 많았어. 첫 촬영 축하해."

지안은 도진의 대답에 시선을 내려 꽃다발을 한 번, 다시 눈꺼풀을 밀어 올려 도진을 한 번 바라보았다. 아무 연락도 없이 집에서 퇴근하는 자신을 기다린 도진의 모습에 문득 기분이 이상해졌다.

물론 오늘과 똑같은 상황이 한두 번도 아니었고, 도진은 언제나 그래도 되는 사람이지만, 오늘은 조금 특별한 느낌이었다. 마치 일이 끝나고 지친 아내를 맞이하는 남편의 모습 같다고나 할까?

함께 보내는 시간이 많이 늘었어도 오늘처럼 콕 집어 도진을 보며 '남편'이라는 단어를 떠올린 적 없었기에 신기했다. 갑자기 왜 이런 생각을 했을까, 생각하던 지안은 며칠 전에 도진과 함께 소속사 대표인 강준을 만나고 온 이후부터 계속 들떠 있던 자신을 발견했다.

저와 도진의 관계를 알고 있는 사람은 가족뿐이었다. 본격적으로 도진과의 사이를 공식화하는 단계의 첫발을 디디고 나니, 떨리기도, 설레기도 했다. 새삼 도진과 이런 미래를 그릴 수 있게 될 것이라고는 단 한 번도 생각하지 못했던 지난날이 떠올라 울컥하기도 했다. 지안은 눈가에 눈물이 핑 돌려는 것을 간신히 참아 내고 꽃다발에 시선을 고정하며 말을 돌렸다.

"고마워요. 꽃 너무 예쁘다!"

도진은 잠시 말없이 지안을 바라보다가 이내 그녀가 보고 있는 꽃다발에 시선을 주며 낮게 말했다.

"매력, 열렬한 사랑, 당신의 앞날."

"네?"

"새 작품에 들어가는 정지안을 응원하는 나의 마음?"

도진이 꽃말을 말하는 것 같은 느낌에 지안은 꽃을 자세히 살펴보기 시작했다. 처음에 시선을 빼앗았던 동그랗고 화려한 붉은 꽃 주변에 조금 더 진한 붉은색의 장미가 있었고, 끝부분에는 샛노란 프리지어가 붉은 꽃들을 전체적으로 둘러싸고 있었다.

사랑을 의미하는 장미와 새로운 출발을 응원하는 의미의 프리지어는 알겠으나, 매력을 의미하는 가운데 크게 자리 잡고 있는 꽃이 무엇인지 몰랐던 지안이 도진에게 물었다.

"이건 뭐예요?"

지안이 손가락으로 가리키며 이름을 묻자 꽃에 시선을 주던 도진이 나긋한 눈길로 지안을 바라보았다.

"라넌큘러스. 매혹이라는 의미를 담고 있지, 마치 너처럼."

"……."

"덕분에 내가 정신을 못 차리잖아."

지안의 눈동자가 천천히 굴렀다.

"……우리 안으로 들어가요!"

지안은 적절한 대답을 찾지 못하다가 아직 신발도 벗지 않고 있었다는 것을 상기했다. 신발을 벗으며 복도의 입구로 들어선 지안은 꽃다발을 한 손에 옮기고, 다른 손으로는 도진의 손을 붙잡고 거실 안쪽으로 이끌었다.

허둥지둥 움직이는 지안을 보며 '피식' 웃음을 터뜨린 도진은 기꺼이 그녀의 힘에 이끌렸다. 거실로 들어간 지안이 테이블에 꽃다발을 내려놓자 도진이 그녀의 뺨을 살살 보듬으며 다정하게 물었다.

"지금 컨디션은 어때?"

지안은 세심하게 자신을 챙기는 도진을 보며 살며시 입술을 벌렸다. 아무래도 어떤 작품을 시작하든지 언제나 처음에는 긴장을 한다고 흘러가듯이 했던 자신의 말을 기억하는 듯싶었다. 다정다감한 도진의 말과 행동에 코를 찡긋거리며 대답했다.

"좋았어요. 기분이 좀 이상하기도 했지만?"

"왜?"

지안은 도진의 반문에 바로 머릿속으로 아리와 나눴던 대화를 떠올렸다.

— '별이 되어 버린 꿈', 그게 제 인생 영화에요!

— 언니가 제 롤 모델이라는 말 진심이에요! 전 언니처럼 연기 하고 싶어요!

아리가 말한 '별이 되어 버린 꿈'은 자신이 데뷔작을 찍은 지 얼마 안 되었을 때 찍은 독립 영화였다. 기초 수급자인 시각 장

애인 아버지와 단둘이 살아가는 소녀 역할을 맡았다. 찍으면서
도 마음이 많이 아팠던 영화였다.

피아노를 좋아했던 소녀가 나중에 돈을 많이 벌면 꼭 제대로
피아노를 배워 아버지에게 아름다운 연주를 들려 주며 살고 싶
다는 꿈 하나로 열심히 살아가던 중, 불의의 사고로 인해 아버
지가 돌아가시고 자신은 손가락 신경을 다쳐 버렸다. 유일했던
자신의 꿈을 모두 잃어버린 소녀가 바닷가에서 밤하늘에 홀로
빛나고 있는 별을 바라보며 영화는 끝이 났다.

지안은 감히 자신이 이런 역할을 맡아도 되는 건지 영화가 끝
이 날 때까지 걱정했다. 아니, 지금 모습 그대로 다시 그 역할을
맡으라고 해도 여전히 자신이 없었다.

"내가 누군가의 존경을 받을 만한 연기를 해 왔을까. 내가 과
연 그런 사람이 될 수 있을까."

연기를 진심으로 사랑해서 시작한 것이 아니었기 때문에 특히
데뷔 시기에 가까울수록 연기를 하는 자신이 더 초라하고 비참
히고 나약하게 보였다. 그런 자신을 아리기 롤 모델로 삼아 온 것
이 부끄럽고 창피했다.

지안이 머쓱하게 웃어 보였다. 제가 먼저 꺼낸 이야기였지만,
하다 보니 점점 기분이 가라앉는 것 같았다. 오늘 자신을 걱정
했을 도진에게 이런 모습을 보이고 싶지 않았다.

도진은 말을 하다가 웃어 버리는 지안을 보며 말을 돌렸다.
무엇보다 그녀의 감정이 최우선인 도진이 그녀의 목소리가 가
라앉은 것을 눈치채고 하는 자연스러운 행동이었다.

"밥은 먹었어?"

"오는 길에 먹었어요. 늦게 먹었더니 내일 부을까 봐, 조금 걱정돼요."

"그러면 우리 가볍게 산책이나 할까?"

"지금요?"

지안은 집에 다다라서부터 조금씩 차창에 맺혔던 빗방울을 상기했다. 아마 지금은 조금 더 오지 않을까, 생각하던 지안은 집에 있던 도진은 모를 수 있겠다는 생각에 거실에 나 있는 통창으로 시선을 옮겼다.

"밖에 비 와요."

"더 좋지 않아?"

그러나 도진도 이미 알고 있었는지, 돌아오는 대답은 의외였다.

"빗속 데이트 낭만 있잖아. 저번처럼."

귓가에 살짝 속삭이는 도진으로 인해 지안의 귀 끝이 붉게 달아올랐다.

"······잘 기억이 안 나는데요? 아! 산책하려면 모자 가져와야겠어요!"

헛기침을 두어 번 하며 눈동자를 도르륵, 굴리던 지안은 적당한 핑계가 떠오르자 재빨리 드레스 룸으로 향해 도진에게 벗어났다.

도진은 당황한 티를 잔뜩 내며 총총 걸어가는 지안의 뒷모습을 보며 웃음을 터뜨렸다.

3일 후, 드라마 '타성' 세트장.

"언니!"

"응? 아직 안 갔어?"

촬영장에 도착한 지안은 귓가에 아리의 밝은 목소리가 닿자 놀라며 뒤를 돌아보았다.

오늘은 네 명의 배우 전부 오직 '타성'을 위해 만들어진 세트장에서 스케줄이 있었다. 다만 아리와 선오는 B팀과 함께 오전에 촬영을 진행했고, 지안과 민호는 A팀과 함께 오후 스케줄이었다.

같은 날이라고는 하지만 두 팀의 스케줄 간격이 두 시간 정도 차이가 나서 지안은 당연히 아리도 퇴근했을 것이라 생각했기에 그녀의 등장이 놀라웠다. 주위를 둘러보니 아무래도 또 자신의 스태프들은 다 보내고 혼자 기다리고 있던 듯 보였다.

"얼른 가서 쉬지! 아직도 여기 있으면 어떡해?"

"A팀 조금만 구경하다가 가려고요!"

해맑게 웃는 아리를 보며 지안은 못 말린다는 듯이 웃어 버렸다. 아리와 촬영을 같이한 지는 얼마 되지 않았지만 초반부터 붙는 장면이 많아 생각보다 많은 시간을 함께 보낸 결과, 그녀가 연기에 욕심이 매우 많다는 것을 지안은 느낄 수 있었다.

오늘처럼 본인의 분량이 끝난 후나, 더 일찍 도착했을 때, 아리는 종종 지안의 연기를 감상하고는 했다. 처음에는 그런 아리의 모습에 괜히 부담이 되고는 했지만, 적응이 된 지금은 부끄럽지 않은 연기를 하기 위해 최선을 다하게 하는 자극제가 되었다.

서로에게 좋은 영향을 주는 것 같아 오히려 아리에게 고마움을 느끼는 지안이었다. 게다가 아리가 자신에게 쏟는 정성만큼, 자꾸 신경이 쓰이던 자신도 점점 아리를 진짜 여동생처럼 아끼게 되었다.

"이거 목에 좋은 차예요! 제가 노래할 때마다 마시는데, 이게 효과가 정말 좋거든요! 언니 요즘 공기도 안 좋은데 계속 야외 촬영이셨잖아요!"

지안은 얼떨결에 아리가 내미는 쇼핑백을 받아 들었다. 안을 확인하자 종류별로 빼곡한 상자에 헛웃음을 터뜨렸다. 그러자 아리가 살짝 어깨를 움찔하며 재빨리 변명했다.

"제 것 사면서 그냥 조금 더 산 거니까, 절대 부담 안 가지셨으면 좋겠어요. 비싸지도 않아요!"

자꾸 이러지 말라고 혼내지도 못하게 먼저 선수를 치자 허탈하게 웃었다. 가격의 문제가 아니었다. 아니, 차라리 고가의 물건이었다면 대놓고 거절이라도 하지.

지안은 자꾸 자신에게 뭘 해 주지 못해 안달이 나 있는 것 같은 아리의 모습에 눈을 도르륵 굴렸다. 받기만 한 게 미안해서 챙겨 주면 언제나 두 배, 세 배로 돌아오니, 이제는 겁이 나기도 했다. 자신은 아리를 알게 된 지 얼마 되지 않았는데, 그녀를 만난 날보다 그녀가 챙겨 준 선물의 개수가 더 많은 느낌이었다.

아리의 모든 행동이 자신을 롤 모델이라고 하는 팬심에서부터 오는 건가, 싫었던 지안은 믿지 않게 눈을 흘기며 농담을 던졌다.

"덕질을 이렇게 하는 사람이 어디 있어?"

"저는 성덕이니까 언니를 가까이 둘 수 없는 수많은 랜선 팬들을 위해 대신 나서는 거죠!"

다른 사람과 차별된다고 하려던 지안은 뻔뻔하게 팬들을 대신해 자신을 챙긴다고 하니 할 말을 잃어버렸다. 자꾸 아리에게 말리는 것 같은 기분에 결국 항복을 외쳤다.

"오늘 건우가 응원차 3종 세트로 거하게 보낸다고 했으니까 그거 꼭 먹고 얼른 들어가. 너, 내일도 새벽부터 촬영 있잖아."

"헤헤, 알았어요!"

지안은 배시시 웃는 아리의 어깨를 톡톡 두들겼다. 연기에 대한 열정은 좋았으나, 아리는 가수 활동도 병행하는 아이였기 때문에 몸이 상할까 걱정이 되었다.

"조금만 있다가 얼른 들어가!"

"네!"

저 멀리서 자신을 찾는 감독님의 목소리에 지안이 대답하며 아리를 향해 손을 흔들고는 안으로 들어갔다.

아리는 자신의 존재가 괜히 방해가 되지 않도록 연기에 몰두 중인 지안의 모습을 최대한 먼 곳에서 구경하고 있었다.

가끔은 지안이 상대 배우가 되었을 때, 마주 보고 연기를 해야 하는데 자꾸 그녀의 연기를 감상하고 있는 자신의 모습을 발견할 수 있었다. 그만큼 지안의 연기가 매력적이었기에 아리는 그녀와 함께하는 하루하루가 매우 소중했다.

"오늘은 김건우가 보냈다며?"

"밥부터 커피, 디저트까지 풀코스래."

"와, 장난 아니다. 지금 갈까?"

뒤에 있는 스태프들의 목소리가 그대로 아리에게 들렸다. 아까 지안이 말했던 3종 세트가 도착했나 싶던 아리는 민호의 바스트 샷 촬영인 것을 확인하고 천천히 세트장을 나왔다.

여러 개의 컨테이너를 지나 제각기 다양한 색깔의 커다란 트럭이 줄지어져 서 있는 것을 확인한 아리는 건우의 스케일에 깜짝 놀랐다. 아무래도 오늘 촬영이 끝날 때까지 모든 스태프들의 배고픈 위를 책임질 예정인 것 같았다.

"딸기 라떼 하나 주세요!"

지안은 얼른 챙겨 먹고 들어가라고 했으나, 아리는 그럴 생각이 전혀 없었다. 배를 채울 만한 것들은 지안과 같이 먹기 위해 뒤로 미루고, 지금은 간단하게 커피나 음료를 마실 생각이었다.

"감사합니다!"

금방 나온 음료를 손에 쥐고 다시 길을 넓게 빙 돌아 지안이 촬영 중인 세트장으로 들어가려던 아리는 마지막 컨테이너를 돌 때쯤 수근거리는 목소리에 발목이 잡혔다.

"나도 김건우 같은 친구 있었으면 좋겠다~."

"윤민호랑 하선오랑도 이미 친하잖아."

"아~ 부럽다! 다음 인생은 정지안처럼!"

슬쩍, 고개를 옆으로 틀어 바라보았다. 얼굴이 익지 않은 것을 보니 아르바이트나 보조 출연자인 듯 보였다. 한탄하듯이 외치고는 서로 '키득키득' 웃는 모습에 아리의 눈가가 살짝 구겨졌다.

같은 작품을 한다고, 또 같이 촬영을 한다고 해서 모든 스태프나 보조 출연자들이 배우들을 좋아할 수 없다는 것을 잘 알고 있었다. 또 자신들이 가벼운 안줏거리에 올라가는 것도 아주 잘 알고 있었지만, 아리는 자신이 존경하고 좋아하는 지안에 대해 떠드는 저런 말은 더 듣고 싶지 않았다. 뒷담화까지는 아니어도, 상대방을 존중하는 느낌이 전혀 없는 대화였으니까.

길을 다시 돌아가야겠다고 생각한 아리가 몸을 돌렸을 때, 아까보다 더 작은 목소리가 들렸다.

"근데 정지안, 스폰서 있다며? 대기업 재벌 3세."

"뭐? 정지안은 사생활 너무 깔끔해서 기자들도 포기한 배우 원 탑이잖아?"

"내 친구 남자 친구가 연예부 기자거든? 근데 이상한 소문 돌고 있나 봐."

"원래 한 다리, 두 다리 건널수록 소문 이상해지는 거 알지?"

'스폰서'라는 단어에 아리의 눈이 커다랗게 뜨였다. 손가락에 힘이 풀려 컵을 놓칠 뻔한 것을 간신히 부여잡았다.

"아냐! 이건 진짜 같아! 남자 친구 선배가 곧 큰 거 하나 터진다고 귀띔해 줬대."

"그럼 그게 정지안이야? 대체 왜? 뭐가 아쉬워서……."

"드라마 한 번 찍으면 몇 억이 뚝딱 들어오는데, 스폰서가 별거겠어?"

"무섭다, 무서워~. 그래도 난 못 한다."

웃음을 터뜨리며 사람들이 자리를 뜨자 고요해진 길에 아리혼자 덩그러니 남았다.

"……에이, 그럴 리가 없잖아."

지금까지 들은 이야기 모두 말도 안 된다는 듯 헛웃음을 터뜨린 아리의 눈동자가 생각과는 다르게 혼란에 잠겨 있었다.

같은 시각, CHA 호텔 프레지덴셜 스위트룸.

"누굽니까?"

도진이 샤워 가운을 입은 채 물기가 뚝뚝 떨어지는 젖은 머리를 수건으로 털어 내며 말했다. 잠에서 깨어난 지 얼마 안 된 듯 깊이 잠겨 있는 목소리는 그를 더욱 냉담히 보이게 했다.

도진은 뻑뻑한 눈가를 손가락으로 문질렀다. 김 비서의 간곡한 권유로 일을 하다가 잠깐 눈을 붙인 그는 대충 봐도 제 모습이 담긴 사진에 '픽' 웃음을 터뜨렸다. 유리 테이블 위에 펼쳐진 여러 사진들 중 한 장의 사진을 들어 올린 도진은 사진 속에 있는 의문의 남성을 뚫어져라 바라보았다.

"심부름 센터를 운영 중인 '구석도'라는 사람입니다."

도진이 앉아 있는 소파의 대각선에 곧은 자세로 서서 대답하는 사람은 얼마 전 그가 고용한 남자였다. 국정원에서 일할 때부터의 습관인 건지, 이름보다는 코드 네임으로 불리는 게 편하다는 남자의 말에 도진이 그를 부르는 호칭은 알파벳 '케이'였다.

"심부름 센터?"

도진이 눈가를 찌푸리며 반문하자 케이는 고개를 끄덕이다가 안주머니에서 또 다른 사진을 꺼내 도진의 앞에 내려놓았다.

"전무님 예상대로 정지안 씨 뒤에도 사람이 붙었습니다."

사람들에게 둘러싸여 웃고 있는 지안이 찍힌 사진이었다. 지안의 사진을 보자 그녀의 뒤를 누군가 따라다녔다는 생각에 심기가 단번에 뒤틀렸다. 도진은 금세 차가워진 눈으로 나지막이 중얼거렸다.

"재미있네."

이어서 마지막으로 케이가 내려놓은 사진에는 자신과 지안이 찍혀 있었다. 정확하게는 자신의 얼굴은 어둠 속에서도 꽤 선명하게 나왔으나, 지안의 얼굴은 도진이 씌워 준 우산으로 철저하게 가려져 있었다.

"SD 카드 속에 있는 정지안 씨 얼굴은 전부 우산으로 가려져 있었습니다."

지안의 첫 촬영이 끝났던 지난밤, 비가 오는 것을 알고 있었음에도 군이 지안을 데리고 산책을 핑계 삼아 밖으로 나간 이유는 여기에 있었다. 오히려 우산으로 더 안전하게 지안의 얼굴을 보호할 수 있을 테니, 예보에 맞지 않은 비가 마음에 들기까지 했다.

아니나 다를까, 곧바로 의문의 정체가 제 손안에 들어왔다. 수가 훤히 다 보이는 술수에 도진의 입에서 조소가 흘러나왔다. 들고 있던 사진을 다시 테이블 위로 날리듯이 던져 버린 도진은 뻐근한 목을 돌렸다. 조금 더 고상한 방법일 줄 알았더니.

눈을 감고 생각에 잠겼던 도진이 눈꺼풀을 다시 밀어 올렸을 때는 눈빛에 서늘함이 어려 있었다. 지안의 뒤에 사람을 붙였다는 소리가 유난히 거슬렸다. 이들의 목적이 뚜렷했기에 당연한 말이었지만, 막상 지안의 이름이 바로 나오니 서늘했던 눈빛이 더욱 차게 가라앉았다.

"지옥 문을 스스로 열려고 하네."

'피식', 웃으며 의식의 흐름을 따라 툭 내뱉은 한마디였다.

"이런 사람에게는 받은 돈보다 더한 돈을 주는 게 맞을까요? 아니면……."

말을 중간에 잠깐 끊은 도진은 푹신한 소파에 등을 기대며 단 한 치의 자세도 흐트러지지 않은 채로 서 있는 케이를 올려다보았다.

"겁을 주는 게 맞을까요?"

도진은 나른하게 웃어 보였다. 살짝 벌어진 샤워 가운 사이로 보이는 잘 빚어진 가슴 근육 그리고 고개를 뒤로 젖히느라 혼들린 물기 있는 머리카락과 퍽 잘 어울리는 웃음이었다.

"깔끔한 건 후자입니다."

케이는 도진이 제시한 선택지에 일말의 고민도 없이 단 하나를 선택했다. 그러자 도진이 수려한 입매를 위로 끌어당겼다.

"그럼 데려와요."

고개를 옆으로 기울이며 순식간에 변한 얼굴은 소름이 돋을 만큼 차가웠다.

"겁도 없이 내 앞에서 날뛰는 놈들."

도진 역시 케이와 같은 생각이었다.

다음 날, 도진은 정면을 주시하던 시선을 살짝 내려 디스플레이에 뜬 케이의 이름을 확인하고 핸들에 있는 핸즈 프리 버튼을 꾹 눌렀다.

"네."

[주소, 메시지로 넣었습니다.]

"지금 바로 가죠."

도진은 바로 차선을 변경하며 핸들을 돌렸다. 매끄럽게 곡선을 그리며 유턴을 한 뒤, 갓길에 차를 세우고 받은 주소를 입력했다. 다시 액셀에 올린 발에 힘을 주자 묵직한 배기음이 도로 위를 가로지르며 도진이 타고 있는 차는 빠른 속도로 앞을 향해 나아갔다.

한 시간이 넘는 시간을 달려 도착한 곳은 다 쓰러져 가는 아주 낡은 아파트 앞이었다. 사람이 살지 않는 건지 틈새마다 거미줄이 가득했고, 먼지가 자욱한 공간이었지만 도진은 한쪽 눈썹만 살짝 올렸다가 내릴 뿐, 표정 변화 없이 계단을 올랐다.

413호

무감한 눈으로 문에 붙어 있는 숫자를 바라본 도진은 손가락을 들어 초인종을 눌렀다. 문이 열리기를 기다리던 도진의 눈동자에 발끝에 채는 쓰레기가 담겼다.

"오셨습니까?"

드르륵, 하고 열린 문 사이로 등장한 케이는 밤에 돌아다니면 보이지 않을 만큼 머리부터 발끝까지 새까만 검은색으로 둘러싸고 있었다. 검은 마스크 위로 제가 유독 마음에 들어 한 눈빛을 확인한 도진은 '피식' 웃으며 말했다.

"검은색이 잘 어울리네요."

"감사합니다."

케이는 담백하게 답했다. 다소 침침한 안의 분위기와 어긋나는 대화였음에도 두 사람은 평온했다. 먼저 발을 뗀 건 도진을 안내해야 하는 케이였다. 저벅저벅 걸어가 가장 안쪽에 있는 문을 활짝 열었다.

흠집 하나 없는 깔끔한 구두로 바닥에 이리저리 흐트러진 쓰레기를 밟아 가며 케이의 뒤를 따라간 도진은 의자에 묶여 있는 심부름 센터의 사장인 구석도를 발견했다. 능력이 과다하게 출중한 케이가 자신의 앞에 데려다 놓으라는 도진의 말에 석도를 데려다 놓는 건 그리 어려운 일이 아니었다.

도진은 전날 케이가 건넨 사진으로 미리 얼굴을 확인한 석도를 보며 시선을 아래로 내렸다. 그러자 석도가 도진과 눈을 마주쳤고, 곧바로 눈을 희번덕거리며 몸부림을 쳤다.

"으으으으!"

의미 없는 발버둥을 무시한 도진은 무감한 눈으로 석도의 얼굴을 살폈다.

"적어도 얼굴에 피딱지 하나 정도는 있을 줄 알았는데……."

도진은 어떤 외상의 흔적도 없이 멀끔한 석도의 얼굴을 보고 의외라는 듯한 목소리로 말했다. 적어도 상처 하나쯤은 달고 왔을 것이라고 예상한 얼굴에는 그저 입을 막고 있는 청 테이프만 붙어 있을 뿐이었다.

"굳이 힘을 쓸 필요가 없었습니다."

"으으으!"

케이가 늘 있던 일인 것처럼 대수롭지 않게 말을 했다. 두 남자의 말이 끝날 때마다 거친 숨소리와 함께 가만히 있지 않는 석도가 거슬린 도진은 눈가를 살짝 구겼다.

"말을 하고 싶어 하는 것 같은데, 어디 들어나 볼까요?"

"좀 시끄럽습니다."

도진의 신호에 미리 석도를 겪어 본 케이가 도진에게 작게 주의를 주며 석도의 입가에 손을 가져가 붙어 있는 테이프를 떼어 냈다. 쫘악, 단번에 입을 막고 있던 테이프가 거친 소리와 함께

뜯겨 나가자 석도는 고래고래 소리를 질렀다.

"이거 납치야, 납치! 알아? 범죄라고! 이러고도 너희가 무사할 줄 알아?"

"원래 죄를 지은 놈들이 불리할 때 법을 따집니다."

케이는 으레 있는 일처럼 한시도 쉬지 않고 온갖 발악을 하고 있는 석도를 보며 평온하게 대답했다. 역시 표정 변화가 없던 도진은 낮은 시선으로 석도를 내려다보다가 이내 짧은 조소를 흘렸다.

"그게 뭐 어때서."

"……뭐라고?"

"지금 내가 한 게 범죄면, 뭐 어쩔 건데."

도진은 전혀 위축되지 않고 당당했다. 석도는 흠칫 어깨를 떨며 멍하니 도진을 올려다보았다. 도진은 그런 석도를 보며 짧게 비웃었다.

"당신이 대체 뭘 할 수 있을 것 같은데?"

도진은 제가 가진 것이 무엇인지 잘 아는 사람이었으며, 가진 것을 제대로 쓸 줄 아는 사람이었다. 그는 사람들의 생각보다 어려운 일을 아주 쉽게 해결할 수 있는 사람이었다.

"신고? 할 수 있으면 얼마든지 하도록 해."

"……?"

"근데 난 네가 여기를 나갈 수 있다고 말한 적 없는데."

한참 어린 듯한 도진의 반말에도 석도는 반응할 수 없었다. 이미 도진의 눈빛에서 금방이라도 저를 죽일 수도 있을 것 같다는 위험함을 읽었기 때문이다. 석도는 무의식 한가운데에서 말을 버벅거리며 내뱉었다.

"사…… 살려 주세요!"

"죽인다고도 안 했는데."

도진은 심드렁하게 석도의 말꼬리를 잡았다.

석도는 눈을 깜박이며 초조함을 드러내고 덜컥 겁을 먹었다. 정말 자신이 그깟 사진 하나 때문에 손발이 자유롭지 못한 이곳에서 영영 나가지 못하게 될까 봐 머리를 빠르게 굴렸다.

도진은 그런 석도를 가만히 눈에 담았다. 얼굴 근육 하나 변하지 않았고, 어떠한 말도 하지 않았다.

"말할게, 말한다고!"

도진은 검지로 눈썹 부근을 매만졌다. 말을 한다고 했는데도 큰 반응을 보이지 않는 도진의 모습에 더 조급해진 석도는 시키지도 않은 말을 술술 불었다.

"민강 그룹 회장 딸 민유진 이사! 그 여자가 그냥 사진만 찍어 주면 1억을 준다고 해서……!"

"……."

"어? 나는 그냥 여배우랑 당신 얼굴이 선명하게 나오도록 사진만 찍어 주면 된다고 해서……!"

석도는 덜덜 다리를 떨어 가며 면죄부를 받기 위해 최선을 다하는 중이었다. 그러자 옆에 서 있던 케이는 지금 석도가 주절주절 모든 것을 쏟아 내는 것은 의미가 없다고 판단해 도진에게 물었다.

"녹음할까요?"

"동의를 하려나."

도진은 케이의 물음에 그 역시 증거로 작용하기 위해서는 녹음이 필수적이라는 것을 알고 있었지만, 마치 남의 일처럼 여전히 심드렁한 낯빛으로 어깨를 으쓱였다.

"해요! 나 잡아 온 양반, 얼른 녹음기 켜요!"

석도는 자신이 알아서 말을 잘해야지 도진이 자신을 봐주는 척이라도 해 줄 것을 이 바닥에서 다년간 일하면서 얻은 눈치로 알았다. 도진은 자신이 만만하게 생각한, 그저 곱게 자란 도련님이 아니었다.

도진은 당장이라도 모든 것을 쏟아부을 듯한 모습의 석도를 잠시 보더니 더 이상 미련이 없다는 듯 뒤를 돌아 413호를 빠져나왔다.

"내 얼굴값이 고작 1억도 안 된다는 게 조금 자존심이 상하네, 민유진."

유진을 향해 경고하듯이 낮게 읊조리는 도진의 눈빛에는 서늘함이 가득 들어차 있었다.

드라마 '타성'의 스케줄이 시작된 지 벌써 3주 정도가 흘렀다. 어느덧 완연하게 따뜻해진 날씨가 흐른 시간을 증명했다.

"오늘이 무슨 요일이더라?"

지안은 퇴근할 때마다 해를 보지 못하는, 요즘 매일 똑같이 반복된 스케줄로 인해 마치 오늘이 어제 같은 데자뷔를 느끼며 기지개를 켰다.

"지안아! 전무님 전화 왔다."

"응~ 고마워!"

차에 올라타기 전에 매니저인 경석이 가지고 있던 지안의 핸드폰을 건네주자 그녀는 웃으며 바로 도진의 전화를 받았다. 낮게 웃는 도진의 목소리에 취해 차에 타는 것도 잊어버리고 통화를 했다.

"끝났어요? 난 지금 끝났는데."

[부럽다.]

지안은 진심이 느껴지는 도진의 대답에 소리 내어 웃음을 터뜨렸다. 누군가의 부러움을 샀으면 샀지, 다른 누군가를 부러워할 이미지는 아닌 도진이라서 그런지 웃음이 흘렀다. 자신의 앞에서만 솔직한 감정을 드러내는 그가 귀여웠다.

[너무 즐거워하는데? 호텔로 올래?]

"어떻게 하면 내가 즐거운 게 호텔로 오라는 말이 이어져요?"

[나도 좀 즐거워 보게.]

나지막한 목소리에는 설핏 끈적한 웃음기가 섞여 있었다. 지안은 왠지 호텔로 오라는 도진의 말이 순수한 의도가 아닌 것처럼 느껴져 새침하게 말했다.

"이 밤에 호텔에서 무슨 짓을 하려고?"

[할 수 있는 건 모두 다?]

"……미쳤어, 진짜."

지안은 눈을 꼭 감았다. 확 달아오르는 볼은 어쩔 수 없었지만, 단번에 눈앞에 그려지는 도진의 헐벗은 몸을 물리치기 위해 어쩔 수 없는 방법이었다. '미쳤다'는 말은 도진에게도 해당되었지만, 그녀에게도 해당되는 것이었다.

그녀의 반응을 즐기기라도 하는지 수화기 건너편에서 옅은 웃음소리가 넘어왔다. 작게 한숨을 내쉰 지안은 이어서 들리는 김 비서의 목소리에 파드득 놀라며 전화를 끊어 버렸다. 어떻게 김 비서님이 옆에 있는데 그런 말을 할 수가 있는 건지.

통화가 실수로 끊겼다고 생각했는지 도진이 다시 전화를 걸어오자 지안은 도진의 목소리를 듣지도 않고 얼른 일을 끝내라는 말만 하고서 다시 뚝 끊어 버렸다.

눈을 여러 번 깜빡인 지안이 한숨을 내쉬며 차에 올라탔다. 운전석에 앉아 있는 경석에게 가자고 말을 하려는 찰나 똑똑, 하고 누군가 창문을 두드렸다. 의아해하던 지안이 버튼을 눌러 문을 열자 그곳에는 아리가 서 있었다.

"아직 안 갔어?"

"언니, 저 하루만 재워 주시면 안 돼요?"

갑작스러운 아리의 부탁에 눈을 동그랗게 뜬 지안이 수락도 거절도 하지 못하자, 아리가 축 어깨를 늘어뜨리며 말했다.

"오늘 아침부터 집에 물이 안 나왔는데 내일이 지나야 고칠 수 있다고 해서…… 갑자기 부탁할 곳이 언니밖에 없었어요. 죄송해요."

지안은 여배우로서 호텔도 함부로 잡지 못하는 아리의 난감한 상황에 공감했기에 고개를 끄덕였다. 지안은 자신을 기다리고 있을 도진에게 미안했지만, 아리의 사정을 외면할 수는 없었다.

"그래. 간단한 짐 챙겨서 차에 타."

"정말 감사합니다!"

90도로 꾸벅, 인사를 한 아리는 재빨리 자신의 가방을 챙겨 지안의 옆자리에 올라탔다. 그녀가 올라타자 경석은 차를 출발시켰고, 지안은 도진에게 집으로 오면 절대 안 된다는 메시지를 남겼다. 아리가 눈치채지 못하도록 빠르게 타이핑을 하고 핸드폰을 집어넣었다.

깜깜한 도로를 달려 집에 도착한 지안과 아리였다. 그러나 엘리베이터에서 내린 뒤, 쭈뼛쭈뼛 손가락만 바라보던 아리가 앞서 걷던 지안을 멈춰 세웠다.

"저, 사실 언니 호텔에 못 가게 하려고 거짓말했어요."

갑작스러운 말에 지안이 대답도 하지 못하고 멍하게 아리를 바라보았다.

"언니에 대해서 이상한 소문이 돌고 있어요."

"무슨……?"

영문을 모르는 듯한 지안의 물음에 머뭇거리던 아리가 심호흡을 크게 하고 입술을 열 때였다.

띵─.

정적을 가로지르는 소리와 함께 엘리베이터 문이 열렸다. 때문에 지안과 아리의 시선이 동시에 한곳을 향했다. 짧은 정적 뒤에 아리가 손가락을 들어 올리며 물었다.

"혹시 언니 스폰서가 저분이세요?"

지안이 아리의 손끝을 따라가자, 그곳에는 도진이 눈썹을 작게 꿈틀거리며 서 있었다.

약 한 시간 전.

차르륵, 종이끼리 부딪쳐 넘어가며 만들어 내는 규칙적인 소리가 책상 위에서 짧게 진동하는 핸드폰으로 인해 멈췄다. 도진은 서류에 집중하고 있던 시선을 떼었다.

> 갑자기 일이 생겼어요!
> 오늘 우리 집으로 절대 오지 말아요!
> 절대 안 돼요!

부드러운 손동작으로 핸드폰을 확인해 보니 통화할 때까지는 아무 말 없었는데 갑자기 집으로 절대 오지 말라는 지안의 메시지였다.

도진은 문장 마지막의 느낌표를 눈에 담기도 전에 의자를 뒤로 밀며 바로 일어났다. 뒤돌아서며 옷걸이에 걸려 있는 재킷을 빠르게 집어 들었다.

서류에 사인을 하다가 갑자기 벌떡 일어난 도진을 보며 김 비서가 눈을 크게 뜨고 물었다.

"어디 가십니까?"

"나머지 서류는 집에서 보겠습니다. 퇴근하세요."

큰일은 아니겠지만 이렇다 할 설명이 없는 지안이 괜히 걱정된 그는 그녀의 연락이 올 때까지 펜트하우스 맞은편 집에서 기다릴 생각이었다. 언제든지 바로 달려갈 수 있도록 말이다.

방해하지 않고 집에서 얌전히 기다릴 생각만 하면서 엘리베이터에서 내린 도진은 이렇게 바로 같은 공간에서 지안과 맞닥뜨릴 것이라고는 예상하지 못했다. 게다가 지안은 혼자가 아니었고, 제 얼굴을 보자마자 지안의 옆에 있는 아리에게서 나온 말은 더욱이 예상하지 못한 것이었다.

"혹시 언니 스폰서가 저분이세요?"

지안은 곧 울 것 같은 얼굴로 말을 하는 아리의 얼굴을 보며 경악에 물들었다. 마치 못 들을 말을 들은 사람처럼 믿을 수 없다는 표정으로 입술만 뻐끔거렸다.

오늘 현장에서 무슨 일이 있었나, 싶었던 도진은 얼굴을 왈칵 구긴 지안을 보고 눈가를 미세하게 좁혔다.

"다시 말해 봐."

반말이 툭 튀어 나갔다. 지독하게 낮게 깔린 목소리가 자칫 위협하는 것처럼 느껴질 수도 있다는 사실을 알고 있었으나 개의치 않았다.

도진의 기에 눌려 버린 아리가 마른침을 삼키며 눈치를 보자, 분위기는 점점 아슬아슬하게 긴장감이 감돌기 시작했다.

길어지는 침묵에 도진은 갑갑한 듯 목에 단정하게 매여 있는 넥타이를 가볍게 흔들었다. 아주 찰나였지만 보는 사람마저 느껴지는 짜증이 덕지덕지 담긴 손길이었다.

도진은 목에 닿은 셔츠 단추를 풀어내고 시선을 내려 여전히 자신의 눈치만 보고 있는 아리를 보았다. 안절부절못하는 손끝을 가만히 보다가 '픽' 웃음을 흘렸다.

"그렇게도 궁금하면 나한테도 물어봐야지. 내가 정지안하고 무슨 사이인 건지."

도진이 고개를 옆으로 기울였다.

"다짜고짜 사람 면전에다가 '스폰서'냐고 말할 만큼 대답이 간절했던 것 아닌가."

'스폰서'. 고작 한마디밖에 되지 않은 글자를 아주 느릿하게 다시 곱씹어 봐도 기가 막히는 발상에 혀를 짧게 찼다. 더불어 유진이 저와 지안을 두고 어떤 그림을 그리고 있었는지 완벽하게 파악했다. 예상대로 형편없는 밑그림이었다.

도진은 의도하지는 않았겠지만 제가 남겨 놓았던 퍼즐의 마지막 조각을 몸소 가져다준 아리를 무감한 눈으로 바라보았다. 그렇다고 딱히 고마운 마음이 들거나 하지는 않았다. 어차피 궁금해하지 않아도 곧 손안에 들어왔을 쓰레기 같은 소식이었다.

"어떤 의도로 이런 말을 했는지는 모르겠지만, 이것 하나는 알겠네요."

그럼에도 도진이 이렇게 딱딱하게 아리를 몰아붙이는 이유는 하나였다.

"강아리 씨는 이미 지안이를 믿지 않았다는 것."

가만히 서서 눈을 깜빡이며 멍하니 자신과 아리를 번갈아 보는 지안을 위해서였다. 도진은 진심으로 아리를 여동생처럼 아끼고 챙기는 지안을 옆에서 모두 보았다. 지안은 자신을 존경하고 좋아한다는 아리의 말에 민망해하면서도 감동을 받았다. 아리 보기에 부끄럽지 않게 자신이 더 잘해야겠다고 매일 다짐하며 말을 하는 그녀의 얼굴은 행복해 보였다.

도진이 느끼기에 저를 가리키며 지안에게 스폰서냐고 묻는 아리의 말은 이미 확신을 하고 묻는 것과 똑같았다. 지안 역시 아리의 말을 도진처럼 느꼈는지 눈빛에 서운한 감정이 물들어 있었다. 그게 지금 도진이 화가 난 유일한 이유였다.

"고작 이런 사람인 줄 알았으면, 내가 무슨 수를 써서라도 떼어 놨지."

실소를 터뜨리는 냉소적인 모습의 도진을 물끄러미 올려다보던 지안이 정신을 차리고 도진의 옷자락을 붙잡고 살짝 흔들었다. 그만하라는 뜻이었다.

"내가 이야기해 볼게요. 오빠는 집에서 기다려 줘요."

도진은 고개를 끄덕였다. 단호해진 눈빛을 확인했기 때문이다.

"걱정하지 마."

상상도 하지 못한 말을 들은 지안을 안심시켰다. 손을 들어 동그란 머리를 한 번 쓰다듬은 뒤, 무심한 눈으로 아리를 스쳐 지나간 도진이 그의 명의로 된 집으로 들어갔다.

쾅—.

문이 묵직하게 닫혔다. 도어 록이 잠기는 소리가 유난히도 크게 울렸다.

"들어와."

지안은 뒤도 돌아보지 않고 말하며 안으로 들어갔다. 아리는 주뼛거리다가 저만큼 멀어진 지안을 보고 낮은 한숨을 내쉬며 그녀를 따라갔다.

어색하게 서 있는 아리를 소파에 앉히고 말없이 에스프레소 머신이 있는 곳으로 직진한 지안이 곧이어 두 잔의 아메리카노를 들고 나왔다. 유리잔을 테이블 위에 내려놓으며 아리의 맞은 편에 앉은 지안이 말했다.

"네가 하고 싶은 말, 다 해 봐."

지안은 도진이 아리를 몰아붙일 때, 어지러웠던 생각의 정리를 마쳤다. 그가 당황한 자신을 위해 시간을 벌어 준 것을 알고 있었다. 자신이 도진의 옷자락을 붙잡았을 때 바로 멈춘 것이 그 증거였다. 이제 마무리는 자신이 해야 하는 일이었다. 고요한 눈으로 아리를 응시하며 그녀에게도 마음을 정리할 시간을 주었다.

"죄송해요……."

당연하다는듯이 흘러나온 첫마디는 사과였다. 그러나 지안은 원하는 대답이 아니었는지 고개를 살짝 저었다.

"사과를 받으려는 게 아니야. 아까 내가 호텔로 가려는 걸 못 가도록 일부러 막은 거라며."

"……."

"네가 나한테 궁금한 걸 모두 물어보라는 뜻이야. 내가 오늘 이후로 너랑 사적인 대화를 다시 할 수 있을지 의문이거든."

"……네?"

"그러니까 지금이 마지막이라고 생각하고 다 말해 보라고."

지안은 자신의 마음보다 일부러 세게 말을 했다. 물론 앞으로 같이 찍어야 할 드라마 촬영이 몇 개월이나 남은 만큼 아예 말을 안 할 수는 없겠지만, 일과 관련된 말을 제외한 사적인 대화는 전혀 없을 걸 단호하게 표현했다.

한 번도 보지 못했던 지안의 차가운 태도를 본 아리는 살짝 울먹이는 목소리로 말했다.

"스태프들이 수군거리는 말이 있어요. 재벌 3세가 언니의 뒤를 봐주고 있다는 소문이요."

"……."

"이 바닥이란 게 그렇잖아요. 소문이 소문을 낳고. 지금쯤 얼마나 더 많은 사람들에게 퍼졌을지 또 몰라요."

지안이 시선을 내려 유리잔을 손가락 끝으로 쓸었다. 충분히 기댈 수 있는 집안을 등지고 언제 제 배경이 들킬지 몰라 숨소리 하나마저 조심하며 아등바등 7년을 살아왔다. 자신의 입장에서 얼마나 황당한 소문인지 아리가 알 리는 없었지만, 억울한 건 숨길 수 없었다.

"사실 아까 언니가 통화하는 걸 들었어요. 호텔로 오라는 말에 알겠다는 대답을 하는 거요."

자신이었어도 오해하기 싫어도 오해할 수밖에 없었던 아리의 상황을 듣고 지안은 헛웃음을 터뜨렸다. 급격하게 피곤해진 눈가를 벅벅 문질렀다.

"그래서 일단 호텔로 가는 걸 막고 언니한테 사실은 이런 소문이 돌고 있다고, 알고 있었냐고 묻고 싶었는데……."

말끝을 흐리며 지안의 눈치를 살피던 아리는 그녀의 표정에 어떠한 변화도 보이지 않자 다급하게 말을 덧붙였다.

"저는 소문을 믿지 않았어요. 물론 아까는 제가 실수한 걸 알아요. 너무 어려운 분을 갑자기 만나서 입이 멋대로 움직였지만, 절대 언니를 못 믿은 게 아니었어요!"

비록 이제 와서 이렇게 하는 말은 변명에 불과하겠지만 아리는 마지막으로 기회를 준 지안에게 자신의 마음을 모두 보여야했다. 그러나 짧게 반문하는 지안으로 인해 할 말을 잃었다.

"왜?"

"……네?"

지안은 자신의 실수를 잘못했다고 하며 오해를 풀려고 하는 아리를 보며 문득 의문이 들었다.

"소문을 왜 안 믿었냐고."

"언니는 성공하기 위해서 옳지 않은 방법을 쓰는 비겁한 사람이 아니거든요."

"네가 나에 대해서 얼마나 아는데? 내가 정말 성공을 위해서 물불 안 가린 거면 어떡하게?"

스폰서가 있다는 소문이 돌았고, 방금 전에는 소문과 너무나 잘 어울리는 재벌 3세인 도진과 직접 마주치기까지 했다. 그런데도 여전히 자신은 그럴 사람이 아니라고 말을 하는 게 신기했다.

"언니는 그럴 수 없는 사람이에요."

"……?"

"언제나 옳은 일을 하는 언니가 스스로에게 옳지 못한 일을 할 리가 없어요."

아리는 스태프들의 처우 개선에 앞장서며, 아무도 관심을 가지지 않는 엑스트라를 가장 많이 배려하고 챙기는 지안을 알고 있다. 지안의 오래된 팬으로서, 모든 인터뷰를 찾아본 사람으로서 아리는 그녀가 얼마나 곧은 생각과 마음을 가지고 있는지 너무 잘 알고 있었다.

지안은 확신하듯이 말을 하는 아리의 모습에 차분하게 유지하고 있던 눈동자가 결국 요동치기 시작했다. 아래로 떨궜던 시선을 다시 들어 올리며 허탈하게 숨을 내쉬었다.

"세상을 살아가기에 아직 순진해서 큰일 났네."

"……네?"

"그렇게 맹목적으로 사람 믿다간 발등 찍혀."

갑작스러운 지안의 독설에 아리는 두 눈을 동그랗게 뜨고 그녀를 바라보았다. 동그랗게 커진 눈을 가만히 응시하던 지안이 '피식' 웃음을 터뜨렸다.

마치 폭풍우가 지나간 것처럼 정신이 없었다. 말도 안 되는 오해를 듣고 황당했고, 잠깐이라도 자신을 오해하며 의심했던 아리에게 서운함도 들고 실망감도 들었다.

그러나 차분하게 정리된 머릿속에서는 아리의 상황을 전부 이해하고 있었다. 그녀가 그동안 저를 생각하는 마음은 의심할 여지 없이 진심처럼 느껴졌다. 자신을 볼 때마다 반짝하고 빛나는 눈동자가 그녀의 마음을 전부 표현하고 있었기 때문이다.

재벌가에서 태어났기에 어린 나이의 자신을 이용하려고 다가오는 사람들은 언제나 존재했고, 자신은 그런 사람들을 항상 걸러 내야 했다. 자연스럽게 사람에 대한 의심과 경계가 심했다.

태어나면서부터 질리도록 사람을 구별하며 자라 온 지안은 단숨에 자신의 벽을 깨뜨린 아리의 마음을 믿었다. 그냥 믿기로 했다.

"근데 네가 그런 아이라서, 짧은 시간임에도 널 친동생처럼 아끼게 되었나 봐."

"……언니……."

감동받은 것처럼 아까보다 목소리에 더 물기를 머금고서 자신을 아련하게 부르는 아리를 본 지안은 머쓱하게 웃다가 굳은 결심을 하며 심호흡을 했다.

"아까 본 사람은 너도 알다시피 CHA 호텔의 차도진 전무님이고……."

지금쯤 자신의 연락만을 기다리고 있을 도진에 대한 설명이 남았기 때문이다.

"나랑 곧 결혼할 사람이야."

한 번도 이런 식으로 도진을 소개할 생각은 없었는데……. 방금 전의 다소 유쾌하지 않았던 두 사람의 만남을 떠올린 지안이 옅게 한숨을 내쉬었다. 아리가 고개를 옆으로 갸웃, 젖히며 지안을 향해 물었다.

"……결혼하세요?"

"응. 그래도 재벌 3세가 내 스폰서라는 것보다는 덜 놀랍지 않아?"

오히려 다행이지 않냐며 짓궂게 웃는 지안이었다. 어딘지 모르게 어색해진 분위기를 풀기 위한 노력이었다.

"아…… 언니, 제가 잘못했어요."

코를 킁, 하고 훌쩍이던 아리가 지안의 장난에 다시 울먹였다. 다시 생각해도 지안에게 미안했는지 동그란 눈망울에 물기가 차올랐다. 기가 죽은 모습으로 어깨를 축 늘어뜨리며 작게 말했다.

"앞으로 제가 진짜 잘할게요. 한 번만 용서해 주시면 안 돼요?"

지안은 틈만 나면 사과만 할 것 같은 아리의 모습에 바람 빠진 웃음을 지었다.

"잠깐 섭섭했는데, 이제 괜찮아. 그러니까 사과도 그만해."

"죄송해요."

"그만!"

그만하라는 것과 동시에 반사적으로 나오는 죄송하다는 소리에 지안이 어깨를 부르르 떨었다. 항상 밝기만 했던 얼굴이 계속 우울하게 처져 있는 게 보기 낯설었다.

소문은 원래 있다가도 없어지고, 없다가도 생기는 것이었다. 가십거리에 불과한 말에 이리저리 휘둘리기에는 정글 같은 연예계에서 보낸 시간이 적지 않았다. 이미 단련될 만큼 단련되었고, 혹시라도 만약에 저와 아리가 반대의 상황에 놓였어도 자신 역시 똑같이 혼란스러워했을 것이 분명했다.

지안은 괜찮다고 말해도 마음이 편해 보이지 않는 아리를 보며 어깨를 으쓱였다. 그녀가 그토록 원하는 면죄부를 주기 위해서였다.

"나중에 둘이서 맛있는 거 먹기로 한 거, 네가 쏴. 그럼 다 용서해 줄게."

"당연하죠! 제가 다 살게요!'

"내가 뭘 먹을 줄 알고 그렇게 용감해?"

말만 하라며 고개를 끄덕이는 아리를 보고 '피식' 웃음을 터뜨린 지안이 고개를 절레절레 저었다. 그러더니 자리에서 일어났다. 분위기가 어느 정도 풀어졌으니 이제 아리를 보내야 했다.

자신은 내일 스케줄이 없었지만, 그녀는 내일 새벽부터 촬영이 있었다. 감정 소모가 컸던 만큼 피곤은 배가 될 것이기 때문에 얼른 그녀를 마음 편히 쉬게 해야 했다.

"너 이제 가."

"……네?"

"집에 수도 고장 난 거, 거짓말이었다며."

"그렇지만……."

지안은 우물쭈물 말끝을 흐리면서 이대로 가기를 아쉬워하는 아리를 보며 눈을 흘겼다.

"네가 멋대로 오해해서 오늘 나 데이트 못 했잖아."

"아!"

"그러니까 얼른 가."

도진을 핑계 삼아 말하자 아리는 쏜살같이 자리에서 일어났다. 그리고 빠르게 짐을 챙기더니 후다닥 현관 앞으로 걸어갔다. 순식간에 벌어진 일에 지안은 헛웃음을 터뜨렸다.

"그…… 차도진 님에게도 죄송하다고 전해 주세요."

"차도진 님?"

지안이 매우 공손하게 하는 아리의 말에 웃음이 터졌다. 늘 극존칭을 받는 사람이기는 했지만, 이름 뒤에 '님'을 붙이는 사람은 아리가 처음이었다. 도진을 부른 호칭에 쿡쿡거리며 지안이 말하자 아리가 머쓱한 듯 웃어 보였다.

"아까 화가 많이 나 보이셨거든요. 너무 무서웠어요……."

"나중에 오빠 만나면 직접 해."

"……직접이요?"

그녀에게 지나치게 냉소적이었던 도진의 얼굴을 떠올렸는지 직접 사과를 하라는 말에 사색이 되는 아리의 모습에 지안은 마음이 약해져 더 놀리기를 포기했다.

"오빠도 일부러 그런 건 아니야. 절대 네 생각처럼 무서운 사람 아니니까 걱정 말고, 나중에 정식으로 소개해 줄게."

"저 쪽팔려서 어떡하죠?"

지안은 걱정에 가득 찬 아리의 어깨를 툭툭, 두드렸다. 네 잘못은 네가 감당하라는 의미였다.

"두 분이 데이트할 수 있는 시간이 더 줄기 전에 갈게요. 저 때문에 더 화나시면 안 되니까요."

기운이 다 빠진 모습으로 인사를 하며 돌아가는 아리를 배웅했다. 그녀를 붙잡고 괜찮다고 더 말할 수도 있었지만 지금은 더 중요한 일이 기다리고 있었다. 이상한 소문에 휩싸인 자신을 걱정하고 있을 도진에게 가 봐야 했다.

딩동―.

도진이 있는 집의 초인종을 누르자 곧바로 문이 벌컥, 하고 열렸다.

"계속 여기서 기다렸어요?"

바로 문 앞에 있었는지 지나치게 빨리 열린 문에 당황한 지안이 흠칫 놀라며 뒤로 물러서자, 도진은 그녀의 손목을 잡고 안으로 이끌었다. 지안이 완전히 문턱을 넘어서자 넓은 품 안에 그녀를 가뒀다.

"바로 달려가서 안아 주려고."

도진의 심장 소리가 지안의 귓가에서 쿵쿵, 울렸다. 지안은 느릿한 숨을 내쉬며 자신을 보듬는 손길에 눈을 감고 도진의

96

허리에 팔을 둘렀다. 이제야 놀랐던 가슴이 진정되는 기분이었다. 아리의 앞에서 의젓하고 어른이었던 자신이 도진의 앞에서는 꼭 어린아이가 되어 버리는 느낌에 실실 웃음을 흘렸다.

"많이 걱정했어요?"

"아니."

생각했던 대답과는 정반대에 있는 말이었다. 게다가 일말의 고민조차 없이 빠르게 나왔다. 지안은 도진의 가슴에서 고개를 떼어 내 살짝 뒤로 젖혀 의문이 담긴 기색으로 올려다보았다. 도진은 지안의 이마 위에 자신의 입술을 내려 짧게 도장을 찍고 부드럽게 웃었다.

"정지안은 강한 사람이니까."

지안의 입술이 천천히 벌어졌다. 스스로 강한 사람이라고 생각해 본 적이 없었다.

"특히 용감하고 좋은 사람이지."

검은 눈동자 속에 그대로 담긴 자신을 바라보던 지안의 눈가가 미세하게 떨렸다.

초인종을 누르면서 생각했다. 걱정하지 말라고, 감정에 휩쓸리지 않고 아리와 잘 해결하고 왔다고 말하려고 했다. 그러나 도진은 마치 아리와 있었던 일을 전부 아는 사람처럼 잔잔하게 웃고 있었다. 도진은 늘 그런 사람이었다. 저에 관해서 모르는 것이 없는 사람.

지안은 바람 빠진 웃음을 터뜨리며 다시 도진을 껴안았다. 도진의 품에 얼굴을 묻고 웅얼거렸다.

"사실 내가 누구를 후원하면 후원했지, 어? 나도 재벌 3세인데 말이야. 안 그래요?"

어디 가서 '임금님 귀는 당나귀 귀다!'라고 외치고 싶은 마음이었다. 다른 사람 손을 타서라도 성공하고 싶었으면 다른 곳을 찾아다닐 필요도 없었다.

"우리 할아버지 억울해서 어떡하지?"

제게 이런 기가 막힌 소문이 돌고 있다는 걸 할아버지인 정 회장이 알았다면 아마 뒷목을 잡고 쓰러질 것이 분명했다. 손녀에게 무엇 하나 해 주지 못해서 안달이 나신 분인데 말이야. 지안은 허탈한 웃음을 감추지 않았다.

도진은 말없이 그녀의 머리를 쓰다듬은 뒤, 천천히 손을 내려 등을 토닥거렸다. 눈을 감고 한참을 안겨 있던 지안은 도진의 허리에 감은 팔을 풀어내고 그를 멀뚱히 올려다보았다. 언제 보아도 조각상처럼 선명한 이목구비를 잠시 감상하던 그녀는 바람처럼 아주 낮게 중얼거렸다.

"그런데 이런 남자라면, 뭐……."

"뭐?"

"무슨 수를 써서라도 엮이고 싶을 것 같기도 하고……."

도진은 노골적으로 솔직하게 드러낸 지안의 속마음에 오히려 할 말을 잃었다. 그렇게 말하는 지안의 눈은 반짝이며 빛나고 있었다. 그런 지안의 눈을 빤히 바라보고 있던 도진은 어이가 없는지 허공에 '피식' 웃음을 터뜨렸다.

"무척 위험한 생각을 하고 있네."

"엄청나게 다행이지 않아요? 이런 남자가 이미 내 남자니까."

한층 낮아진 도진의 목소리를 눈치채지 못한 지안은 어깨를 으쓱이며 너스레를 떨었다.

"만약에 다른 여자한테 뺏겼으면 나 억울해서 매일 잠도 못 잤을걸요? 무슨 짓을 해서라도 오빠를 뺏어 왔을지도 몰라."

빙그레 미소를 짓고 있는 지안을 아주 짧은 시간 동안 가만히 바라보던 도진은 여린 등에 올려 두었던 손에 그대로 힘을 주어 바짝 당겨 안았다.

순간적인 힘에 버티지 못한 지안은 균형을 잃으며 도진에게 폭 안겼고, 놀란 눈으로 그를 올려다보자 곧바로 마주한 건 꼭 빨려 들어갈 것만 같은 짙은 눈동자였다. 뒤늦게야 속으로 아차 했지만, 도진은 주어진 기회를 놓치는 남자가 아니었다.

"그만 예뻐도 되는데. 안 그래도 너한테 충분히 넘어갔어."

"아니, 이건 예쁘게 보이려고 한 말이 아니라······!"

전혀 그럴 의도가 없던 지안이 말끝을 흐렸다. 도진의 눈길이 천천히 눈, 코, 입을 따라 얼굴을 쓰다듬으며 내려왔다. 느긋하고 여유로운 움직임이었지만 그녀는 숨을 멈추고 도진의 눈동자를 따라갔다.

점점 얼굴이 가까워지자 도진은 눈을 감고 눅진하게 입을 맞추기 시작했다. 지그시 맞물렸던 입술은 이내 멀어졌다가 다시 부드럽게 빨아당겼다. 경직된 등허리를 살살 어루만지는 건 덤이었다. 벌어지는 입술 사이로 내뿜는 숨결이 뜨거웠다. 도진의 향이 입 안까지 퍼지는 기분이었다.

마지막으로 가지런한 치열을 훑고 입술을 떼어 낸 도진은 만족스럽게 웃으며 나지막이 말했다.

"까불지 마. 이건 어떻게 해서든 내가 이겨."

"……네."

지안은 고개를 끄덕이며 대답했다. 지금 와서야 생각해 보니 도진은 이미 한 번의 경고를 했다. 눈치를 채지 못한 자신의 탓이었다. 물론 벌이라고 하기에는 자신에게도 지나치게 달콤했지만, 자꾸 도진을 도발하는 것에 대해 반성할 필요는 있었다.

오늘도 집이어서 망정이지, 밖이었으면…… 아휴.

평소보다 조금 더 다소곳한 대답에 진심이 느껴졌는지 도진이 웃음을 참지 못하고 터뜨리자 지안이 깊이 숨을 내쉬었다.

"아, 나 방금 좀 비굴했어요."

"괜찮아. 귀여웠어."

비굴했다는 건 부정하지 않는 도진을 향해 입술을 삐쭉 내밀던 지안은 귀엽다는 말에 불현듯 아리를 떠올리고는 '큭', 웃음을 터뜨렸다. 갑자기 웃는 지안을 의아하게 바라보던 도진은 한쪽 눈썹을 올리는 것으로 그녀를 향한 의문을 나타냈다.

"나중에 우리 아리랑 같이 밥 먹어요. 차도진 님!"

"차도진 님?"

지안이 자신이 귀여워했던 아리의 말을 그대로 전해 주자 도진의 눈썹은 내려올 생각은 하지 않고 도리어 꿈틀거렸다.

"아리가 오빠를 그렇게 부르더라고요. 너무 귀엽지 않아요?"

"나는 지금 웃고 있는 네가 더 귀여운데."

눈을 접으며 웃고 있던 지안의 눈가가 미세하게 굳었다. 혹, 치고 들어오는 도진을 방어하기에는 아직 내성이 덜 생겼다. 눈을 도르륵 굴리던 지안은 마치 도진의 말을 못 들은 사람처럼 재빠르게 다른 주제로 넘어갔다.

"그리고 아까 스폰서에 대한 소문은 걱정하지 말아요. 원래 별의별 소문이 다 도는 곳이에요."

지안은 도진의 신경이 쓰일 만한 일을 일부러 아무렇지 않게 언급해 문제를 가볍게 환기했다.

"응, 걱정하지 마."

일부러 못 들은 척하는 지안을 보고 옅게 미소를 지은 도진도 똑같이 대답하며 그녀를 끌어안았다. 조금 이상한 것이 있다면, 알았다는 의미보다는 걱정하지 말라는 뜻처럼 느껴졌단 점이었다. 하지만 도진의 품이 너무 편했던 지안은 별로 대수롭지 않게 넘기며 고개를 끄덕였다. 그래서 도진의 눈매를 스쳐 지나간 서늘한 섬광을, 눈을 감고 있던 지안은 보지 못했다.

다음 날, 이안은 나름대로 자신이 지안의 주치의라며 때마다 밥을 사라고 요구하는 동창인 우정을 만나고 돌아가는 길이었다. 제이 호텔은 자신의 취향이 아니라는 우정이 약속 장소로 고른 곳은 30분 떨어진 다른 호텔 안에 있는 레스토랑이었다.

호텔을 경영하는 자신에게 다른 호텔의 매출을 올려 주라는 우정의 심보가 고약하다며 친구를 향해 툴툴거리던 이안이 자신을 데리러 온 서 비서를 로비에서 만나 같이 나가던 중, 옆을 스쳐 지나가는 목소리에 무심코 고개를 돌려 확인했다.

"얼른 올라가. 누가 보면 골치 아파져."

카랑카랑한 목소리와 낯익은 얼굴을 확인한 이안은 걸음을 멈추며 눈가를 찌푸렸다.

"왜 그러십니까?"

갑자기 자리에 멈춘 이안을 이상하다는 듯이 바라본 서 비서의 눈이 의아하게 변했다. 곧 고개를 저으며 아무것도 아니라고 말한 이안은 다시 걷기 시작했다.

"재밌는 걸 봐 버렸네."

재미있다는 말과는 어울리지 않게 얼굴에는 냉소가 걸쳐져 있었다.

곧 제이 호텔에 도착해 자신의 집무실로 올라간 이안은 양쪽 소파를 나란히 차지하고 있는 익숙한 인물들을 보며 헛웃음을 터뜨렸다.

"여기가 CHA 호텔이었던가?"

"내가 달고 온 거 아니야."

왼쪽 발을 한 걸음 뒤로 물리며 문을 확인하려고 하는 이안의 장난에 원래 그와 약속이 되어 있던 도진이 답했다. 그러자 맞은편에 앉아 있던 영이 어깨를 으쓱였다.

"네가 달고 온 거 맞아. 나 너 따라왔어."

여유롭게 웃은 도진은 자신에게 책임을 전가하는 영을 바라보며 고개를 절레절레 저었다. 자신은 갑자기 집무실로 온 영에게 이안과 예정된 약속을 간다는 말만 전했을 뿐이었다.

이안은 갑자기 피곤해 보이는 도진을 보며 안 봐도 상황을 알 만해 '피식' 웃음을 터뜨리다가 영의 곁에 앉았다.

"그래서 넌 왜 왔는데?"

"우리 할아버지가 차도진 결혼설은 진짜냐고 의심 중이라서, 오늘도 못 들을 대답을 들으러 왔어."

지안과의 결혼 준비를 도저히 할 기미를 보이지 않는 도진 때문에 영은 요즘 매일 차 회장에게 도진을 대신해 잔소리를 듣는 중이었다. 할아버지의 잔소리를 자신만 당할 수 없었던 그녀가 그대로 전해 주기 위해 도진을 따라온 것이다.

"우리 정 회장님도 오매불망 기다리는 중이라는 걸 당사자들은 몰라서 말이야."

이안 역시 정 회장에게 불려갈 때마다 질리도록 듣는 두 사람의 결혼 준비 과정을 묻는 질문에 머리에 쥐가 나려고 했다. 도진은 이안과 영의 원망스러운 시선이 동시에 자신을 향하는 걸 알았지만 남 일처럼 그저 심드렁한 얼굴로 다리를 꼬며 등을 소파에 기댈 뿐이었다. 느긋한 도진의 태도에 영이 지친다는 듯이 다시 한번 물었다.

"그래서 도대체 언제 올릴 건데. 결혼 준비가 하루 만에 뚝딱 끝나는 것도 아닌데!"

"곧."

"그래, 그게 도대체 언제…… 어?"

도진의 간결한 대답에 영은 한숨을 쉬며 말을 하다가 뭔가 잘못 들은 사람처럼 눈을 번뜩였다. 옆에 앉아 있던 이안 역시 별 기대 없이 도진의 말을 듣다가 두 눈을 키웠다.

빽빽한 눈을 감고 그 위를 검지로 문지르던 도진은 이안과 영이 잘못 들은 게 아니라는 걸 다시 짚어 줬다.

"곧 한다고."

매일 지안이 원할 때 하겠다고 똑같은 말을 앵무새처럼 반복하던 도진이었기에, 영과 이안은 얼떨떨해하면서도 올라가는 입꼬리를 감추지는 못했다. 도진은 그런 이안과 영의 얼굴을 보고 '픽' 웃음을 터뜨렸다. 그들이 얼마나 자신과 지안의 결혼을 기다렸는지 잘 알고 있었다. 아마 두 어른들의 성화를 대신 받는 것이 꽤나 버티기 힘들었겠지.

"그래?"

영은 도진의 말에 말꼬리를 길게 늘이며 웃었다. 살면서 도진에게 들은 것 중에서 제일 반가운 소리였다. 이안을 돌아보며 말했다.

"너, 효주 입국한 거 알지?"

"서효주? 연락 왔지. 걔 브랜드, 이번에 한국에서 론칭하느라 얼마 전에 들어왔다며."

"오랜만에 보는 친구에게 거한 선물을 해 주는 게 맞겠지?"

도진은 뜬금없이 이안과 그녀의 친구 이야기를 하며 급격하게 얼굴이 밝아지는 영을 가만히 주시하다가 살짝 인상을 찡그렸다. 꼭 무슨 일을 꾸미는 얼굴이었다. 마치 자신에게 귀찮은 일이 생길 것만 같은 느낌이었고.

"하지 마."

"뭐를?"

"뭐가 됐든, 누나 머릿속에 있는 그거."

만약 다른 사람들이 본다면 낮은 목소리로 경고하는 도진에게 겁을 먹었을 테지만, 영은 그저 코웃음을 한 번 치고 말았다.

"내 머리에 얼마나 좋은 게 있는데 하지 말래?"

"하아."

도진은 눈을 부릅뜨며 대꾸하는 영을 가만히 보다가 깊이 숨을 내쉬며 마른세수를 했다. 지안의 핸드폰에 저장된 영의 번호를 차단해야겠다는 생각이 가장 먼저 들었다. 이안은 티격태격하는 남매를 보며 웃다가 무언가 생각이 난 듯 손바닥을 짝, 부딪쳤다.

"오는 길에 내가 뭘 봤는지 알아?"

"뭔데?"

"민유진."

"이 좋은 때에 그 이름은 왜 꺼내?"

이안이 꺼낸 유진의 이름에 영이 눈가를 찌푸리며 말했다. 그러나 이안은 개의치 않고 말을 이었다.

"기자 하나 옆에 끼고서 호텔 룸으로 올라가더라."

이안과 우정이 밥을 먹은 장소는 규모가 크지 않은 호텔이었기에 엘리베이터를 타는 순간, 도착지는 한 치의 예외 없이 모두 룸이었다. 그걸 상기한 이안은 유진과 그녀 옆에 있던 기자를 떠올리며 고개를 절레절레 저었다.

"기자?"

도진의 눈꺼풀이 천천히 올라가며 입가에 조소를 머금었다.

"형이랑 알고 지내는 기자야?"

도진은 이안에게 시선을 고정하며 물었다. 이안이 유진의 옆에 있던 사람을 '남자'가 아닌 '기자'라고 지칭했다는 건, 이미 그 사람이 누구인지 알고 있다는 뜻이었으니까.

"그럴 리가."

그러나 단호하게 돌아오는 대답에 도리어 도진은 눈썹을 꿈틀거렸다.

"말 한마디라도 섞기 싫은 놈이야."

"왜? 대체 누구인데?"

이안은 무언가를 생각하다가 이내 질린다는 듯 고개를 도리도리 저었다. 그러자 가만히 듣고 있던 영이 의아한 얼굴로 물었다.

"누구 이슈만 터진다고 하면 걔 뉴스가 제일 조회 수가 높아. 왜? 가장 자극적으로 쓰거든. 특히 여자 연예인한테 환장해."

"아! 더 말하지 마. 귀가 더러워질 것 같아."

굳이 뒷말을 듣지 않아도 내용을 알 것 같았던 영은 못 들을 걸 들었다는 듯 귀를 털어 냈다. 이안은 그런 영을 보며 어깨를 으쓱였다.

"그렇다고 정확한 기사를 쓰는 놈도 아니야. 그런데 이미 사람들 뇌에 깊게 박혀서 아무리 잘못된 기사라고 말해도 대부분 모르고 넘어가. 불행하게도 뉴스의 주인공은 사람들 기억 속에서 하지 않은 일도 한 사람이 되어 버리는 거지."

"직업은 타고났는데, 인성이 싹 불타 버렸네."

"혹시라도 지안이에 대해서 헛소리를 할까 봐 주시하고 있었지. 인기를 얻으면 얻을수록 끌어내리고 싶어 하는 사람들이 많아지니까."

영과 이안이 대화를 나누고 있을 때, 도진은 가만히 생각에 잠겨 있었다. 여배우, 재벌 3세, 사진, 스폰서, 호텔도 같이 오는 기자. 도진은 결코 좋은 이야기가 나올 수 없는 조합에 '하', 가볍게 웃음을 터뜨렸다. 꽤나 정성을 들이고 있나 본데, 그렇다면 기대에 부응해 줘야지.

"그 기자에 대해 보고받은 거, 나한테도 넘겨."

"네가 그걸 가지고 뭘 하려⋯⋯."

이안은 언제나 부드럽고 유한 태도를 보였지만 정지안 한정으로 그녀가 관련된 일이라면 지나치게 예민해지는 사람이었다. 아니나 다를까, 도진이 불현듯 관심을 보이자 자연스럽게 지안과 연결시킨 이안은 짜증이 뒤섞은 얼굴로 속사포 쏘듯이 말했다.

"설마 걔, 지안이 뒤 파고 있어? 제이 그룹하고 관련된 건 전부 지웠는데, 어떤 놈이 입을 털었나? 감히 누가!"

"뭐? 감히 어떤 새끼가!"

이안의 추측에 영도 덩달아 화를 내기 시작했다. 도진은 지나치게 흥분하는 두 사람을 보면 고개를 저었다.

"아니야."

"어……? 아니야?"

"제이 그룹에 대한 게 아니라고."

도진은 자신의 부정에 머쓱하게 웃는 이안과 영을 보며 잘못된 점을 짚었다. 그리고 슈트 안주머니에 넣어 뒀던 사진을 꺼내 테이블 위에 놓았다. 자신이 고용한 케이에게서 보고받았던 사진이었다.

"이건 차도진, 이건 지안이. 이 아저씨는 누구야?"

차례대로 사진을 본 영이 마지막으로 심부름 센터의 사장인 '구석도'가 찍힌 사진을 가리키며 물었다. 이미 얼굴이 잔뜩 구겨진 그녀는 보통 일이 아님을 느꼈다. 똑같이 사진을 바라본 이안의 얼굴 역시 불쾌하게 변했다. 누가 봐도 파파라치 컷이었기 때문이다.

도진은 영의 물음에 답하지 않고 핸드폰을 몇 번 두드리더니 사진 옆에 내려 두었다. 빨간색 재생 버튼을 누르자, 스피커에서 걸걸한 목소리가 흘러나왔다.

[어떤 한 남자가 와서 차도진 전무와 정지안 배우가 같이 있는 사진을 찍으면 1억을 준다고 했습니다! 근데 차도진 전무가 좀 유명해? 나도 위험 수당이나 보험을 확실하게 하기 위해서 알아보니까, 남자가 민강 그룹 민유진 이사 비서지 뭐요! 그래서…….]

케이가 석도의 동의하에 녹음한 음성 파일이었다. 얼마나 솔직한지 마치 그날의 일을 다시 재생하는 듯한 말에 이안과 영은 동시에 헛웃음을 터뜨렸다. 불현듯 이안이 봤다던 유진과 기자가 떠오른 영은 의자에 붙였던 엉덩이를 들썩였다.

"그래서 민유진과 호텔로 기어 들어간 개자식이 지안이 기사 쓰려고 준비 중인 거야?"

"차영. 너, 입 좀!"

"개자식을 개자식이라고 하지 뭐라고 해, 그러면?"

이안은 도진이 준 자료들에 머리가 바쁘게 돌아가는 와중에도 막 나가는 영의 입을 단속했다. 저건 나이를 먹어도 말버릇이 저러면 어떡하냐며 낮게 탄식하면서 고개를 저은 이안은 도진을 보며 물었다.

"그래서, 이게 전부 민유진 작품이라는 거지?"

이안이 최대한 냉정하게 머릿속으로 끝낸 계산은 도진이 예상한 것과 똑같이 결코 좋은 그림이 아니었다.

도진은 대답 대신 고개를 끄덕였다. 구구절절 설명을 하지 않아도 이안은 모든 것을 파악한 것처럼 보였기 때문이다.

"내가 절대 그렇게 놔두지는 않지."

이를 험악하게 갈며 살벌한 표정을 짓는 이안을 본 도진은 자리를 털고 일어났다. 오늘 이안과 약속을 잡은 이유는 단 하나였다. 물론 영에게까지 알릴 생각은 없었지만, 별 상관은 없었다.

"그런데 차도진, 너는 지안이 일인데 너무 평온하다?"

화를 내기는커녕 오히려 느긋하게 여유를 부리는 듯한 도진의 모습에 영의 미간이 꿈틀거렸다. 도진은 마치 '넌 우리가 애

지중지하는 지안이가 걱정도 되지 않냐? 화도 안 나냐?'라고 말
하는 듯한 영의 얼굴에 시큰둥하게 웃었다.

분노? 수가 뻔히 읽힐 만큼 상대할 가치가 없는 놈들에게는
그런 감정조차 아까웠다.

"지안이 털끝 하나도 건드리지 못할 텐데 걱정을 왜 해."

도진은 손목에 찬 시계를 매만지며 느긋하게 시선을 내리깔
았다.

"어차피 내가 모조리 밟아 버릴 건데."

물론 그렇다고 적당히 처리할 생각은 없었다.

Chapter 12

경고

　오늘도 어김없이 드라마 촬영 스케줄을 나온 지안은 자신을 부르는 소리에 뒤를 돌았다. 딱 일주일 만에 보는 얼굴이었다.

　"잘 지냈어?"

　쭈뼛쭈뼛 어색하게 걸으며 제게 가까이 다가오는 아리를 보며 부드럽게 웃었다.

　그날 자신의 집에서의 만남을 마지막으로 이렇게 촬영 스케줄이 엇갈릴 줄은 몰랐는데, 누가 장난이라도 친 것처럼 일주일 동안 아리와 자신의 촬영이 겹치지 않았다.

　전과 변함없는 지안의 온도에 아리는 엷은 미소를 지으며 고개를 끄덕였다.

　사실 긴장을 많이 한 상태였는데 지안의 목소리를 듣자마자 모든 긴장이 풀리는 기분을 느낀 그녀는 코끝을 움찔거렸다. 지안은 아리의 표정을 유심히 관찰하다가 '피식' 웃었다. 딱 봐도 울컥한 얼굴이었다. 그녀의 어깨에 팔을 두르고 나지막이 속삭였다.

"오빠가 너랑 같이 밥 먹자고 했어."

"오빠라면……?"

"응. 차도진 님."

"아…… 차도진 님."

설마 하는 표정으로 자신을 올려다보는 아리를 보고 묵묵히 고개를 끄덕이며 입가에 걸린 짓궂은 웃음을 감췄다. 도진의 이름이 나오자마자 탁, 하고 풀린 눈동자와 믿기지 않는다는 듯 멍하니 벌어진 입은 지안의 웃음을 유발했다.

"큭, 오빠 돈 많으니까 비싼 거 먹으러 가자."

"……네에……."

힘없이 대답하는 아리를 보며 이제 그녀를 그만 놀려야겠다고 생각하는 지안의 뒤로 한 여자 스태프가 감탄하는 목소리가 퍼졌다.

"저 백화점 노는 날에 백화점 들어와 본 거 처음이에요!"

"당연한 소리를 엄청 대단하게 하네?"

뒤이어 유쾌하게 받아치는 카메라 감독의 말에 주위에 있던 사람들이 너 나 할 거 없이 소리 내어 웃음을 터뜨렸다.

덕분에 지안 역시 아리를 놀리기 시작하면서부터 참고 있던 웃음을 빵 터뜨리다가, 낯설면서도 익숙하게 느껴지는 주위를 천천히 둘러보았다.

오늘 '타성'의 촬영팀이 모인 곳은 국내 최대 규모로 독보적인 1위를 달리고 있는 CHA 백화점이었다.

높다란 천장은 천창으로 이루어져 채광이 적당하게 들어오면서 따뜻한 느낌을 주고 있었고, 탁 트인 공간으로 개방감을 극대화한 내부는 보는 사람으로 하여금 쾌적함을 선사했다.

언제나 사람이 많이 다니는 장소인 만큼 공간의 장점을 느끼지 못했던 사람들은 저마다 감탄을 금치 못하고 있었다. 예술 감각이 뛰어난 색다른 인테리어에 마치 전시회에 온 것 같은 기분도 느꼈다.

"그런데 원래 CHA 백화점도 호텔만큼이나 촬영 허가 잘 안 내주지 않아요?"

"이번에 우리 드라마 투자했잖아. 지우석 작가님 작품이라 그런가?"

지안은 자신의 기억보다 많이 변한 백화점 내부를 둘러보며 감탄을 하다가 들리는 스태프들의 대화에 눈가에 경련을 짧게 일으켰다. 머릿속에 영의 목소리가 맴돌았다.

— 너 믿고 투자하는 거야. 사업가 차영이 흥행 보증 배우 정지안한테. 사실 진작부터 하고 싶어도 못 했던 거, 이제 하는 중이야. 차도진 덕분에 이미 장소 제공도 안 해 주는 깐깐한 백화점이 되어 버렸지만 말이야.

그녀는 이미 몇 번이고 지안이 출연했던 드라마로부터 제안을 받았다고 했다. 그러나 단 한 번도 수락하지 않았는데, 그 모든 이유가 도진 때문이었다고 했다.

지안이 영의 말을 기억하고 문득 도진에게 반대한 이유를 물었을 때 돌아온 대답은 심장을 욱신거리게 했다. 아주 당연한 걸 말하는 듯한 덤덤한 목소리였다.

— 결국 CHA 계열사야. 내가 알아서 피했겠지만, 혹시라도 날 마주치면 어떡하나 싶어서. 또 아프면 어떡해. 가능성이 높은 건 생각할 필요도 없었어.

꼭 도진의 시계가, 도진의 세계가 저 하나를 두고 움직이는 것 같았다. 벅차다는 마음 하나로는 표현이 되지 않았다. 그의 모든 답이 언제나 자신을 향해 있었다.

"무슨 생각을 그렇게 골똘하게 하고 있어요?"

"아, 작가님 오셨어요?"

상념의 소용돌이에 빠지려던 지안을 우석이 끌어냈다. 어느새 나타난 우석을 보며 지안은 어색하게 웃었다. 불현듯 그가 자신을 보고 첫사랑이라고 했던 것이 생각났기 때문이다.

"작업실에만 있기가 지겨워서 나와 봤는데, 잘한 선택인 것 같네요."

우석은 백화점 내부를 둘러보며 작게 감탄하다가 허공에 시선을 박았다. 가운데를 중심으로 안쪽으로 곡선을 그리며 올라가는 건물의 구조 덕분에 그들이 서 있는 1층에서도 2층, 3층을 올려다볼 수 있었다. 우석의 눈은 2층 정도 높이를 바라보는 각도에 머물러 있었다.

그런 우석의 시선을 따라 지안도 고개를 돌렸다. 그러자 그곳에는 바지 주머니에 양손을 꽂은 도진이 그녀를 내려다보고 있었다. 그녀가 고개를 들기만을 기다렸는지, 도진은 곧바로 기다란 눈꼬리를 말아 올렸다. 멀리서도 선명하게 보이는 도진의 얼굴을 그저 바라보자, 그녀의 멍한 얼굴을 확인한 도진이 웃음을 터뜨리는 것이 보였다.

영이 그의 뒤에 있었는지 도진의 웃음소리를 듣고 빼꼼 고개를 내밀어 누가 볼까 봐 손을 잽싸게 흔들고 다시 아래로 내렸다. 자신의 곁에 있는 우석은 보지도 못한 듯싶었다. 지안은 귀여운 영의 행동에 입가에 미소를 그렸다. 그러나 얼마 안 가 다시금 들리는 목소리에 그대로 굳었다.

"오랜만이네요."

우석이 도진을 보며 낮게 중얼거렸다. 오랜만이라고 하는 말에 반가움은 전혀 담기지 않았다. 그의 음성에서 느껴지는 묘하게 이질적인 느낌에 도진을 보고 있던 지안은 다시 고개를 돌려 우석에게 시선을 고정했다.

"스탠바이 다 된 것 같네요."

마치 지안이 자신을 바라볼 것을 알기라도 한 듯 우석은 부드럽게 웃으며 턱짓으로 스태프들이 모여 있는 곳을 가리켰다. 지안은 고개를 끄덕이면서 어딘가 찝찝한 얼굴을 하며 걸어갔다. 왠지 모르게 우석이 신경이 쓰였다.

역시 배우들의 호흡을 무시할 수 없는 건지, 한 번에 OK가 떨어진 장면이 많은 덕분에 예정된 시간보다 이른 퇴근을 할 수 있었다.

"우리 내일 쉬는 거 맞지? 제발 맞다고 해 줘."

아니라고 하면 큰일이 날 것 같은 얼굴을 하며 정해진 답을 지안에게 요구한 건 핼쑥한 얼굴의 민호였다. 지안은 그런 민호의 모습에 웃음을 터뜨리며 고개를 끄덕였다. 그동안 둘의 스케줄은 가히 살인적이라고 할 수 있을 만큼 극한이었기 때문에, 민호의 간절한 마음을 이해했다.

민호를 비롯해 아리와 선오에게 잘 가라는 인사를 한 지안은 자신을 기다리고 있을 도진과 영에게 얼른 가려고 했다.

"그러면 모처럼 주연 배우님들이 다 모였는데, 우리 밥이나 먹고 헤어질까요?"

오늘 촬영분을 모두 마칠 때까지 현장에 있었던 건지 우석이 그들 곁으로 걸어오며 지안의 앞을 막지 않았다면 말이다. 갑작스러운 우석의 제안에 지안은 당황하며 동료들을 둘러보았다. 의외로 피곤하다던 민호가 눈을 빛내며 호응하고 있었다.

난감하게 웃던 지안은 자신을 빤히 바라보던 아리와 눈을 마주쳤다. 그러자 아리는 주먹을 불끈 쥐더니 자신이 먼저 총대를 메었다.

"저는 약속이 있어서 빠지겠습니다!"

"그런 게 어디 있어? 지안이, 너는!"

"언니도 이따가 친구분이랑 만난다고 하지 않았어요?"

앞에 '남자'라는 단어를 생략한 아리는 민호의 말을 끊어 가며 열심히 지안을 위해 나섰다. 최선을 다하는 아리를 보며 이를 꽉 깨물고 웃음을 참던 지안은 부드러운 목소리로 말했다.

"우리는 다음에 먹어요."

선약이 있다는 말에는 어쩔 수 없었는지 세 명의 남자들은 지안의 말에 고개를 끄덕였다. 그럼 가 보겠다며 인사를 한 아리는 지안의 팔짱을 끼고 그녀를 이끌었다. 우석은 그런 그녀들의 뒷모습을 묘한 눈빛으로 바라보았다.

정신없이 철수하는 스태프들 사이로 눈에 띄지 않게 엘리베이터 앞에 도착한 아리는 위로 향하는 버튼을 눌렀다. 1층에 머물러 있던 터라 곧바로 열린 문에 지안이 올라타자 아리는 손을 열심히 흔들었다.

"앞으로 두 분이 보낼 시간은 제가 지키겠습니다."

이미 강렬하게 데이트를 방해한 전적이 있는 아리의 대단한 결의가 느껴지는 말에 지안은 '큭큭' 웃음을 터뜨렸다. 그리고 못 말린다는 듯 고개를 저으며 아리에게 손을 들어 인사를 했다. 닫히는 문 사이로 아리의 얼굴이 사라졌다.

띵—.

이번에는 경쾌한 소리와 함께 열린 문 사이로 도진의 얼굴이 드러났다. 팔짱을 끼고 맞은편 벽에 기대어 있는 모습을 보니, 그녀가 올라오는 것을 기다린 듯싶었다. 지안은 반가운 마음에 폴짝 내려 도진의 팔에 제 팔을 걸었다.

"많이 기다렸어요?"

"즐거웠어."

"네?"

도진은 걱정 섞인 목소리로 묻는 지안의 볼 언저리를 가볍게 톡, 건드리며 말했다. 무척 다정한 목소리였다.

"그냥 너를 생각하니까 전부 즐거웠어."

오래 기다렸냐고 묻는 질문에 괜찮다는 것도 아니고 즐거웠다는 대답을 하는 이 남자를 어떡하면 좋을까. 지안은 제 예상을 벗어나는 대답을 하는 도진을 보며 어깨를 짓누르던 피곤함이 싹 걷히는 것을 느꼈다.

촬영 시작 전, 눈이 마주친 도진과 짧게 했던 통화가 떠올랐다. 마치 엄마와 떨어지기 싫어하는 아이의 모습과도 같았다.

— 여기서 기다릴게.

— 끝나면 전화할게요. 불편하잖아요.

— 네가 여기 있잖아. 나도 여기 있을래.

아침 일찍부터 시작된 촬영은 일곱 시간을 꼬박 채우고 나서야 끝이 났다. 백화점은 영의 공간이기 때문에 도진이 자신의 공간이 아닌 곳에서 언제 끝날지도 모르는 시간을 보내는 데에는 불편한 점이 많았을 것이다. 그런데 그게 전부 즐거웠다니.

의심스러운 눈빛을 숨기지 못한 지안의 눈을 본 도진은 허탈하게 웃음을 흘렸다. 그러고는 말랑한 지안의 볼을 한 손으로 붙잡았다. 마치 붕어처럼 그녀의 입술이 한데 모이자 그대로 입술을 대고 강하게 빨아 당겼다.

지안은 반사적으로 도진의 팔뚝을 힘껏 부여잡았다. 진득한 입맞춤을 하기에는 적절하지 못한 장소였다. 도진도 길게 할 생각은 없었는지 도톰한 혀로 가볍게 입술을 쓸어내렸다.

"너는 모를 거야, 내가 어떤 생각을 하면서 너를 기다렸는지."

나지막이 중얼거리는 말에는 짙은 숨이 섞여 있었다. 욕망을 누르고 있는 듯이 숨을 한 번 '후' 뱉어 낸 도진은 복도 끝에 영이 있을 집무실을 한 번 노려보더니 미간을 좁혔다.

"못 믿겠으면 그냥 이대로 집으로 갈래?"

지안은 어딘가 조급한 도진의 눈빛, 내뱉는 숨결의 온도만으로도 미래가 전부 그려졌다. 그 미래 속에 있는 저의 모습은 실오라기 하나 걸쳐져 있지 않았다. 아직 해가 환하게 떠 있는 낮이었다. 남은 하루를 모두 그렇게 보낼 수는 없었다.

"아니요! 믿어요! 나 기다리면서 오빠 많이 즐거웠구나? 이제 얼른 언니 만나러 가요!"

도진은 다급하게 자신을 앞으로 이끄는 지안을 보며 '피식' 웃었다. 그녀의 뜻대로 끌려가던 도진은 지안의 귓가에 낮게 속삭였다.

"그런데 어쩌지, 내일 스케줄 없다는 걸 내가 벌써 알아 버렸네."

위기를 모면하려던 지안의 등줄기에 오소소 소름이 돋았다. 지안은 도진과의 로맨스에 스릴러는 추가하지도 않았는데 발끝부터 느껴지는 오싹함에 어깨를 부르르 떨었다. 그러나 저도 곧 까치발을 들고 도진의 귓가에 속삭였다.

"나 그다음 날도 오후 스케줄이에요. 이건 몰랐죠?"

지안은 앙큼하게 웃어 보였다. 남은 하루를 모두 그렇게 보낼 수 없다는 뜻이었지, 그렇다고 같이 밤을 보내는 게 싫은 것은 아니었다.

현장 상황에 따라 배우들의 스케줄이 바뀌는 건 빈번히 일어나는 일이었다. 조금 전에 감독으로부터 새벽 촬영이 뒤로 밀렸다는 이야기를 들었기에 도진은 전혀 알 길이 없는 스케줄의 변동이었다.

깊은 보조개가 쏙 들어갈 만큼 함박웃음을 지은 지안이 도진의 팔에 얼굴을 비볐다. 꼭 나른한 고양이가 집사에게 보여 주는 애교처럼 보였다. 도진은 허탈하게 웃었다. 참고 있는 자신을 더 애타게 했다. 이제 저를 주무를 줄 아는 지안에게 기꺼이 넘어갔다.

"그 말은 하지 말지 그랬어."

나직이 건넨 경고에도 지안은 새초롬하게 눈을 뜨며 말했다.

"오랜만에 영이 언니랑 만나는데, 또 무작정 끌고 나갈까 봐 그러죠."

도진은 마치 조용히 하면 장난감을 사 주겠다며 어린아이를 달래듯이 약속하는 지안의 모습에 눈썹을 살짝 꿈틀거렸다.

"사탕을 줄 거면 제대로 주지 그래?"

"말로는 부족해요?"

"당연하지."

그는 다시 한번 입을 맞출 듯한 자세로 지안에게 한 걸음 다가갔다. 덕분에 고개가 점점 뒤로 젖혀지자, 그녀는 스르륵 눈을 감았다.

"어이, 거기 깨를 볶다 못해 화르르 타고 있는 커플분들?"

저 끝에서 들리는 목소리에 화들짝 놀란 지안의 고개가 돌아갔다.

120

"대체 언제 들어올 거야?"

결국 지안과 도진을 안에서 기다리다가 지친 영이 먼저 문을 박차고 나온 것이다. 올라오겠다는 지안의 연락을 받은 지 한참이 지났는데 방에 있던 도진도 사라지더니 깜깜무소식이라, 영은 결국 마우스에서 손을 떼고 직접 일어났다.

"언니 일은 다 끝났어요?"

영에게 들킨 게 부끄러웠던 지안이 머쓱한 웃음을 지으며 영의 집무실 안으로 먼저 쏙 들어갔다. 도진은 느긋하게 뒤를 따르다가 영을 스칠 때쯤 나지막한 목소리로 영에게만 들리게끔 말했다.

"참을성을 좀 길러 봐. 연애를 좀 하든가."

영은 기가 막힌다는 표정을 숨길 수 없었다. 다른 사람도 아니고 도진한테 이런 소리를 듣다니 자존심이 다 상했다. 그녀는 뾰족하게 솟은 눈길로 느긋이 걸어가는 도진의 뒷모습을 한껏 째려보았다. 이런 상황을 알 리 없는 지안은 도진이 아무렇지 않게 옆자리에 앉자 해맑게 웃으며 영을 불렀다.

"왜 그래요?"

지안은 왜인지 영의 머리에서 김이 나는 것만 같다는 생각을 했다. 의아한 눈으로 묻자 영은 고개를 절레절레 저으며 자리에 앉았다.

"아니야. 오늘 스케줄 끝났지? 이제 드레스 보러 가자!"

"드레스요……?"

영이 꺼낸 '드레스'라는 단어에 적지 않게 놀란 지안이 두 눈을 동그랗게 뜨며 되물었다. 도진은 미리 알고 있던 이야기인지 천천히 고개를 끄덕일 뿐, 아무 말도 하지 않았다.

"슬슬 준비해야 하잖아. 언니가 하나 사 줄게. 웨딩 촬영용으로 입어도 좋고, 피로연 때 입어도 좋고."

지안은 당연하단 듯 술술 말을 하는 영을 보며 적당한 말을 고르지 못해 눈동자만 이리저리 굴렸다. 도진을 보았다가 영을 보았다가, 한참을 방황하던 그녀의 눈동자가 점점 기대감으로 차올랐다.

처음 내딛는 걸음마처럼 한 발 두 발 나아갈 때마다 점점 또렷하게 윤곽이 그려지는 결혼 준비가 마음에 들었다. 대부분 전문가의 도움을 받겠지만 드레스만큼은 자신의 마음이 전부 담기는 선택이기 때문에 더 그랬는지도 몰랐다.

배우이기 때문에 당연히 극 중에서나 화보에서나 웨딩드레스를 입은 적이 많지만 이런 기분은 처음이었다. 터질 듯한 두근거림이었다. 본식에서 입을 드레스도 아니고, 결혼식도 아닌데. 누가 알면 유난이라고 할지도 몰랐지만 지금 그녀의 마음은 그랬다. 지안은 옆에 앉아 있는 도진을 향해 상체를 돌리며 작은 소리로 말했다.

"나 떨려요."

반짝, 생기가 도는 눈을 가만히 감상하던 도진은 한 손을 뻗어 지안의 얼굴을 부드럽게 잡았다. 매끈한 피부가 손끝의 감각을 건드렸다.

"오늘은 적당한 걸로 골라 입어. 처음부터 너무 예쁘면 곤란하니까.”

평소라면 닭살이 돋는다며 하지 말라고 했을 지안은 들뜬 마음을 가라앉히느라 정신이 없는지 흘려들었다.

도진은 자신의 경고를 알아차리지 못한 듯한 지안을 바라보며 '피식' 웃음을 지었다. 굳이 다시 집어 줄 생각은 없었다.

“애들아. 지금 당장 나갈까?”

애정 행각이 심한 동생들을 보며 짜게 식은 영이 할 수 있는 거라고는 그저 가장 먼저 일어나 자리를 피하는 것뿐이었다.

'ROSE JOO'. 흘림체로 '로즈 주'라고 쓰인 하얀색 건물이 보였다. 멈춰 있는 회전문을 지나친 영은 'Close'라는 팻말을 가볍게 무시하고 문을 열었다. 지안은 이래도 되는 건가 싶어 눈을 동그랗게 떴지만, 도진이 자신의 손을 붙잡고 자연스럽게 들어가자 얼결에 발걸음을 옮겼다.

“서효주! 나 왔어!”

“지금 내려갈게!”

영이 아무도 없는 텅 빈 1층에서 크게 소리치자 계단 위에서 메아리처럼 목소리가 들려왔다. 곧이어 다다닥, 하고 급하게 계단을 내려오는 소리가 들렸다. 긴 웨이브의 머리를 하나로 질끈 묶은 효주는 세 사람 앞으로 다가왔다.

“혹시……?”

효주의 눈에 가장 먼저 담긴 사람은 지안이었다. 말을 끝내지 못하고 눈동자만 굴려 도진과 지안을 여러 번 번갈아 보다가 마지막으로 영에게 시선을 고정했다. 영은 고개를 끄덕이며 대답했다.

"맞아. 차도진을 사로잡은 여자."

"헐."

"언니!"

도진을 사로잡은 여자라니. 자신이 무슨 팜므 파탈도 아니고. 지안은 영의 단어 선택에 민망해하며 콧등을 살짝 긁적였다.

"반가워요. 디자이너 서효주라고 해요. 그냥 주라고 불러도 돼요. 프랑스 이름이 주라, 어차피 그게 더 편하거든요."

"아, 정지안입니다."

"알죠. 이미 얼굴이 명함이라서."

지안이 효주가 내민 손을 맞잡으며 통성명을 하자 효주는 너스레를 떨었다.

"차영이 왜 그렇게 사람이 단 한 명도 있으면 안 된다고 난리를 친 건지 알겠네요."

"저 때문에 괜히 디자이너님만 번거롭게 만들었네요."

"아니에요. 친구를 잘못 둔 제 죄인 줄 알았더니, 이런 영광을 다 누리네요. 제가 배우님을 참 좋아하거든요."

유쾌한 화법으로 분위기를 풀어 가던 효주가 도진과 영을 위층으로 안내한 뒤 지안을 데리고 가장 위층으로 올라갔다. 자신의 모든 노력이 담긴 드레스가 있는 곳이었다. 직원조차 함부로 들어올 수 없는 공간이었으나, 오늘만큼은 예외였다.

지안과 효주가 위로 올라가고 남은 도진과 영은 효주가 안내한 기다란 소파에 앉았다. 영은 자리에 앉자마자 도진의 옆구리를 팔꿈치로 툭, 치고는 음흉한 낯빛으로 웃었다.

"너 안 그런 척해도 엄청 많이 기대하고 있지? 드레스 입은 지안이 모습."

도진은 영의 말을 들으며 '피식' 웃음을 터뜨리고는 긴 팔을 쭉 뻗어 유리 테이블 위에 올려진 드레스 화보집을 집어 들었다. 허벅지 위에 두꺼운 화보집을 올리고 한 장 한 장 부드러운 손길로 넘기던 도진은 나지막이 영의 말을 부정했다.

"안 그런 척한 적 없는데."

"뭐?"

"내가 여기 있는 걸 보고도 모르겠어?"

자신이 지금 왜 여기 있는지 정말 모르겠냐는 듯 턱을 올리며 웃는 도진을 보며 영의 입이 살짝 벌어졌다.

도진은 각기 다른 디자인의 드레스를 보며 생각에 잠겼다. 처리해야 할 서류가 산더미였다. 발 빠르게 움직여야 할 미팅이 수십 개였다. 그럼에도 자신이 이곳에 있는 이유가 정지안 하나 말고 또 있을까.

드레스를 보러 가자는 영의 말에 생기가 돌던 지안의 눈동자가 잊히지 않았다. 일을 하다가 이곳으로 바로 왔다면 절대 눈에 담지 못했을 얼굴이었다. 일곱 시간이 절대 아깝지 않은 시간이었다. 멍하니 저를 쳐다보는 눈길에 고개를 살짝 틀며 웃었다.

"정말 모르겠으면 말해 주고."

"아니, 괜찮아."

과도한 도진의 친절에 영은 떨떠름하게 고개를 저어 보였다. 생각해 보니까 굳이 알고 싶지 않은 일이었다. 빠른 속도로 도진의 대답을 외면한 영은 도진처럼 두꺼운 화보집을 들고 페이지를 넘겼다.

"얘가 드레스 하나는 기가 막히게 잘 만든다니까."

영의 말에 도진은 아직 넘기지 않은 페이지에 다시 시선을 두었다. 펼쳐진 페이지에는 모델도 아닌 그저 마네킹에 걸쳐진 드레스 하나만 달랑 있었다.

머메이드 라인의 긴 드레스로, 브이넥이 길게 파인 상체는 비딩으로 반짝였고, 골반부터 꼬리까지 자연스럽게 이어지는 드레스였다. 화려했지만 사치스럽지는 않았고, 우아하면서도 매혹적으로 느껴지는 영롱한 드레스였다. 그게 꼭 지안의 분위기와 비슷하게 느껴져 도진은 입가에 슬며시 미소를 띠었다.

"다 입혀 보고……."

도진의 사정도 다르지 않았다. 보는 드레스마다 지안에게 입히고 싶다는 생각이 머리에 가득 찼다.

다 입혀 보고 싶다며 중얼거리던 영은 움직이지 않는 도진의 손가락을 눈치채고 시선을 살짝 옆으로 틀었다. 새어 나오는 웃음을 참느라 영은 입술을 질끈 물었다. 차도진이 드레스를 보고 시선을 떼지 못하는 날이 올 줄은 몰랐기 때문이다. 30년 동안 본 적 없는 새로운 동생의 모습이 낯설었지만, 참 웃기게도 이게 또 계속 보고 싶은 마음이 들었다.

위잉—.

도진은 작은 기계음과 함께 양쪽으로 풀럭이며 갈라지는 커다란 커튼의 움직임에 고개를 들었다. 점점 지안의 모습이 드러나자 도진의 눈가가 살짝 경련을 일으키며 경직되었다. 조명을 받으며 환하게 웃고 있는 지안이 선택한 드레스는 아직도 도진의 손안에 펼쳐져 있는 화보집 속 드레스와 똑같았다.

"어때?"

"꼭 천사 같아."

효주가 뿌듯한 얼굴로 영의 옆에 서며 작게 물었다. 영은 지안에게서 눈을 떼지 못하고 천천히 일어나며 감탄했다. 도진도 자리에서 벌떡 일어나 지안에게 다가갔다. 단상 덕분에 자신과 지안의 눈높이가 같아졌다. 아니, 지안이 살짝 더 높이 있는 건가. 아주 미세한 차이였지만 도진은 지안을 올려다보았고, 지안은 도진을 내려다보고 있었다.

이게 뭐라고, 뒤바뀐 위치가 묘한 긴장감을 선사했다. 도진은 느릿하게 지안을 훑었다. 조명을 받은 덕에 더욱 반짝이는 그녀의 투명한 피부와 길고 곧게 뻗은 목선을 따라 흐르는 굴곡진 타고난 몸매. 그녀를 향한 시선은 탐닉 그 자체였다.

도진의 노골적인 시선에 머쓱해진 지안이 훤히 드러난 목덜미를 쓸며 분위기를 환기했다.

"나는 이게 마음에 드는데, 오빠는 어때요?"

"좋아."

화사하게 웃는 지안의 얼굴을 보며 도진은 어금니를 힘주어 악물어야 했다. 서서히 달아오르는 열은 도진의 인내심을 시험하기 시작했다.

"지금 당장 벗기고 싶을 만큼."

지안은 있는 그대로의 감상을 내놓는 도진 때문에 당황했다.

이게 무슨 망측한 소리람!

혹시라도 영이나 효주가 들었을까 봐 주위를 살피는 눈동자가 바빴다. 그 모습이 웃겼는지 '피식' 웃음을 터뜨린 도진이 영을 향해 고개를 돌렸다.

"결제해."

"……어?"

"빨리."

영이 멍하니 되묻자 도진이 눈썹을 확 구겼다. 지안은 팔을 뻗어 어딘가 많이 급해 보이는 도진의 어깨 위에 손을 올렸다. 진정하라는 의미였다.

"언니, 저 이게 가장 마음에 드는데 어때요?"

"어어? 말해 뭐해. 예쁘지! 그런데 다른 거 또 안 입어 봐도 괜찮겠어? 나 더 보고 싶은데."

도진은 제 속은 하나도 모르고 눈치 없이 구는 영을 노려보았다. 지안은 아쉬운 듯한 영의 목소리에 미안한 마음이 들었지만 다른 드레스를 더 입어 볼 생각은 하지도 않았다.

"이게 제일 예뻐요. 그런데 이게 제일 비싸다는데요?"

"비싸 봤자 드레스인데 뭐. 나 차영이거든?"

영은 고개를 턱, 치켜들며 효주를 향해 블랙 카드를 꺼내 건 냈다. 효주가 장난스럽게 허리를 90도로 숙이며 만족스럽다는 듯이 웃었다.

도진은 여유로움이 넘치는 영과 효주를 보며 입가로 무거운 숨을 흘려보냈다. 그러나 곧 목 언저리에서 느껴지는 부드러운 감촉에 움찔거리며 숨을 멈추었다. 지안은 도진의 어깨 위에 올 려 두었던 손을 서서히 안쪽으로 이동하며 목뒤를 손바닥으로 감싸 안았다. 그의 귓가로 여린 음성을 아무도 듣지 못하게 속 삭였다.

"우리 얼른 집으로 가요."

앙큼한 지안이 던진 유혹의 시작이었다.

차에 오르자마자 안전벨트를 매고 어떻게 집까지 들어왔는 지 기억이 없었다. 기계적으로 액셀을 밟았고, 반사적으로 핸들 을 돌렸다. 오는 길에 구간마다 존재하는 과속 카메라에 하나 도 거르지 않고 찍혔을지도 모른다.

그나마 도진이 정신을 차렸을 때, 지안은 이미 침대 위에서 잔 뜩 헝클어진 채로 그의 아래에 깔려 있었다.

"……오빠 너무 급해요!"

숨이 넘어갈 듯이 달려드는 도진을 지안이 두 팔로 막으며 진정하라는 듯 소리치자, 결국 도진은 극도의 인내를 보이느라 눈을 질끈 감았다가 뜨며 말했다.

"돌아 버릴 것 같은데."

간신히 참고 있다는 것을 증명하기라도 하는 듯 낮게 잠긴 목소리로 전하는 발음이 어딘가 뭉개졌다. 나른하게 떠지는 새까만 동공에 지안이 숨을 '흡', 하고 들이켰다. 소름이 돋은 건지, 손끝에 닿아 있는 등줄기가 움찔하는 것이 느껴졌다.

"그거 알아?"

"······?"

"거기서 그대로 전부 찢어 버리고 싶었어."

다시 생각해도 오감을 모두 자극하는 자태였다. 수컷의 본능이었고, 야욕이었다. 도진은 자신이 이렇게 수컷으로서의 본성이 출중하다는 것을 지안을 보며 매번 느꼈다.

"예쁘다면서요."

"응."

"아름답다면서요."

"응."

"근데 그걸 왜 찢어······."

당당하게 대답하는 자신이 어이가 없었는지 허탈하게 웃음을 흘리는 지안이었다.

글쎄, 자신이 왜 그랬을까. 아름다움은 그 자체로 온전해야 유지가 되는 건데. 잠시 고민하던 도진은 답을 금방 찾았다.

"너 하나뿐이니까."

"응?"

아름답고 예쁜 건 정지안 그 자체니까, 그녀에게 걸쳐진 건 소중하지 않았을 뿐이었다. 도진은 조막만 한 얼굴에 오밀조밀하게 들어찬 지안의 이목구비를 감상했다. 시퍼런 핏줄이 돋은 도진의 팔이 지안의 가는 허리를 감쌌다.

그녀는 늘 자신의 인내심을 시험했다. 10년을 안 보면서 버텨 낸 참을성은 제가 생각해도 기특했다. 그러나 그런 자신의 생각을 비웃기라도 하는 듯 지안은 계속해서 시험에 들게 했고, 점점 결과는 참혹하게 변해 갔다.

다른 한 손을 들어 말랑한 가슴을 부드럽게 문질렀다. 장난치듯이 느릿하게 전하는 자극에 돌아오는 반응도 빨랐다. 그가 목을 비스듬히 꺾고서 지안의 입술을 덮었다. 끈적한 타액이 무질서하게 섞였다.

도진은 집요하고 기민하게 움직였다. 입술이 먼저 나가는지, 손가락이 먼저 움직이는지 생각할 겨를도 없는 무자비한 움직임이었다. 혀끝과 손끝에서 느껴지는 감각 중 그 어느 것 하나도 놓치지 않고 예민하게 모든 것을 받아들였다.

"하아…… 더는 힘들어요."

지안의 입에서 애원하는 말이 나오면, 간신히 붙잡고 있던 이성은 끊어진다. 어느덧 알량해진 제 인내심은 거기서 끝이 나 버린다. 새하얀 다리 사이에 자리를 잡고 무릎을 꿇었다. 이미 준비가 된 아래를 망설임 없이 파고들면 타들어 갈 듯한 뜨거운 열기가 도진을 기다리고 있었다.

"으읏!"

서로가 서로에게 완벽하게 맞물리자 도진은 간신히 이를 악물었다. 지안에게도, 자신에게도 적응할 시간을 주다가 호흡을 가다듬었다.

"후우."

도진의 목울대가 위아래로 움직였다. 따뜻한 그의 손이 얇은 지안의 허리를 단단하게 붙잡고 움직이기 시작했다. 그가 움직이면 그녀도 같이 움직였다. 시트를 흐트러뜨리며 움직이던 지안의 갈 곳 잃은 팔은 이리저리 방황하다가 결국 제 팔뚝을 지지대처럼 붙잡았다.

지안은 조금이라도 서로의 움직임이 어긋나면 반사적으로 위로 올라갔다. 강렬한 자극으로부터 벗어나기 위한 몸부림이었으나, 가만히 놔둘 도진이 아니었다. 어긋나면 어긋나는 대로 자신의 무게를 실어 움직였다. 오도 가도 못 하고 모든 힘을 그대로 받아 내던 지안의 허리가 활처럼 휘었다.

"아앗!"

언제나 쾌락의 정점에 먼저 도달하는 건 지안이었다. 그러면 도진은 축 늘어진 다리를 억지로 어깨에 걸치며 더 강한 힘으로 몰아붙였다. '하아', 나지막이 흘린 신음과 함께 조금 더 지안의 안에서 머물던 도진은 몸을 일으켰다.

"……바로 또 해요?"

곧바로 새로운 사각 포장지를 입에 물자 놀란 목소리가 귓가에 닿았다. 오늘따라 더 강하게 몰아붙였는지 지쳐서 갈라지는 목소리에 멈칫했으나, 아주 잠깐이었다.

평소라면 아주 조금이라도 지안이 체력을 회복할 시간을 주었다면 오늘은 좀 달랐다.

도진은 지안의 등 뒤로 팔을 넣어 그대로 뒤집었다. 순식간에 반대로 엎어진 지안의 입에서 새된 소리가 튀어나왔다. 도진은 지안의 무릎을 세우며 귓바퀴에 입술을 부딪치고 낮게 속삭였다. 자신을 발정 난 짐승 새끼로 만든 건 전부 그녀의 탓이었다.

"그러니까 드레스 적당한 걸로 고르라고 했잖아."

너무 예쁜 것도 죄였다.

손 하나 까딱할 힘이 없는 지안은 베짱이가 된 것처럼 침대와 물아일체가 되어 움직일 생각을 하지 않았다. 눈동자만 도르륵, 굴려 시간을 확인하고는 물이 담긴 유리컵을 들고 유유히 걸어오는 도진을 휙 째려보았다.

한 손에는 유리컵을, 다른 한 손에는 태블릿을, 팔에 자신의 대본까지 끼고도 여유로움이 넘치는 모습이 괜히 얄미웠다.

도진은 잔뜩 성이 나 있는 지안의 눈빛에 오히려 '피식' 웃음을 터뜨렸다. 그러고는 다정하게 지안을 일으켜 세워 입가에 유리컵을 가져다 댔다. 째려보는 것을 멈추지 않으면서도 입으로는 꼴깍꼴깍, 물을 들이켜는 것을 귀엽다는 듯이 바라보았다.

머리까지 얼얼할 정도로 시원한 물로 기력을 차린 지안은 나지막이 한숨을 내쉬다가 젖은 도진의 머리를 손가락으로 흐트러뜨렸다. 자신은 감기가 걸린다며 정성스럽게 말려 주더니 정작 본인은 물기 하나 마르지 않은 상태였다.

"머리 말리고 와요."

"괜찮아. 여기 대본."

그러나 가뿐하게 거절한 도진이 지안에게 대본을 건네며 그녀의 옆자리에 앉아 침대 헤드에 기대었다.

"오빠, 근데 지우석 작가님이랑 아는 사이예요?"

"내가?"

도진에게서 대본을 받아 든 지안은 문득 머릿속에 떠오른 장면에 도진을 향해 고개를 기울이며 물었다. 그러나 도진은 오히려 그런 생각을 한 지안을 의아하게 바라보았다.

"아니, 아까 둘이 나란히 서 있는 거 봤는데, 꽤 오랫동안 같이 있는 것 같아서요."

촬영을 하다가 무심코 2층에서 도진과 우석이 같이 있는 걸 보았다. 생각보다 오래 이야기를 하는 것 같았기에 둘이 아는 사이인가 싶었다. 어쨌든 우석은 도진과 한 살 후배였으니까.

"무슨 이야기했어요?"

"듣고 싶어?"

"궁금하잖아요!"

"후회할 텐데."

자신의 턱을 쓸며 도진은 궁금해하는 지안을 보고 의미심장하게 웃었다.

"내가요? 내가?"

"응."

"내가 왜 후회를 하지?"

그러나 영문을 모르는 지안이 할 수 있는 반응은 많지 않았다. 오히려 궁금증만 더 키울 뿐이었다. 솔직히 자신이 후회할일 같은 건 떠올리지 못한 지안은 이어진 도진의 말에 입을 떡, 하고 벌렸다.

"한 여자를 동시에 첫사랑으로 둔 남자들이 뭘 하겠어."

"……네?"

"기 싸움 좀 했지. 물론 내가 이겼어. 정지안을 가진 건 나니까."

자신 있게 대답하는 도진의 모습이 위풍당당해 보기에는 좋았으나, 지안은 기침을 터뜨렸다. 자신이 촬영을 하는 내내 궁금했던 답을 얻기는 얻었는데, 이런 이야기인 줄 알았으면 차라리 모를 걸 그랬다. 모르는 게 나았다.

도진은 당황해서 사레가 걸린 지안의 등을 두드리며 내려놓았던 물을 다시 건넸다. 아까보다 더 빠른 속도로 벌컥벌컥 마시자, 낮은 목소리로 걱정했다.

"천천히 마셔. 그러다가 물에 체해."

걱정을 하기는 하는데 웃음기가 섞여 있는 것에 이상한 낌새를 느낀 지안이 눈을 치켜뜨며 말했다. 계속 실실 웃는 것이 수상했다.

"그거 거짓말이죠?"

"아니. 아! 그 이야기도 했다."

도진은 거짓말이냐는 물음을 부정하면서 빠뜨린 이야기를 덧붙였다. 지안은 자연스럽게 휘는 도진의 눈꼬리에 불길함을 감지했다.

"정지안 정말 예쁘지 않냐고."

맙소사. 우석은 대체 무슨 생각으로 도진과 저런 이야기를 한 것일까. 결국 도진의 질투는 저를 향할 것이었다. 의도했든 의도하지 않았든, 자신을 곤란하게 만든 우석을 향한 원망이 고개를 내밀었다.

"내 눈에만 예뻐야 하는데 남들 눈에도 예뻐서 큰일이야."

"흥. 원래 예쁜 걸 어떡해요?"

도진이 큰 문제라는 듯 자신을 흘겨보자 괜히 억울해진 지안 이 입술을 삐쭉 내밀며 대본을 펼쳐 들었다.

"그러게. 너무 예뻐서 벌레들이 자꾸 꼬이네."

지안을 보며 나지막이 중얼거리는 도진의 눈빛이 오묘하게 변했다.

지안과 드레스 숍을 가기 전, 그녀를 비롯한 드라마 '타성' 촬영팀이 CHA 백화점에 도착하기 전부터 이미 도진은 백화점 안에 있었다. 눈을 감고 눈꺼풀을 지그시 문지르는 손길은 피곤

136

이 담겨 다소 거칠었다. 처리해야 할 일들을 머릿속으로 생각하고 있을 때, 익숙한 목소리가 들리자 느릿하게 눈을 떴다.

"안녕하십니까!"

난간 너머 아래를 내려다보자 스태프 한 명 한 명마다 눈을 맞추며 밝게 인사를 하는 지안이 눈에 담겼다. 도진은 일하는 지안의 모습을 기특하다는 눈빛으로 바라보았다. 자신이 이런 마음을 가져도 되나 싶어 실소를 터뜨린 적이 한두 번이 아니었지만, 그래도 잘 자란 지안을 확인할 때마다 감사했다. 그녀를 보며 미소를 숨기지 않고 있을 때, 낯선 목소리가 들렸다.

"지안 씨, 예쁘죠?"

도진이 눈가를 굳히며 고개를 돌리자 아래에 있던 우석이 어느새 다가온 건지 옆에 서 있었다.

도진의 키가 더 큰 탓에 자연스레 시선이 아래로 뻗어진 그의 무감한 얼굴은 마치 깔보는 듯한 느낌을 받게 했지만, 우석은 사람 좋은 웃음을 걸치며 지안을 바라보았다.

"늘 저를 가슴 뛰게 만들어요. 지안 씨가 제 뮤즈거든요. 글을 쓰기 시작한 후로 한 번도 바뀐 적 없어요."

더없이 불쾌하고 짜증 나는 말이었다. 게다가 도진은 우석의 첫사랑이 지안이라는 것까지 알고 있었다. 무척 신경에 거슬렸으나 굳이 내색할 필요가 없었기에, 그저 지안에게 시선을 고정했다.

"여전히 잘생기셨네요."

무감각한 도진의 얼굴을 보고 우석이 잘게 웃음을 터뜨리며 말했다.

"저를 아십니까?"

결국 도진은 다시 우석을 향해 사선으로 시선을 틀어야 했다. 친근한 척 건네는 말투가 기어코 그를 움직였다. 날이 선 눈매와 부드러운 미소가 충돌했다. 도진이 고개를 살짝 옆으로 기울이며 느긋한 시선과 함께 우석에게 물었으나, 짙은 눈동자 속에 담긴 서늘함까지는 숨기지 않았다.

"대한민국에 차도진을 모르는 사람도 있나요? 워낙 유명하시잖아요."

"보통 초면에 '여전히'라는 말로 얼굴을 평가하지는 않으니까."

능글맞은 웃음과 함께 대수롭지 않게 말한 우석처럼 도진 역시 별 뜻이 없다는 듯 가볍게 말했다. 오히려 그 태도에 속이 찔린 우석은 허탈하게 웃으며 사실을 고했다. 이미 지안과 도진이 집안끼리 가까운 사이라는 것을 알기에 숨길 이유도 없다고 판단한 듯싶었다.

"학창 시절에 뵀었습니다. 저 대영 중학교 출신이거든요. 제가 한 살 어립니다, 선배님."

"……."

"지안 씨도 대영 중학교 출신이신 건 아시죠? 아, 같은 세계 사람이라 모를 리가 없나? 지안 씨도 엄청 유명했잖아요."

도진에게만 들릴 정도의 아주 작은 소리였다. 지안의 이름을 계속 말하는 것은 저를 향한 명백한 도발이었다.

"그 입 말이야, 조심하는 게 좋을 것 같은데."

그렇다면 반응을 해 줘야겠지.

"이미 알고 있는 사실이라고 해도 그걸 입 밖으로 내놓는 것과 아닌 것의 차이는 크니까."

살벌한 음성이 우석을 묵직하게 위협했다. 도진은 입가에 냉소적인 비웃음을 걸쳤다.

정지안이 제이 그룹의 소중한 막내라는 것을 아는 대한민국의 수많은 사람들이 가볍기 그지없는 입을 자물쇠라도 채운 듯 꾹 닫고 있는 이유는 단 하나였다. 그녀를 끔찍이 아끼는 제이 그룹과 CHA 그룹의 보복이 죽는 것보다 무서웠기 때문이다.

세상을 상대로 7년 동안 비밀이 지켜진 데에는 다 이유가 있다는 듯한 도진의 서늘한 눈빛에 우석이 항복하듯이 양팔을 들어 보였다.

"당사자한테도 이미 말했지만, 아무한테도 말할 생각 없어요. 그저 같은 비밀을 아는 사람을 만나 반가워서 그랬을 뿐이죠."

"비밀을 가지고 있는 사람은 보통 위험에 처하기 마련이죠."

오해하지 말라는 듯한 말에 도진은 천천히 몸을 돌리고 우석의 눈을 똑바로 바라보았다.

"특히 돈과 권력을 모두 쥐고 있는 사람 앞에서."

이 정도면 꽤 친절한 경고였다. 자신의 앞에서 반갑다고 떠든 그 비밀이 당신을 위험에 빠뜨릴 것이라고 직접적으로 전한 셈이었다.

우석은 대화에 지안을 끼워 넣어서 그런지, 가차 없는 도진을 보며 조금씩 웃음기가 사라졌다. 이게 진짜 차도진의 모습인 건가 싶었던 그는 몸을 굳게 하는 냉기를 몸소 느끼는 중이었다.

"아. 내 후배라니까 알려 주고 싶은 게 생겼네요."

가만히 굳어 있는 우석에게서 시선을 떼고 다시 1층에 있는 지안을 바라보려던 도진은 짧은 탄식을 흘렸다.

"내가 아무것도 모를 거란 생각은 안 하는 게 좋을 겁니다."

나른한 시선, 나긋한 음성. 도진의 모든 게 여유와 부드러움을 나타냈는데, 이상하게 우석은 눈썹이 위로 바짝 곤두서는 것을 느꼈다.

"지나치게 높은 곳에 있다 보면, 굳이 알고 싶지 않아도 알게 되는 일들이 종종 생깁니다."

"……."

"내 앞에서 그 말을 할 수 있도록 내버려 두었다는 것에 감사하고."

"무슨 뜻입니까?"

우석은 다소 오만한 도진의 목소리에 미간을 좁히며 반문했다. 우석은 경직된 얼굴을 숨기지 않았다. 부드러운 미소를 입가에서 지워 낸 지도 오래였다.

"이미 말했을 텐데요. 비밀을 가진 사람은 위험해진다고."

가볍게 어깨를 으쓱인 도진은 우석에게로 한 발자국 가까이 다가갔다. 무심하게 툭, 던진 말은 많은 것을 담고 있었다.

"목숨을 위협받아 본 적이 있습니까?"

잘근잘근 짓이기듯 내뱉는 말과 함께 입 사이로 흘러나온 숨은 뜨거웠다. 입에 담는 것만으로도 벌레가 기어가는 듯한 불쾌함이 전신으로 퍼져 갔다.

"오래전에 큰 사고를 당했습니다. 차가 폭발하는, 영화에서나 나올 법한 말도 안 되는 사고였죠."

그러나 도진의 태도는 아무리 오래전이라고 하더라도 큰일을 겪은 사람치고는 지나치게 차분했고 덤덤했다.

"그런데 우스웠던 게 뭔지 압니까?"

우석은 그런 도진을 보며 마치 사람이 아닌 듯한 이질감을 느끼고 지그시 입술을 깨물었다.

"다시는 원하는 대로 팔을 움직이지 못할 거라는 의사의 말도, 날 이렇게 만든 범인도 아니었습니다."

도진은 자신이 생각해도 문득 어이가 없는지 허탈한 웃음을 터뜨렸다.

"가장 소중한 걸 잃어버릴까 봐 전전긍긍하는 나였습니다."

도진의 시선이 자연스럽게 아래에서 촬영 중인 지안에게로 향했다. 잠시 생각에 잠긴 도진이 만들어 낸 적막을 깬 것은 우석이었다.

"범인은 만나 보셨습니까?"

의외의 질문이었다. 눈썹을 꿈틀거리던 도진은 이내 실소를 터뜨렸다.

"날 죽이려던 놈의 얼굴을 내가 봐야 합니까? 당장 죽여 버리면 어쩌려고."

도진은 가볍게 웃으며 기꺼이 우석에게 대답했지만, 마치 건드리면 폭발할 것처럼 위협적인 모습이었다.

"범인에게 아들이 하나 있더군요. 자신은 상관없으니 아무것도 모르는 아들은 건들지 말아 달라고. 어찌나 열렬한 부성애던지."

범인의 잃어버린 양심을 비웃었다.

"그러나 착각하지 말아야 할 게 있어요. 내가 아버지를 잘못둔 아들의 인생을 박살 내지 않은 이유는, 눈물겨운 부성애 따위가 아닙니다."

도진은 자신이 할 수 있는 한 최대한 빠르게 사고를 덮었다. 세상 밖으로 흘러가지 않도록 최대한 통제했다.

"가장 소중한 걸 지키기 위해서였죠. 물론 그건 지금도 유효합니다."

아무나 떠들어 대서 지안의 귀로 들어가지 않도록 말이다.

"그러니 부디 당신이 가지고 있는 비밀, 끝까지 잘 숨기기를 바랍니다."

그리고 이건 자신의 이런 노력을 헛되게 만들지 말라는, 우석을 향한 경고였다.

도진은 불현듯 떠올렸던 생각을 멈추고, 말간 눈으로 초롱

초롱하게 자신을 바라보는 지안의 머리를 감싸고 제 품에 가두었다. 새삼 자신의 눈에 담기는 반짝거리는 이 얼굴 하나 지켜 내기 위해서는 못 할 짓이 없다는 생각이 들었다.

"내일은 뭐 할 거야?"

도진은 지안의 머리를 쓰다듬으며 다정하게 물었다. 해가 지기 전부터 달려든 탓에 아직 자정을 넘기지 않은 시각이었다. 자고 일어나면 여전히 평일이기에 자신은 일을 하러 가야 했고, 그런 날에 지안은 쉬었다.

그동안 주말, 평일, 출근, 퇴근, 가리는 것 없이 닥치는 대로 일을 해 왔던 지독한 워커홀릭인 도진이었으나 유독 지안과 스케줄이 맞지 않는 날이라도 생기면 그 자리에서 사표라도 써 버리고 싶단 충동이 불쑥 들었다.

아마 김 비서가 이 생각을 알기라도 한다면 많이 아프신 것 같다며 병원에 입원을 시킬지도 몰랐다. 그만큼 지안과 떨어져야 하는 내일이 오지 않았으면 하는 도진이었다.

지안은 도진의 허리에 팔을 둘러 너른 품에 더 깊이 파고든 다음에 킁킁, 숨을 들이쉬었다. 따뜻한 품에서 시원한 향이 풍겼다.

"영이 언니랑 우정 언니랑 셋이서 점심 먹고, 저녁에는 아리 만나기로 했어요!"

곧바로 나오는 대답치고 비교적 알차게 짜여 있는 계획이었으나, 어딘가 마음에 들지 않았다. 그녀가 좋아하는 사람과 좋은 시간을 보내는 것 전부 좋다. 다 좋은데, 가장 중요한 것이 빠진 느낌이었다.

도진이 티 나지 않을 만큼 아주 연하게 인상을 찌푸렸다. 지안의 몸을 떼어 내고 얼굴을 바라보자 무엇이 문제인지 모르는 듯한 천진한 그녀의 얼굴에 결국 일정하던 숨소리가 어긋났다.

"나는?"

"오빠는 일하러 가야죠!"

"나도 너랑 밥 먹을 수 있는데……."

머리로는 알고 있지만 가슴은 아니었다. 머리로는 당연한 일이었지만 너무 단호하게 자신을 배제하는 말에 도진은 묘하게 서운함이 들었다. 머리를 쓰다듬던 손을 옮겨 귓불을 만지작거렸다. 이어서 다른 손으로는 실크로 만들어진 얇은 슬립을 들춰 내고 가느다란 허리를 가만히 어루만졌다.

지안은 그런 도진의 손길이 간지러운지 방싯거리며 어깨를 움츠렸다. 꿈틀꿈틀, 움직여 몹시 적극적이고 집요한 도진의 손가락을 이리저리 피했다.

"응? 나는?"

도진은 끈질기게도 지안에게 달라붙어 있었다. 그녀는 자신을 꼭 애정이 고픈 사람처럼 자꾸만 치대게 만들었다. 그런 도진의 마음을 아는지 모르는지, 지안은 허탈하게 웃으며 대답했다.

"오빠는 퇴근하고 밤에 보면 되잖아요."

도진은 이미 알고 있는 답을 내놓는 지안의 머리 뒤를 감싸고 목덜미에 그대로 입술을 묻었다. 혹시라도 살결이 붉게 달아오를까, 힘을 주지 않은 채 잘근잘근 씹었다.

"어떡하려고 그래?"

"네?"

"나를 이렇게 방치하다가……."

도진이 말끝을 흐리며 천천히 고개를 들었다. 그리고 지안의 귓가에 나지막이 속삭였다.

"나중에 다 어떻게 감당하려고, 자기야."

매우 갑작스럽고 뜬금없는 호칭이 지안의 귓가에 콕 박혔다. 처음 듣는 표현이었고, 당황스러운 표현이었다. 눈을 질끈 감고 머리를 살짝 털어 낸 지안이 다시 눈을 동그랗게 떴다.

아니, 우리 사이에 이런 호칭이 뭐, 당연하기는 한 건데…….

머리로는 사귀는 사이에 충분히 나올 수 있는 호칭이라는 생각을 하면서도, 연갈색의 크고 동그란 눈동자는 지진이라도 난 것처럼 요란하게 흔들렸다.

"왜?"

정작 그녀를 당황시킨 도진은 무엇이 문제인지 모른다는 듯 순진무구한 얼굴을 하며 되물었다.

"그 말, 엄청…… 자극적이네요."

지안은 단순히 호칭의 문제가 아니라는 것을 깨달았다. 이런 목소리, 이런 눈빛으로 '자기야'를 말하는 도진이 잘못한 건지, 이렇게 받아들이는 제 뇌가 잘못된 건지 모르겠지만 적어도 자신의 아랫배가 뻐근해지는 것만큼은 알 수 있었다.

"더 자극적이게 할 수도 있지."

귓가에 머물던 도진의 입술이 지안의 귀 끝을 혀로 핥았다. 깜짝 놀란 지안이 도진을 향해 고개를 돌리자 자연스레 스친 입술이 그대로 잡아먹혔다. 능숙하게 입맞춤을 이어 가다 정신 없는 틈을 타 도진이 지안의 슬립을 벗겨 내었다.

"이건 또 언제 벗긴 거야……."

지안은 위험 구역을 넘나드는 아찔한 손길을 고스란히 느끼고 헛웃음을 흘렸다.

"내 특기야."

"엄청 위험한 특기를 가지고 계시네요."

능청스럽게 웃으며 너스레를 떠는 도진을 향해 지안은 작은 핀잔을 던졌다. 그러나 도진은 아랑곳하지 않고 지안의 새하얀 다리를 느릿하게 쓸어 올렸다. 이윽고 커다란 손으로 허벅지를 붙잡았다. 자신 역시 본능에 충실하게 반응했지만 이대로 또 도진의 무지무지한 힘을 고스란히 받았다가는 정말 바로 쓰러질 것 같았던 지안이 다급하게 도진의 굵은 팔뚝을 붙잡았다.

"나 목도 아프고, 배도 고프고, 탈진할 것 같아요."

살려 달라는 말과 똑같았다. 벌써 몇 시간째인지 몰랐다. 티 없는 맑은 목소리에서 목을 긁는 듯한 쇳소리가 나기 시작하자, 그제야 도진은 한발 물러나 지안을 괴롭히는 것을 멈췄다.

지안은 도진이 낮은 한숨을 내쉬며 손에 힘을 풀어 버리자 씨익, 웃으며 매달리듯이 찰싹 달라붙었다. 그의 목뒤로 손을 두르고 빈틈없이 어깨부터 발끝까지 밀착해 끌어안았다.

"나 죽으라고 이러는 거야?"

"아니죠. 같이 살자는 건데?"

둘 사이를 가로막는 천 쪼가리 하나 없는 터라 명료하게 느껴지는 지안의 굴곡진 선을 모조리 무대책으로 느껴야 하는 도진이 허탈한 웃음을 흘리며 중얼거리자 지안은 코를 찡긋거리며 넉살을 부렸다.

반쯤 자포자기한 도진이 작은 복수랍시고 제게 달라붙은 지안의 얼굴을 붙잡고 설핏 미소를 그리더니 쉴 새 없이 입을 맞췄다. 눈, 코, 입, 돌아가면서 세기도 힘들 만큼 입술을 맞추는 도진으로 인해 간지러움이 느껴지자 지안은 '꺄르르' 웃음을 터뜨렸다. 도진은 끈질기게 움직이던 입술을 떼어 내고 시선을 바로 세웠다.

"지난번 말했던 약속, 내일 지키는 건 어때."

"응?"

어떤 약속을 말하는 건지 이해를 하지 못한 지안이 지친 눈동자를 느릿하게 움직였다.

"강아리 씨가 제안했던 식사, 내일 저녁으로 하자고."

"에에?"

"장소는 시그니처 VIP 다이닝 룸이면 될까?"

계속 이어지는 말에 지안의 눈이 커다랗게 뜨였다. 도진은 그런 지안의 눈가를 살살 쓸며 웃었다.

"그건 내가 대접하도록 하지."

지안은 기어코 퇴근하기 전에 만날 구실을 만드는 도진의 얼굴을 멍하니 바라보았다.

다음 날 아침, 데일리 핫 연예부 사무실.

승인 불가

취재를 핑계 삼아 했던 외출에서 돌아온 남 기자는 붉은 도장이 찍힌 화면을 보며 손톱을 잘근잘근 물어뜯었다. 답답한 마음을 숨기지 않고 한숨을 내쉬다가, 대놓고 욕을 하다가, 이내 다리까지 달달 떨기 시작했다.

"갑자기 왜 안 걸던 태클을 걸지?"

오히려 특종을 잡았다고 좋아해야 하는 거 아닌가. 짜증을 한껏 부리던 남 기자는 줄기차게 울리는 핸드폰을 신경질적으로 집어 들었다. 전화인 줄 알았으나 여러 장의 사진이 수신된 것을 확인하자마자 의자를 뒤로 쾅, 밀며 일어났다.

우당탕거리며 나뒹구는 의자가 만든 소음은 주변 사람들의 이목을 집중시켰으나 아랑곳하지 않은 남 기자는 받은 사진을 프린터로 인쇄했고, 그 뒤 파일철을 마구 뒤지더니 원하는 종이를 찾자마자 부장실로 달려갔다. 벌컥, 하고 문을 열고 들어가며 높아진 톤으로 자신 있게 외쳤다.

"내가 뭐라고 그랬어요! 이거 사실이라니까……?"

그러나 문을 열자마자 훅 느껴지는 이상한 기운에 말을 멈추고 주위를 살펴보았다. 남 기자의 정면에서 보이는 부장은 혼자가 아니라 두 남자와 함께 있었고, 긴장이라도 했는지 식은 땀을 뻘뻘 흘리며 손수건으로 연신 이마를 닦아 내고 있었다.

이상한 점이 있었다면 자리가 남았음에도 한 남자는 앉아 있는 다른 남자의 곁에 장승처럼 서 있다는 것이었다. 심상치 않은 느낌에 천천히 그들의 곁으로 걸어간 남 기자는 그대로 손에 들고 있던 종이를 바닥에 툭, 떨어뜨렸다.

"차도진······?"

볼품없이 널브러진 종이를 주울 생각도 하지 못한 남 기자의 얼굴은 도진의 얼굴을 보고 귀신이라도 본 사람처럼 공포에 질려 사색이 완연했다. 도진은 남 기자가 만들어 낸 소음에 천천히 고개를 돌려 그를 응시했다. 심해처럼 까만 두 눈동자였다.

"당신이 여기에 어떻게······."

도진의 곁에 서 있던 김 비서는 버벅거리며 말도 제대로 하지 못하는 남 기자 곁으로 걸어와 무릎을 굽혔다. 이리저리 흩어진 종이를 순서대로 차곡차곡 모으던 김 비서는 굵게 쓰여 있는 글자를 보고 순간 실소를 터뜨리다 재빨리 표정을 지우고, 뽑은 지 얼마 되지 않아 아직 따끈따끈한 종이까지 손에 쥐고 일어났다. 김 비서의 웃음소리에 정신을 차린 남 기자가 그에게서 종이를 뺏으려고 했으나 어림도 없었다. 김 비서는 빠른 손놀림으로 도진에게 공손하게 전해 주고 가볍게 미소를 지었다.

"전무님, 여기 있습니다."

도진은 반쯤 시선을 내려 김 비서가 전해 준 걸 받고는 천천히 흰 바탕에 쓰여 있는 검은 글자를 읽어 내려가기 시작했다. 기다란 손가락으로 한 페이지 두 페이지 넘기며 무심한 눈길로 내용을 훑었다.

전부 읽은 건지 도진은 느긋한 손길로 종이를 책상 위에 내려놓았다. 그리고 여유롭게 다리를 꼬며 은은하게 미소를 지었다.

"신선하네요."

그의 손에 들어간 내용이 어떤 것인지 이 공간에 있는 사람 중 모르는 사람은 없었다. 그렇기 때문에 도진의 부드럽게 올라간 입꼬리는 도리어 보는 사람에게 두려움을 일으켰다.

"날 이렇게 다루는 기사는 처음이라서."

"네?"

"'대기업 재벌 3세, C 그룹 계열 호텔 전무 A 씨'라…… 이걸 본 사람들이 저를 안 떠올리는 게 더 이상할 것 같은데, 'A 씨'보다는 이름이 낫지 않나요?"

"저…… 차 전무님?"

"아, 제가 제 이름을 꽤 좋아해서요."

도진은 손목에 채워진 부드러운 가죽을 매만지며 시간을 확인했다. 여기서 버린 시간이 벌써 세 시간이었다. 조금 더 빠릿빠릿하게 움직이고 있을 줄 알았는데 생각보다 굼뜬 행동력에 도진은 나직한 한숨을 흘리며 입을 열었다. 이제부터 본론이었다.

"부장님, 명예 훼손과 허위 사실로 처벌받을 때, 형량이 어느 정도인지 아십니까?"

"……예?"

"5년 이하의 징역 또는 천만 원 이하의 벌금입니다, 전무님."

"그렇다네요. 남 기자님은 아셨습니까?"

도진은 고요한 눈으로 남 기자를 보며 설핏 웃음을 흘렸다.

"근데 내가 과연 그 정도로 넘어갈까요?"

물음표를 붙였다고 의문문이 아니었다. 절대 그냥 넘어가지 않겠다는 확신의 온점과도 같은 말이었다. 정해진 형량대로 단순하게 처벌받을 일은 없을 것이라는 경고였다.

"있는 죄도 없게 만드는 게 세상인데, 없는 죄를 만드는 것쯤이야."

별로 어렵지 않은 일이라는 듯 나지막이 중얼거리는 도진의 주위에는 긴장감이 짙게 내려앉았다.

"……지금 협박하시는 겁니까?"

남 기자가 떨리는 목소리로 물었다. 그러자 도진의 곁에 있던 김 비서는 한심스러운 눈빛으로 쳐다보았다. 도진은 협박이라는 말에 빙그레 웃음을 지었다. 그리고 궁지에 몰리자 물기라도 하려는 쥐새끼처럼 바들바들 떠는 남 기자를 무감한 눈빛으로 응시하며 고개를 저었다.

"걱정입니다."

"네?"

예상하지 못한 말에 남 기자가 멍하니 입을 벌리자 도진은 남 기자에 고정했던 시선을 돌려 부장을 바라보았다.

"정확하지 않은 정보로 억울하게 모든 걸 잃으시면 안 되지 않겠습니까?"

영문을 모르는 부장과 남 기자의 모습에 도진은 김 비서를 향해 눈짓했다. 그러자 김 비서는 들고 있던 태블릿에 한 장의 사진을 띄워 책상에 내려놓았다.

"안타깝게도 지금 제가 본 사진 속 여성은 CHA 백화점 차영 이사라서요."

"그럴 리가 없습니다!"

남 기자는 두 눈을 크게 뜨고 달려와 태블릿 속 사진과 자신이 인쇄한 사진을 번갈아 보았다. 제가 받은 사진은 모자와 마스크로 완전하게 가려져 얼굴이 나오지 않았지만 도진은 여자의 어깨에 손을, 여자는 도진의 허리에 손을 감고 호텔로 올라가는 것이 영락없이 커플 그 이상의 모습이었다.

게다가 여자의 차림새는 얼마 전 지안이 드라마 종방연에 참여했을 때와 머리부터 발끝까지 똑같은 모습이었다. 유진이 확신하며 건넨 사진이었고, 자신 역시 이 정도면 사람들이 기사를 보고 여배우가 지안임을 당연하게 눈치챌 것이라고 생각했다.

그러나 김 비서가 내려놓은 사진 속에는 도진의 말처럼 제가 받은 사진에서와 똑같은 옷을 입고 도진과 함께 CHA 호텔 로비로 걸어가며 직원들의 인사를 받는 차영이 있었다.

부장은 형형한 눈을 빛내며 당황한 남 기자를 쳐다보았다. 자칫하면 자신까지 곤란해질 뻔했기에 곱게 볼 수가 없었다.

도진은 자리를 털며 일어섰다. 혼란스러워 보이는 남 기자의 곁에 잠시 멈춘 그는 귓가에 나지막이 속삭였다.

"협박? 내가 그 협박이란 걸 제대로 하면 네가 과연 그 입을 나불거릴 수 있을까."

"……."

"때로는 탐욕에 눈이 멀어 보지 못하는 게 있지. 네가 잡고 있는 동아줄이 썩지는 않았는지, 잘 확인해 봐."

남 기자가 어깨를 움찔거리자 도진은 허리를 바로 세우고 남 기자를 서늘하게 내려다보았다.

"기자님이 잡은 동아줄이 튼튼하기를 바라셔야 할 겁니다."

마치 그럴 일은 없을 거라는 듯 비웃음이 담긴 마지막 한마디를 남기고 도진은 유유히 걸어 나갔다.

CHA 호텔 지하 주차장.

지안과 아리는 얼굴을 전부 덮는 커다란 모자를 쓰고, 마스크까지 야무지게 낀 다음 차에서 내렸다. 도진의 차가 주차되어 있는 층에서 내린 덕에 아무도 마주칠 일은 없었지만, 혹시라도 누군가 마주친다고 해도 그녀들을 알아보기 힘들 만큼 철저하게 가렸기에 두 사람은 주변 눈치를 보지 않고 엘리베이터에 올라탔다. 아침에 도진이 건네고 간 카드 키를 패드에 인식시키고 나서야 눌리는 층에 아리가 의아하다는 얼굴로 물었다.

"근데 언니, 여기는 어디예요?"

"음......."

지안은 아리의 질문에 빠른 속도로 올라가는 숫자를 보다가 어색하게 웃었다. 도진이 약속 장소로 정한 곳은 객실 하나를 다이닝 룸으로 꾸며 프라이빗한 식사를 즐길 수 있도록 만든 공간이었다.

사람들의 시선이나 보안이 매우 중요한 사람들에게 제공되는 공간이었으니, 일반인들에게 오픈되는 공간은 아니었다. 외교 목적으로 방문한 나라의 원수나 국가 내빈들에게 제공하는 CHA 호텔의 특급 서비스였다.

지안도 아주 어렸을 적에 어른들의 대화에서 흘려듣기만 했을 뿐, 와 본 적은 없는 공간이었다. 자신도 아는 게 많이 없어 대답하지 못하고 있는 사이 엘리베이터의 문이 열렸고, 화살표를 따라 걸어가자 활짝 열린 문이 그녀들을 반겼다.

지안은 다소 의외의 인테리어에 눈을 크게 떴다. 도진과 함께 갔던 전망대에 있는 레스토랑과는 다른 느낌이었다. 그곳은 조명 하나하나까지 전부 화려하고 웅장한 느낌을 주었던 반면에, 이곳은 정갈하고 깨끗한 한옥을 그대로 옮겨 놓은 듯한 느낌이었다.

중간중간 나무와 함께 쓰인 대리석이나 현대 미술에서나 보일 법한 오브제로 이루어진 인테리어는 이질적인 느낌보다는 신비로운 느낌을 주었다. 한국의 미를 한껏 살리면서도 찬란한 파인 다이닝의 이미지를 잃지 않은 감각적인 공간이었다.

"헐."

"안으로 모시겠습니다."

아리는 들어가자마자 외마디의 탄식을 흘리며 넋을 놓았고, 지배인으로 보이는 남자가 다가와 정중하게 고개를 숙이고 지안과 아리를 안으로 안내했다. 두 사람이 자리에 앉자 지배인은 메뉴판을 건네며 잔잔한 미소를 띠었다.

"적혀 있는 메뉴 외 드시고 싶은 음식이 있으시다면 부담 없이 말씀해 주시기 바랍니다."

지안은 느긋하게 글자를 훑다가 아리를 바라보았다. 공부하듯이 집중하면서 메뉴를 읽는 것이 귀여웠다. '피식', 웃음을 터뜨린 지안은 지배인에게 메뉴판을 건네면서 말했다.

"A 코스로 주세요."

"저는 B 코스요!"

주문을 확인한 지배인이 다시 정중하게 인사를 하고 뒤로 돌자 아리가 전망을 멍하니 바라보았다가, 다시 내부를 휙휙 둘러보았다가, 앞에 앉아 있는 지안을 향해 고개를 숙였다.

"언니!"

지안은 갑자기 납작 엎드리며 작게 속삭이는 아리로 인해 자신도 덩달아 몸을 숙였다.

"왜?"

"여기 너무 좋은 것 같아요! 미쳤어요!"

누가 들을까 엄청 비밀스럽게 말하는 내용에 지안의 웃음이 터졌다. 그러다가 무심코 돌린 눈동자에 들어찬 모습에 자리에서 일어났다. 지배인의 인사를 받으며 안으로 들어오는 도진을 보았기 때문이다.

"왔어?"

걸어온 도진은 자연스럽게 지안의 어깨를 감싸 안으며 이마 위로 가볍게 입술을 맞췄다. 아리는 보기만 해도 제가 다 설레는 동작에 멍을 때리며 바라보다가 허겁지겁 자리에서 일어나 90도로 허리를 숙였다.

"안녕하십니까! 차도진 님!"

"푸흡!"

지안에게서 도진의 초대를 받았다는 말을 들은 순간부터 긴장감에 사로잡혀 있던 아리가 도진의 얼굴을 보자마자 냅다 건네는 인사에 웃음을 터뜨린 사람은 앞에 서 있던 지안도, 인사를 받은 당사자인 도진도 아니었다. 도진보다 더 낯선 남자의 웃음소리에 아리는 고개를 얼떨떨하게 들며 눈동자를 굴렸다.

"아, 실례했어요. 생각보다 박력 넘치게 인사를 하시길래 내가 좀 놀라서."

웃음을 참아 가며 아리에게 사과를 하는 사람은 이안이었다. 도진과 같이 움직일 생각으로 그를 따라온 이안은 도진의 앞에서 예쁜 척, 고상한 척 수줍게 인사를 하는 사람만 보다가 마치 군대 후임을 보는 듯한 꽤 터프한 인사에 자신도 모르게 웃음을 터뜨렸다.

"그런데 누구……? 어디서 본 적 있는 것 같은데……."

지안은 이안의 얼굴을 보며 어디서 봤는지 곰곰이 생각하는 아리의 눈치가 보여 차마 직접적으로 뭐라고 할 수 없었기에 미간만 슬쩍 좁혔다.

"즐거운 식사가 되기를 바랍니다."

"……네! 감사합니다!"

지안이 뭐라고 소개를 해야 할지 난감해하는 찰나, 도진이 아

156

리의 시선을 단숨에 돌렸다. 셋이서 밥을 먹자는 건 단순히 지안의 얼굴을 잠깐이라도 보기 위한 술수였을 뿐, 진짜 시간을 함께할 생각은 없던 그였다. 도진은 지안의 볼을 살짝 건드린 다음, 나지막이 그녀의 귓가에 속삭였다.

"맛있게 먹어. 다 먹고 감상평을 알려 주면 더 좋겠군."

지안이 미소를 지으며 고개를 끄덕이자 도진과 이안은 가볍게 인사를 하며 룸을 나갔다.

"역시 잘생긴 사람은 잘생긴 사람을 친구로 두나 봐요."

아리는 자리에 앉으며 아까보다 더 작은 소리로 속삭였다.

번지르르한 정이안 겉모습에 넘어가 버렸네.

지안은 이안의 뒷모습에 시선을 떼지 못하고 감탄하는 아리를 보며 고개를 좌우로 저었다.

CHA 호텔 계열 프라이빗 바(bar).

─ 잠깐 봤으면 좋겠는데.

유진은 콧노래를 흥얼거리며 도진의 목소리를 상기했다. 한껏 들뜬 마음으로 주차를 마친 유진은 그 어느 때보다 당당하게 어깨를 펴며 걸었다. 그녀는 문 앞에서 자신을 기다리고 있는 김 비서를 향해 싱긋 웃었다.

"오랜만이네요? 김 비서님."

"안녕하십니까, 민 이사님."

김 비서는 고저 없는 목소리로 유진을 도진이 있는 방으로 안내했다. 입가에 미소가 떠나가지 않던 유진은 도진의 이름을 부르며 문을 여는 순간, 당황했다.

"도진…… 이안 오빠도 계셨네요?"

"학습이 도무지 되지 않는 머리인가 보네."

이안은 작게 중얼거리며 헛웃음을 터뜨렸다. 고급스러움 그 자체의 인테리어 속에서 달모어가 담긴 온 더 락 잔을 우아한 손길로 들어 올렸다. 누누이 자신을 향해 '오빠'라고 부르지 말라고 짚어 줬음에도 늘 친한 척을 하는 유진이 거슬렸으나, 그냥 무시하기로 했다.

"앉아."

도진은 이안이 있는 것이 당황스러웠는지 멀뚱히 서 있는 유진을 향해 맞은편 소파를 가리키며 말했다. 유진이 조심스럽게 짧은 치마를 정리하며 자리에 앉자, 도진은 이곳과는 다소 어울리지 않는 클립으로 묶인 수십 장의 종이를 내밀었다.

"이게 뭐야?"

"일단 봐."

유진이 영문을 모르겠다는 눈으로 바라보자 도진은 눈짓으로 종이를 가리키며 말했다. 도진의 요청이었는지 기본적으로 내부를 울리고 있어야 할 음악이 꺼져 있는 탓에 지나치게 조용한 분위기 속에서 유진이 종이를 넘기는 소리만 촤르륵, 하고 울렸다. 종이를 넘길수록 유진의 눈가가 빠르게 굳어졌다. 마지막 장에 붙어 있는 남자의 사진을 보았을 때는 들고 있던 종이를 책상에 툭, 하고 떨어뜨렸다.

도진은 무감한 눈길로 유진의 행동을 모두 눈에 담았다.

"하."

이안은 위스키를 마시며 시시각각 변해 가는 유진의 표정을 잔 위로 기민하게 살피다가 짧게 실소를 터뜨렸다.

"······이걸 나한테 왜······?"

유진은 당황한 얼굴을 애써 숨기고 도진을 향해 물었다. 어둑한 조명 아래에서 날카로운 콧대가 옆으로 살짝 기울었다.

"그냥 네가 아는 사람인가 해서."

"이런 남자를 내가 어떻게 알겠어."

"안타깝네."

"그런데 이 사람은 갑자기 왜?"

사진 속 남자의 정체는 남 기자였다. 유진은 애써 태연한 척 웃으며 도진을 향해 물었다.

"혹시 네가 아는 기자인가 했지. 그래도 이쪽은 나보다 네가 잘 알 테니까. 그런데 모른다니 유감이네."

도진은 한 치의 예상도 벗어나지 않는 유진의 답에 심드렁하게 대답했다. 그러더니 옆에 버젓이 아이스 버킷이 있음에도 얼음을 한 조각도 넣지 않고 그대로 독한 양주를 들이켰다.

술을 들이켜는 여유로운 도진의 태도와 반대로 초조하게 눈동자를 굴리며 유진은 남 기자를 왜 찾고 있는 건지 물어보고 싶었으나, 눈치를 보느라 입술만 뻐끔 움직여야 했다. 그러나 실소를 터뜨리며 나지막이 말하는 이안으로 인해 심장이 덜컥,

내려앉았다.

"그런데 왜 네 이름이 그 새끼 계좌 내역에서 보일까? 아, 이건 못 봤나 보네? 재한테 다시 물어봐야겠다, 도진아."

이안이 등받이에 몸을 기대며 '피식' 웃었다. 도진이 무감하게 바라보자 유진이 머리를 굴리면서 최대한 그럴싸한 변명을 지어내었다.

"나, 나 사실 이 사람한테 협박당했어!"

"……."

"내가 이쪽 경제부에 사람을 하나 심었거든. 그러다 정보 빼오는 걸 들켰는데, 비밀로 해 주는 대신 돈을 요구할 때마다 주고 있어. 그런데 이 남자는 왜……?"

끝까지 모른 척하는 건 오히려 의심만 키울 뿐이었다. 유진은 도진과 이안의 눈치를 동시에 보며 조심스럽게 물었다.

"내가 치워 버릴 생각이야."

도진은 시선을 내리깔며 잔을 입가로 가져갔다. 입술이 매끈한 표면에 닿기 전에 깔끔한 목소리가 흘러나왔고, 유진의 눈가가 잘게 경련을 일으켰다.

"이래서 사람은 주제를 알아야 해. 감히 넘보지 못할 걸 넘보니까 다치게 되잖아."

남 기자를 향한 말인지, 유진을 향한 말인지 애매모호하게 말을 하는 이안을 보며 유진은 확실히 알았다. 그녀가 계획한 일의 진상에 이들이 가까이 접근했다는 것을 말이다. 목이 타는 듯 앞에 놓인 술을 물 마시듯이 벌컥벌컥 들이켠 다음, 떨리고 있는 손끼리 마주 잡았다.

"네가 처리해 주면 나는 너무 고, 고맙지! 안 그래도 성가셨는데. 내 도움이 필요하면 언제든지 말해. 최선을 다해 도울게. 이왕이면 다시는 보지 않았으면 좋겠다!"

도진은 실소가 터지는 것을 참지 않았다.

"나랑 도진이가 있는데 굳이 너까지 나설 필요는 없어. 걱정마. 살려 둘 생각은 없으니까."

"감, 감사해요. 나, 일이 있는 걸 깜빡했다. 먼저 일어날게."

유진이 내뱉은 우스운 대답에 친절하게 대답을 해 준 사람은 이안이었다. 무언가에 쫓기듯이 벌떡 일어난 유진은 뒤도 돌아보지 않고 룸을 빠져나갔다. 그녀의 뒷모습을 보던 이안이 비웃음을 터뜨렸다.

"멍청한 것도 정도가 있어야지. 지금 자기가 무슨 말을 했는지 알기나 하는 건지 모르겠네."

도진은 이 공간이 불쾌한 듯 자리를 털고 일어났다. 유진이 나가고 곧바로 김 비서가 들어왔다. 그는 핸드폰에 담긴 녹음 파일을 재생시키며 도진에게 내밀었다. 깨끗하게 녹음된 목소리에 도진이 만족스럽게 웃었다.

"우리는 진흙탕 싸움을 구경이나 하자고."

헐레벌떡 프라이빗 바를 뛰쳐나온 유진이 다급하게 남 기자에게 전화를 걸었다. 남 기자는 전화를 받자마자 되레 유진을 향해 소리를 질렀다.

[전화를 왜 안 받아!]

유진은 저녁에 바에서 만나자는 도진의 연락에 하루 종일 마사지와 헤어, 메이크업을 받으러 다니느라 오전부터 줄기차게 울리는 남 기자의 전화를 확인하지 않았다.

"차도진이 왜 너를 캐고 있는 거야? 일 처리를 도대체 어떻게 한 건데!"

고막을 찢을 듯한 날카로운 목소리가 자동차 안을 울렸다.

[너야말로 나한테 이따위 사진을 주면 어떡해! 네가 준 사진, 정지안이 아니라 차영이었잖아!]

"뭐?"

[그 사진 때문에 내가 차도진한테 무슨 꼴을 당했는 줄 알아? 부장한테는 또 얼마나 까였는데! 너 때문에 지금 내 모가지가 바로 날아가게 생겼다고!]

유진은 흥분해서 쏘아붙이는 남 기자에 할 말을 잃었다.

도진이 다정하게 끌어안고 있는 사람이 정지안이 아니라 차영 선배였다고?

주먹을 꽉 쥔 손이 부들부들 떨렸다. 그제야 함정에 **빠졌**다는 것을 알았다. 뜻대로 흘러가지 않는 것에 짜증이 치밀어 올랐지만, 남 기자한테 티를 내서는 안 되었다. 어차피 이 일이 끝나고 나면 버릴 카드였다. 그러나 흔적을 지우기도 전에 남 기자의 입에서 자신의 이름이 나오면 낭패였다. 자신이 남 기자와 얽혀 있다는 것을 들킨 이상 빠르게 쳐 내야 했다.

"그깟 모가지 잘리면 좀 어때? 당신한테는 내가 있는데. 부장 자리 비워 둘게. 터뜨리고 나와."

[부장?]

"그럼 내가 있는 곳에 네 자리 하나 없겠어? 사람들은 진실을 원하지 않아. 당신과 내가 착각한 만큼 더 효과적일 거야."

[좋아. 그럼 나 너만 믿는다.]

"당연하지. 내일 호텔에서 만나. 당신이 원하는 돈, 그리고 나를 줄 테니까."

돈과 여자에 눈이 멀어 버린 자였다. 자신이 유일한 동아줄이라는 것을 세뇌시켜야 했다. 보이지 않는 미래를 믿게 해야 뒤탈이 없었다.

"명심해. 나한테 문제가 생기면 전부 끝이라는 거."

전화를 끊은 유진의 눈은 탐욕스럽게 번뜩이고 있었다.

남 기자는 늦은 밤에 끊기지 않고 울리는 초인종 소리에 신경질적으로 문을 벌컥 열었다. 까치집이 진 머리를 벅벅 긁으며 무슨 일이냐고 묻자 까만 헬멧을 쓴 남자가 말했다.

"퀵입니다. 남성현 님 되시죠?"

"나 퀵 받을 거 없는데?"

배달원은 잠이 완전히 깨진 않은 성현의 품에 손바닥만 한 크기의 박스를 쥐여 주고 돌아갔다. 얼결에 받은 박스를 살펴보니 보낸 사람은 없고, '남성현'이라는 이름만 있었다. 의심스러운 얼굴로 테이프를 뜯어내고 안을 살펴보니 USB 하나만 들어있었다.

"이거 막 해킹되고 그런 거 아니야?"

성현은 주위를 두리번거리다가 회사에서 받은 노트북에 USB를 꽂고 내용을 확인했다. 그 안에는 음성 파일 하나가 있었다. 그대로 파일을 재생한 성현은 점점 잠이 달아나는 것을 느꼈다.

[네가 처리해 주면 나는 너무 고, 고맙지! 안 그래도 성가셨는데…….]

유진의 목소리였다. 내용을 들을수록 기가 막혔다. 성현은 부장 자리를 주겠다던 말이 새빨간 거짓말임을 알아차렸다. 수년간 남의 뒤를 캐며 기자 생활을 한 그였다.

"어쩐지 뭐가 자꾸 구리다 했더니. 악취의 원인이 너였구나, 민유진."

성현은 도진과 지안의 기사를 작성한 원고 파일을 눌러 내용을 읽으며 생각했다. 이걸 올리는 순간, 유진에게서 받기로 했던 억대의 돈은 고사하고, 도진으로 인해 인생이 어떻게 될지 몰랐다.

"하, 누구를 매장시키려고?"

차오르는 배신감에 상황을 어떻게 반전시키면 좋을까 고민하던 성현은 요란하게 울리는 자신의 핸드폰에 시선을 주었다.

낯선 열한 자리 번호였지만 USB를 보낸 사람과 관련되어 있을 걸 느낌으로 알 수 있었다.

성현의 예상대로 통화 속 상대는 도진의 이름을 꺼냈다. 곧바로 메시지에 찍힌 장소로 달려간 성현은 허름하다 못해 쓰러지기 일보 직전의 아파트가 거슬려 낮게 욕을 읊조렸다.

메시지에 적힌 대로 413호로 올라간 성현은 문을 냅다 발로 쾅쾅, 차 버렸다. 성현이 두드린 문을 연 사람은 도진이 고용한 남자인 케이였다.

"차도진이 날 보자고 했다던데."

대뜸 내뱉어진 반말에 케이가 실소를 터뜨리며 고개를 까딱였다. 안으로 들어가자 성현을 이곳으로 불러들인 도진이 소파에 다리를 꼬고 앉아 있었다.

"나를 보자고 한 이유가 뭡니까?"

"그냥."

도진은 성현이 들어오는 걸음에 맞춰 고개를 들었다. 제 선물이 마음에 들었는지 콧김을 내뿜으며 씩씩거리는 모습이 볼만했다.

"지금 잡고 있는 동아줄이 여전히 튼튼한지 궁금해서."

'픽', 웃음을 흘리던 도진이 오른쪽 손바닥을 위로 향하게 들어 보이자 옆에 서 있던 김 비서가 종이를 올렸다. 손에 종이가 잡히자마자 확인도 안 하고 그대로 성현이 서 있는 바닥을 향해 던져 버렸다.

촤르륵, 성현은 제 발밑에 흩뿌려지는 종이를 바라보다가 이내 가장 눈에 띈 걸 주우려 했다. 그러다 본 글자에 믿을 수 없다는 듯이 눈을 한 번 깜빡였다. 이윽고 바닥에 주저앉아서 미친 듯이 종이를 헤집었다.

"이걸 어떻게……?"

도진이 던진 자료는 성현의 모든 개인 계좌 내역을 비롯한 유진과 주고받은 메시지 그리고 라이벌 회사에 돈을 받고 다른 부서의 특종을 팔아넘긴 증거였다.

"이거, 불법인 건 압니까?"

성현은 자신이 저지른 일은 생각 안 하고 도진에게 따졌다. 그러자 도진은 그의 어리석음을 비웃었다.

"이 새끼나, 저 새끼나, 날 보면 왜 법을 찾고 난리야. 법 무서운 줄도 모르는 새끼들이."

평소 입에 잘 담지도 않는 단어를 쓰며 서늘하게 중얼거렸다.

"내 앞에서 법이 통할 것 같습니까."

도진은 나른한 눈빛으로 성현을 내려다보았다. 수명이 다해 가는 조명과 달빛이 어우러져 도진의 눈을 비췄다. 마치 사냥을 시작하기 전에 몸을 풀고 있는 맹수의 눈빛처럼 번쩍 빛났다. 서슬 퍼런 도진의 눈빛에 마른침을 삼킨 성현이 물었다.

"나한테 원하는 게 뭡니까?"

"알잖아. 눈치채라고 내가 친절하게 파일까지 보내 줬잖아."

"나보고 지금 민유진 뒤통수를 치라는 말입니까?"

"이제 와서 의리 있는 척할 필요 없는데. 이미 다 준비하고 있으면서 왜 모른 척을 하지?"

166

"……그러면 당신은 나한테 뭘 해 줄 수 있습니까?"

도리어 도진에게 뻔뻔하게 요구를 하는 성현을 보며 가만히 서 있던 김 비서와 케이의 입에서 나란히 실소가 터져 나왔다. 그러나 정작 도진은 무표정으로 소파에 기대고 있던 허리를 바로 세우고 자리를 털며 일어났다.

"내가 할 건 딱 하나야. 너와 민유진에게 지옥을 경험하게 하는 거."

"……!"

"그리고 네가 할 것도 딱 하나지. 같은 지옥이어도 발을 디딜 받침대 하나가 있는 것과 없는 것의 차이는 크지 않겠어?"

윤기가 자르르 흐르는 구두가 이리저리 흐트러진 종이 위를 밟았다. 내리깐 시선은 입술을 짓이기고 있는 성현을 향했다.

"한 달. 그 안에 민유진 멱살 잡고서라도 반드시 바닥으로 끌고 내려가."

도진은 그제야 '피식' 웃음을 터뜨렸다.

"그래야 네 앞길이 조금이나마 덜 추악할 테니까."

Chapter 13

나쁜 진실

　지안은 오늘부터 지방 촬영이 시작되는 날이라 해가 뜨지 않은 이른 시각부터 비행기 시간에 맞추기 위해 바쁘게 움직였다.

　생각보다 이르게 준비를 끝내자 지안은 덩달아 그녀를 따라 일찍이 출근을 준비하는 도진의 옆을 기웃거리며 이리저리 움직였다. 그게 정신 사나울 법도 한데 도진은 귀엽다는 듯 그녀의 볼을 살짝 쓰다듬었다.

　"내가 해 봐도 돼요?"

　준비하는 동안 아직 채우지 않았던 셔츠의 마지막 단추를 잠근 도진이 넥타이를 매기 위해 집어 들자, 지안이 눈을 반짝이며 물었다. 반쯤 내려앉았던 도진의 눈꺼풀이 지안을 향해 움직였다.

　"해 본 적 있어?"

　다정한 목소리로 해 본 적이 있냐고 물었으나 이미 넥타이를 쥔 손을 쭉 뻗으며 지안에게 건넨 도진은 그녀의 앞으로 성큼 다가갔다. 그러고는 그녀의 높이에 맞춰 허리를 숙였다.

지안은 이미 자세를 낮춘 도진을 향해 어색하게 웃으며 고개를 끄덕였다. 드라마 촬영할 때 의상팀한테 배운 적이 있었지만, 그것도 꽤 오래전의 이야기였다. 사실 해 봤다고 하기에는 민망했다. 모르지는 않았지만 능숙하지도 않은 솜씨였다.

"이게 맞는 방법인지도 잘 모르겠어요."

영 자신 없는 목소리로 지안이 중얼거리자 도진은 괜찮다며 그녀가 넥타이를 두를 수 있게 고개를 숙였다. 호기롭게 넥타이 끝을 붙잡고 도진의 목에 두른 지안은 곧 방황하기 시작했다. 갈 곳 잃은 손과 눈이 바쁘게 움직였다.

이럴 줄 알았으면 그때 잘 배워 놓을걸.

처음 배웠을 때는 나중에 쓸 일이 있을까 싶어서 관심도 없었는데, 도진이 넥타이를 매는 모습을 자꾸 보다 보니까 자신이 직접 해 보고 싶었다. 그러나 얼마 안 가서 충동적으로 내뱉은 말을 후회했다. 단단하게 매듭이 지어져야 하는 천은 자꾸만 매끄럽게 풀려 버렸다.

"이게 아닌가?"

도진은 넥타이를 이리저리 돌려 가며 고군분투하는 지안을 말없이 내려다보았다. 생각보다 오래 자세를 낮추게 되었지만 불평 하나 없이 그녀를 기다렸다. 실패할 때마다 코를 찡긋거리며 집중하는 모습이 간간하니 시선을 뗄 수 없었다.

쪽, 결국 참을 수 없던 도진이 지안의 코끝에 입술을 맞췄다. 그럼에도 집중력을 잃지 않는 지안을 보며 '피식' 웃고는 그녀의 어깨를 붙잡고 입을 맞추기를 두 번, 세 번, 여러 번 반복했다.

"이거다!"

도진의 끈질긴 방해에도 고개를 요리조리 돌려 가며 손끝에 모든 집중력을 쏟아부은 지안은 여러 번의 시도 끝에 드디어 넥타이가 바르게 매어지자 환하게 웃었다. 그러나 곧 깔끔하지 않은 모습에 시무룩한 표정으로 열심히 만져 봤지만, 썩 마음에 들지 않았다.

입술을 삐죽 내밀고서 시시각각 변하는 지안의 표정을 모두 눈에 담은 도진이 나지막이 말했다.

"이 넥타이의 시작이 너였으니까."

"……?"

"마지막도 너여야겠는데."

낮은 음성에 당황한 지안의 눈이 열심히 깜빡였다.

"엥?"

지안은 알 수 없는 말을 늘어놓는 도진의 얼굴을 바라보다가 손등에 전해지는 진한 온기를 느꼈다. 도진이 여전히 살짝 늘어진 넥타이 끝을 붙잡고 있는 지안의 손 위를 자신의 손으로 겹치며 바로잡았다. 넥타이가 제자리를 찾자 지안의 손등 위를 손가락으로 장난치듯이 콕콕 두드리며 웃었다.

"기대하지. 돌아와서 이걸 어떻게 풀어낼지 말이야."

지안은 눈을 깜빡이다가 나가기 위해 맞춰 놓은 알람이 울리자 화들짝 놀랐다.

"나…… 나가야겠다!"

도망치듯이 나가는 지안의 뒷모습을 보며 '피식' 웃은 도진이 그녀를 따라 나갔다. 은색의 여행용 캐리어 옆에 선 지안은 아쉽다는 듯이 말했다.

"하필 첫 비행기라서 아침도 같이 못 먹네요."

도진은 팔짱을 끼고 마치 지안을 넣어도 쏙 들어갈 것 같은 커다란 캐리어를 내려다보며 눈썹을 꿈틀거렸다.

"비행기? 지방 촬영은 안면도 아니었던가."

다정한 목소리의 끝이 미세하게 흔들리고 있었다. 믿고 싶지 않아 하는 목소리 위로 해맑은 목소리가 덮었다.

"내가 말 안 했어요?"

"뭐를."

"원래 안면도로 가는 게 맞았는데, 얼마 전에 작가님 추천으로 바뀐 것 같아요."

"어디로 바뀌었지?"

"제주도로 가서 또 배 타고 들어가야 한다고 들었는데……."

곰곰이 감독에게 지나가듯이 들었던 말을 떠올리던 지안은 코를 찡긋거렸다.

"섬 이름은 까먹었어요. 워낙 정신없을 때 들어 가지고."

지안의 입장에서 촬영 장소가 갑자기 변경되는 건 그다지 중요한 사항이 아니었다. 드라마 환경에서 피치 못할 사정은 언제나 생겼다. 더 나은 선택지가 있다면 촬영 장소 정도야 흔하게 바뀌었기에, 배우들은 그저 정해진 스케줄을 따르면 되었다.

그러나 도진의 입장은 달랐다. 지안이 집에 들어오지 않는 일주일이라는 시간을 어떻게 보내야 할까, 수도 없이 머릿속으로 상상했다. 이미 수십 번도 더 서해안 고속도로를 달리고 달렸다. 그래야 연명이라도 할 수 있는 사람처럼 지안의 얼굴을 보고 돌아올 계획을 마친 참이었다.

"일주일 동안 다리도 없는 섬에서 촬영을 한다고……."

도진은 투박하고 까칠한 목소리로 중얼거렸다. 비행기를 타고 가야 하는 것도 모자라 또 배를 타고 들어가야 하는 곳이라니. 세상을 잃은 듯한 도진의 마음도 모르고 지안은 속 편한 소리를 늘어놓았다.

"감독님이 답사 때 먹은 칼국수 맛이 엄청났대요!"

"당장이라도 호텔 수석 셰프를 불러다 줄까? 그럼 안 갈래?"

지안은 도진의 억지에 웃음을 터뜨렸다. 곧 비행기를 타러 가야 할 시간인데 말도 안 되는 소리였다.

도진의 어깨를 톡톡 두드린 후, 캐리어를 향해 몸을 돌리자 눈앞에서 캐리어가 번쩍 들렸다. 제가 들 때는 분명 낑낑거렸던 것 같은데, 30인치 캐리어를 가뿐하게 한 손으로 번쩍 드는 도진을 멍하니 바라보다가 활짝 웃었다.

도진은 낮은 한숨을 내쉬고는 캐리어를 들지 않은 다른 손으로 지안의 머리를 감싸 안았다. 도진의 품에 폭 안긴 지안은 그에게 딱 달라붙어 허리를 감싸 안고 가슴팍에 얼굴을 비비적거렸다.

"아~ 오빠 없이 어떻게 지내지?"

도진을 빤히 바라보던 지안은 낮은 한숨을 내쉬었다. 이래서 습관이 무서운 건가. 매일 눈도장을 찍던 얼굴을 보지 못한다고 생각하니까 벌써 그를 보고 싶어 할 자신부터 걱정이 되었다. 아마 이안이 옆에 있었다면 고작 일주일 떨어지는 거로 유난이라고 한 소리 했을 테지만, 어쩔 수 없었다.

"내가 아주 올바르게 잘 키웠어."

"나를?"

"응. 이 얼굴을 안 보면 허전하게 만들어 놨잖아."

지안은 손가락으로 자신을 가리키는 도진을 보며 어이없는 웃음을 터뜨리다가 이내 수긍했다. 영 틀린 말은 아니었기 때문이다. 조각처럼 빚어진 도진은 꽤 중독적인 얼굴이었다.

"나 없어도 밥 잘 챙겨 먹고, 잠도 잘 자야 해요!"

엘리베이터가 도착했다는 알람을 들은 지안은 김 비서에게 들었던 말을 떠올리며 걱정 어린 목소리로 조급하게 말했다. 자신을 만나기 전까지 도진은 밥도 안 먹고, 잠도 안 자는, 정말 말 안 듣는 상사였다며 우스갯소리를 한 것이 마음에 걸렸다.

"알았어."

도진은 지안의 걱정에 희미하게 웃었다. 떠나기도 전부터 이미 보고 싶을 것 같아 그녀를 찾아가기 위한 갖가지 핑계와 계획을 세웠다는 건 말하지 않을 생각이었다. 물론 다시 다른 방법을 찾아야 할 것 같았지만 말이다.

지안은 엘리베이터에 오를 때까지 껌딱지처럼 도진에게 붙어 있다가 아쉬운 듯 미적거리며 캐리어를 건네받았다. 경석이 끌고 오는 차에 다른 스태프들도 있기에 도진과는 여기서 헤어져야 했다.

도진의 손가락을 끝까지 쥐고 있다가 천천히 떨어뜨렸다. 까치발을 들고 도진의 볼에 입을 맞추며 짧은 작별 인사를 했다.

"갈게요."

"오늘 좀 시끄러울 수도 있어."

"뭐가요?"

"그냥 뭐든지. 근데 네가 신경 쓸 일은 없는 거야."

문을 경계로 두고 알 수 없는 말을 하는 도진을 의아한 눈으로 바라보았다. 전혀 짐작이 가는 일이 없었기에 불안함도 얼핏 생겼다.

"연민은 더더욱 가지지 마."

스르륵, 닫히는 문 사이로 도진의 눈가에 차가운 웃음이 비쳤다. 그러나 아주 잠시였을 뿐, 곧 자신에게만 보이는 평소의 다정하고 장난스러운 그로 돌아왔다.

"잘 다녀와. 남자 조심하고."

쿵.

착각이었나? 여전히 도진이 눈앞에 있는 것처럼 닫힌 문을 멍하니 바라보던 지안은 뒷머리를 긁적였다.

휘황하게 떠오른 햇빛이 방 안을 들이비추자 유진은 침대 위에서 눈을 떴다. 뜨거운 햇살에 못내 짜증이 난 그녀는 신경질을 내면서 이불을 걷었다. 강제로 일어나게 되어 심기가 좋지 않아 눈을 감고 뻐근한 목을 돌렸다.

"밖이 왜 이렇게 시끄러운 거야?"

소란스러운 괴성이 들리더니 곧이어 쿵쿵쿵, 하고 발을 구르는 소리가 들렸다. 누가 집안에서 이렇게 시끄러운지 확인하기 위해 몸을 일으켰다. 그러나 곧이어 방문이 거칠게 열리자 그대로 얼었다.

"여보! 진정해요!"

"이거 놔! 내가 지금 진정하게 생겼어?"

불같이 화를 내면서 방문을 열고 들어오는 민 회장과 그를 필사적으로 막는 엄마를 보며 놀란 유진이 바닥에 발을 딛자마자 고막을 찢을 듯한 거센 마찰음이 들렸다.

짜악—!

느닷없는 강한 힘에 중심을 잃은 유진이 바닥에 주저앉아 반사적으로 자신의 볼을 양손으로 부여잡았다. 그리고 멍하니 고개를 들고 자신을 때린 아버지를 올려다보았다.

"애를 때리면 어떡해요!"

"닥치지 못해?"

딸이 맞는 것을 보자마자 유진의 엄마는 빽, 하고 소리를 질렀다. 그 소리에 더욱 화가 난 민 회장은 자신을 붙잡고 있는 와이프를 내쳤다.

"아빠! 이게 무슨 짓이에요!"

"너야말로 대체 무슨 짓을 하고 돌아다닌 거야!"

민 회장은 분에 못 이겨 손에 들고 있던 태블릿을 유진의 뒤로 던졌다. 협탁에 부딪히며 깨져 버린 태블릿을 유진이 주워 들었다. 꺼지지 않은 화면 속 굵게 쓰인 글자를 가느다란 목소리로 천천히 읽었다.

"……신뢰를 강조한 언론의 민낯?"

"돈을 헤프게 쓰든지, 네 몸을 헤프게 쓰든지 상관 안 했다. 근데 네가 뭔데 내 회사를 건드려!"

낮아질 줄 모르는 언성을 들으며 유진은 떨리는 손가락으로 화면을 터치했다.

어느 한 기자의 양심 고백, 민강 그룹 오너의 딸이자 M 미디어의 이사인 A 양에게 금전적인 대가를 받고 거짓 기사를 작성…… "멍청한 사람들은 진실과 거짓을 구별하지 못해"라며 그녀는 사람들을 기만했으며…….

M 미디어 이사 A 양은 유부남인 기자를 유혹하고 사랑한다며 거짓 고백을 하더니 자신의 계략에 이용만 하고 가차 없이 버릴 계획이었다…….

유진은 다급하게 태블릿을 내려 두고 자신의 핸드폰을 켰다. SNS에 들어가자 차마 보기 민망한 동영상에 전부 자신이 태그되어 있었다.

하나하나 확인하던 유진은 익숙한 배경에 눈가를 찌푸렸다. 남 기자를 만날 때마다 이용하던 호텔이었고, 중요 부위는 전부 모자이크가 되었다고 하더라도 실오라기 하나 걸치지 않은 살결이 난무하는 동영상이었다. 심지어 원본을 뿌린 건지, 적나라한 동영상도 존재했다.

"남성현, 이 새끼가……."

만날 때마다 항상 그녀와의 대화를 녹음이라도 한 것인지, 그동안 성현한테 들였던 돈이 전부 세상에 드러났다. 정신없이 쏟아지는 기사에 유진의 머리가 아찔하며 현기증이 일었다.

요즘 들어 고분고분 하는 말을 다 들어주더니, 자신의 뒤통수를 칠 준비를 하고 있던 것이었다. 바로 성현에게 전화를 걸었지만 돌아오는 건 당연하게도 뚝, 끊기는 신호뿐이었다.

"책임지고 수습해. 딸이라고 봐주는 건 없다."

민 회장은 냉정하고 이기적인 사람이었다. 그건 유진이 제일 잘 알고 있었다. 민 회장이 방을 나서자 유진의 엄마가 그녀를 붙잡았다.

"유진아…… 어떡하려고……."

"아아악!"

애가 타는 엄마의 목소리를 뒤로하고 분노와 절망에 휩싸인 유진은 욕을 뱉어 내며 악을 썼다.

도진의 예상대로 매우 시끄러웠던 하루였다. 늦은 밤이 되어서 그가 자주 이용하는 바 프라이빗 룸의 문을 열자 이미 이안과 영이 술을 마시고 있었다.

"얄은꾀에 자기가 넘어간 거지. 누가 누구한테 누추한 꼬리표를 달려고. 아주 딱 어울려!"

독한 양주를 물 마시듯이 화끈하게 들이켜며 영이 속이 다 시원하다는 얼굴로 말했다. 이안은 아무 말도 하지 않았지만 영의 의견에 동의하는지 술잔을 잘게 흔들었다. 도진이 재킷을 벗어 의자에 툭 걸고 자리에 앉자, 이안은 자연스럽게 잔에 얼음을 넣어 주며 말했다.

"남성현은 했던 짓이 다 애매해서 형량도 얼마 안 되더라."

결과가 전혀 만족스럽지 않은 듯한 이안의 목소리에 도진은 '피식' 웃으며 술잔을 가져갔다. 스파이시한 피니시가 입 안을 감돌았고, 쌉쌀한 향을 음미하다가 어깨를 으쓱였다.

"돈, 여자, 명예가 가장 중요한 놈이야. 전부 잃었으니 됐어."

때로는 법보다 무서운 것이 더 존재했고, 도진은 그걸 일찌감치 파악했다. 수치심을 못 견디는 유진과 돈과 명예가 전부인 성현. 도진은 처음부터 법으로 그들을 심판할 생각이 없었다.

"시시한 이야기는 이제 그만하자. 듣는 귀도 더러워지는 것 같고, 말하는 입도 떫은 것 같아."

도진과 이안의 대화를 가만히 듣던 영이 진저리를 치며 끊어 냈다.

"지안이는 언제 온대?"

"일주일 뒤에."

"드라마도 많이 진행됐지?"

"중반부는 넘었으니까."

도진이 눈가를 미세하게 꿈틀거리며 생각에 잠겼다. '타성'

의 제작 기간은 타 드라마보다 유독 짧은 편이었다. 우석의 능력인 건지, 그의 작품은 대부분 빠른 시간 안에 완성되었다. '타성'을 끝으로 지안은 휴식기에 들어갈 예정이기에 도진의 입장에서는 좋은 소식이었다.

"너는 일정 슬슬 조절하고 있지? 네가 지안이한테 무조건 맞춰야 하는 거 알지?"

다소 강압적인 영의 말에 이안이 아직도 차도진을 모르냐는 듯한 눈빛으로 고개를 절레절레 저었다.

"쟤는 한 달 출장이 잡혀도 일주일 만에 해결할 놈이야. 지안이가 당장 내일 결혼하고 싶다고 하면 할 놈이라고."

"그건 안 돼."

곧바로 나오는 단호한 대답에 이안과 영의 눈이 동시에 아주 커다랗게 커지자 도진은 '픽' 웃었다.

"프러포즈를 아직 못 했으니까."

"뭐어?"

도진은 오히려 지나치게 놀라는 이안과 영의 모습에 미간을 좁혔다. 술을 마시다가 입가에 주르륵, 흘린 것도 모르는 영을 보며 그 정도로 놀랄 일인가, 싶어 옅은 헛웃음을 터뜨렸다.

"잠깐만. 나 술 흘렸어."

"으이그. 이 칠칠아."

반 박자 늦게 정신을 차린 영이 냅킨을 찾자 이안은 안주머니에서 손수건을 꺼내 그녀의 입가를 벅벅 닦았다. 다소 거친 손길에 영은 인상을 찌푸리며 손수건을 빼앗아 들었다.

"너희가 프러포즈가 필요한 사이야? ⋯⋯아악!"

텅 빈손을 허공에 몇 번 쥐어 보던 이안은 어깨를 으쓱이며 진지하게 물었다. 그리고 그런 이안의 등짝을 철썩, 하고 내려친 건 영이었다.

"너는 양심이 있으면 나중에 네가 좋은 남편이 될 거라는 생각은 처음부터 포기해라."

"왜!"

연애를 안 한 지 백만 년이 넘어가더니 세포도 다 죽어 버렸냐는 신랄한 비판을 쏘아붙이며 이안을 한심한 눈빛으로 바라보던 영이 대뜸 도진의 눈을 보며 씨익, 웃었다.

"너, 지안이가 드라마에서 얼마나 많은 프러포즈를 받았는지 알아?"

"⋯⋯."

"웬만해서는 어떤 걸 해도 지안이한테는 새롭지 않을 거다."

8년 차 배우 지안은 1년도 제대로 쉬지 않고 일한 탓에 무수히 많은 작품과 장면을 경험했다. 그런 지안의 작품을 꼬박꼬박 챙겨 본 자의 이유 있는 자신감으로 이루어진 충고였다.

도진은 술잔에 맺힌 물방울을 바라보다가 엄지로 쓸었다. 손끝에서 느껴지는 물기에 힘을 주자, 동그란 형체는 쉽게 뭉개졌다.

"결혼식은 또 얼마나 많이 치렀는지 알아?"

여전히 잔을 쥐고 있는 그의 손에 조금씩 힘이 가해지는 것이 겉으로도 보였다.

"지안이를 거쳐 간 수많은 신랑들의 외모가 그냥~ 크으~."

닦아 낸 물기는 오래도록 도진의 감각 속에 남아 있었다.

"그러니까 네 존재가 묻히지 않게 준비 잘하라는 말이야."

묵묵히 영의 말을 듣던 도진이 '피식' 웃음을 흘렸다. 순전히 자신을 놀리기 위해 자극하고 있는 영의 의도를 모를 리 없었다. 그러나 안타깝게도 영이 자신에 대해 한 가지 간과한 것이 있었다.

"내가 그걸 모를 것 같아?"

차도진은 정지안에 관해서라면 놓치고 있는 것이 없는 사람이었다. 집념에서 벗어나려고 해도 일단 눈에 담아 버리면 결코 잊을 수가 없었다. 정상적인 정도를 벗어나 불건전하고 지나치기까지 한 증상을 안고 산 지 오래였다.

이미 머리에서 드라마 속에 나온 갖가지 프러포즈 방식을 쳐 냈다. 특별하게 하고 싶었고, 자신이 그녀에게 특별해지기를 원했다.

도진은 숨을 길게 흘리며 술잔에 남은 마지막 한 모금을 마셨다. 이런 도진의 생각을 알 리 없는 이안은 대수롭지 않게 여기며 대꾸했다.

"최고급 레스토랑 통째로 빌린 다음에 장미 꽃다발 주고, 반지 주고, 감미로운 노래! 이게 프러포즈 정석 아니야?"

술잔을 내려놓은 도진이 나직이 웃음을 터뜨렸다. 모든 선택지 중에서 제일 별로였다.

"……이건 아니야?"

반응이 없는 도진과 영을 보고 이안이 머쓱해하며 되묻자, 영은 높낮이 없는 기계적인 목소리로 대답했다.

"와~ 내 손이 발이 되고, 발은 오징어가 되어 새로운 동물로 탄생하는, 뭐 그런 느낌이랄까?"

"뭐라는 거야?"

"너무 충격적이라서 말도 안 맞네. 클래식하다 못해 제일 구리다는 소리야."

도진은 투닥거리는 영과 이안을 어디까지 가나 지켜보다가 무음으로 해 놓은 핸드폰이 번쩍하고 빛나자 시선을 아래로 내렸다. 발신자는 지안이었다. 아직도 일을 하고 있냐는 메시지에 곧바로 일어나 바깥으로 나갔다.

[아직도 일하고 있는 건 아니죠?]

통화 버튼을 누르자 청아한 목소리가 들렸다. 가기 전에도 그렇게 걱정을 하더니, 전화를 받자마자 하는 첫마디도 걱정이었다. '피식', 웃음을 흘린 도진은 마치 지안이 앞에 있기라도 하는 듯이 고개를 저으며 대답했다.

"아니야. 웃긴 거 보고 있었는데, 네가 없어서 아쉽다."

[웃긴 거요? TV라도 보고 있었어요? 아닌데, 오빠 그런 거 잘 안 보는데?]

혼자 질문하고 대답하고. 순수한 지안의 행동에 결국 얼굴 전체에 웃음이 번졌다.

밥은 먹었냐는 물음에 먹었다는 대답, 내가 보고 싶지 않냐는 물음에 보고 싶다는 대답. 묻는 쪽은 지안이었고, 대답하는 쪽은 도진이었다. 일상적인 대화가 끝이 나자 지안은 무언가를 머뭇거리는 듯이 한참 동안 말소리가 없었다.

도진은 짧은 침묵에서 지안이 말하고 싶은 것이 무엇인지 눈치챘다. 아래로 내리깐 그의 시선은 지극히 냉담하게 변했다.

[오빠도 유진 언니 일 알죠?]

"응. 들었어."

깨끗한 것만 담게 하고 싶은 입술에서 유진의 이름이 나오자 괜히 화가 들끓었다. 그러나 목소리로라도 지안의 앞에서는 내색할 수 없던 도진이 최대한 평온하게 대답했다.

[미리 알고 있었어요? 그래서 아침에……]

"지안아, 연민 가지지도 말라고 했잖아."

저를 향한 합리적인 의심을 하고 있는 지안을 향해 도진은 느릿하게 혀를 굴렸다. 알아서 좋을 건 없었지만, 그렇다고 모른다고 하는 것도 이상했다. 대답을 교묘하게 피하며 집에서 건넸던 말을 다시 상기시켰다.

[그래도 아는 사이라서 그런지, 마음이 좋지 않더라고요.]

도진은 그녀에게 들리지 않게 낮은 한숨을 내쉬었다. 지안은 벌써 연민을 가져 버렸다. 천성이 부드럽고 구김이 없는 그녀는 유진이 벌인 일을 감히 상상도 하지 못하겠지.

[……지안 언니~ 어디 있어요?]

도진의 침묵으로 순간적으로 생긴 고요를 가로지르고 지안을 찾는 목소리가 그에게 닿았다. 찾아온 기회를 놓치지 않은 도진이 말머리를 돌렸다.

"네가 신경 쓸 사람은 너 없는 침대에서 외롭게 기다리고 있
는 나야."

[……]

"그러니까 당장 제주도행 티켓 끊기 전에 예쁜 짓 좀 해 줘."

[……푸흐. 예쁜 짓이 뭔데요?]

"예를 들면……."

지안의 물음에 느긋하게 말을 곱씹던 도진이 핸드폰을 입술
가까이에 바짝 붙였다. 이윽고 입술과 마이크가 있는 곳을 꾹
눌렀다. 그리고 입술끼리 맞붙었다가 아주 느릿하게 떨어졌다.

"이런 거?"

[……흐, 흠!]

다행히 소리만으로도 진득함이 전해졌는지 지안은 헛기침을
쏟아 냈다. 도진은 고스란히 느껴지는 그녀의 당황한 모습에
'피식' 웃었다. 어쩔 때는 작정하고 하는 유혹에도 내성이 생긴
듯 대범하다가도, 이렇게 가벼운 장난에는 속절없이 무너지는
게 꽤 귀여웠다.

[가 봐야 해요! 또 연락할게요! 쪽.]

다시 한번 스태프가 찾는 목소리에 황급히 도진에게 인사를
건넨 지안이 마지막으로 들려준 소리는 그가 전했던 소리와 비
교하면 매우 건전한 편이었다. 그러나 지금은 이것마저도 도진
을 안달 나게 했다.

"……배를 빌려야 하나."

도진은 끊긴 전화가 아쉬운 듯 손끝으로 화면을 매만졌다.

드라마 '타성' 지방 촬영 마지막 날.

지안은 낮게 한숨을 내쉬었다. 섬에 들어온 내내 유진의 기사로 현장이 어수선했다. 잘못이 밝혀지고 벌을 받는 것은 당연한 일이었지만, 유진에게는 가혹한 과정이었다. 같은 여자로서 그녀가 느낄 수치심이 전부 이해가 되어 안타까웠다.

그래도 나름 아는 사이라고 걱정이 되어 도진에게 꺼낸 말에 돌아온 건 지나치게 무심한 반응이라서 유진은 도진의 동창 중에서도 꽤 교류가 있는 편이 아닌가, 의아했지만, 더 말을 꺼내보지 못했다.

스태프들의 웅성대는 소란 속 간간이 들리는 유진의 이름에 괜히 싱숭생숭해진 마음으로 도진과 전화를 할 때마다 돌아오는 건 그저 저를 향한 짓궂은 장난뿐이었다.

덕분에 마지막 날까지 지안은 혼자 밤바다의 서늘한 바람을 맞으며 열을 식혀야 했다. 왼손, 오른손, 번갈아 가며 볼을 얼마나 매만졌을까, 그녀의 뒤에서 부드러운 목소리가 들렸다.

"여기 참 좋지 않아요?"

"아, 작가님."

웃으며 다가온 사람은 우석이었다. 마지막 회 대본까지 이미 전부 제작사에 넘긴 그는 홀가분하게 현장을 따라왔다. 지안이 서 있는 위치에 나란히 멈춰 선 우석은 파도 소리만 들리는 까만 바다에 시선을 주었다.

"제가 생각이 많을 때마다 오는 곳이에요. 나름대로 정리가 잘되어서 좋더라고요."

우석의 말에 지안의 시선도 바다를 향했다. 생각이 정리가 잘된다는 그의 말에 고개를 끄덕여 동의했다. 모든 것을 집어삼킬 듯한 칠흑 같은 바다가 잡생각도 지워 주는 느낌을 받았기 때문이다.

두 사람은 나란히 서서 철썩거리는 바다가 만들어 내는 우람한 소리를 감상했다. 우석은 기분 좋게 바람을 즐기고 있는 지안을 돌아보며 말했다.

"대본 다 나온 거 알죠?"

"들었어요. 고생 많으셨어요."

"찍는 지안 씨가 더 고생했죠. 고마워요."

지안은 마치 드라마가 끝난 사람처럼 말을 하는 우석을 장난스럽게 흘겨보았다. 혼자 후련해 보이는 그가 조금은 얄미워 보이기도 해, 약간의 진심을 담아서 말이다.

"우리 아직 드라마 안 끝났거든요? 아직 한 달 넘게 촬영이 더 남았어요!"

"이런 이야기는 지금 아니면 못 할 것 같아서."

"……네?"

"아무도 방해하지 못하잖아요?"

어딘가 뼈가 느껴지는 한마디에 지안은 바로 도진을 떠올렸다. 지난번에 자신을 두고 첫사랑을 언급하며 우석과 기 싸움을 했다는 도진의 말이 생각났기 때문이다. 그러나 곧바로 말도 안 된다며 고개를 저었다.

그럴 리가 없지. 그건 너무 갔어. 자아도취라고, 정지안.

그저 아무도 없는 지금을 의미한 것일 텐데 스스로 너무 예민하게 반응한 것 같아 살짝 웃음을 터뜨렸다. 우석은 미소를 짓는 지안의 얼굴을 빤히 바라보다가 희미하게 웃음을 지었다. 그러더니 무언가를 결심한 듯 짧은 심호흡도 함께했다.

"수현이가 되어 줘서 고마워요."

"저를 추천한 작가님 아니었으면 전 수현이가 될 기회도 없었을 텐데요, 뭘."

지안은 손사래를 치며 고개를 저었다. 우석이 만들고 지안이 표현하여, 한 인물을 같이 만들어 내는 입장에서 굳이 감사 인사를 따지려면 자신이 먼저 해야 했다. 그러나 우석은 그런 의미가 아니었는지, 고개를 살짝 저었다.

"덕분에 제가 지금까지 걸어온 작가라는 길의 마침표를 행복하게 찍을 수 있었어요."

우석이 대뜸 내뱉은 말을 이해하지 못한 지안의 눈동자가 정처 없이 흔들렸다.

"마침표요……?"

지안이 우석을 바라보며 물었다. 길의 마침표. 그가 말하는 건 단순히 드라마의 끝을 이야기하는 것이 아닌 듯한 이상한 느낌이 들었다.

우석은 처음으로 지안의 눈빛을 피해 아무것도 보이지 않는 바다를 응시하며, 전보다 조금은 작아진 목소리로 대답했다.

"아마도 이제 다시는 글을 쓰지 않을 것 같거든요."

커다란 파도 소리에 묻힐 법도 한데 우석의 목소리는 지안에게 온전하게 닿았다. 너무나도 갑작스러운 소식에 쉽사리 입이 떨어지지 않았다. 적당한 말을 고르고 또 고르던 지안이 긴 침묵 끝에 말했다.

"작가를 그만두신다는 건가요?"

아주 어렵게 튀어나온 말은 제가 생각해도 형편없는 질문이었다. 그러나 어떤 질문을 해도, 그에 대한 대답을 듣는다고 해도 딱히 속이 시원할 것 같지는 않았다.

"네."

짧은 대답과 함께 정말 후련한 미소를 짓는 우석을 이해할 수 없었다.

"……좋아하셨잖아요."

지안은 우석이 자신의 일을 얼마나 사랑하는지 알 수 있었다. 그를 많이 본 것은 아니었지만, 왜 그런 사람 있지 않은가. 일을 할 때마다 눈이 반짝거리는 사람. 우석이 딱 그런 사람이었다.

"좋아했죠. 근데 이번에 욕심을 너무 많이 부려서, 이제는 자격이 없어요."

가로등 불빛에 비친 우석의 얼굴은 보는 사람마저 처연해질 만큼 씁쓸했다. 시선을 아래로 내렸던 우석이 천천히 눈꺼풀을 들어 올렸다.

"당신이 내가 가진 야심의 결정체였거든요."

"……네?"

"분수에 넘치게 당신을 탐냈으니, 이 정도는 각오했어요."

지안은 저를 깊게 응시해 오는 우석의 눈동자를 바라보자 얼핏 불길함이 뇌리를 스쳤다. 왠지 우석의 말을 더 듣지 말아야 할 것 같은 느낌이 강하게 들었다. 지그시 입술을 깨무는 지안을 바라보던 우석이 서글픈 얼굴로 중얼거렸다.

"제 이야기를 해도 될까요? 듣고 싶지 않아도 들어 줬으면 좋겠는데."

지안은 우석이 선택권을 준다면 거절하고 싶었다. 그러나 금방이라도 무너질 듯한 간절한 목소리를 외면할 수가 없었다. 그녀는 떨리는 눈동자로 가만히 우석을 올려다보았다. 무언의 허락이 떨어지자 우석은 덤덤하게 입을 열었다.

"우리 가족은 이미 10년 전에 망가졌어요."

지안은 우석이 한마디를 내뱉자마자 깊은숨을 들이켰다. 그가 할 이야기가 예사로운 일이 아님을 직감했다.

"물론 당연한 결과라고 생각해요. 해서는 안 될 짓을 했거든요."

"해서는 안 될 짓이……?"

"아무리 협박당했다고는 하지만, 아버지가 사람을 죽여 버렸거든요."

생각보다 어질어질한 사연에 어쩔 줄 몰라 눈만 깜빡였다. 지안에게는 당혹 그 자체였다. 고작 4개월 남짓한 시간에, 그것도 몇 번 보지도 않은 사람에게 할 이야기는 아니라고 생각했다.

"작…… 작가님……."

지안이 말을 다달다달 더듬으며 우석을 부르자 그는 오히려 대수롭지 않게 어깨를 으쓱이며 그녀의 반응을 당연하게 여겼다. 그런 일을 겪고 저렇게 특별한 감정의 동요를 보이지 않기까지 얼마나 스스로를 단련해야 했을까. 지안은 상상이 잘되지 않았다.

"그렇게 바라보지 말아요. 나 지안 씨한테 그런 눈빛 받을 자격 없어요."

저도 모르게 안쓰러워하는 눈으로 우석을 바라보았나 싶던 지안이 시선을 피하다가 어딘가 이상한 말에 눈썹을 꿈틀거렸다. 그리고 동시에 뭔가 말하려고 결심했는지, 우석의 눈빛이 순식간에 차갑게 식었다.

"내가 대영 중학교를 다닐 수 있었던 이유, 아직 기억해요?"

"……."

"우리 아버지가 10년 전에 사람을 죽였다는 말은 잘 들었어요?"

"잠깐만요."

설마 하는 불길한 예감에 지안은 다급하게 우석의 말을 막았지만 소용없었다. 허탈한 웃음을 터뜨리며 나지막이 말하는 우석이 더 빨랐다.

"회삿돈을 횡령하는 CHA 전자의 사장과 어쩔 수 없이 그걸 돕는 하청 업체들. 그러나 나쁜 짓은 영원할 수 없었고, 본사의 제재를 받은 그들은 다시는 'CHA'라는 거대한 생태계에 발을 들이지 못하게 됐어요."

"……."

"자신들의 환경에서 쫓겨나 버린 사람들에게 남은 건 절망뿐이었어요. 살기 위해서 한 선택이 또 다른 죽음을 불러일으켰던 겁니다."

"……."

"돈에 눈이 멀어 버린 당시 CHA 전자 사장은 횡령한 돈을 전부 잃어버리자, 남은 건 악에 받친 복수였어요. 그리고 하나뿐인 아들을 인질로 삼아 협박하는 사장의 말을 들을 수밖에 없던 아버지는 결국 나락인 걸 알면서도 복수에 동참했죠."

경악으로 물들어 버린 지안은 두 손으로 입을 가렸다. 떠올리고 싶지 않은 기억과 톱니바퀴처럼 맞물려 돌아가기 시작하는 말이 속을 꽉 막았다. 점점 눈가에 눈물이 고이는 지안의 눈동자를 하염없이 바라보던 우석이 결국 판도라의 상자를 열어 버렸다.

"맞아요. 어리고 지나치게 똑똑한 CHA 그룹의 미래였던 차도진 씨를 죽이려고 했어요."

"하."

꾹 눌러 참고 있던 지안의 입에서 결국 옅은 신음이 터져 나왔다. 손끝이 바르르 떨리기 시작했다. 어떻게 해도 떨림이 멈추지 않자 주먹을 쥐어 봤으나, 오히려 꽉 쥔 손 전체가 부들부들 떨리기 시작했다.

"차도진 씨가 살아 복수가 실패로 돌아간 건 다행이었지만, 다른 사람이 죽어 버린 건 큰 불행이었죠. 그리고 그 아이는 제 친구였고, 지안 씨에게는 언니였던……."

이제야 내내 무감했던 우석의 얼굴이 온전한 슬픔으로 가득 찼다. 그러나 우석의 얼굴에 갖가지 감정이 묻어나는 만큼 지안의 얼굴에는 단 한 가지, 오직 분노만이 자리 잡고 있었다.

"그 이름, 입에 담지 마요."

지안이 서늘한 목소리로 우석의 말을 단호하게 끊어 냈다. 무슨 염치로 제 앞에서 유안의 이름을 꺼내려고 하는지, 우석의 뻔뻔함에 치가 떨렸다. 지안에게서 자신이 그토록 바라던 표정이 드러나자 우석은 희미하게 미소를 지었다. 평생 말해도 부족한 말을 한 글자 한 글자마다 진심을 꾹꾹 눌러 간신히 내뱉었다.

"미안해요."

"……미안해하면 죽은 사람이 돌아오나요?"

그러나 지안에게는 우석의 사과가 필요 없었다. 모두 부질없는 행동이었다. 우석의 미안하다는 말은 간신히 억누르고 있던 지안이 감정을 터뜨릴 수밖에 없는 도화선이 되어 버렸다.

"당신이 미안하다고 하면 나와 도진 오빠의 지난 10년을 보상받을 수 있나요?"

지나간 시간은 돌아오지 않는다. 이미 죽은 사람도 돌아오지 않는다. 고작 미안하다는 말로 넘어가기에는 여전히 견디기 힘든 쓰라린 고통이었다. 지안이 실소를 터뜨리며 되묻는 말에 우석의 눈동자가 흔들렸다.

"숨길 거면 끝까지 숨겼어야지. 내 눈앞에 나타날 마음을 먹었으면 끝까지 닥치고 있었어야지!"

지안은 속이 꽉 막히고 울화가 치밀어서 답답해진 자신의 가슴을 주먹으로 쾅, 하고 내리치며 마구 소리를 질렀다.

"죄책감인가요? 나를 보며 무슨 생각을 했어요? 이렇게 말하면 내가 용서라도 할 줄 알아요? 감히 도진 오빠의 얼굴은 어떻게 봤어요?"

다시 생각해도 뻔뻔하고 염치없는 우석의 행동에 헛웃음을 터뜨리며 중얼거렸다. 대답을 바라고 한 말은 아니었으나 물기에 젖은 목소리가 그녀를 향해 돌아왔다.

"더 못 해 먹겠다. 내가 아무것도 모르는 당신을 기만하고 있다는 게 너무 잘 보여서, 이 짓도 더는 못 해 먹겠다."

"……."

"용서를 바라고 밝힌 게 아니에요. 어떻게 용서를 바라겠어."

지안은 초점 잃은 눈으로 씁쓸하게 웃고 있는 우석의 얼굴을 바라보았다.

우석은 자조적인 웃음을 띠며 주먹을 꽉 쥐었다가 펴더니, 천천히 고개를 들었다. 당장이라도 울고 싶었다. 저를 지키기 위해 아버지가 저지른 죄의 피해자가 눈앞에 있었다. 모든 일이 자신의 탓으로만 느껴진 우석의 눈가가 벌겋게 물들었다.

"누가 그러더군요. 아주 눈물겨운 부성애였다고. 저는 그게 절 향한 저주였다고 생각하는데……."

지안은 고해 성사를 하듯이 먹먹한 목소리로 중얼거리는 우석을 가만히 눈에 담았다.

"때로는 아무것도 모르고 살아가는 게 행운일 수도 있다는 걸 알아요. 어쩌면 굳이 이 말을 하고 있는 저는 끝까지 이기적인 사람인 거겠죠. 그리고 이렇게 사라지는 것도⋯⋯."

미친 사람처럼 소리를 지르고 나니 보이지 않던 것이 보였다. 우석 역시 자신과 같은 피해자가 아닐까, 하는 그런 속 편한 생각. 우석을 향해 당장이라도 꺼지라며 욕설을 퍼붓고 싶은데 결국 냉정하게 쳐 내지도 못했다. 게다가 그가 하는 마지막 한마디가 거슬리기까지 했다.

"사라지겠다고요."

지안은 '픽' 실소를 흘리며 웅얼거렸다.

"당신이 행복했으면 좋겠으니까."

"⋯⋯."

"그리고 무엇보다도 그걸 가장 바라는 사람에게 내가 할 수 있는 최선의 사죄니까."

"⋯⋯."

"물론 말하지 말라는 경고는 내가 이미 들어먹지를 않아서. 아, 나 정말 몹쓸 놈이네."

불현듯 혹시 그라면 이것마저도 다 알고 있지 않을까, 하는 비통한 예감과 함께 도진을 떠올렸다.

"첫인상도, 마지막도 이렇게 별로네요."

뻔뻔하게 얼굴을 들이밀 힘을 다 잃어버린 우석은 숨을 짧게 내뱉고는 몸을 천천히 돌렸다.

지안은 문득 이 상황을 만들어 낸 사람이 궁금해졌다. 10년이 지났음에도 아들을, 피해자들을 이렇게도 괴롭히고 있는 우

석의 아버지가 말이다. 등을 돌린 우석을 향해 가늘게 떨리는
목소리로 물었다.

"지금은 죗값은 다 치렀나요?"

지안은 올곧은 눈으로 우석을 올려다보았다. 그녀의 질문이
의외였는지 우석은 곧바로 놀란 기색으로 고개를 돌렸지만, 이
내 얼굴은 슬프게 물들었다.

"이미 돌아가셨어요……."

가볍게 말하려고 노력했으나 결국 끝이 흔들리는 것까진 어
쩌지 못한 우석이 다시 빠르게 등을 돌려 지안에게서 멀어졌다.

지안은 멀어지는 우석을 다시 잡지 않았다. 어느덧 점이 되어
사라진 우석을 멍하니 바라보다가 느릿하게 바다를 향해 시선
을 돌렸다.

지금 기분을 한마디로 표현하면 더도 말고 덜도 말고 그냥
최악이었다. 엉엉 울고 싶었고, 소리를 악 지르고 싶었고, 그냥
아무 생각도 하지 않고 도진의 품에 안기고 싶었다.

생각이 행동으로 이어지는 건 순식간이었다. 제 번호보다 더
익숙해진 열한 자리 번호를 누른 지안은 귓가에 핸드폰을 가져
갔다. 짧은 신호음이 이어지고 난 뒤에는 그토록 듣고 싶었던,
저에게만 향하는 특유의 감미로움을 담은 목소리가 들렸다.

[응.]

"……잤어요?"

[아니, 너 기다렸는데.]

낮게 잠긴 목소리에 혹시나 제가 그의 잠을 깨운 건 아닐까

우려가 되어 물으면 잘했다는 칭찬이 돌아왔다.

묻고 싶은 것이 많았다. 우석에 대해 알고 있는지, 그가 누구의 아들인지 알고 있는지. 혹시 알고 있었다면, 다 알면서도 나에게는 아무 말도 하지 않은 이유가 무엇인지. 무엇부터 어떻게 물어야 할지 정리하지 못한 지안은 눈을 감고 어떤 말도 꺼내지 못했다.

[또 잘 안 들리나……]

종종 통신 상태가 불량했던 지역이었던 터라 이번에도 그런 줄 알고 나지막이 중얼거리는 도진의 목소리를 들은 지안이 결국 눈을 감았다.

"……오빠……."

[무슨 일이야.]

잔뜩 물기를 머금고 있는 목소리를 도진도 느꼈는지 처음과 달리 더 낮아지고 빨라진 말투였다. 지안은 끊어질 듯한 숨소리로 말을 간신히 내뱉었다.

"……오빠가 너무 보고 싶어요……."

암흑에 젖은 밤을 가로지르는 불빛을 배경 삼아 집무실 책상에 앉아 일을 하고 있던 도진은 갑자기 울리는 전화에 무심코 고개를 돌렸다가, 이내 화면에 뜬 이름에 입꼬리를 올렸다.

"응."

[······잤어요?]

"아니, 너 기다렸는데."

생각보다 낮은 목소리가 튀어나간 탓인지, 자고 있었냐는 지안의 물음에 일을 하고 있었다는 말은 쏙 빼고 넉살을 부려 봤다. 다행히도 작은 노력이 통했는지 나지막한 웃음소리가 파도소리에 묻혀 아주 옅게 들려왔다.

지안의 대답을 기다리며 들려오는 시끄러운 바닷소리가 거슬릴 법도 한데, 이것도 몇 번 들었다고 그새 익숙하게 느껴졌다. 오히려 안 들리면 섭섭하지는 않을까, 싱거운 생각을 하던 도진은 생각보다 길어지는 그녀의 침묵에 순간적으로 미간을 좁혔다.

아래로 내리간 도진의 시선이 느릿하게 움직이다가 책상 위에 있는 작은 시계에 닿았다. 새벽 1시. 지안이 다시 제 곁에 돌아오기까지 하루도 채 남지 않았다. 손에 쥔 펜을 무의미하게 굴렸다.

[······오빠······.]

"무슨 일이야."

울었는지, 물기를 머금고 있는 지안의 목소리에 딱딱하게 굳어 버린 목소리가 튀어 나갔다.

[······오빠가 너무 보고 싶어요······.]

끊어질 듯한 숨소리로 간신히 하는 말을 듣자마자 거칠게 일어선 탓에 의자가 바닥을 긁으며 뒤로 밀려나더니 벽에 쾅, 하고 부딪혔다. 소파에 앉아서 깜빡 졸았던 김 비서가 화들짝 놀라 일어나서 다가왔다.

"기다려. 지금 갈게."

도진은 조금의 망설임도 없이 결정을 내렸다.

[……아니에요. 그냥 투정 한번 부려 봤어요.]

마이크를 막고서 목을 가다듬는 건지 미세하게 들리는 헛기침 소리가 도진의 신경을 곤두세웠다. 여전히 귀에는 핸드폰을 대고 지안의 숨소리 하나조차 놓치지 않으려 온 신경을 집중하며 제 앞으로 다가온 김 비서를 향해 막힘없는 지시를 내렸다.

"우도로 갈 겁니다. 당장 전용기 준비시키고, 제주 공항에서 바로 헬기로 움직일 테니 시간 맞춰 준비해 주세요."

모든 게 전부 1분 만에 이루어진 일이다. 살면서 단 한 번도 자신의 사생활을 위해 움직인 적 없는 전용기를 선택할 만큼 다급하고 초조했다. 그럼에도 도진은 머릿속에 질서 없이 돌아다니는 말들을 흠잡을 데 없이 깔끔하게 내뱉었다.

심각한 분위기를 눈치채고 곧바로 공항에 도착하자마자 전용기가 이륙할 수 있도록 준비하는 김 비서의 목소리를 들으며 뒤에 걸려 있는 재킷을 빠르게 챙긴 도진은 문을 열고 뛰다시피 급히 주차장으로 내려갔다.

"제가 운전하겠습니다."

운전석의 문을 여는 도진을 김 비서가 급하게 막아 세웠다. 평소라면 당연히 거절했을 도진이 가만히 고개를 끄덕였다. 뒷자리의 문고리를 잡은 도진은 여전히 끊어지지 않은 전화를 붙잡고 애절하게 속삭였다.

"금방 갈게, 지안아."

내가 갈 테니 조금만 참아 달라고.

"아…… 나 무슨 짓을 한 거지?"

지안은 전용기를 탔다는 말과 함께 끊겨 버린 전화를 멍하니 바라보다가 뒤늦게 정신이 번쩍 들었다. 무턱대고 도진에게 전화를 걸었고, 그는 울먹이는 자신의 목소리 하나에 이곳까지 오고 있었다.

언뜻 김 비서님 목소리도 들렸던 것 같은데…….

아직까지 일을 하고 있었던 건지, 그리고 그 시간을 자신이 방해한 건지 생각하던 지안의 입가로 나지막한 한숨이 흘렀다. 그러나 다시 시간을 돌린다고 하더라도 똑같은 결과였을 것이라는 생각이 들었다. 엄마만을 찾는 아이처럼 머릿속에 도진밖에 떠오르지 않았다. 우석이 일으키고 간 파풍에 휘청거리다가 이성을 잃어버린 탓이었다.

이미 일어난 일, 후회하기를 포기한 지안은 나무 바닥으로 된 산책로 위에 그대로 털썩, 주저앉아 도진이 도착하기를 기다리기로 했다. 이대로 숙소로 돌아가 봤자 답답함만 커질 것 같아 내린 결정이었다.

조금 많이 사늘한 바람에 어깨를 움츠린 지안은 무릎을 얌전히 모으고 그 위에 얼굴을 묻었다. 복잡한 머리와 마음을 정리하려는 노력이라도 해야 할 것 같았다.

천천히 심호흡으로 맑은 공기를 들이켜며 생각에 잠겼다. 도진이 오면 묻고 싶은 것이 있었다. 우석은 그가 이미 다 알고 있다고 했다. 그럼 도진은 괜찮은 건지, 자신 때문에 만나지 않아도 될 우석과 마주친 그의 심정은 어땠는지, 우석과 무슨 대화를 했냐고 천진하게 묻는 말에 능청스럽게 넘어가야 했던 도진의 속은 정말 괜찮았는지.

지안은 제 속이 다 상하는 것을 느끼며 꽤 오랫동안 눈을 감고 울었다.

"내가 속상하다고 말하지 않았나?"

나른하게 들리는 목소리와 함께 생각에 잠겨 있는 지안의 어깨 위로 부드러운 재질의 재킷이 툭, 하고 무겁게 떨어졌다. 따뜻하게 몸을 감싸는 온기와 코끝에 퍼지는 익숙한 향에 지안이 고개를 천천히 들어 올렸다.

"네가 위험하게 혼자 이러고 있으면 말이야."

지안의 눈에 한쪽 무릎을 세우고 앉아 그녀를 다정하게 바라보고 있는 도진이 가득 들어찼다.

도진은 비가 오던 그 언젠가 자신을 기다리고 있던 그가 했던 말을 상기시켰다. 지안이 물끄러미 도진을 바라보자 양팔을 쭉 뻗으며 장난스럽게 코를 찡긋거렸다.

"안길래?"

지안은 제게 뻗어진 기다란 팔을 바라보다가 희미한 웃음을 흘렸다. 굵직한 힘줄이 내돋친 피부가 그대로 훤히 드러나 있었

200

다. 일을 하느라 걷어 올렸던 셔츠를 정리하지도 못하고 정신없이 달려온 것이었다.

오랫동안 한 자세로 주저앉아 있었던 터라 저리기 시작해 다리에 힘을 주기 힘들었지만 있는 힘껏 도진의 너른 품에 풀썩 안겼다. 순간적인 반동에 상체가 흔들렸지만 도진은 단단하게 버티며 지안을 끌어안았다.

저를 꽉 안아 오는 도진의 품을 실감하고 나서야 낭떠러지 끝에 아슬아슬하게 서 있던 마음에 평온이 찾아왔다. 딱 벌어진 어깨에 얼굴을 비비며 아이처럼 칭얼거리는 숨을 내뱉자 도진이 '픽' 웃음을 흘렸다.

"촬영이 많이 힘들었어?"

등을 부드럽게 문지르며 다정하게 묻는 목소리에 울컥, 눈물이 솟은 지안은 고개를 더 깊숙이 파묻으며 웅얼거렸다.

"……오빠는 대체 어떻게 살았어요?"

"응?"

"어떻게 이 모든 걸 혼자 삼키고 살았어요?"

지안은 자신과 닿아 있는 도진의 몸이 뻣뻣하게 경직되는 것을 느끼고 얼굴을 떼어 냈다. 감았던 눈을 느릿하게 다시 뜬 지안은 오른손을 들어 도진의 볼 위에 얹었다.

도진은 눈썹을 꿈틀거리다가 지안의 손을 그의 손으로 감싸고 주물렀다. 밖에 오래 있었던 탓에 기본적으로 남들보다 차가운 그녀의 손이 마치 얼음장 같았기 때문이다. 따뜻한 봄의 날씨와는 전혀 어울리지 않는 온도에 그의 얼굴에 그늘이 졌다.

한참을 지안의 손을 만져 따뜻하게 만들던 도진이 자신의 손과 지안의 손이 비슷한 온도가 되자 나직이 말했다.

"괜찮았어."

"거짓말."

지안은 짧은 숨을 새근거리며 도진의 말을 부정했다. 그는 항상 괜찮은 사람이었으니까. 자신 앞에서는 모든 것이 괜찮다고 말하는, 그런 사람이었으니까 그녀는 괜찮다는 말이 진심처럼 느껴지지 않았다. 도진은 눈에 그렁그렁 눈물이 가득 찬 채 야무지게 말하는 지안을 보며 '픽' 웃었다.

"정말 다 괜찮았어. 네가 살아 있으니까."

나긋하게 말을 하는 도진의 모습에 지안은 파들파들 떨리는 눈꺼풀을 진정시키기 위해 노력했다. 하지만 쓰라린 눈가에 도진의 손이 닿자 그대로 힘을 모두 풀고 두 눈을 감았다. 도진은 청각에만 의존하는 지안을 다시 너른 품으로 안았다. 부드럽게 스치는 머리를 쓰다듬으며 그도 눈을 감고 중얼거렸다.

"사실 기억이 나지 않아. 네가 없을 때 어떻게 살았었는지."

"……."

"지금이 너무 행복해서 하나도 기억이 나지 않아. 그래서 정말 괜찮아."

부드럽게 스치는 머리를 쓰다듬으며 도진도 눈을 감았다.

"그러니까 너도 괜찮았으면 좋겠는데……."

지안은 차마 고개를 들지 못하고 고개를 연신 끄덕였다. 지금 당장은 안 괜찮아도, 자신은 이런 도진을 위해 괜찮아야 했다. 도진은 무작정 고개를 끄덕이는 지안 때문에 웃음을 터뜨렸다.

"이거 봐. 난 너 때문에 웃어. 그러니까 지나간 이야기는 그만하자. 계속 울 거잖아."

"왜 아무것도 묻지 않아요? 내가 뭘 알았는지, 왜 이러는지."

문득 지안은 도진의 얼굴을 보자마자 감정이 격해져서 우석의 이름조차 꺼내지 않고 눈물부터 터뜨린 것이 생각났다.

"네가 나 때문에 이곳에서 갑자기 울고 있을 가능성은 딱 하나뿐이라서."

도진은 언제나 그렇듯, 저를 향하고 있는 모든 것을 눈치채고 대수롭지 않게 말을 했다. 지안은 헌신과 다를 바 없는 사랑에 행복해서 웃어야 할지, 감동받아서 울어야 할지 갈피를 잡지 못하다가 결국 눈물을 꾹 참고서 웃어 보였다.

"작가님이 그러더라고요. 제가 행복하기를 바란다고."

"……."

"그게 오빠가 가장 바라는 일이라서 작가님도 자신이 할 수 있는 최선을 다해 제 행복을 바랄 수밖에 없다고."

가혹할 만큼 쓸쓸하고 외로웠던 우석의 뒷모습을 떠올리자 입 안이 썼지만, 지안이 끝내 웃는 것을 선택한 이유였다.

"역시 영리한 사람이네."

도진은 일부러 가벼운 어조로 우석을 칭찬하며 분위기를 풀었다. 지안은 우석이 했던 말을 전하자 제 눈이 정확하다는 듯 뿌듯하게 웃는 도진을 이해할 수 없는 눈으로 바라보았다.

"밉지 않아요?"

"안 미워. 그러니까 너도 미워하지 마."

"하지만……."

"이제 더 이상 울지도 말고, 힘들어하지도 말고."

분노에 휩싸여 앞뒤 재지 않고 우석을 몰아붙였지만, 이상하게 그를 미워할 수 없었다. 그러나 도진을 생각하면 억지로라도 미워해야 한다고 무의식으로 생각했는데, 오히려 도진은 단호하게 고개를 저어 보였다.

"너도 이제 알잖아. 내 세상이 너로 인해 돌아가는걸."

무덤덤한 목소리로 전하는 낭만적인 말은, 이상하게 감정을 실은 목소리보다 더 격하게 심장을 반응하게 했다.

"그러니까 그런 거는 이제 하지 말지. 나 그거 보는 거 너무 힘들어……."

내내 초연했던 도진의 얼굴이 순간 짧게 흐트러졌다. 미묘하게 어긋나는 얼굴을 놓치지 않고 본 지안은 결심했다. 그를 위해서라도 목에 가시처럼 걸린 이 체증을 이겨 내기로 말이다.

지안은 도진의 목덜미를 제 손으로 감싸 안았다. 제가 당기는 대로 느릿하게 아래로 떨어지는 도진의 얼굴에 입을 맞췄다. 맞닿은 입술이 녹녹하게 마찰을 일으켰다. 짧은 거리를 사이에 두고 오가던 숨결이 도진의 손으로 인해 멈췄다.

"안 되겠다. 들어가자. 몸이 차가워."

도진이 걱정스럽게 지안을 바라보았다. 봄을 지나 여름을 향해 가고 있는 지금과 어울리지 않는 공기였다. 하필 오늘 갑자기 추워진 날씨를 원망하며 지안을 일으켜 세웠다.

"근데 오빠는 어디서 자려고요?"

지안은 도진의 힘에 얼떨결에 일어서며 물었다.

"나, 잘 곳 없는데?"

능청스럽게 웃으며 도진은 몽글몽글함으로 가득 찼던 지안의 마음에 찬물을 확 부어 버렸다. 도진은 눈을 동그랗게 뜬 지안의 이마에 쪽, 하고 입술을 맞췄다. 그러나 달달한 입맞춤에도 지안의 얼굴은 심각하게 변했다.

"잘 곳이 없다고요?"

"응."

"지금 이 시간에 잘 곳이 없다고요?"

믿을 수 없다는 듯이 물으며 시계가 매인 도진의 손목을 들어 올려 시간을 확인하는 지안을 향해 당연하다는 듯이 고개를 끄덕이는 도진이었다. 새벽 3시가 가까워진 시각이었다. 물론 제주도로 돌아간 헬기를 언제든지 다시 띄우기 위해 호텔에서 눈을 부릅뜨고 그를 기다릴 김 비서가 있었지만, 도진은 지안의 앞에서 모른 척하기로 결정했다.

이런 도진의 생각을 알 리 없는 지안의 머릿속은 바쁘게 굴러갔다. 이 시간에 숙소를 잡을 수 있을까. 규모가 제법 있는 호텔은 이미 드라마 촬영을 위해 제작사에서 전부 예약을 했다고 들었다.

"그럼 어떡하죠?"

"너랑 자면 되지."

처음부터 도진은 지안을 믿고 온 것인지 아무렇지 않게 말했으나, 지안의 얼굴은 더 심각하게 변했다. 스위트룸으로 두 개의 방이 구별되어 있기는 하지만 자신은 아리와 같은 방을 쓰고 있었다. 게다가 고작 오십여 개의 객실이 있는 호텔을 오직 배우들만을 위해 통째로 빌린 곳이었다.

지안의 시선이 천천히 도진에게 닿았다. 어딜 가나 눈에 띄는 체격에, 그것보다 더 눈에 띄는 외모까지. 도진을 가릴 수 있는 것이라고는 그가 제게 걸친 재킷뿐인데, 이걸 얼굴에 뒤집어쓰고 들어가는 것도 이상했다.

"아무한테도 들키지 않을 수 있을까요?"

아리는 이미 도진의 존재를 알고 있으니 사정을 말하면 되었지만, 문제는 방에 들어가기 전에 호텔을 지나치면서 혹시라도 만날지도 모르는 다른 배우들이었다. 걱정스러운 얼굴로 도진을 향해 묻자 어깨를 으쓱였다.

"글쎄. 운명에 맡겨야 하지 않을까?"

모든 가능성을 재고 따지는 도진답지 않은 말이었다. 낮게 한숨을 내쉰 지안은 어쩔 수 없이 도진과 나란히 서며 그의 손에 제 손을 넣었다. 도진이 손을 꽉 붙잡자, 지안은 발걸음을 천천히 옮겼다.

"누구 없죠?"

지안은 호텔 입구에 도착하고 나서부터 계속 두리번거리며 도진을 향해 끊임없이 물었다. 키가 작은 자신보다는 키가 큰 그의 시야가 더 넓겠지, 생각하며 촉각을 곤두세우는 지안을 보던 도진의 입새로 옅은 웃음이 흘러나왔다.

"아무도 없으니까 이제 편하게 걸어."

지안은 저도 모르게 긴장을 하고 몸을 움츠렸던 건지, 도진이 자세를 잡아 주고 나서야 굉장히 불편한 자세를 취하고 있었다는 것을 깨달았다. 민망함에 머쓱하게 웃다가도 환하게 켜진 로비로 들어와서는 걸음을 빨리했다.

"얼른 와요!"

"너무 빠른 거 아니야?"

늦게 오는 도진을 보며 지안이 얕게 타박하자 도진은 생판 남인 것처럼 멀찍이 떨어져서 걷는 지안을 보며 웃었다.

삐리릭―.

다행히 아무도 없는 틈을 타 재빠르게 방에 도착한 지안이 낮은 한숨을 내쉬었다.

"아리는 자고 있을 거예요. 일어나면 설명……."

"언니……? 차도진 님……?"

뒤에서 들리는 밝은 목소리에 지안이 흠칫 놀라며 몸을 돌리자 물을 마시던 건지, 컵을 손에 들고 있는 아리가 멍하니 도진을 올려다보고 있었다.

"아…… 그게…… 일이 좀 있어서 오빠가 갑자기 오게 되었는데, 잘 곳이 마땅치 않아 가지고……!"

"잠시 신세를 져도 괜찮을까요?"

이렇게 바로 아리와 마주칠 줄은 생각하지 못했던 지안이 당황한 나머지 두서없이 말을 하자 도진이 지안의 어깨를 감싸 안으며 제법 환하고 부드럽게 입꼬리를 올려 미소를 지었다.

"그…… 그럼요! 편하게 지내세요! 저는 없는 사람처럼 여기서도 괜찮아요! 조용히 있을게요!"

"그러실 필요 없습니다. 방이 떠나갈 듯이 노래를 하셔도, 볼륨을 최대로 키운 TV를 보셔도 좋습니다. 꼭 편하게 밤을 보내주세요."

"네?"

도진의 말에 당황한 건 아리뿐만이 아니었다. 옆에서 가만히 듣는 지안에게조차 이상한 말이었다. 오히려 시끄럽게 굴어 달라는 부탁처럼 느껴지는 괴상한 말에 도진의 등을 밀며 지안은 자신의 방으로 들어갔다.

"고마워, 아리야, 내가 내일 자세히 설명해 줄게! 잘 자! 내일 보자!"

아리를 향한 인사를 잊지 않고 침대가 있는 방까지 들어온 지안은 목소리를 낮추어 도진을 타박했다.

"방금 그게 무슨 말도 안 되는 말이에요?"

"강아리 씨 방은 어디지?"

"아까 걸어온 거실 지나서 반대쪽 끝…… 읍!"

대뜸 아리의 방 위치를 묻는 도진에게 설명하던 지안은 곧바로 먹힌 입술에 놀라 단단한 가슴을 여러 번 힘껏 손바닥으로 쳤으나, 도진은 밀리지 않았다. 그녀는 오히려 더 깊숙하게 밀고 들어오는 혀를 느끼고 동공이 끝도 없이 확장되었다.

거리낄 것 없다는 듯이 마음껏 지안의 입 속을 유영하던 도진

208

은 그녀의 귓가에 낮게 속삭였다.

"방이 멀어서 다행이군. 혹시라도 소리가 들리면 곤란하잖아."

깊고 짙은 도진의 눈매가 길게 휘었다. 그의 말과 표정을 통해 앞날을 직감한 지안은 설마, 하는 표정으로 돌처럼 굳었다.

"……아니죠?"

"왜 아니라고 생각해?"

짓궂은 웃음을 흘리는 커다란 실루엣이 지안을 덮쳤다. 잡아당기기 좋게 넥타이를 느슨하게 푼 도진이 허리를 숙였다.

"내가 기대한다고 하지 않았나? 이걸 어떻게 풀어낼지."

낮은 목소리로 똑떨어지는 말에 불현듯 도진의 얼굴을 마지막으로 본 날을 떠올렸다. 그를 자극해 놓고 스케줄을 핑계 삼아 도망쳐 온 것이 끝이었다. 지안은 어색하게 웃음을 띠었다.

"지금…… 여기서……?"

지안은 부디 농담이길 바라는 마음으로 느릿하게 말을 뱉었다. 사실 말이 되지 않았다. 아리가 떡 하니 룸에 있는데 망측한 행동을 할 수는 없었다. 그러나 도진의 생각은 저와 달라 보였다. 어깨를 으쓱인 도진은 셔츠 자락을 애처롭게 붙잡고 있는 지안의 손을 겹쳐 잡고 자신의 넥타이를 잡았다. 검푸른 실크 넥타이가 매끄럽게 풀리는 것과 동시에, 지안의 눈이 스르르 감겼다.

철컥―.

도진의 손가락이 지안의 허리를 아슬아슬하게 스쳐 지나가더니 문을 잠갔다.

"지금, 여기서."

제가 말한 것과 똑같이 내뱉는, 단호한 도진의 목소리를 들으며 지안은 이제 그저 이 호텔이 뛰어난 방음을 자랑하기를 바라는 수밖에 없었다. 그렇게 마음먹기가 무섭게, 돌연 지안은 신음을 터뜨렸다. 갈 곳 잃은 손은 아직 벗지 않은 도진의 셔츠 자락을 움켜쥐었다.

"아!"

도진이 지안의 입천장을 둥글게 휘젓더니 모자라는 듯 더 갈구하는 손길로 그녀의 머리카락 사이로 손가락을 넣어 바짝 당겼다. 그러고는 문을 등받이 삼아 지안이 도망치지 못하게 몰아세우듯 키스를 퍼부었다.

지안은 제게로 쏟아지는 도진의 힘이 버거워 뒷걸음질을 쳐 도망치려고 했으나, 애석하게도 문에 가로막혀 더 이상 밀려날 공간이 없었다. 지안이 그의 힘을 이기지 못하고 자꾸만 문에 쿵쿵 부딪히자, 그녀의 뒷머리를 도진은 자신의 손으로 감싸 안고 다른 손으로는 그녀를 들어 올렸다.

도진이 침대에 지안을 내려 두고 그의 셔츠를 벗어 던질 동안 움직임의 자유를 찾은 지안은 팔꿈치로 상체를 일으켜 세우며 속삭이는 듯한 작은 목소리로 도진을 말렸다.

"오빠…… 아무래도 이건 아닌 것 같은데……!"

도진은 잔뜩 불안한 눈동자로 그를 올려다보는 지안을 보며 얄궂게 웃었다. 저런 표정을 어떻게 숨기고 살았나 싶을 만

210

큼 스릴 넘치는 상황에서 더욱더 빛을 발하는 다채로운 표정에 지안은 힘없이 웃음을 흘렸다.

"……살살해야 해요……."

"참아 보지."

자포자기하는 심정으로 먹힐까 싶은 간절한 부탁을 속삭인 지안은 눈을 질끈 감았다. 그러나 역시 돌아오는 대답은 그리 믿음직스럽지 않았다.

"그만……!"

아직 본격적인 게임은 시작도 안 했는데 속도 모르고 무자비하게 터져 나오려는 신음을 어떻게든 참으려 지안은 자신의 손을 입에 무작정 넣어 버렸다. 그리고 가느다란 손가락에 상처가 나는 것도 아랑곳하지 않고 꽉 깨물었다. 그걸 놓치지 않고 본 도진이 그의 손을 대신 입 속으로 집어넣었지만, 지안은 온몸에 힘을 잔뜩 주고서라도, 턱이 점점 아리더라도 도진의 손가락에 잇자국이 선명하게 남는 것만큼은 방지했다.

그러나 지안의 정신이 마하의 속도로 달나라를 향하고 있는 와중에도, 도진은 그녀가 만들어 낸 작은 소리에도 민감하게 반응하며 수십 번 몸을 일으켰다. 그러다 도톰하게 부푼 지안의 입술을 지그시 응시하던 도진이 '피식' 웃고는 엄지를 들어 자신을 견디느라 빨개진 그녀의 입술을 누르며 말했다.

"예뻐서 봐줬다."

예뻐서 봐줬다고 말은 했으나, 사실은 혹시라도 아리가 듣거나 혹은 피치 못할 사정으로 방문을 두드리거나 하면 어쩌나 싶었던 지안이 잔뜩 예민해진 채 긴장해 집중을 전혀 하지 못한 탓이었다.

지안을 이렇게 불안하게 만들며 괴롭힐 마음은 전혀 없던 도진이 웃음을 터뜨리다가 지안의 머리를 쓰다듬으며 부드럽게 입을 맞춘 뒤에 한발 물러났다. 그러나 이미 화가 나 버린 아래는 그도 어쩔 도리가 없었다.

욕실에서 해결하기 위해 몸을 일으켜 세우는 도진을 멍하니 바라보던 지안은 순간적으로 휙, 도진을 아래로 눕혔다. 몸을 바로 세우기도 전에 지안이 밀어 버리자 도진은 중심을 잃고 그녀가 원하는 대로 쉽게 침대에 눕혀졌다.

순식간에 뒤바뀐 자세에도 당황하지 않고 물끄러미 지안을 올려다보며 다음 행동을 가만히 지켜보던 도진은 '피식' 웃음을 터뜨렸다. 투명한 눈이 반짝 빛을 내며 오른손은 도진의 목뒤에, 왼손은 가슴 위에 얹으며 일정한 속도로 토닥이기 시작하는 행동은 늘 자신이 그녀에게 해 주던 것이었다.

"내가 재워 줄게요."

호기롭게 도진을 끌어안은 것이 무색하게, 오히려 지안이 너른 품에 폭 안겨 버린 모양새였지만 그녀는 개의치 않고 도진의 얼굴에 자신의 얼굴을 바짝 붙였다.

"잘 자요."

달콤한 목소리를 끝으로 지안은 한참 동안 토닥임을 멈추지 않았다. 이윽고 도진은 제 귓가에서 느껴지던 따뜻한 숨결이 한결 가라앉기 시작하자 어이없는 웃음을 터뜨렸다.

"이건 어쩌라고."

도진은 자신은 난감한 모습으로 옴짝달싹 못하게 묶어 놓고 혼자 평화롭게 눈을 지그시 감고 있는 지안을 향해 낮게 속삭였다. 그러나 커다란 곰인형을 끌어안듯이 자신을 끌어안고서 대답이 없는 지안을 보며 결국 마른세수를 했다.

"오늘 당한 건 서울로 돌아가서 두 배로 보답하지."

도진은 낮게 속삭이며 눈을 꼬옥 감고 있는 지안의 볼을 아주 약하게 꼬집었다.

날이 밝기도 전에 도진은 헬기를 타고 다시 제주도로 돌아갔다. 바로 출발했다면 이미 서울에 도착했을지도 몰랐다. 지안은 영화보다 더 영화 같았던 지난밤을 떠올리고는 몸서리를 치며 고개를 저었다.

지안은 잠을 거의 못 자기도 했지만 사람이 느낄 수 있는 모든 종류의 감정을 다 느낀 탓인지, 몰려오는 피곤함을 물리칠 방법이 없었다. 자꾸 새어 나오는 하품을 크게 하다가 턱이 어긋나는 느낌이 들어 손으로 볼을 부여잡고 입을 벌렸다가 오므렸다가를 반복했다.

"내 발등을 내가 찍었지."

지안은 나지막이 중얼거리며 헛웃음을 터뜨렸다. 아직도 얼얼한 입가가 증거였다. 방에서 아리가 짐을 다 싸고 캐리어를 끌고 나오며 거실에 앉아 얼굴을 매만지는 지안에게 다가왔다.

"차도진 님은 가셨어요?"

"응. 밤에 당황스러웠을 텐데, 아무것도 묻지 않아 줘서 고마워."

자신과 아리, 단둘이 머무는 방인데도 누가 들을까 주위를 살피며 조심스럽게 묻는 아리를 보고 지안은 웃음을 터뜨리며 고개를 끄덕였다.

도진이 가는 것을 배웅하고 돌아온 지안은 내내 거실에 있었다. 그러나 날이 밝고 한참이 지나도 아리가 거실로 나오지 않길래 방에 들어가 보니 안대와 이어폰을 끼고 누워 있는 그녀를 볼 수 있었다. 원래 습관인지 아니면 일부러 자신 때문에 무장을 하고 잔 것인지 모르겠지만, 괜히 미안했다.

지안이 미안함과 고마움을 동시에 전하자 아리는 해맑은 얼굴로 고개를 저었다. 그러다가 이내 걱정스러운 얼굴로 물었다.

"아니에요! 언니는 괜찮으세요?"

"어……? 뭐가?"

순수한 아리의 얼굴을 보니 괜히 가슴이 뜨끔했다. 혹시나 하고 느릿하게 되묻자 손가락으로 자신의 볼을 콕 가리키며 묻는 아리였다.

"턱 아프신 거 아니에요? 아니면 치아인가? 계속 그쪽을 부여잡고 계시길래."

"아니야! 그냥 좀 간지러워서……!"

너무나도 정확한 아리의 말에 당황한 지안은 고개를 도리도리 저었다. 그러나 곧 제가 생각해도 썩 납득이 가지 않는 변명에 속으로 울어야 했다. 누가 봐도 아리의 말처럼 턱이 아픈 사람처럼 만진 것을 자신이 제일 잘 알고 있었으니까.

"혹시 알레르기가 올라온 거 아니에요? 호텔에 약이 있겠죠?"

"그건 아니고…… 우리 슬슬 모여야 하는 시간 아닌가?"

"아! 이제 나가면 될 것 같아요!"

"그래! 얼른 나가자!"

지안은 순수한 아리가 성의 없는 변명에도 쉽게 넘어간 덕분에 말머리를 아주 쉽게 돌릴 수 있었다. 그녀는 깊은 한숨을 내쉬며 배 시간에 맞춰 호텔 밖으로 아리와 나갔다.

비행기에서 내려 땅에 발을 딛자마자 이곳저곳에서 피곤에 전 목소리가 흘러나왔다.

"그나저나 작가님이 계속 안 보이시네요?"

각자의 매니저들이 차를 가지러 가 출구를 눈앞에 두고 옹기종기 모여 시시콜콜한 이야기를 나누던 중, 선오가 의아한 목소리로 물었다. 지안은 무언가를 깨달은 사람처럼 순간적으로 눈동자에 초점이 탁, 풀려 버렸다.

"아, 우석이 떠났어."

예사로운 민호의 말투보다 떠났다는 말이 더 뇌리에 박혀 버린 지안은 떨리는 눈빛으로 민호의 다음 말을 기다렸다.

"응? 떠나다니?"

"우리 드라마 대본 다 나왔잖아. 쉬어야 한다며 여행 갔어. 헝가리라고 했나? 아무튼 오늘 아침에 먼저 인천으로 가서 바로 비행기 탔을걸?"

"그러면 우리 남은 촬영은 어떻게 해?"

"대본이 바뀌는 것도 아니고, 연락을 못 하는 것도 아니고. 일이 생기면 인터넷 되고 전화 되는데 무슨 상관이야."

민호와 선오의 대화를 가만히 듣던 지안은 흔들리려는 목소리를 가다듬고 끼어들었다.

"언제 돌아오신대?"

"몰라. 왜?"

"아니, 우리 곧 마지막 촬영이잖아. 종방연도 해야 하고……."

이런저런 핑계를 대며 자연스럽게 대화를 이어 나갔다.

"원래 여행 떠나면 오픈티켓으로 끊는 애라서 잘 모르겠네."

그런 노력에도 원하는 답을 들을 수는 없었다. 귀국 날짜를 정하지 않고 여행하는 것이 적어도 우석에게는 특이한 일은 아니었는지, 민호가 어깨를 으쓱이며 말했다.

지안은 아무도 듣지 못할 정도의 작은 한숨을 내쉬었다. 자꾸만 위태롭게 걸어가던 우석의 뒷모습이 마음에 걸렸다.

"그리고 보니까 오늘이 우리 첫 방송 날이잖아?"

"집에 들어가서 씻고 나오면 바로 시작할 것 같아!"

"사람들 반응 기대된다! 우리 첫 방송부터 둘이 찐하게 키스하잖아! 딥 키스 엔딩!"

그러나 지안은 곧 아리와 선오의 천진하고 들뜬 목소리로 인해 우석 때문에 어지럽던 머릿속이 싹 정리가 되었다. 깨끗하다 못해 아주 새하얀 백지장처럼 말이다.

"……어?"

"야! 이게 밖에서 막 스포일러를 하네?"

급히 좌우를 둘러보며 선오에게 핀잔을 주는 민호를 포함해, 대화를 나누고 있는 네 사람 중에서 불행하게도 1화의 대본을 잊고 있었던 사람은 지안 혼자뿐이었다.

1화에 키스 신이 전부였었나?

벌써 까마득하게 느껴지는 첫 촬영이었다. 그동안 워낙 많은 장면이 존재했고, 똑같은 세트장에서 찍은 다른 내용만 여러 개였다. 마치 전생과도 같은 기억이었다.

"어? 차 왔다! 다들 얼른 들어가서 맥주 한 캔 들고서 챙겨 보자고!"

선오는 손가락으로 지안과 민호를 가리키며 장난스럽게 웃었다. 일렬로 배우들의 차가 서자 안전상의 이유로 다들 빠르게 흩어졌다. 알 수 없는 초조함에 지안은 그녀가 차에 오르자 부드럽게 차를 출발시키는 경석을 향해 입술을 열었다.

"오빠, 나 오늘 다른 스케줄은 없지?"

"있을 리가 없지. 지금까지 내내 촬영하고 온 애한테 무슨 스케줄을 들이밀어?"

"응? 다시 생각해 봐. 정말 없어?"

"왜 그러냐? 꼭 일을 더 하고 싶은 사람처럼. 없어! 없다고!"

경석은 자꾸만 있지도 않은 스케줄을 바라는 듯한 지안을 힐끔 보다가 어이없는 웃음을 터뜨리며 핸들을 돌렸다.

지안은 혹시나 하고 바란 아주 작은 희망이 무너지자 피곤한 두 눈가를 문지르며 푹신한 의자에 몸을 기대고 발 받침대 위로 다리를 쭉 뻗었다. 까짓것, 될 대로 되어라, 하는 심정이었다. 빠르게 스쳐 지나가는 창밖 풍경을 눈에 담은 지안은 눈을 질끈 감았다.

"오늘도 자기는 글렀네."

안타까운 자신의 미래를 예견한 탓에 지금이라도 부지런히 눈을 붙여야 했다.

삐리릭—.

도어 록이 잠기는 소리를 배경 삼아 느릿하게 집 안으로 들어선 지안은 주위를 둘러보았다. 깜깜하고 고요한 집 안은 아무도 없다는 것을 나타내고 있었다. 스멀스멀, 차오르는 기대감에 지안의 입꼬리가 서서히 위로 올라갔다.

도진은 바쁜 사람이었다. 분명 우도에 있는 자신에게 달려오기 전까지도 일을 하고 있었을 사람이었다. 그러니 급하게 처리해야 할 일이 생기는 건 충분히 가능성이 높았다. 물론 자신도 도진과 함께 오순도순 자신이 찍은 드라마를 보면서 촬영 중에 생긴 소소한 에피소드를 말하며 시간을 보내고 싶었다.

그러나 문제는 연인 사이에 함께 보기 어려운 장면이었다. 차라리 건우와 찍었던 '메리고라운드'를 보았더라면 이 정도까지 걱정되지 않았겠지만, '타성'은 열다섯 살인 척하는 열아홉 살의 드라마였다. 게다가 공중파 방송이었다면 상상도 못 했을 파격적인 장면이 1화부터 떡하니 나올 예정이었다.

지안은 도진을 옆에 두고서 뻔뻔하게 다른 남자와 키스하는 자신을 볼 자신이 없었다. 도진이 들으면 서운한 말이겠지만, 오늘만큼은 그가 일이 많은 게 얼마나 다행인지! 축 처졌던 어깨가 바짝 올라가며 콧노래가 절로 흘러나왔다.

냉장고에서 시원한 맥주를 꺼낸 지안은 소파를 놔두고 바닥에 털썩, 주저앉았다. 캔을 따자 치이익, 하고 흘린 맥주를 다급하게 홀짝이는 지안의 머리 위로 '피식', 웃음을 흘리는 소리가 울렸다.

깜짝 놀란 지안이 느릿하게 고개를 올리자, 도진이 슬랙스 주머니에 손을 꽂고 그녀를 내려다보고 있었다. 옷이 꽤 편해 보이는 것을 보니, 아무래도 건너편 집에 있다가 온 듯했다. 영화관보다 사운드에 더 공을 들인 TV 소리에 그가 들어오는 소리가 묻혀 듣지 못한 것 같았다.

"……왜 왔어요?"

툭, 하고 튀어나온 속마음에 도진의 눈가가 꿈틀거렸다. 지안은 미세한 표정 변화를 눈치채고 고개를 빠르게 저었다. 지안이 뭉그적거리며 도진이 앉을 공간을 만들자, 그는 털썩, 하고 주저앉았다.

불행인지 다행인지 알 수 없는 60분은 빠르게 흘러갔고, 가이드를 들어 보고 좋다고 입이 마르고 닳게 칭찬했던 OST가 흘러나왔다. 드라마의 끝을 알리는 신호였다. 지안은 슬그머니 도진의 눈치를 보아야 했다. 도진의 얼굴과 커다란 화면을 번갈아 보던 그녀는 살결 가득한 장면에 놀라 얼어붙었다.

이것도 1화였어?

새하얀 침대 위, 새하얀 이불 안에 행복한 얼굴로 서로 붙어 누워 있는 사람들은 타성의 주인공인 자신과 민호였다.

무자비하게 흔들리는 눈동자가 화면에서 떨어져, 천천히 도진에게로 옮겨 갔다. 아주 야단이 났다. 아무래도 TV 크기가 너무 큰 것 같았다. 영상을 볼 때 더 실감 나길 바라고 산 것은 맞았고, 늘 그것에 대한 후회가 없었지만, 오늘은 당장 가져다 버리고 싶을 만큼 역효과를 내는 중이었다.

그러다가 화면 뚫리겠어요.

도진은 눈도 깜빡이지 않고 화면 속으로 들어갈 기세로 바라보고 있었다. 완벽한 무표정으로, 고개 한 번 돌리지 않았다. 한 장면도 놓치지 않겠다는 의지가 굳건한 사람처럼 보였다.

다음 화를 예고하며 크레디트가 올라가자 혀로 볼 사탕을 만들어 입 안에서 굴리던 도진의 눈길이 드디어 화면에서 떨어졌다. 그리고 지은 죄는 없지만 조그맣게 고개를 내미는 죄책감에 눈을 마주치지 못하는 지안을 보며 '픽' 웃음을 터뜨렸다.

"고해 성사라도 하고 싶은 얼굴인데?"

"하면 받아 줄 거예요?"

"봐서."

지안은 생각보다 가라앉지 않은 도진의 목소리 톤과 장난기가 섞인 얼굴을 보고 안도하며 옳다구나 하고 덥석 물었지만 쉽게 넘어갈 생각이 없어 보이는 도진의 나른한 시선에 입술을 삐쭉이며 내밀었다. 도진의 수려한 입매가 씨익 올라갔다. 그러더니 갑자기 벌떡 일어나 한 팔은 지안의 무릎 밑에 넣고, 다른 한 팔로는 등을 감싸며 그녀를 단숨에 들어 올렸다.

"으어?"

순식간에 붕 들린 지안은 쫑긋하게 앞으로 내밀었던 입술을 쑥 집어넣으며 눈을 동그랗게 떴다. 떨리는 눈동자로 도진을 바라보자, 그가 비스듬히 얼굴을 기울였다.

"내가 돌아오면 두 배로 보답하겠다고 했지?"

도진은 지금 작정하고 한 말을 성실하게 지킬 생각이었다.

"나랑 마저 하면 되겠네."

지안은 위험해 보이는 도진의 시선에 겁이 나면서도 가슴은 쿵쿵, 뛰기 시작했다.

"저기서 끊긴 베드 신."

누구의 것인지 모를 뜨거운 숨이 흘러나왔다. 도진이 느릿하게 지안의 귓불을 훑었다.

지안은 금방이라도 부러질 듯한 가늘고 긴 손가락으로 시트를 쥐어뜯기도 했고, 자신의 머리를 쥐어뜯기도 했고, 베개까지 가만히 놔두지 않았는데, 도진의 몸에 닿기만 하면 손톱을 숨기기 위해 필사적으로 주먹을 쥐었다. 좀처럼 고쳐지지 않는 습관이었다. 도진은 지안을 보며 나른하게 속삭였다.

"내가 누누이 말했지만, 언제든지 상처 내도 된다고 했지."

지안은 팔을 꺾어 가면서 애처롭게 딱딱하게 굳어 있는 상완근을 붙잡았다. 그러나 여린 상체와 가느다란 팔이 벌어진 덕분에 도진은 그 사이로 근육이 두드러진 자신의 팔을 집어넣어 그녀를 더욱 강하게 끌어당겼다.

전류에 감전이라도 된 사람처럼 온몸이 찌릿찌릿한 쾌락에 젖었던 지안은 도진의 손길에 순간 힘이 탁, 하고 풀려 손톱으로 그의 왼쪽 어깨를 긁어 내렸다. 타이트한 스케줄로 인해 관리를 받지 못해 길어진 손톱이 도진의 어깨 위에 기다랗게 이어진 흉터 위로 붉은 자국을 덧대었다.

"아직 한참 남았어."

지안을 뒤에서 끌어안은 도진이 그녀의 귓가를 잘근잘근 씹으며 나직이 말했다. 이 정도 속도로 만족하기에는 아직 멀었다.

두 배로 보답하겠다고 했던 말을 끝까지 지키기 위해 도진은 이미 움직이려는 의지를 잃어버린 지안을 제 손으로 직접 움직이기 시작했다.

점점 힘이 빠져 가는 지안을 보던 도진은 결국 눈썹을 꿈틀거리며 그녀의 오른쪽 발목을 붙잡고 그녀의 다리를 자신의 허벅지 뒤로 넘겼다. 서로가 서로를 휘어 감는 형상이었다.

"잠깐…… 잠깐만……!"

지안은 계속 밀고 들어오는 도진 때문에 점점 앞을 향해 꿈틀거렸다. 그녀로서는 바로 뒤에서 건실하게 버티고 있는 그를 피하기 위한 아주 작은 방패이자 극도의 노력이었다.

"안 돼. 너무 느려."

그렇지만 도망가는 지안을 가만히 놔둘 도진이 아니었다. 그녀가 그에게서 떨어지면 떨어질수록 더 바짝 붙어 버렸다.

지안은 더운 호흡을 내쉬다가 눈을 질끈 감고 고개를 뒤로 젖혔다. 도진이 압도적인 존재감을 내뿜는 바람에 눈을 떠도 머리가 흔들렸고, 눈을 감아도 정신이 아득해졌다. 감긴 눈가에는 눈물까지 맺혀 있었다.

도진의 어깨에 머리를 걸친 그녀의 귓가로 도진의 거친 숨소리도 흘러 들어갔다. 줄곧 규칙적으로 움직이던 도진은 자신은 침대에 털썩, 누워 버리고, 지안은 일으켜 앉혔다.

지안은 정신을 차려 보니 어느새 도진의 위에 앉아 있는 자신을 알아차렸다. 도진의 시선은 위로 향했고, 자신의 시선은 아래로 향했다. 허공에서 마주친 눈빛은 옅은 갈색 눈동자를 물결치듯 일렁이게 만들었다.

"하아……."

도진은 진동하는 숨을 몰아쉬는 지안을 가만히 올려다보다가 이내 씨익 입꼬리를 위로 끌어 올렸다. 그러더니 툭, 하고 그녀의 몸을 살짝 튕겨 냈다.

"흐으, 진짜……!"

지안은 조금도 쉴 틈을 주지 않고 재촉하는 듯한 도진을 휙, 하고 째려보았다. 결국 이를 악물고 무거운 몸을 이끌면, 도진은 그런 그녀를 귀엽다는 듯이 바라보며 웃음을 터뜨렸다. 힘든 기색이 전혀 없이 즐거워 보이는 도진의 모습에 괜히 오기가 생긴 지안은 입술을 깨물었다.

그러나 교감 신경을 하나하나 자극하는 박자에 도진의 상체를 짚고 있는 지안의 팔이 부들부들 떨리다가 이내 털썩, 하고 상체가 엎어졌다. 힘이 다 풀려 버려서 움직일 수 없었다.

조금만 쉬자고 외치려던 지안의 애절한 말은 먼저 선수를 쳐 버린 도진으로 인해 사라져 버렸다.

"그래. 그러면 내가 할게."

그의 힘은 어디까지일까, 상상조차 할 수 없을 만큼 그는 지안을 휙휙 들었다가 놓았다. 지안은 정신을 차리기도 전에 앉은 것처럼, 이번에도 정신을 차리기 전에 뒤집혀 있자 고개를 저으며 도진에게 말했다.

"나, 쉬고 싶어요……."

지안은 방법을 바꿨다. 도진의 앞에서 되지도 않는 오기를 부리는 것이 아닌, 그의 마음이 흔들릴 만큼 가련하고 안쓰러운 목소리였다. 도진이 자신 한정으로 한없이 약해지는 점을 건드리는, 비교적 앙큼한 방법이었다.

"넌 쉬어도 돼."

그러나 오늘만큼은 예외였는지, 애절하고 간절한 부탁에도 도진은 그녀의 등 뒤에 넓은 상체를 겹치며 낮게 속삭였다. 이윽고 곧게 뻗은 등줄기를 따라 입이 닿는 곳마다 자잘한 입맞춤을 남기며 몸을 다시 일으켜 세웠다.

"움직이는 건 내가 할 테니."

다정한 목소리치고 이어진 행동은 꽤 격렬한 움직임이었다.

Chapter 14

서로에게 물드는 순간

폭풍우가 몰아치고 난 뒤부터 쉴 새 없이 같은 말을 종알거리는 지안에 가만히 듣고 있던 도진은 '픽' 웃음을 흘렸다.

"진짜 너무한다. 나는 일을 한 건데……."

베개도 없이 매트리스에 얼굴을 묻고 웅얼거리며 지안은 투정을 부리고 있었다. 이리저리 흐트러진 그녀의 머리카락을 단정하게 모아 쓸어 넘기며, 도진은 많이 억울한 듯 보이는 그녀의 불만을 그대로 받아들였다.

"마지막으로 한 번만 더 하자는 거짓말이나 하고……."

도진은 딱히 변명할 생각이 없었다. 수도 없이 내뱉는 그만하자는 말에 살살 달래듯이 이어 간 것도 여러 번이었다. 자비 없이 지안을 거세게 몰아붙인 걸 누구보다 자신이 제일 잘 알았다.

"누가 1화부터 그런 찐한 장면을 찍을 줄 알았나?"

"……."

"아니, 근데 생각해 보니까, 캐스팅 전에 대본 받을 때부터 알고 있긴 했지만…… 아니, 그래도!"

얼마나 억울하면 '아니'라는 말이 지안의 입에 붙어 있었다. 도진은 여기서 웃으면 악효과가 날 걸 알고 있었지만, 어쩔 수 없었다. 아니나 다를까, '피식' 웃음을 흘리자 획, 고개를 돌린 지안의 어떻게 해도 예쁜 눈이 옆으로 길게 찢어졌다. 도진은 오히려 여유롭게 어깨를 들썩이며 부드러운 머리카락을 가지고 장난을 쳤다. 제법 많이 길었다는 생각을 하면서 말이다.

"그래서, 싫었어?"

'피식', 웃으며 도진이 직접적으로 묻자 지안에게서 '끙' 하고 나지막한 탄식이 돌아왔다. 지안에게 도진과의 관계에서의 좋고 싫음을 묻는다면 당연히 좋음, 호 중에 아주 극호였다.

매일 투정을 부리는 이유는 늘 한계를 느끼게 만드는 도진과의 체력 차이가 불공평해서였다. 남들이 듣는다면 부러워할 소리였다. 그런 지안의 솔직한 마음을 지안에 대해서라면 모조리 아는 도진이 모를 리 없었다.

할 말을 잃은 지안은 이번에는 다른 방법으로 자신이 대화에서 우위에 서기를 택했다.

"솔직히 말해 봐요. 베드 신은 핑계였죠? 나 돌아오면 원래 처음부터 이럴 계획이었죠?"

도진은 예리하게 묻는 지안을 향해 어깨를 으쓱였다. 질투가 나지 않았다면 거짓말이겠지만, 지안이 긴장하고 걱정할 만큼 기분이 나쁜 것은 아니었다. 게다가 자연스럽게 그녀를 가질 수 있는 기회를 만들어 주지 않았나. 덕분에 질투를 핑계 삼아 그녀의 앞에서 더욱 왕성해지고 난폭해지는 제 쌓이고 쌓인 성욕을 가감 없이 드러낼 수 있었다.

"당연하지."

입술을 삐쭉이며 투덜거리는 지안의 입술을 도진이 손가락으로 톡, 하고 건드렸다. 그녀가 좋아하는 잘생긴 얼굴, 길게 휘어지는 눈가, 다정하고 나직한 목소리까지 장착해서, 있는 힘껏 환하게 웃으며 고백했다.

"내가 가장 기다리던 시간이었는걸."

드라마 '타성'의 마지막 촬영 현장에는 사람들의 기분 좋은 소란이 끊이지 않았다. 줄지어진 푸드 트럭 사이에서 스태프들의 환호를 받으며 인사하고 있는 사람은 건우였다. 쉽게 볼 수 없는 톱 배우의 등장에, 여자 스태프들의 웅성거림이 커졌다.

"오늘 촬영장도 먼데 직접 오셨네요?"

"만나기 힘든 사람들이 여기 다 있어서 제가 안 올 수가 없었습니다!"

이곳저곳에서 터져 나오는 질문들이 귀찮을 법도 한데, 건우는 웃는 얼굴로 친절하게 전부 대답하고 있었다. 지안은 적절하게 너스레를 떨어 가며 분위기를 유하게 푸는 건우를 빤히 바라보았다. 유독 건우의 응원을 많이 받은 사람으로서, 마지막까지 신경을 써 주는 그가 고마웠다. 그러나 오래된 친구인 만큼 낯간지러운 인사보다는 괜히 장난을 쳤다.

"김건우! 한가해?"

"정지안~. 말 예쁘게 할 줄 알면서 꼭 저런다."

그러나 지안에게 건우가 오래된 친구인 만큼, 건우도 마찬가지였다. 그녀의 마음을 단번에 캐치한 건우는 '피식' 웃으며 투덜거렸다. 그러다 주위의 눈치를 살피더니 지안에게 어깨동무를 하며 귓가에 조용히 속삭였다.

"그런데 지우석 작가님은 보이지 않네? 나 솔직히 좀 궁금했는데."

"작가님이 많이 바쁘시겠지……."

첫 방송 이후, 매 회 완벽한 서사의 드라마를 만들어 내며 호평을 받고 있는 우석은 정작 이 자리에 없었다. 아쉬움 가득한 건우의 말에 지안은 그저 씁쓸하게 웃는 것밖에 할 수 있는 게 없었다.

우석은 우도에서의 촬영 이후 정말 자신이 한 말을 지킬 셈인지 한 번도 나타나지 않았다. 웃긴 건 민호를 비롯해 선오와 아리에게는 종종 연기에 대한 의견도 건네면서, 자신에게는 일절 연락이 없었다. 지안의 입장에서는 우석의 행동이 죄책감으로 인해 자신을 피하는 것이 아니라 꼭 차별을 하는 것처럼 느껴져, 오히려 더 우석이 괘씸했다.

"역시 지우석 작가님, 천재 같다니까? 아직 드라마 초반인데 드라마 화제성 1위잖아."

건우의 칭찬에 지안은 망연하게 고개를 끄덕였다. 건우가 우석에 대한 칭찬을 늘어놓을수록, 주위 사람들이 우석에 대한 이야기를 꺼낼수록 기분이 가라앉았다.

— 좋아했죠. 근데 이번에 욕심을 너무 많이 부려서, 이제는
　자격이 없어요.

좋아하는 것을 포기하며 스스로 자격이 없다고 고백하던 우석의 마지막 얼굴이 떠올랐다.

"……비겁해……."

지안은 낮게 중얼거렸다. 우석은 비겁한 사람이었다. 도진의 말처럼 용서를 하고 싶어도, 미워하고 싶지 않아도, 그건 눈앞에 나타나야 가능한 일 아닌가. 지안은 겁이 나서 도망친 사람을 굳이 생각하며 넓은 아량을 베풀고 싶지 않았다. 마치 얼룩과도 같은 사람이었다. 깨끗하고 후련하게 마음속에서 지워지지도 않는 사람 말이다.

"응? 뭐라고?"

"아니야. 우리도 가자."

건우가 지안의 중얼거림을 알아듣지 못하고 되묻자, 그녀는 고개를 젓고는 기나긴 촬영의 마지막을 자축하는 배우들과 스태프들 사이로 건우를 이끌었다. 그렇게 지안의 마음에 불편한 얼룩을 만들어 낸 채 드라마 '타성'의 촬영은 끝이 났다.

드라마 '타성' 기자 간담회.

찰칵— 찰칵— 찰칵—.

수많은 플래시와 카메라 셔터 소리가 앞에 있는 단상을 향해 쏟아졌다.

"지안 씨! 성공적으로 드라마 촬영을 마치셨는데, 소감이 어떠세요?"

간담회의 진행을 맡은 아나운서가 지안을 향해 질문을 했고, 그녀의 말 한마디도 놓치지 않기 위해 기자들이 열심히 두드리는 타자 소리가 바쁘게 울렸다.

어느덧 시간은 봄에 시작된 드라마의 마지막 회가 방영되는 여름에 이르렀고, '타성'은 동 시간대를 떠나 방영 중인 모든 드라마를 통틀어 시청률 1위를 기록하며 성공리에 진짜 막을 내렸다.

흥행하는 드라마는 방영 중간에 폭발적인 호응에 힘입어 종종 간담회를 하기도 하지만, 이렇게 드라마가 다 끝난 시점에 감독을 비롯한 주연 출연진을 전부 모아 인터뷰를 하는 건 이례적인 일이었다.

지안은 테이블 위에 놓여 있는 마이크를 들며 환하게 웃었다.

"일단 드라마가 종영을 한 후에 기자 간담회까지 하는 경우는 없었는데, 그만큼 시청자분들께서 많이 사랑해 주셔서 이런 감사한 자리가 마련되지 않았나 합니다. 모든 분들께 너무 감사드리고, 또 행복합니다!"

깔끔하게 대답을 마친 지안이 마이크를 내려놓기가 무섭게, 아나운서가 다른 질문을 또다시 그녀에게 건넸다.

"지안 씨가 지우석 작가의 뮤즈라는 건 공공연한 사실인데요. 이번에 처음으로 합을 맞춘 작업은 어떠셨어요? 아쉽게도 지우석 작가님이 개인 사정으로 참석하지 못하셨으니, 지안 씨에게 들어 보도록 할게요!"

지안은 자연스럽게 눈꺼풀을 아래로 내리며 우석을 떠올렸다. 우석은 '타성'이 커리어 중 최고의 작품이라고 칭찬받을 만큼 성공적인 시청률을 기록했지만, 쏟아지는 사랑을 단 하나도 누리지 못하고 있었다. 드라마가 세상에 공개된 순간부터 끝난 지금까지 살아 있는 건 맞을까 의심스러울 정도로 감감무소식이었다. '타성'을 흥행시킨 데 결정적인 공을 세운 우석의 잠적이 길어지면 길어질수록 지안의 마음은 불편하기만 했다.

지안은 충분히 형식적인 인사치레만 할 수 있었으나, 자신의 진심을 조금 녹이기로 결정했다. 크게 한 번 심호흡을 하며 눈꺼풀을 밀어 올렸다.

"영광이었고, 다음에 또 같이하고 싶을 만큼 좋았습니다. 사실 다른 작품을 할 때는 이번처럼 작가님과 교류가 많았던 적이 별로 없었는데, 그런 면에서 지우석 작가님은 배우, 스태프들과 긴밀한 유대 관계를 맺고 계시고, 피드백도 굉장히 빠른 편이셨죠. 최고였다고 할 수 있겠네요."

"정말 여러모로 완벽하신 분이네요! 따로 말씀하실 기회가 많겠지만, 이 자리를 빌려 지우석 작가님께 하고 싶은 말 있으신가요?"

"음……."

우석에게 하고 싶은 말은 사전에 미리 전달받은 질문지에 없던 내용이었다. 즉흥적인 질문에 잠시 고민을 하던 지안은 자신을 잡고 있는 메인 카메라에 시선을 고정하며 입술을 열었다.

"다음 대본도 제게 오기를 기다리고 있겠습니다. 아무리 오래 걸려도 전 계속 기다릴 테니, 우리가 꼭 다시 만났으면 좋겠습니다."

"벌써 지우석 작가님의 차기작을 찜하시는 건가요?"

장난스러운 아나운서의 말이 울리자 장내에 웃음을 터뜨리는 소리가 흘렀다. 모두 지안의 말을 가볍게 들으며 넘겼지만, 그녀는 진심으로 이 말이 우석에게 닿기를 바라고 있었다.

지안은 미워하지 말라는 도진의 말을 착실하게 들을 생각이었다. 그러기 위해서 우석이 다시 글을 쓰기를 바랐다. 아니, 적어도 저 때문에 글을 쓰는 걸 포기하지 않았으면 싶었다. 민호와는 종종 연락을 한다고 했으니 아마 생중계로 송출되는 기자 간담회도 보고 있을지 몰랐다.

지안은 일부러 얼굴에 편안한 미소를 띠었다. 이 말을 들을 우석이 힘들게 먹은 마음을 바꿨으면 하는 바람에서 말이다.

"차기작 이야기가 나와서 하는 말인데, 다른 분들 차기작은 결정되었다고 떴는데 유독 지안 씨의 차기작 소식은 없더라고요! 아직 고민 중이신가요? 앞으로 지안 씨를 어디서 보게 될지 너무 궁금합니다!"

화제는 쉽게 다른 곳으로 넘어갔다. 아나운서는 다음 행보를 밝히지 않은 지안에게 질문 세례를 쏟아 냈다. 단상 아래에 있는 기자들의 온 신경도 그녀를 향하고 있었다.

'아', 하고 짧은 탄식을 뱉어 낸 지안은 마이크를 잡은 손에 힘을 주었다. 그리고 살짝 어색하게 웃으며 고개를 저었다.

"아마 조금 쉬게 될 것 같아요."

지안을 포함한 '타성' 관계자들을 제외한 모두가 그녀의 말에 놀라며 의외라는 표정을 지었다. 그도 그럴 것이 지안은 스타덤에 올랐어도 영화, 드라마를 가리지 않고 한 작품이 끝나면 바로 다른 작품을 해 꾸준히 연기해 온, 부지런하고 성실한 배우로 유명했다. 그런 그녀가 데뷔 이래 처음으로 휴식을 선언한 것이었다.

"혹시 다른 개인적인 일정이 있으신가요? 브라운관이나 스크린에서 지안 씨가 보이지 않는 건 상상이 잘되지 않는데요?"

장내는 순간 정적에 휩싸였다. 모두가 혹시라도 줄기차게 울리는 타자 소리, 셔터 소리가 지안의 말을 놓치게 할까 스스로 얼음이 되기를 자처하며 귀만 쫑긋 세웠다.

지안은 마치 저를 제외하고 숨조차 쉬지 않는 듯한 고요함을 느끼며 작은 심호흡과 함께 옅게 웃었다.

"저 결혼합니다! 여러분!"

마이크를 잡지 않은 다른 손을 어깨 높이로 들어 보이며 말하자 이번에는 모두가 동시에 숨을 '헉' 하고 들이쉬었다. 역시 놀라지 않은 사람들은 그녀와 나란히 앉은 감독을 비롯한 배우들뿐이었다. 누군가는 잘못 들었다는 듯이 귀를 털어 냈고, 누군가는 눈치를 보느라 눈동자를 도르륵 굴렸으며, 또 다른 누군가는 눈만 끔벅이며 눈치를 보았다.

이미 이런 반응을 예상하고 있던 지안은 지금까지 지었던 표정 중 가장 해사하게 웃으며 왼쪽 손을 흔들었다. 네 번째 손가락에 영롱하게 빛이 나며 끼워져 있는 반지는 그녀의 말이 거짓이 아님을 증명했다. 눈가를 길게 접으며 '푸스스' 웃은 지안은 목을 가다듬었다.

"앞으로의 정지안 인생을 같이 걸어가고 싶은 분을 만났어요."

진지한 음성이 마침표를 찍자, 그제야 기자들은 혼비백산이 된 상태로 움직이며 전과 비교할 수 없는 소음을 만들어 냈다. 사전에 협의된 내용이 아니라 넋을 잃어버린 아나운서가 말을 더듬거리며 재차 확인했다.

"……정말인가요? '국민 첫사랑' 정지안 씨가 품절녀 대열에 합류하는 게, 정말 맞나요?"

이 말을 정말 믿어야 하는 걸까, 혹시 누군가 몰래카메라를 하는 건 아닐까, 하는 의심스러운 눈빛을 고스란히 읽은 지안은 고개를 끄덕였다.

"자세한 입장은 소속사 발표를 통해 나갈 예정이고, 아마 지금쯤 팬분들께는 제 진심을 담은 편지가 도착했을 것 같네요."

"지금 너무 놀라서 묻고 싶은 게 엄청 많은데…… 일단 예비 신랑은 어떤 분이신가요?"

예비 신랑. 도진을 지칭하는 말에 지안은 속눈썹을 파르르 떨었다. 듣기만 해도 기분이 좋아지는 말이었다.

"……저를 위해서 사는 사람 같아요."

로맨틱한 설명에 저마다 입에서 탄식이 흘러나왔다. 자신의 결혼 상대가 도진이라는 것이 밝혀지는 건 시간문제겠지만, 대중들에게 알려진 CHA 그룹 후계자 차도진이 아니라 제가 느끼는, 그저 한 남자일 뿐인 도진을 설명하고 싶었다. 지안은 말을 내뱉고 혼자 가슴이 벅차오르는 것에 제가 도진에게 많은 사랑을 받고 있다는 것을 느낄 수 있었다.

"와…… 정말 부럽네요! 물론 이렇게 아름다운 지안 씨를 데려가실 예비 신랑분도 너무 부러워요! 그러나 기자분들, 아쉽겠지만 이 부분에 대해서는 질문을 받지 않도록 하겠습니다! 드라마 '타성' 종영을 기념하는 기자 간담회니, 많은 양해 부탁드립니다."

아나운서의 재치에 지안이 눈웃음을 지었다. 이미 친분이 있는 아나운서를 믿고 이런 서프라이즈 발표를 계획할 수 있었다. 간담회에 오기 전에 했던, 자신이 어떤 말을 하든지 간담회의 목적에 맞게 잘 넘어가 달라는 부탁을 훌륭하게 들어주었다.

"그래도 이렇게 저희를 충격에 빠뜨린 지안 씨 차례를 그냥 넘기기엔 너무 아쉬우니까, 마지막으로 우리 예비 신랑분께 영상 편지 하나 남길까요?"

그러나 이런 폭탄을 떨어뜨릴 줄은 몰랐던 아나운서는 지안이 괘씸한 듯 짓궂은 요청을 하나 했다. 입을 뗀 순간 각오를 단단히 한 지안의 눈가가 살짝 떨렸지만, 이내 흔쾌히 고개를 끄덕였다.

"어…… 우리 진짜 바보처럼 살았잖아요? 그런데 그게 꼭 나쁜 것만은 아닌 것 같아요. 결국 우리가 만났잖아요. 그러니까 앞으로도 이렇게 서로만 바라보고 바보처럼 사는 건 어때요?"

나긋나긋하고 듣기 좋은 옥타브의 목소리로 말을 하던 지안은 자신에게 집중된 시선을 모두 느끼면서 생각했다. 문득 이미 정해진 사실이었지만 괜히 해 보고 싶은 말이 하나 생겼다. '후', 짧게 숨을 고르고 입꼬리를 끌어당기며 말했다.

"나랑 결혼해 줄래요?"

"와아아아아!"

프러포즈에 가까운 말에 모두가 뜨겁게 환호했다. 자신이 저지르고서 부끄러운 듯 입가를 가리며 웃는 지안의 모습은 그어느 때보다 행복하고 예뻐 보였다. '사랑을 하면 예뻐진다'는 말이 이래서 나온 말인 걸까 싶게, 간담회에 모인 모든 사람들이 해사하게 웃고 있는 지안을 부러워했다.

지안은 자리에서 일어나 갑작스러운 폭탄에도 열렬하게 환호하며 축하해 주는 사람들을 향해 꾸벅 인사를 했다.

"그럼 이제 아리 씨! 촬영 중에 기억에 남는 에피소드가 있나요?"

서프라이즈 발표는 아주 잠깐이었고, 원했던 대로 곧 원래의 목적에 맞게 옆에 앉아 있는 아리와 선오를 향해 시선이 모이자 지안은 나지막이 숨을 내쉬었다.

많이 놀랐으려나?

아마 생방송으로 송출된 중계로 인해 인터넷은 난리가 났을 것이다. 지안은 도진의 반응을 예상하며 '피식' 웃었다. 비록 충동적으로 세운 계획이었지만 절대 후회하지는 않았다. 오히려 기분이 날아갈 만큼 후련했다.

간담회가 끝나자마자 지안의 매니저인 경석은 바로 그녀에게 전화를 걸었다.

[발도 빠르지. 벌써 밖에 기자들이 몰려 있어서, 후문에다가 차 세웠어. 횡단보도 건너편이니까, 주위 살피다가 잘 맞춰서 건너.]

"응. 미안해."

[아니야. 조심해서 나와.]

지안은 경석의 말대로 후문을 이용해 건물 밖으로 나왔다. 오전 11시, 출근 시간도, 점심시간도 아닌 애매한 시간에 기자들로 시끌벅적한 정문과 다르게 후문은 꽤 한적한 편이었다.

홀로 널찍한 횡단보도 앞에 서자 저 멀리서 경석이 차창을 열고 손을 흔드는 것이 보였다. 그와 똑같이 손을 흔들어 보인 지안은 붉은불이 파란불로 바뀌기를 기다리다가, 머지않아 파란불이 켜지자 사뿐하게 발걸음을 옮겼다. 그런데 그 순간, 점점 커지는 엔진 소리와 타이어가 미끄러지는 소리가 지안의 귀를 멀게 했다.

끼이이익―.

놀랄 새도 없이 지안의 몸은 공중으로 붕 떠올랐고, 이내 바닥으로 툭 떨어진 후 이리저리 굴렀다.

"윽."

지안은 천천히 손가락을 움직였다. 파르르, 떨리는 눈꺼풀을 아래로 내렸다.

"피……?"

옅은 갈색 눈동자에 비친 건 검은 아스팔트 바닥을 적시고 있는 붉은 피였다.

도진은 지안의 펜트하우스 거실 소파에 앉아 눈도 깜빡이지 않고 오직 한군데만 뚫어져라 응시했다.

[앞으로의 인생을 같이 걸어가고 싶은 분을 만났어요.]

커다란 화면 속에는 화사하게 웃으며 조곤조곤 말하는 지안이 있었다. 조만간 소속사에서 발표를 하기로 했다는 건 들었으나, 이렇게 먼저 나서서 예쁜 짓을 할 줄은 몰랐다.

제 눈에 하염없이 작고 소중한 저 아이는 대담한 구석이 있었고, 때로는 적극적이었으며, 언제나 열정이 가득했다.

[예비 신랑은 어떤 분이신가요?]

"예비 신랑……."

도진은 느릿하게 혀를 굴렸다. 불과 얼마 전까지만 해도 차도진 인생에서 가장 어울리지 않는 단어였다. 지안을 다시 만나기 전까지 결혼이라는 절차를 생각해 본 적조차 없었다. 재벌이라면 흔히 하는 정략결혼조차 염두에 두지 않았다. 차 회장이 알면 기가 막혀 쓰러질지도 모르는 생각이었으나, 진심이었다. 그러나 이제는 신랑, 남편, 뭐가 되었든지 지안의 옆자리를 의미하는 모든 단어에 집착이 생겼다.

[……저를 위해서 사는 사람 같아요.]

도진은 지안의 답변에 '피식' 웃음을 터뜨렸다.

너를 위해 살았다. 평생을 그렇게 살아왔다. 아무도 꺼내 주지 않을 고통 속에 스스로를 가두며 지옥에 머무르기를 자처했다. 그랬던 나를, 네가 다시 꺼냈다.

[앞으로도 이렇게 서로만 바라보고 바보처럼 사는 건 어때요?]

기꺼이 그럴 예정이었다. 바보가 되라면 바보가 될 것이었고, 죽으라면 목숨을 바칠 수도 있었다. 그녀가 원하는 건 모두 들어줄 것이었다.

도진의 눈에 오직 그녀의 모습만 담겼다. 오직 그녀의 목소리만 귀에 들렸다. 그런 도진의 심정을 중계 카메라도 아는지, 지안이 결혼한다는 말을 꺼낸 순간부터 그녀의 얼굴에만 고정되어 있었다. 덕분에 실시간으로 변하는 지안의 미세한 얼굴 표정 전부를 숨도 쉬지 않고 바라보던 도진은 목울대가 후끈거리는 것을 느꼈다.

[나랑 결혼해 줄래요?]

"하아……."

결국 지안의 마지막 말에 토해 내듯 숨을 뱉은 도진은 눈을 질끈 감았다. 용기 넘치는 그녀를 향한 뜨거운 환호성이 스피커를 타고 넘어왔다. 두 손에 얼굴을 묻고 있던 도진의 입가로 '피식' 나지막한 실소가 터져 나왔다.

"또 순서를 뺏겼네."

도진의 시선이 아래로 내린 눈꺼풀 사이로 거실부터 현관으로 향하는 모든 곳에 닿았다. 바닥을 따라 작은 조명이 반짝거리고 있었고, 조명 옆은 작은 꽃들이 빼곡하게 일렬로 줄을 서고 있었다. 입구부터 걸어온다면 버진 로드를 연상할 아름다운 길이었다.

긴 복도를 따라 도진이 있는 안까지 들어오면 지안이 마음에 들어 한 화원을 그대로 옮긴 듯한 갖가지 색의 꽃이 저마다 모양, 향, 그 어느 것 하나 빠지지도 않고 예술적인 완벽함을 자랑하고 있었다.

도진은 바닥에 흩뿌려진 파랗게 물든 장미 꽃잎을 가만히 바라보다가 중얼거렸다.

"정말 우리 같은 꽃이군."

장미에는 푸른빛을 내는 색소 '델피니딘'이라는 유전자가 없기에, 애초에 푸른 장미란 존재할 수 없어 '불가능'을 상징했다. 그래서 푸른 장미를 얻게 되면 소원이 이루어진다는 말이 있다던 플로리스트의 설명을 떠올렸다.

— 푸른 장미가 피어나게 되면서 꽃말이 바뀌었어요. '포기하지 않는 사랑', 그런 의미에서 구애의 꽃으로 제격이죠.

도진은 테이블 위를 차지하고 있는, 푸른색 장미가 가득 담긴 꽃다발을 들어 올렸다.

"불가능이었던 사랑의 기적."

플로리스트가 마지막으로 전해 준 푸른 장미의 꽃말을 정확하게 기억한 도진은 핸드폰을 들어 올렸다. 간담회가 끝난 지 꽤 흘렀다. 비록 그녀보다 한발 늦었지만 이 마음을 어서 전해 주고 싶었다.

지이이잉―.

고경석 매니저

때마침 울리는 진동과 화면에 뜬 이름을 확인한 도진이 눈썹을 꿈틀거렸다. 자신이 필요할 때 연락을 달라는 말과 함께 번호를 준 적이 있었지만, 실제로 연락이 온 것은 처음이었다. 잠시 의아하기는 했으나 망설임 없이 초록색 버튼을 눌렀다.

"차도진입니다."

수화기를 타고 흘러나오는 목소리를 고요히 듣던 도진은 느릿하게 호흡했다.

"지금 갑니다."

한결 병원, 수술실.

타이어가 바닥에 마찰한 자국이 병원 앞 도로에 선명하게 남았다. 거칠게 열린 문 사이로 긴 다리를 디딘 도진은 그대로 무작정 뛰었다. 정신이 나갈 것 같았다. 이미 경석의 전화를 받고 나서부터 제정신이 아니었다. 긴 다리로 성큼성큼 움직이던 도진은 '수술 중'이라는 붉은 글자가 깜빡이는 표시등을 앞에 두고 모여 있는 사람들을 마주했다.

"뭐야."

수술실 앞에서 피로 엉망이 된 옷을 입고 손을 바르르 떠는 경석과 의자를 두고 바닥에 주저앉아 무릎에 얼굴을 묻고 있는 우정이 보였다. 도진의 차갑게 가라앉은 목소리에 고개를 든 두 사람은 비틀거리며 자리에서 일어났다.

"설명해."

도진은 언제나 경석에게 건네던 존댓말조차 하지 않았다. 목구멍까지 꽉 차 버린 숨이 바깥으로 나가지도 못하고 속으로 내려가지도 않아 간신히 말을 뱉었다. 부들부들, 떨리는 손끝을 말아 쥐었다.

"지…… 지안이가 차에…… 차…….'"

"똑바로 말해."

충격이 컸는지 말을 더듬으며 제대로 말을 잇지 못하는 경석을 향해 서늘하게 말했다. 경석이 불안정한 모습을 보일수록 도진은 숨이 점점 막혀 왔다. 인정하고 싶지 않은 말을 경석이 증명해 주는 것 같아 불안했다.

"지안이가 차에 치였어. 지금 응급 수술을 들어갔는데, 골절 부위가 너무……."

"차에 치여?"

"신, 신호등을 건너는데 갑자기 차…… 차가 돌진…….'"

숨이 넘어갈 듯이 헐떡이는 경석을 대신해 우정이 말했다. 병원에서 일하던 우정은 동료 의사를 만나러 응급실에 왔다가 구급차에서 옮겨지는, 피투성이가 된 지안을 보고 병원 내에 있는 실력 좋은 외과 의사들을 전부 모아 지안의 상태를 보게 했다.

도진은 지안이 차에 치였다는 사실에 눈앞이 아찔하며 현기가 일어나 눈을 질끈 감았다.

"무슨 일이야!"

눈을 뜨지 않고, 숨조차 쉬지 않고, 머릿속을 정리하기 위해 필사적으로 애를 쓰는 도진의 뒤에서 이안의 다급한 목소리가 울렸다.

"어떻게 된 거야!"

흥분에 젖은 이안의 목소리에 도진의 눈이 스르르 떠졌다. 지금까지 제가 들은 지안의 상태를 말해야 하는데, 목에 가시가 걸린 듯 턱, 하고 막혀서 아무 소리도 나오지 않았다.

— 지안아! 눈 좀 떠 봐!

또다시 10년 전 사고가 재생되었다. 다시 지독한 악몽이 파노라마처럼 스쳤다. 고개를 저으며 불길한 그림자를 지워 내도 자꾸만 진하게 덧대어졌다.

"지금 수술 중이야. 늑골에서 발생한 다발성 골절 때문에 폐에 기흉도……."

"어려운 말 다 됐고, 지안이 괜찮지? 괜찮은 거 맞지?"

우정이 점점 이성을 잃어 가는 이안을 붙잡았다. 최대한 차분하게 지안의 상태를 설명하려 했으나, 도진과 마찬가지로 이안

244

의 귀에 들어올 리 없었다. 그저 이안은 우정의 팔을 간절하게 붙잡고 물었다.

"괜찮을 거야."

확신 없는 목소리에 이안의 팔이 툭, 하고 떨어졌다. 위태롭게 흔들리던 이안의 고개가 도진에게 향했다.

"어떤 새끼야."

"……."

"어떤 새끼가 이렇게 만들었냐고."

이안이 입술을 떨며 물었으나, 심장이 뻐근해지는 고통에 숨조차 제대로 쉬지 못하는 도진에게서 답이 나올 리가 없었다.

도진은 가느다란 숨을 토해 냈다. 어떤 순간에도 냉철한 일 처리를 자랑하던 CHA 호텔의 전무 차도진은 이곳에 없었다. 그저 지안의 상태 하나만으로 위태롭게 흔들리는 나약한 한 남자만 있을 뿐이었다.

"범인…… 범인이 그 자리…… 바로 잡혔는데……."

경석이 눈가를 찡그리며 꺼낸 말에 도진과 이안의 시선이 동시에 움직였다. 경찰 조사를 할 때 경석의 옆에 있던 우정은 도진과 이안이 내뿜는 매서운 한기에 마른침을 삼키며 경석을 대신해 입을 열었다.

"마약을 투약하고 난 뒤라 제정신이 아니었어."

"그딴 거 안 물었어. 어떤 미친 새끼가 감히……!"

"민유진이야. 우리가 알고 있는 그 민유진."

도진의 입에서 실소가 흘렀다. 정말 지긋지긋하고 징글징글

한 이름이었다. 느릿하게 감았다가 다시 뜬 눈은 순식간에 시뻘
겋게 달아올랐다. 그때, 굳게 닫혀 있던 문이 열리고 수술 가운
으로 무장한 의료진들이 나왔다.

"한우정."

"선배!"

지안을 수술한 사람 역시 우정이 부탁한 사람이었는지, 그녀
가 재빨리 다가갔다. 우정에게 상황을 설명하려던 의사는 힐끔
눈길을 돌렸다. 그러자 수술실에 들어갈 때와 달리 우정의 주위
에 서 있는 도진과 이안을 보고 숨을 들이켰다.

"지안이는 괜찮습니까?"

도진의 붉게 충혈된 눈동자가 옅게 떨렸다. 나지막이 묻자 우
정이 도진에게 설명하라는 의미로 고개를 끄덕였고, 의사는 괜
한 긴장감에 손에 쥔 마스크를 꼭 쥐며 말했다.

"재활 기간도 길 테고, 골절로 인해 손상된 폐 상태도 주기적
으로 확인해야 알겠지만, 일단 수술은 잘 마쳤습니다."

의사에게서 긍정적인 답변이 돌아오자 도진은 짧은 숨을 터
뜨리는 것과 함께 무릎을 양손으로 짚으며 흐트러지려는 정신
을 간신히 붙잡았다.

VIP 1203호. 수술을 마친 지안은 VIP 병실로 옮겨졌다. 그녀
의 사고 소식을 기사로 접한 가족들은 기절초풍한 얼굴로 한

달음에 달려왔다. 누워 있는 지안의 주위로 왼쪽에는 그녀의 가족인 제이 그룹 일가가, 오른쪽으로는 도진의 가족인 CHA 그룹 일가가 빙 둘러싸고 있었다.

"들어가서 쉬세요."

"내가 어떻게 들어가니?"

이안의 말에 어머니인 효선이 눈을 부릅뜨며 울먹였다. 효선은 지안이 누워 있는 침대 곁에 붙어서 그녀의 손을 꼬옥 붙잡았다.

도진은 침대에 한 발자국 떨어져 선 채로 지안을 눈에 계속 담았다. 의식을 차리기까지는 생각보다 오랜 시간이 걸렸다. 얼마나 길게 느껴지고, 고작 1초가 얼마나 숨통을 조이는지. 눈을 감고 편안한 얼굴로 잠들어 있는 지안에게 부탁하고 있었다. 제발 당장 눈을 떠서 죽을 것 같은 자신을 살려 달라고.

한숨으로 채워진 병실 문을 열고 조용히 들어온 김 비서는 도진의 곁에 다가가 고개를 숙이고 속삭였다.

"······전무님. 호텔로 기자들의 전화가 빗발치고 있고, 병원 로비와 주차장도 기자들로 꽉 찼다고 합니다."

지안의 사고 소식은 그녀가 응급실에 도착한 순간부터 밖으로 퍼져 나갔다. 불과 몇 시간 전에 행복한 얼굴로 결혼 소식을 전한 그녀였기에 더 큰 충격이었다. 엎친 데 덮친 격으로 병원에 구름처럼 모여 있던 기자들은 다급하게 차에서 내려 병원으로 뛰어 들어오는 지안과 도진의 가족을 보고 의미심장한 기사들을 써 내려갔다.

지난날 동안 지안이 스스로의 힘으로 빛나기 위해 한 노력이 물거품이 되려 하자 도진의 눈썹이 거칠게 구겨졌다.

수술을 마치고 한 시간이 흐르고, 두 시간이 흘러 해가 지고 VIP 병실 유리창 너머에는 어둠이 짙게 깔렸다.

생각보다 긴 잠에 빠진 지안이었다. 몸에 이상은 없다는 말과 내일이 되면 일어날 것이라는 의료진의 말에도 모두가 마취에서 깨어나지 못하는 지안을 걱정하느라 몸을 챙기지 못했다. 이안과 영이 억지로 양가 어른들을 모시고 식사를 챙기러 나가 도진 홀로 병실에 남았다.

병실에 모인 사람들이 화내고 걱정과 오열을 터뜨리는 시간을 제법 의연하게 버텨 냈던 도진은 혼자가 되고 나서야 비참하게 일그러진 얼굴로 입술을 짓이겼다.

엉망이었다. 이마에 붙어 있는 커다란 거즈도, 손등 위로 그어진 상처도, 심박 수를 알리는 소리도, 그리고 그 전부를 눈에 담고 있는 자신까지도. 도진은 지금까지 비워지지 않았던 지안과 가장 가깝게 자리한 의자에 앉아 손을 뻗었다.

아스팔트 위를 구르며 생긴 상처를 피해 지안의 손을 잡은 도진은 제가 끼워 준 반지가 없어 매끈한 네 번째 손가락을 엄지로 살살 문질렀다. 해외 출장 중에 그녀가 생각나서 사 왔던, 작은 다이아가 박힌 심플한 반지였다. 프러포즈 반지도 아닌 걸 끼운 손가락을 들어 보이고 환하게 웃으며 결혼 소식을 전하던 행복한 얼굴이 역력하게 떠올랐다. 도진은 흐린 숨을 토해 내며 지안의 이름을 나지막이 불렀다.

"지안아……."

여전히 밖은 시끄러웠다. 지안과 대기업의 연관성을 파헤치기 위해 혈안이 된 사람들과 그녀를 향해 온갖 루머를 만들어 내고 있는 사람들이 있었다. 제대로 쉬지도 못하고 부지런히 8년을 달려온 지안의 노력을 부정하고 있었다.

지금은 저렇게 편안한 얼굴로 잠을 자고 있는 지안이 깨어나면 어떤 표정을 지을지 문득 걱정이 되었다. 어린 그녀가 감당하기 힘들 수도 있었다. 그러나 도진은 지안이 무너지게 놔두지 않을 것이다.

"나는 나를 걸고서, 너를 지킬 거야."

10년 전 그때 그랬듯이, 지금도 말이다. 도진은 발에 채는 작은 돌멩이 하나조차 지안이 걷는 길에서 치워 버릴 것이었다.

"그러니까 걱정하지 말고 일어나."

혹시라도 그녀를 물고 뜯을 준비를 하는 세상이 겁나서 잠을 더 자고 있는 것이라면 그러지 않아도 된다고 했다. 걱정 말고 일어나라고 최대한 여유를 부리며 말하려 했는데, 초조한 마음을 어쩔 수 없어 고단한 숨이 섞여 들었다.

"나만 믿어."

그래도 마지막 말만큼은 한 치의 흔들림 없는 목소리로 전했다.

드르륵. 굳게 닫혀 있던 문이 열리고, 김 비서가 조심스럽게 들어와 도진에게 고개를 숙였다.

"전무님. 민유진 씨가 서울 구치소로 이송되었다고 연락 왔습니다."

"누나는 지금 어디 있습니까?"

"지금 올라오고 계신다고 하셨습니다."

"그럼 우리는 바로 가죠."

도진은 풀었던 단추를 채우고, 입고 있는 슈트의 깃을 정돈하며 자리에서 일어났다. 허리를 살짝 숙이고 지안의 이마에 입술을 내렸다.

"금방 올게."

지안에게 인사한 도진은 병실의 문을 열고 나왔다. 눈꺼풀을 느릿하게 올리자 드러난 검은 눈동자는 싸늘하게 가라앉아 있었다.

서울 구치소 접견실.

"도진아……!"

교도관 손에 이끌려 들어온 유진은 앉아 있는 도진의 옆모습을 보자마자 반갑게 그를 불렀다. 도진의 옆에 서서 정면으로 유진이 들어오는 것을 보고 있던 김 비서는 유진의 뻔뻔함에 실소를 흘렸다.

　"나를 여기서 꺼내 주려고 온 거야? 역시 너밖에 없다!"

　해맑게 묻는 유진의 모습은 어딘가 이상했다. 제정신이 아닌 사람처럼 도진을 향해 계속 친근하게 말을 걸었다. 자신이 왜 여기에 있는지 모르겠다, 아버지는 뭘 하는지 모르겠다, 자신을 찾아온 사람은 그밖에 없다는 둥 긴 말을 늘어놓았다.

　유진은 인간적으로도, 사회적으로도 완전하게 매장당했다. 아버지인 민 회장은 자신과 회사를 살리기 위해 유진을 모른 척하며 선을 그었고, 스스로 이룬 것 없이 아버지의 후광으로만 살아온 유진이 할 수 있는 건 아무것도 없었다.

　돈으로 안 되는 게 없는 사람처럼 굴었는데, 이제는 그 돈마저 사라지자 절망에 빠진 유진이 손을 댄 것은 마약이었다. 스스로 나락의 길을 걷던 그녀는 최후에 그녀 자신을 잃어버렸고, 오직 도진을 향한 애정과 지안을 향한 증오만 남았다.

　지안의 갑작스러운 결혼 발표로 세상이 떠들썩하자 약에 취했던 유진이 무작정 차를 이끌고 나와 TV에 나온 장소로 달렸고, 불행하게도 사람들을 피해 후문으로 나온 지안과 마주쳤던 것이었다.

　도진은 아래로 내렸던 시선을 느릿하게 올렸다.

　"미칠 거면 곱게 미치는 게 적어도 네 앞날에는 더 좋았을 텐데."

소름이 끼칠 정도로 차분하고 담담한 목소리였다. 유진을 반사하는 잔잔한 눈동자는 서늘함을 담고 있었다.

"이제부터 멀쩡히 살아 있는 걸 후회하게 될 거야."

도진은 나른한 숨을 내쉬었다. 혈관을 타고 흐르는 피가 차게 식은 건 오래전이었다.

"그렇다고 쉽게 죽을 수도 없을 거야. 내가 그렇게 두지 않을 예정이거든."

차근차근 알게 해 줄 생각이었다. 지옥이 무엇인지, 절망이 무엇인지. 친절하게 유진의 코앞까지 가져다 놓을 생각이었다.

"궁금하지 않나? 사는 것도 죽는 것도 아닌 삶이 어떤 건지."

도진은 천천히 유진의 숨을 조였다. 오늘 제 숨이 조인 것보다 훨씬 더 강하게 말이다. 고작 몇 시간을 이곳에 있었다고 꺼내 달라 칭얼거리는 유진을 보며 치밀어 오르는 분노를 다스려야 했다.

"천천히 즐기도록 해. 널 도와줄 간 큰 놈은 없을 테니까. 특히 네 아버지는 더더욱 못 할 거야."

"도…… 도진아!"

도진의 살벌함이 담긴 낮은 음색에 유진의 얼굴이 점점 하얗게 질려 갔다. 무엇을 잘못했는지 인지하지 못하는 상태임에도 도와줄 사람이 없다는 것이 충격이었는지 겁을 먹고 도진을 애타게 불렀다. 그러나 도진은 야멸차게 말을 이어 나갔다.

"내가 막 민강 그룹을 날려 버리기로 마음먹었거든."

철저하게 망가뜨릴 것이었다. 지금 지안이 겪고 있는 고통을 두 배, 아니 그 이상으로 돌려줄 생각이었다. 고개를 살짝 기울이며 낮게 웃음을 터뜨린 도진은 유진에게 짧은 시선 하나 주지 않고 접견실을 빠져나왔다.

"빨리 돌아가도록 하죠."

긴 다리를 이용해 빠르게 걸어 차에 오른 도진이 의자에 기대고 눈을 감으며 나직이 말했다.

지안의 병실로 돌아온 도진을 반긴 것은 두 눈이 붉게 충혈된 이안이었다.

"왔어?"

"응."

도진은 이안을 향해 고개를 끄덕이면서도 시선은 지안에게 고정하며 그녀가 누워 있는 침대로 직진했다. 나가기 전과 하나도 다를 것이 없는 지안의 모습에 나지막한 숨을 흘렸다.

"우정이가 위층 VIP 병동 비워서 어른들 모셨어. 집에 가라고 해도 그렇게 말을 안 들으신다?"

"형도 올라가서 잠깐 쉬어."

"꼴은 네가 더 심각해."

이안은 축 가라앉은 병실 안 분위기를 띄우기 위해 일부러 가볍게 말을 했다. 도진은 의자에 앉으며 한 손으로는 얼굴을 문질렀다. 유진을 보며 들끓었던 분노로 인해 잃어버렸던 이성이 지안의 얼굴을 보고 나서야 돌아오는 듯했다.

"민강 그룹 날릴 거야. 형도 협조해."

"딸을 망나니로 키운 대가를 받는 건 당연한 거 아니야? 내가 당장 민유진 찢어 죽이지 않는 걸로 감사해야 해."

도진의 계획에 이안은 비웃음을 터뜨리며 동조했다. 눈이 뒤집혔고, 도저히 한 단어로 정리되지 않는 분노와 괴로움을 참으려 입 안이 다 터졌다. 그럼에도 도진을 비롯해 모두가 간신히 참아 낸 것은 철저한 멸망을 위해서였다.

이안은 그나마 혈색이 돌아온 지안을 보고 안심하며 자리에서 일어났다. 계속 가족들에게 밀려 멀찍이 서 있던 도진에게 지안과 단둘이 있을 시간을 주기 위해서였다.

"나 올라갈게. 정지안, 쟤 깨어나면 들을 잔소리 무서워서 늦장 부리는 거니까 너도 쉬어."

이안은 대답을 하지 않는 도진의 어깨를 툭툭 두드리고는 병실을 나갔다. 다시 찾아온 적막에 도진은 지안의 머리를 부드럽게 쓸어 넘겼다.

유진을 비롯한 민강 그룹을 아무리 잘근잘근 밟는다고 해도 꽉 막힌 속이 뻥 뚫릴 것 같지 않았다. 아마도 절 바라보는 사랑스러운 눈동자를 보지 못한 탓인 듯했다.

길게 뻗은 지안의 속눈썹을 가만히 지켜보았다. 순간, 미동도 없던 손가락 끝이 잘게 혼들렸다. 도진은 비껴 난 시선에서 움직임을 감지하자 재빨리 고개를 숙였다. 다시 한번 꿈틀, 명확하게 움직인 손가락은 새하얀 이불 위를 더듬고 있었다.

"……오빠……?"

도진의 눈동자가 옅게 일렁였다. 마른 입술 사이로 목을 긁으며 나오는 쉰소리는 긴 시간 동안 그녀가 의식 너머 먼 곳에서 홀로 고생한 걸 드러내고 있었다.

"……일어났어……?"

도진은 떨리는 입술로 웃음을 짓기 위해 노력했고, 울컥 차오르는 눈물을 흘리지 않기 위해 노력했다. 지안이 놀라지 않도록 감정의 동요를 보이지 않고 최대한 차분하게 목소리를 내었다.

지안은 눈을 뜨자마자 도진을 보았던 탓에 뒤늦게 눈을 굴리며 누워 있는 곳이 어딘지 가늠했다. 곰곰이 생각에 잠겼던 지안이 교통사고를 당했다는 걸 깨닫자마자 외마디의 신음을 흘렸다.

"윽……!"

"의사 부를게."

"괜찮아요……!"

도진은 그녀가 고통을 호소하자 굳은 얼굴로 호출 버튼을 누르기 위해 벌떡 일어섰다. 지안은 그런 도진의 검지 하나를 간신히 붙잡고 고개를 저었다. 도진의 얼굴에 번진 걱정을 확인한 지안이 입꼬리를 끌어 올렸다.

"많이 걱정했죠?"

"그걸 말이라고……."

도진은 손바닥을 위로 향하게 돌려 지안의 손 전체를 감싸며

잡았다. 동시에 나지막이 안도의 한숨이 쏟아졌다. 이 순간을 얼마나 애타게 기다렸는지 몰랐다. 그녀의 손을 잡지 않은 다른 손으로 핼쑥해진 지안의 뺨을 더듬었다.

"이렇게 오래 자면 어떡해."

따뜻하고 보드라운 손길을 느낀 지안의 눈이 스르르 감기자 도진은 그녀의 눈가에 입을 맞췄다. 이어서 오뚝하게 뻗은 코끝에 입을 맞췄고, 마지막으로 바싹 말라 버린 입에 입을 맞췄다. 무사히 깨어나 준 지안을 향해 전하는 인사였다.

"이 말을 빨리 해 주고 싶어서 미치는 줄 알았잖아."

"미안……."

"네 프러포즈에 대한 대답."

"……응……?"

애타게 기다렸을 도진에게 사과하려던 지안의 입술이 작게 벌어졌다. 도진은 그 순간을 놓치지 않고 좀 전보다 깊게 입술을 부딪쳤다. 애틋한 입맞춤 끝에 도진은 코가 부딪칠 만큼 아주 가까운 거리에서 속삭였다.

"우리 결혼하자."

지안은 부상으로 뻐근한 건지, 기쁜 나머지 가슴이 뻐근한 건지 분간이 잘 가지 않았다. 그럼에도 밀고 올라오는 통증에는 아랑곳하지 않고 팔을 들어 도진의 등을 감싸 안았다. 안 그래도 몰골이 말이 아닐 텐데 울기까지 하면 더 심각할 것 같아 눈가에 핑 도는 눈물을 참기 위해 안간힘을 썼다.

"어때? 내 프러포즈 기회를 빼앗아 간 소감이?"

가볍게 볼에 입을 맞추었다 떼며 속삭이는 도진 덕분에 눈물이 쏙 들어가 웃음을 터뜨렸다.

"설마 준비했었어요?"

"당연하지. 혼자 설레면서 준비했는데, 도리어 내가 꽃이 가득한, 주인공이 없는 곳에서 받아 버렸지만 말이야. 얼마나 감동적이고 외로웠던지."

"감동적인데 외로운 건 뭐야……."

도진이 말하는, 서로 어울리지 않는 이중적인 감정을 얼핏 알 것도 같아 지안은 작게 눈가를 구기며 힘없이 웃었다.

"네가 없었잖아."

희미하게 떨리는 도진의 목소리에 지안은 눈을 감고 그저 그의 너른 등을 느릿하게 쓰다듬으며 토닥였다.

눈을 뜬 지 얼마 되지 않아 미처 생각하지 못했는데, 도진이 얼마나 놀랐을까 싶었다. 지난번 단순한 '교통사고'라는 기사 제목만 보고 자신의 펜트하우스를 계단으로 달려 올라왔던 그가 같이 떠올랐다. 그만큼 자신의 안전에 민감한 도진에게 또 한 번의 좋지 않은 기억을 준 것 같아 미안한 마음이 들었다.

"이제 귀찮아도 오빠 옆에 꼭 붙어 있을 건데."

"당연하지. 이제 절대 떨어지면 안 돼."

도진이 다시 지안의 입술 위에 짧게 입맞춤했다. 이윽고 몸을 살짝 세워 슈트 안주머니에 손을 넣어 무언가를 꺼냈다. 정사각형의 반지 케이스였다. 케이스를 열자 테두리에 다이아가 촘촘하게 박혀 영롱한 빛을 내고 있는 반지가 보였다.

매끄러운 손길로 반지를 꺼낸 도진은 지안의 네 번째 손가락에 끼워 주며 옅게 미소를 지었다.

"반지를 먼저 끼워 주는 건 뺏기지 않아서 다행이야."

지안은 자신의 네 번째 손가락에 꼭 들어맞는 반지를 멍하니 바라보았다. 아스팔트에 긁힌 작은 생채기들이 볼품없이 나 있었지만, 조명에 반사된 보석이 반짝거리며 상처를 지워 주는 듯한 착시 효과를 일으키기도 했다.

"난 오빠처럼 완벽하려면 멀었나 봐요."

서프라이즈 발표는 성공했지만 반지는 생각도 하지 못한 지안이 '푸스스' 웃었다. 도진은 다시 고개를 숙이고 지안의 귓가에 속삭였다. 마치 녹아 버릴 듯한 달콤한 목소리였다.

"넌 이미 나한테 완전무결한 존재지."

입술 사이로 살짝 벌어진 틈을 파고들어 전하는 따뜻한 온기에 지안은 눈을 감았다. 서로 엉키는 숨결은 서로의 사랑을 대신 속삭였다.

지안이 사고를 당하고 깨어난 지 일주일이라는 시간이 지났다. 다행히도 부상 정도에 비해 상태가 심각한 것은 아니라 지안의 회복 속도는 빠른 편에 속했다.

도진은 어머니인 주은에게서 받은 화분을 창가에 두었고, 지안은 그런 도진에게 두 손을 겹쳐 앞으로 뻗으며 물었다.

"오빠, 내 핸드폰 좀 주면 안 돼요?"

도진은 지안의 말에 살며시 눈가를 구겼다. 이윽고 정말 모르겠다는 표정과 말투로 입술을 열었다.

"어쩌지. 나한테 없는데."

"오빠한테도 없어요? 진짜 잃어버린 건가? 핸드폰이 없으니까 좀 심심한데……."

지안은 알 수 없는 핸드폰의 행방에 낮게 한숨을 내쉬며 중얼거렸고, 동시에 어긋난 뼈를 고정하기 위해 상체에 붕대를 감고 있는 그녀를 바라보는 도진의 눈동자가 짙게 가라앉았다.

머리가 바닥에 부딪히면서 뇌에도 미세한 출혈이 있었으니, 한동안 안정을 취해야 한다는 의사의 소견에 따라 도진을 비롯한 모든 가족들은 시끄럽고 어수선한 밖의 상황을 지안에게 전달하지 않기로 결정했다.

외부와 연락할 수 있는 것도 전부 차단했다. 핸드폰, 인터넷, TV, 그리고 VIP 병동에 올라오는 모든 의료진들의 입단속까지 포함이었다. 도진과 이안 그리고 영, 심지어 우정까지 한마음으로 움직였으니 이 계획은 실패할 확률이 처음부터 제로였다.

외부의 빗발치는 사실 확인 요구에도 CHA 그룹, 제이 그룹, 지안이 소속된 우드 엔터테인먼트까지 모두가 묵묵부답으로 일관하고 있었다.

물론 모든 수를 동원해서라도 지안이 지금까지 살아온 것처럼 똑같이 살아갈 수 있게 할 수도 있었지만, 왠지 그건 그녀가 바랄 것 같지 않았다. 말을 하지 않고 살았을 뿐, 거짓말을 원하지는 않을 지안이었기에 오로지 그녀의 선택과 의지에 맡기기 위해 내린 결정이었다.

그러나 침묵을 곧 긍정으로 생각한 사람들은 이미 기정사실로 받아들이고 있었다. 지안이 응급실로 실려 오는 순간 한걸음에 병원으로 한달음에 발걸음한 CHA 그룹과 제이 그룹 오너 일가를 설명하기에 앞뒤가 딱 들어맞는 최고의 가설이자 진실인, 그녀가 대중들에게 밝혀지지 않은 제이 그룹의 막내딸이며 그녀와 결혼할 상대는 CHA 그룹의 도진이라는 것 말이다.

지안에게 숨기기만 하는 것이 해결책이 아니라는 것을 잘 알고 있었다. 어쩌면 뒤늦게 이 상황을 전한다면 화를 낼지도 몰랐다. 그럼에도 지안의 상태가 조금 더 나아질 때까지, 이 소란이 조금이라도 더 잠잠해질 때까지 가능한 오래 숨기고 싶었다.

도진은 생각을 멈추고 지안의 침대에 걸터앉았다. 손을 뻗어 그녀의 얼굴을 타고 흐르는 머리카락을 귀 뒤로 넘겨 주고 짧게 입맞춤을 남겼다.

"나랑 놀아."

희미하게 웃으며 건네는 말에 지안은 눈을 흘기며 물었다.

"어떻게 놀 건데요?"

"내 얼굴만 봐도 즐겁지 않나?"

자존감이 하늘을 찌르는 도진의 말에 지안은 헛웃음을 터뜨렸다.

"이 얼굴 덕분에 직원들은 회사 복지가 좋다고도 하던데."

"……?"

"얼마든지 즐겨. 너에게는 계속 보여 줄 의향이 있어."

도진이 멈추지 않고 얼굴을 앞으로 쭉 빼며 제법 능청스럽게 구는 탓에 키득거리며 웃던 지안은 뼈가 당기는 느낌에 상체를 양팔로 부여잡았다.

"아파? 의사 부를까?"

"오빠 때문이잖아요!"

도진은 얕은 신음을 내뱉으며 지안의 미간이 고통으로 인해 좁혀지는 것을 보고 당장이라도 의료진을 호출할 기세로 물었다. 그러자 지안은 주먹으로 그의 어깨를 아프지 않게 툭, 밀어내며 눈을 흘겼다.

똑똑, 그때 간결한 노크 소리가 병실을 울렸다.

"네~."

지안의 깨끗한 목소리가 병실 문 너머로 향하자 동시에 드르륵, 하고 열린 문 사이로 나타난 사람은 소속사 사장인 강준과 매니저인 경석이었다.

"이제 오는 게 어디 있어요?"

생각보다 늦게 나타난 강준에 뾰로통하게 튀어나온 입술로 지안이 툴툴거렸다.

"그러게 누가 이렇게 크게 다치래? 오고 싶어도 안정을 취해야 한대서 쫓겨났잖아!"

지안이 오히려 적반하장으로 나오는 강준의 태도에 어이가 없어 웃음을 터뜨리는 동안 자리에서 일어난 도진은 차분한 시선으로 더 이상 미루기 곤란함을 알리는 초조함이 담긴 눈동자를 한 강준과 눈빛을 교환했다.

"저 때문에 회사가 많이 바쁘죠? 팬들은 어때요? 괜찮다고 기사 냈죠?"

지안은 일주일 동안 자신을 답답하게 한, 궁금했던 질문을 모두 쏟아 내며 강준이 시작할 이야기의 물꼬를 먼저 틀었다. 어떻게 말을 해야 할까 망설이는 강준을 대신해 그녀의 이름을 부른 건 도진이었다.

"지안아."

"응?"

도진은 다시 지안의 곁에 앉으며 그녀의 손등을 자신으로 손으로 덮었다. 엄지로 보드라운 손등을 지그시 문지르던 그는 짧게 심호흡을 하고 그녀와 시선을 맞췄다.

"나는 네가 상처 받지 않았으면 좋겠어."

"갑자기 그게 무슨 소리예요?"

"그리고 내가 네 뒤에 계속 서 있을 테니까, 힘들면 버티려 하지 말고 그대로 기대면 돼."

갑자기 왜 이런 소리를 하는지 영문을 알 수가 없는 지안은 두 눈을 크게 뜰 뿐이었다. 도진은 의아한 빛이 담긴 눈가 언저리를 살살 문질렀다.

"사람들은 아직 네가 깨어난 걸 몰라."

"응……?"

"그리고 너와 내 사이를 비롯해서 CHA 그룹과 제이 그룹까지 세상에 알려졌어. 물론 아직까지는 추측이겠지만, 많은 사람들은 사실로 믿고 있겠지."

갑작스럽게 감당하기 힘들게 휘몰아치는 도진의 말에 정신을 차릴 수 없던 지안은 떨리는 눈으로 강준을 올려다보았다. 침묵에 담긴 질문에 강준은 천천히 고개를 끄덕였다.

"하아."

짧지만 깊고 낮은 탄식을 흘린 지안은 어지럽게 요동치는 눈빛을 숨기려 눈을 질끈 감았지만, 떨리는 손끝까지는 숨기지 못했다. 들키지 않으려 도진에게 덮인 손을 빼내려고 하자 오히려 도진은 더 단단하게 붙잡았다.

"네가 지금처럼 살고 싶으면 평생 숨겨 줄 수 있어. 제이 그룹을 포함해서, 나까지 말이야."

"……."

"그러니까 너는 네가 하고 싶은 대로 하면 돼."

도진은 수단과 방법을 가리지 않고 지안을 지켜 낼 자신이 있었다. 흔들림 없는 표정으로 그녀에게 믿음을 주며 말하자 긴 속눈썹이 파르르 떨리며 올라갔다.

"도움을 받고 싶지 않아서 숨겼던 거지, 내 배경 그리고 오빠를 부정하면서 거짓으로 살아갈 생각은 없어요."

지안은 방금 전과 다르게 결단을 내린 듯 단호한 모습이었다.

"이제 숨기지 않을래요. 대표님, 기자 회견 준비해 주세요."

"알았어. 네가 준비되면 바로 열 수 있도록 할게."

"감사해요."

강준과 경석은 지안의 의사를 들었으니 이만 가 보겠다며 병실을 나갔다. 강준과 앞으로의 진행을 얘기할 겸 나가는 두 사람을 배웅하고 돌아온 도진은 지안의 볼을 어루만지며 물었다.

"후회 안 하겠어? 네가 그동안 쌓은 진심을 왜곡하는 사람들도 많이 있을 거야."

"기회라고 생각할래요. 어차피 끝까지 숨길 수 있을 거라는 기대는 안 했어요."

도진은 지안의 말을 들으며 머릿속을 흐릿하게 만들었던 안개가 걷히는 기분이 들었다. 그녀는 제 생각보다 훨씬 단단하고, 어른스럽고, 쉽게 무너지지 않는 사람이었다.

"게다가 오빠랑 결혼하면서 신데렐라 이미지를 얻는 것보다는 다 가진 정지안이 차도진까지 쟁취하는 그림이 훨씬 나을 테니까."

'푸스스', 웃으며 너스레를 떨던 지안은 고개를 칼같이 젓고는 높이 치켜들었다.

"후회 안 해요."

"그럴 줄 알았어."

그 어느 때보다 강인해 보이는 지안의 표정에 도진의 입가에 만족스러운 웃음이 스쳤다.

제이 호텔 컨퍼런스 센터.

지안이 강준에게 부탁한 기자 회견은 일사천리로 이루어졌다. 이안이 주도적으로 지시한 보안과 통제 아래 제이 호텔에서 진행되는 대규모 기자 회견은 사람들의 지대한 관심을 모았다.

연예면에 이어 사회면까지, 화제의 중심에 선 지안은 오늘따라 유독 육중하게 느껴지는 문 앞에서 짧게 심호흡을 했다. 도진에게는 자신 있다며 호기롭게 말하고 나왔지만 떨리는 마음은 어쩔 수 없었다.

그럼에도 지안은 잘 해내야 했다. 자신의 진심을 전할 수 있는 유일한 길이었다. 아무리 떨리고 긴장되어도 사람들의 추측과 오해가 기정사실이 되는 것만큼은 바로잡아야 했다.

"준비됐어? 갈까?"

"응."

옆에서 들리는 경석의 물음에 지안은 감았던 눈을 뜨고 고개를 끄덕였다.

드르륵―.

찰칵― 찰칵― 찰칵―.

문이 열림과 동시에 그녀를 기다리고 있던 백 대에 가까운 카메라 플래시 세례가 터졌다. 잇따라 터지는 플래시에 눈을 찡그릴 법도 한데, 지안은 의연하게 단상 위를 걸었다.

붕대와 복대로 고정해 놓은 상체가 흔들리지 않게 조심스럽게 자리에 앉은 지안은 넓은 컨퍼런스 홀을 둘러보았다. 대한민국에 존재하는 모든 언론사에서 전부 참석했는지, 빼곡하게 앉아 있는 사람들을 천천히 바라보던 지안은 앞에 세워져 있는 마이크를 향해 목소리를 내었다.

"안녕하세요, 배우 정지안입니다."

앞서 달달 떨었던 것에 비하면 썩 괜찮은 목소리였다. 지안은 맑고 청아한 음색을 내뿜으며 차분하게 말하기 시작했다.

"여기 계신 분들의 질문, 다 받겠습니다. 그전에 먼저 제 이야기를 해도 될까요?"

지안은 사람들을 향해 묻고는 그들의 대답을 잠시 기다렸다. 고개를 끄덕이는 사람, 저 멀리서 그러라는 긍정의 대답을 눈으로 보고 귀로 담은 그녀는 옅게 웃었다.

"고등학교를 갓 졸업한 어린 소녀였습니다. 하고 싶은 것도 없었고, 남들처럼 대학을 가지도 않았습니다."

과거의 자신을 돌아보는 지안의 목소리가 살짝 떨렸다. 에둘러 말했지만 정확하게는 더 이상 살고 싶지 않았던 그녀였다.

"하루하루를 흘러가는 대로만 살아가려던 절 연기로 이끌어 주신 건 우드 엔터테인먼트의 하강준 대표님이었습니다. 눈빛이 마음에 든다며 오디션의 기회를 주셨습니다. 특히 '연기를 하면 네가 아닌 다른 사람이 될 수 있다.'는 말에 홀렸습니다."

강준의 그 말이 아니었다면 지안은 연기를 시작하지도 않았을 것이다.

"처음 본 오디션에서 덜컥 합격을 해 버렸고, 연기를 시작해 버렸고, 재미를 느껴 버렸습니다. 계속하고 싶었고, 놓치기 싫었고, 온전히 제힘으로만 무언가를 시작한 첫 번째였습니다."

데뷔작 오디션 합격은 제이 그룹의 후광 없이 정지안 스스로

가 해낸 일이었다.

"생각보다 재벌은 스스로 할 줄 아는 게 없습니다. 원하든, 원하지 않든, 이름처럼 배경이 뒤에 붙는 게 재벌입니다. 혼자 열심히 무언가를 일궈도 결국 누군가의 도움으로 이루어진 일이죠. 권력을 무서워하는 사람, 부러워하는 사람, 바라는 사람 등을 통해 말이죠."

지안은 태어나면서부터 제 손에 쥐어진 권력의 힘을 모르지 않았다. 스스로는 아무것도 내세울 게 없는 사람이었음에도 제이 그룹을 꼬리표처럼 달고 있으면 남들 시선에는 대단한 사람이 되었다. 그랬기에 항상 자신이 원하지 않아도 누군가의 눈치로 인해 결과가 만들어졌다.

"처음으로 쟁취해 낸 이 기쁨을 계속 누리고 싶었습니다. 제가 '재벌' 정지안이 아닌 '배우' 정지안을 선택한 이유입니다."

짧고 간결한 해명이었다. 내가 아닌 다른 사람이 될 수 있다는 말에 홀려 연기를 시작했다면, 결국 스스로 얻는 성취감에 취해 제이 그룹을 숨기며 연기를 계속했다. 제가 할 수 있는 최선의 해명이었고, 가장 진실성 있는 변명이었다.

지안은 질문을 기다리며 기자들을 바라보았다. 바로 한 여기자가 손을 번쩍 들었다. 기자 회견장에 들어설 때부터 눈에 띄던 사람이었다. 지안은 여기자를 향해 고개를 끄덕였고, 그녀는 마이크를 켜고 물었다.

"지금도 다른 사람이 되기 위해서 연기를 하시는 건가요?"

첫 질문치고는 흥미로운 질문에 지안의 눈가가 살짝 경련을 일으키다가, 이내 곱게 접혔다.

"아니요. 지금은 제가 되기 위해서 연기를 합니다."

이제는 자신 있게 할 수 있는 말이었다.

"무슨 뜻인지 말씀해 주시겠습니까?"

다시 한번 마이크를 드는 여기자를 보고 지안은 은은하게 미소를 지었다.

"무모한 일에 부딪혀 실패도 해 보고, 이겨 내며 성공도 해 보는 오롯한 사람 정지안을 만들기 위해서 연기를 합니다."

연기를 하면서 지안은 자신이 성장해 가고 있다는 것을 느꼈다. 다듬어지지 않은 연기를 하던 신인 시절 받았던 눈초리와 오디션에서의 빈번한 낙방은 그녀가 사회에서 처음으로 느꼈던 절망이었다. 운 좋게 무명 시절이 길지는 않았지만, 그동안 제이 그룹 정지안이 얼마나 나약했는지 깨닫는 시간이었다.

첫 질문에 대한 지안의 답을 끝으로 기자들의 질문 세례가 시작되었다.

"정말 배우 정지안의 길에 제이 그룹의 뇌물이나 압박은 없었습니까? 정지안 씨는 단기간에 스타덤에 올랐는데요!"

"믿지 않으시는 건 어쩔 수 없지만 제가 단호하게 드릴 수 있는 말은 '없다.'입니다."

"어떻게 8년이라는 시간 동안 사람들에게 숨길 수 있었나요? 소속사에서는 알고 있었나요?"

"부모님 얼굴을 1년에 한 손에 꼽을 만큼 적게 봤다면 설명이 될까요? 소속사에서는 대표님만 아십니다. 들키지 않기 위해서는 어쩔 수 없이 도움을 받아야 했거든요."

셀 수 없이 수많은 질문과 대답이 오갔지만 본질은 같았다.

"정지안 씨의 커리어를 오로지 정지안 씨의 힘으로 이뤘다는 자신이 있으십니까?"

정말 '정지안의 성공적인 배우 생활에 제이 그룹의 힘이 닿지 않았는지'였다.

"소속사를 비롯해 절 도와주시는 많은 분들이 계십니다. 어떻게 저 혼자 이뤘다고 하겠어요. 하지만 확실하게 말씀드릴 수 있는 건, 저를 위해 애써 주신 손길 중에 부도덕한 일은 없었습니다."

최선을 다해 질문에 답을 하던 지안은 지친 표정을 숨길 수 없었다. 좋지 않은 컨디션도 문제였고, 계속된 정자세로 인해 뼈에 무리가 가는 것도 같았다.

"이제 마지막 질문 받겠습니다."

그런 지안의 상태와 함께 예정되었던 기자 회견의 시간이 다 되어 가자 한쪽 끝에 서 있던 사회자가 말했다. 이윽고 마지막 질문의 기회를 얻어 낸 기자가 우렁찬 목소리로 물었다.

"CHA 그룹 차도진 전무하고는 무슨 관계입니까?"

지안은 생각보다 많이 늦게 나온 도진의 이름에 옅은 웃음을 띠었다. 지친 그녀의 얼굴에 화색이 살짝 도는 것을 본 기자들이 웅성거리는 것이 느껴졌다.

"많이 예상하셨듯이, 차도진 전무님은 제 약혼자입니다."

당당한 지안의 대답이 끝나자마자 빠르게 다른 기자가 마이크를 켰다.

"어떻게 만나게 되셨는지 말씀해 주세요!"

"여러분도 아시다시피 제이 그룹과 CHA 그룹은 현 회장님끼리 가까운 친우시기 때문에 어렸을 때부터 왕래가 많았습니다. '자연스럽게 만났다.'는 말로밖에 설명을 드릴 수가 없네요."

진짜 도진과 결혼을 하기까지, 과정을 설명하려면 많은 말이 필요했지만, 태연한 모습으로 짧게 대답을 하고 천천히 일어난 지안의 시선 끝에 첫 질문을 한 여기자가 다시 한번 번쩍 손을 드는 것이 보였다. 사회자가 질문은 끝났다고 언급했지만 지안은 고개를 끄덕이는 것으로 질문을 해도 좋다고 표현했다.

"지안 씨에게 배신감을 느끼는 사람들도, 그러나 또 기다리는 사람들도 많이 있습니다. 앞으로의 계획은 어떻게 되는지 말씀해 주시겠습니까?"

이번에도 예상을 뒤엎는 질문이었다. 지안이 예상한 건 적어도 전 질문에 이어서 '도진과 어디서 어떻게 만났는지' 혹은 '정략결혼이 맞는 건지' 정도였다. 생각보다 무거운 질문에 지안은 선 채로 생각에 잠겼다.

"앞으로 연기는 잠시 쉰다는 계획에는 변함이 없습니다. 보시다시피 다치기도 했고, 새로운 길을 가기 위한 중요한 일도 있어서요."

잠시 말을 멈추고 짧게 심호흡을 한 지안은 말을 이었다.

"하지만 여러분이 이런 소란 끝에도 저를 기다려 주신다면, 그 믿음에 반드시 보답하겠습니다. 감사합니다."

최악의 경우 은퇴도 암시하는 말이었다. 지안은 자신이 지을 수 있는 최대한 밝은 미소를 지으며 기자들에게 인사를 하고 기자 회견장을 빠져나왔다.

탁─.

묵직한 문이 닫히고, 지안의 귀에 가득하던 소란스러움은 정적으로 메꿔졌다.

"힘드네……."

나른한 숨을 흘리며 중얼거렸다. 몸도 마음도 다 지쳐 버린 것 같았다. 진통제를 먹고 왔음에도 뻐근한 상체를 매만지던 지안은 발끝에 보이는 인영에 고개를 번쩍 들었다.

"수고했어."

양팔을 옆으로 벌리며 서 있는 사람은 도진이었다. 지안은 천천히 걸어가 너른 품에 자신을 맡겼다. 도진은 그녀가 아플까 세게 안지 못하고, 충격이 가지 않게 등을 가만히 쓸었다.

"나, 잘못한 주제에 너무 당당했어요? 여기서 더 미움받으려나……?"

지안은 도진의 가슴팍에 이마를 기대고 웅얼거렸다. 귓가에 울리는 규칙적인 심장 박동이 긴장했던 마음을 풀어, 아무렇게나 생각나는 대로 튀어나온 말이었다.

"네가 잘못한 건 없어."

도진은 지안이 내뱉은 말이 귀에 거슬려 눈가를 살짝 구겼다.

"사람들을 속였잖아요."

"말을 하지 않은 게 꼭 속였다고 할 수는 없지. 모든 사람이

가정사를 오픈하지는 않아."

낮으면서도 단호한 도진의 목소리였다.

"정지안, 최고로 멋졌어."

도진은 지안의 귓가에 입술을 부딪치며 속삭였다. 지안이 나지막이 한숨을 내쉬며 도진의 허리를 껴안자 시원한 베르가못 향이 코끝에 퍼졌다. 도진의 목소리, 온기, 향기까지, 자신의 심신을 안정시키는 모든 요소가 합쳐지자 눈을 감고 휴식을 취했다.

"……다행이다……."

지안은 힘없이 웃으며 중얼거렸다. 멋지다는 도진의 말이 지안의 가슴에 고스란히 내리꽂혔다.

모든 걸 각오하고 이 자리에 나왔다. 만약에 정말 이렇게 자신의 연기 인생이 막을 내린다면 좀 서글프겠지만, 어쩌면 배경을 숨기기로 한 처음부터 예상했던 일인지도 몰랐다. 물론 자신의 옆에 도진이 있을 거란 상상은 감히 해 보지도 못했지만.

"나한테 오빠가 있어서 다행이에요."

도진이 곁에 있다는 것 하나가 큰 위안이었고, 전부였다. 자신이 무너져도 언제나 든든하게 받쳐 줄 사람이었기에 지안은 괜찮아지겠다고 마음먹었다.

두 번의 계절이 지나가고 지안이 맞이한 건 꽃이 완연하게 핀

따뜻한 봄이었다.

그동안 사람들의 반응은 여전히 양 갈래로 나뉘어 있었다. 대중을 속였다는 지안을 향한 배신감과, 지안을 이해하고 그녀의 진심을 믿는 응원과 격려였다.

지안은 덤덤하게 팬을 비롯한 사람들의 반응을 전부 받아들이려고 노력했으나, 감사하게도 지안과 작품을 같이해 온 감독, 동료 배우들, 심지어 제작사까지 나서서 그녀를 캐스팅하는 일에 있어서 단 한 번도 압력이라는 걸 받은 적이 없다며 적극적으로 해명한 덕분에 그녀의 진심을 믿는 사람들이 많아졌다.

까면 깔수록 미담만 나오는 지안이었기에 시간이 흐를수록 지안을 기다리는 사람들이 비교도 안 될 만큼 많아졌다. 그녀의 연기를 좋아하는 사람이 많았고, 주변인들에게 워낙 잘하는 그녀 자체를 좋아하는 사람도 많은 덕분이었다.

마지막 기자 회견에서 은퇴 가능성을 암시하는 말을 던진 탓인지 팬들은 제발 꼭 다시 돌아오라고 끊임없이 지안을 응원했고, 감독들과 제작사 그리고 배우들도 강력하게 그녀의 복귀를 요구했다. 덕분에 지안은 요즘 많은 생각에 잠겼지만 오늘만큼은 그럴 수가 없었다.

"떨려?"

장난기가 잔뜩 배어 있는 음성이 새하얀 웨딩드레스를 입고 있는 지안의 귓가에 닿았다. 뻣뻣한 고개를 돌리자, 신부 대기실에 다소곳이 앉아 부케를 양손으로 꼭 쥐고서 달달 떨고 있는 그녀를 보고 웃음을 터뜨리는 건우가 보였다. 극도로 긴장한 친구의 모습이 그렇게도 웃긴지 눈가에 눈물까지 매달고서 고개를 뒤로 젖혀 가며 웃는 얼굴이 얄미웠다. 지안은 자신을 놀리는 건우를 향해 툴툴거렸다.

"당연하지! 나 결혼은 처음이잖아!"

"……?"

"왜?"

'결혼은 처음'이라는 지안의 말에 건우의 눈빛에도, 그런 건우를 바라보는 지안의 눈빛에도 물음표가 띄워졌다. 순식간에 얼굴이 심각해진 건우가 지안의 눈높이에 맞춰 주저앉으며 아주 은밀하게 속삭였다.

"그…… 우리 형님은 혹시 두 번째이신가? 혹시 아무도 모르게 먼저 다녀오시고, 막 그랬나?"

두어 번 눈을 껌뻑이며 건우의 말을 이해한 지안은 하도 어이가 없어 웃음도 나오지 않았다.

"김건우가 김건우 했네?"

순식간에 표정이 굳어진 지안의 얼굴을 확인한 건우는 머쓱하게 웃었다.

"밖에서 형님은 아주 의젓하게 인사하고 계시던데 너만 엄청 떨고 있어서 그랬지."

"널 친구라고 결혼식에 불렀네, 내가."

"사랑한다, 친구야!"

"건우야, 이제 유부녀한테 그런 말은 하면 안 된다?"

민호가 건우에게 작은 핀잔을 주며 대기실 안으로 들어섰다.

그의 뒤를 이어 아리와 선오까지 들어오자 조용했던 대기실은 금세 시끌벅적해졌다. 건우는 다행이라며 안도의 한숨을 내쉬었고, 그걸 놓치지 않은 지안은 눈을 가늘게 흘겼다.

"오늘 너무 예뻐요, 언니!"

"누나! 결혼 축하해."

"고마워."

그러나 지안은 곧 자신을 칭찬하는 아리와 선오를 향해 환하게 웃었다. 자신에게 익숙한 사람들이 많이 보이고 나서야 조금씩 긴장이 풀리는 기분이었다. 지안의 눈동자가 문 근처를 향하는 것을 눈치챈 민호가 어깨를 으쓱였다.

"우석이는 아직 한국에 안 들어와서 못 왔어."

"아……."

"결혼 축하한다고 전해 달라더라. 그리고 그 녀석이 축의금도 두둑하게 냈어."

지안은 괜히 대신 미안해하는 민호를 향해 괜찮다며 고개를 저었다. 우석은 여전히 소식이 없었다. 혹시나, 하고 민호를 통해 전한 청첩장이었으나 우석은 이렇게 거절하는 걸로 답을 전했다. 왠지 우석만 상처 남은 과거에 남겨 두고 온 것 같아서 마음이 좋지 않았다.

"너한테 연락하겠대. 그러니까 오늘 세상에서 제일 예쁜 신부가 되라던데?"

지안은 작게 웃음을 터뜨렸다. 다행히 우석도 저와 도진처럼 앞으로 나아가기로 결정한 듯싶었다.

"이미 언니가 최고예요! 진짜!"

"우리는 이제 자리로 가야겠다. 넘어지지 말고 잘해!"

"잘할 수 있지? 그만 떨어!"

"떨리면 우리 찾아!"

건우와 민호 그리고 아리와 선오가 응원을 보내며 대기실을 나갔다. 단숨에 생겨난 고요에 지안은 눈을 스르르 감고 작게 심호흡을 했다.

"신부님, 이제 입장하시겠습니다."

입장을 알리는 직원의 안내에 천천히 눈꺼풀을 밀어 올린 지안은 의자에서 일어났다.

— 나만 보고 걸어. 이제 와서 다른 곳으로 가도 소용없어. 내
  가 낚아채서 옆에 세울 거니까.

아침에 메이크업을 받으며 제 긴장을 풀어 주려 한 도진의 장난기 섞인 농담을 떠올렸다. 지금에서야 효과를 발하는 건지 살짝 웃음을 터뜨린 지안이 굳은 눈빛을 하고 식장으로 걸었다. 오늘은 두 사람이 하나가 되는 날이었다.

웨딩 홀 천장에는 로맨틱한 샹들리에가 길게 늘어져 있었고, 양옆으로는 수백 개의 조명이 길고 새까만 버진 로드를 비추고 있었다. 버진 로드를 비롯해 홀 내부를 가득 장식한 꽃은 반짝이는 조명을 받아 더욱 색감을 화려하게 빛내고 있었다.

이렇게 아름답고 황홀한 공간보다 사람들의 시선을 집중시킨 건 오직 그녀만을 위한 하이라이트 아래 서 있는 지안이었다. 도드라진 쇄골과 길게 뻗은 목선을 드러내며 가는 허리를 강조해 풍성하게 떨어지는 튜브톱 벨 라인 형태의 드레스는 그녀의 몸매를 한껏 살렸다.

웅장하고 화려함의 극치가 웨딩 홀 내부였다면, 그보다 더 화려하고 아름다움의 극한은 지안이었다. 지안이 걸을 때마다 드레스에 새겨진 자수와 레이스가 그녀를 따라 움직이는 조명에 비쳐 반짝이며 펄럭였다. 그러자 천사를 연상케 하는 순결함과 고귀함이 느껴졌다.

수많은 사람들의 박수 소리와 환호성을 들으며 아버지인 호준의 손을 잡고 천천히 걷던 지안은 시선 끝에 서 있는 도진을 눈에 담았다. 턱시도를 입은 그의 모습은 마치 신이 신중을 기해 실수 없이 빚은 듯한 완벽함 그 자체였다.

턱시도는 깔끔한 도진의 성격에 맞춰 일부러 클래식한 디자인을 골랐음에도, 조각 같은 얼굴과 몸에 착 붙는 슈트발로 인해 지나치게 화려해 보였다.

이윽고 도진에게 다다라서 호준에게 잡혔던 손이 그에게로 넘어갔다. 제 손을 다 덮는 커다란 손에 의지하여 지안은 도진과 나란히 섰다. 차분하고 진중한 주례를 듣던 도진은 지안에게만 들릴 목소리로 작게 말했다.

"아직도 떨려?"

긴장한 표정의 지안은 머리 위에서 나직하게 울리는 목소리에 고개를 연신 끄덕였다. 부케를 쥔 손가락에는 힘이 잔뜩 들어가 있었다. 도진은 그런 지안을 본 것인지 옅은 웃음을 흘렸다.

"그만 떨리게 해 줄까?"

"어떻게요?"

의아한 표정으로 묻던 지안은 어느새 자신의 몸이 반쯤 돌아가 도진을 바로 보고 있는 걸 알아차렸다. 극도의 긴장감으로 식순이 어느새 마무리에 닿았다는 걸 눈치채지 못하고 있었다. 도진은 지안에게 다가섰고, 지안은 점점 가까워지는 도진을 올려다보았다. 코앞에서 잠깐 다가오기를 멈춘 도진은 낮게 웃음을 흘렸다.

"이렇게."

"읍!"

도진은 지안의 얼굴이 가까이 있자, 그녀의 입술을 단번에 머금었다. 신성한 결혼식에서 하는 입맞춤치고는 진득하고 야했다. 숨을 죽이고 도진과 지안의 키스를 지켜보던 사람들은 생각보다 깊은 입맞춤에 술렁거렸다. 종종 탄식이 흐르기도 했으며, 거침없는 도진의 박력에 큰 환호가 들려오기도 했다.

"이제 안 떨리지?"

길고도 짧은 입맞춤 끝에 실처럼 연결되는 타액을 혀끝으로 살짝 훔쳐 낸 도진이 씨익 웃었다. 나른한 미소에 홀린 지안은 이번에는 다른 의미로 멍한 상태가 되었다.

서로의 반지를 나누고 양가 부모님의 앞으로 가서 인사를 할 때도 기계적으로 움직이던 지안은 경쾌한 음악에 다시 정신을 차렸다. 도진의 팔짱을 끼고 앞을 바라보던 지안은 1부의 끝을 알리는 경쾌한 음악에 맞춰 발을 앞으로 뻗었다. 제가 걸어온 버진 로드를 다시 바라보며 한 발자국 앞으로 내민 그녀의 눈앞에 그동안의 시간이 주마등처럼 스쳐 지나갔다.

한 발자국에 도진과 남매처럼 자랐던 어린 시절의 기억이, 또 다른 한 발자국에 20대의 도진을 볼 수 없었던 지난 10년의 기억이, 그다음 발자국에는 다시 만난 30대 도진이 차례대로 스쳤다. 서로의 오해로 아파했던 시간과 다시 만나 뜨겁게 사랑한 시간이 겹쳐지자 지안은 속에서 복받치는 감정을 누르기 위해 애를 써야 했다. 이루 말할 수 없이 감격스러운 순간이었다.

"지안아."

"응?"

지안은 자신의 이름을 다정하게 부르는 도진에게 시선을 힐끔 주었다. 그녀가 바라볼 걸 이미 알고 있었는지 곧바로 마주치는 눈동자에는 애정이 가득 담겨 있었다.

"이제 아프면 안 돼."

나긋나긋하고 따뜻하게 하는 말은 저를 향한 걱정이었다.

"알고 있지? 내가 너를 위해 살고 있다는 거."

도진의 말을 가만히 듣던 지안은 순간, 어느 지난날을 떠올렸다. 많은 일이 있기 전, 행복을 가득 담았던 말이었다.

— 예비 신랑은 어떤 분이신가요?

— ……저를 위해서 사는 사람 같아요.

"그러니까 나를 위해서라도 넌 아프면 안 돼."

도진은 자신이 아픈 걸 못 견디는 사람이었다. 그랬기에 지난 10년 동안 지독하게 자신을 피하면서 홀로 모든 걸 견딘 사람이었다. 언제 받아도 벅찬 그의 사랑을 지안은 잘 알고 있었다. 그러나 도진도 알아야 할 것이 있었다.

"오빠도 알죠?"

지안은 눈을 부드럽게 휘며 만감이 교차하는 얼굴로 말했다.

"나도 오빠를 위해 산다는 걸요."

도진뿐만이 아니라 자신 역시 그를 위해 산다는 것을 말이다. 울컥, 숯은 눈물을 참느라 더 길고 길게 느껴졌던 버진 로드 끝에 다다르자 지안은 살짝 발꿈치를 들고 팔을 뻗어 도진의 목을 감싸 안고 그대로 도진의 입술로 돌진했다.

살짝 흔들리다가 버틴 도진은 지안의 허리를 단단하게 붙잡고, 부딪히는 달콤하고 촉촉한 그녀의 입술을 한 번 더 짙게 머금었다. 곳곳에서 튀어나오는 사람들의 축하가 담긴 함성과 환호를 들으며 지안은 눈을 감았다.

"사랑해요."

입술을 맞부딪힌 채로 속삭이자 도진이 '피식' 웃는 것이 느껴졌다. 다시는 놓지 않을 것처럼 서로를 꼭 껴안은 채 사랑을 속삭였다.

"사랑해."

서로의 입술이 물들고, 그들의 사랑이 물들었으며, 앞으로의 행복이 물드는 순간이었다.

유안의 이야기

10대의 마지막 여름이 되었다.

여름은 호불호가 명확한 계절이었다. 누구는 쨍한 햇볕과 무성하게 자란 초록 잎이 보기 좋다고 하고, 누구는 덥고 습해서 싫다고 하는 그런 계절을 유안은 무척이나 좋아했다.

저마다 다른 네 가지의 계절 중에서 여름만을 좋아하는 이유도 명확했다. 유안이 여름을 좋아하는 이유는 딱 하나, 사정없이 굵게 비가 쏟아지는 장마 때문이었다. 무엇이든지, 어떤 것이든지 다 씻겨 나갈 것만 같은 거센 물줄기가 그녀의 마음을 울렸다.

"이렇게 무섭게 내리는 비가 대체 뭐가 좋다고 그렇게 봐?"

오늘도 어김없이 거대한 통창으로 보이는 눅눅한 공기 사이를 뚫고 무자비하게 내리는 장대비를 하염없이 바라보고 있는 유안의 머리 위로 맑고 또랑또랑한 목소리가 울렸다. 그녀가 고개를 돌리자 한 손에는 따뜻한 유자차 그리고 다른 한 손에는 투명한 컵에 담긴 오렌지 주스를 들고 있는, 자신의 하나뿐인 동생 지안이 보였다.

"가만히 보고 있으면 괜히 속이 뻥 뚫리지 않아?"

유안의 말에 시선을 돌려 강한 번개로 번쩍이는 유리창을 가만히 바라보던 지안은 그녀의 말을 이해할 수 없다는 듯이 고개를 절레절레 저었다.

"지금 치는 저 번개에 맞으면 속이 아니라 진짜 내가 뚫려 버릴 걸."

지안은 유안에게 오렌지 주스를 건네주고 그녀의 옆에 앉아 제 몫의 유자차를 호로록 마셨다. 그런 지안을 빤히 보던 유안이 지안을 걱정스러운 눈빛으로 바라보았다. 하나뿐인 여동생이 체하거나 속이 더부룩할 때마다 유자차를 찾는다는 걸 아주 잘 알고 있었기 때문이다.

"속이 안 좋은 거야?"

"아니? 그냥 이게 제일 맛있잖아."

그런 유안의 마음을 읽은 건지 일부러 더 어깨를 으쓱이며 해맑게 웃는 지안이었다. 장난스럽게 들고 있던 컵을 흔드는 건 덤이었다. 동생의 천진난만한 웃음에 유안도 짧게 웃음을 터뜨리고는 다시 창으로 시선을 돌렸다.

집안 어른들이 부재한 대저택은 유안과 지안이 말을 멈추자마자 순식간에 정적에 휩싸였다.

쏴아아아ㅡ.

하늘에 구멍이라도 뚫린 듯이 요란하게 내리는 비가 지붕을 두들기면서 내는 소리가 이 집 안의 유일한 소음이었다. 멍하니 창밖을 바라보던 유안을 다시 일깨운 건 어김없이 자신의 옆에 앉아 있던 지안이었다.

"언니, 기억나?"

"응?"

평소보다 조심스러운 지안의 음성에 유안은 의아한 눈빛을 띠었다.

"이 집에 처음 온 날 말이야."

"……당연히 기억나지."

유안은 갑작스럽게 묻는 지안의 말에 기억 저편 너머에 꼭꼭 깊숙하게 묻어 두었던 어린아이를 떠올렸다.

낯선 어른의 손을 붙잡고 들어선 집에서 저보다 어린 누군가가 제 존재에 대해 물었다.

— 누구세요?

— …….

— 지안이 왔니?

잔뜩 움츠린 어깨, 이리저리 방황하는 시선과 맞물린 건 반짝반짝 빛나고 있는 동글동글한 눈동자였다. 전자의 것은 유안의 눈이었고, 후자의 것은 지안의 눈이었다. 유안은 두 쌍의 눈이 참으로 어울리지 않는다고 생각했다.

— 아빠 친구 딸인데, 앞으로 지안이 언니가 될 거야.

— 우와!

— 좋지? 지안이, 맨날 오빠밖에 없어서 언니 생겼으면 좋겠다고 했잖아.

부녀간에 오가는 대화 속 느껴지는 다정함이 유안의 마음을 흔들었다. 나도 저곳에 끼고 싶다, 문득 든 생각에 저조차도 놀랐다. 지금 자신의 손을 잡고 있는 이 아저씨를 얼마나 오래 봤다고. 심지어 방방 뛰고 있는 저 아이는 분명 오늘 처음 보는 애였는데 그들과 어울리고 싶어지는 자신이 이상하게 느껴졌다.

하루아침에 잃어버린 가족을 이렇게라도 다시 만들고 싶었나? 아마도 그게 정답인 것 같았다. 혼자는 너무 힘들었으니까. 주변에 대한 경계가 심했던 자신의 어린 시절을 떠올리던 유안은 의미 없는 생각을 멈췄다.

"나는 언니가 우리 집으로 와 줘서 너무 고마웠어."

갑자기 하늘에서 뚝 떨어진 언니.

"내가 엄청 좋아했잖아. 드디어 나도 언니가 생겼다면서."

그것이 지안에게 유안의 존재였다. 마치 착한 아이의 소원을 들어주는 산타클로스의 선물 같은 것 말이다.

"그러니까 말이야. 너, 나 와서 엄청 좋아했어."

갑자기 진지하게 말을 하는 지안의 모습에 오히려 유안은 장난스러운 어조와 함께 웃었다. 괜히 불안해진 탓에 손바닥으로 팔을 문지르면서 말이다.

"나도 좋았어. 네 언니가 될 수 있어서."

외동이었던 유안에게 위로는 오빠가, 아래로는 여동생이 생겼다. 오유안이 단 하루 만에 정유안이 될 수 있었던 건 한순간에 부모를 모두 잃어버린 자신을 그냥 지나치지 못한 호준의 정 덕분이었다.

호준이 아빠의 친한 친구라고는 했지만, 유안에게는 크게 와 닿지 않았다. 평범한 회사원인 아빠와 이름만 대면 누구나 알 만한 대기업의 사장님인 호준은 연결점이 전혀 없어 보였기 때문이었다. 아빠의 생전에 호준과 왕래가 전혀 없던 것도 한몫했다.

유안의 아버지와 제이 그룹 사장인 정호준 사이에는 어린 시절에 고아원에서 만나 다져진 우애가 있었다.

호준은 제이 그룹에서 주관하는 정기 봉사 활동을 나갔고, 유안의 아버지는 그날 호준이 나간 봉사 활동 장소인 고아원의 맏형이었다.

다른 아이들은 재벌인 호준을 어려워했고, 불편해했으며, 나아가 처지를 비교하며 시기하고 질투했다. 그러나 유안의 아버지는 달랐다. 재벌에 대한 편견 없이 호준을 대했다.

어린 나이에 이미 권력의 쓴맛을 알고 있던 호준은 그런 유안의 아버지가 새로웠고 고마웠다. 그러나 경영을 배워야 하는 호준은 호준대로, 고아원에서 독립해야 하는 유안의 아버지는 아버지대로 살아가기 바빴기에 결국 둘 사이에 이어지던 연락은 그렇게 끊겨 버렸다.

처음 만난 것이 우연이었듯, 그들의 재회도 우연으로 만들어졌다. 그러나 우연으로 만들어진 인연은 이번에도 길지 않았다. 얼마 안 가 불의의 사고로 유안의 부모가 죽었고, 남겨진 건 오직 그들의 하나뿐인 딸 유안이었다.

호준은 나이를 먹을수록 이유 없이 선한 마음을 가진 사람을 상대했던 적이 언제였는지 기억에 남지 않을 만큼 고된 청춘을 보냈다. 그래서 저를 이용하려는 것이 아닌 정말 친구라는 것을 제대로 느끼게 해 준 유안의 아버지에게 보답하고 싶었다.

호준의 갑작스러운 입양 이야기에 정 회장과 효선은 크게 놀랐으나 위축되어 있는 유안을 보고, 또 유안의 곁에서 싱글벙글 웃고 있는 지안을 보고 호준의 제안을 받아들였다. 그렇게 모든 걸 잃고 오갈 곳 없던 유안은 자신의 세상에서 아주 멀기만 했던 제이 그룹에 발을 들여놓게 되었다.

"내가 언니를 너무 좋아해서 미안해."

느닷없이 들리는 사과에 유안은 마음속에 묻어 놓은 아빠와 호준을 생각하는 것을 빠르게 멈췄다.

"네가 왜 미안해?"

"……."

"정지안."

유안은 사과와 함께 보이는 심상치 않은 지안의 얼굴 때문에 마음이 초조하게 변했다. 소파에 반쯤 파묻혔던 몸을 일으켜 지안에게 가까이 다가갔다.

"너, 왜……."

"언니는 우리 집에 온 거, 후회 안 했어?"

갑자기 왜 그러냐고 물으려던 유안보다 지안의 말이 더 빨랐다. 말을 놓쳐 버린 유안은 그대로 어딘가 불안해 보이는 지안의 말을 계속 들을 수밖에 없었다.

"그날도 날씨가 이랬잖아."

그제야 유안은 지안이 지금 어떤 일을 언급하는 것이며, 왜 사과를 하는 것인지 알아차렸다.

"나 원망은 안 했어?"

미세하게 떨리는 지안의 목소리에 담긴 울음기를 느낀 유안은 아랫입술을 감쳐물었다. 쉬이 입술을 뗄 수 없었다. 그녀가 언급한 그날의 기억은 유안에게도 썩 떠올리고 싶지 않았기 때문이다.

그날도 지금처럼 비가 억세게 쏟아지는 날이었다.

정유안이 열세 살, 정지안이 열한 살인 6년 전, 우산을 써도 소용이 없을 만큼 시야를 가로막는 굵은 빗줄기와 바람이 몰아치는 아주 매서운 날이었다. 학교가 끝나고 집으로 가기 위해 어김없이 정 회장이 직접 고용한 기사가 운전하는 차를 탄 유안은 뒷자리에서 옷에 묻은 빗물을 털어 내고 있었다.

"지안 아가씨가 안 계시니까 허전하시죠?"

"네."

유안이 조용히 앉아 있자 룸 미러를 조절하던 기사가 말했다. 그에 그녀는 고개를 끄덕였다.

평소였다면 비슷한 시간에 마치는 지안과 함께 차 안에서 조잘조잘 떠들며 집으로 돌아갔겠지만, 오늘은 지안이 감기에 걸렸기 때문에 학교에 나오지 못했다.

기사는 유안에게 불필요한 말을 건네지 않았고, 유안도 마찬가지였다. 어색한 공기를 이기지 못한 그녀가 가방에서 책을 꺼냈다. 도착할 때까지 집에서 읽다가 멈춘 책을 마저 읽을 셈이었다.

쾅―!

유안이 탄 차가 한적한 도로로 접어들기 무섭게 뒤에서 충격이 가해졌다. 손에 쥐고 있던 책이 바닥으로 날아가고 정신을 차리지 못하는 와중에 모든 게 빠르게 이루어졌다. 갑작스럽게 눈이 가려졌고, 입이 막혔으며, 손발이 묶였다.

"으으으읍!"

유안에게 허용된 감각은 청각 하나뿐이었다. 그렇기에 발버둥 치는 것을 멈추고 주변 상황에 귀를 기울여야 했다.

"실수는 없는 거겠지? 애먼 사람 잡아 왔으면 우리도 같이 망하는 거야!"

"제이 그룹 본가로 들어가는 차를 탔으니 틀림없어! 저번에 번호판도 확인했다고."

쩽쩽한 목소리는 여린 어깨를 움츠리게 만들었다. 상황을 파악하기 위해 작은 머리를 한참이나 굴려야 했다.

"제이 그룹이 하나뿐인 손녀를 얼마나 애지중지했으면 떠돌아다니는 사진이 한 장도 없어. 일하기 귀찮게 말이야."

"그래도 이거 보수가 얼마야. 무려 공이 여덟 개야, 여덟 개라고!"

투덜거리는 목소리 위로 덧붙여진, 조금 더 쇳소리를 내는 다른 사람의 목소리에 유안은 자신이 처한 상황을 확실하게 눈치 챘다. 제이 그룹의 손녀는 이제 둘이었다. 그러나 저들이 말하는 하나뿐인 손녀, 그건 절대 자신은 아닐 것이다. 납치범들이 원하는 건 정유안이 아니었다.

"정지안 이름값 하나 되게 비싸네."

유안은 제이 그룹의 소중한 막내딸인 지안을 대신해 납치되었다.

유독 어린아이들만 유괴하거나 살인하는 잔인한 사건이 만연하던 시기였다. 유괴범들은 단순한 충동으로 범죄를 저지르는 자들이 아닌, 아주 계획적이고 조직적인 범죄 집단이었다.

특히 표적이 되기 쉬운 재벌가에, 어린 여자아이가 두 명이나 있는 제이 그룹은 어느 때보다 유안과 지안의 안전에 심혈을 기울였다. 그녀들을 총성 없는 전쟁과도 같은 거친 세상 밖으로 드러내지 않았다. 오직 자신들이 세운 울타리 안에서 자유롭고 행복하게 잘 클 수 있도록 말이다.

그러나 사고는 늘 예상하지 못한 순간에 찾아온다. 하필 아침까지만 해도 멀쩡했던 큰길이 감당하지 못할 만큼 쏟아지는 많은 양의 비로 인해 긴급 공사 중이었고, 그래서 어쩔 수 없이 다른 길로 돌아가야 했고, 그게 차를 뒤쫓아 오던 납치범들에게는 절호의 기회가 되었다.

"살…… 살려 주세요!"

납치범 중 한 명이 아이를 납치했다는 증거를 녹음하기 위해 자신의 입에 붙었던 테이프를 제거하자마자 유안이 내뱉은 첫마디였다. 유안은 그 순간이 얼마나 무섭고 놀랐는지 덜덜 떨면서도, 눈물은 나지 않았다.

"안 죽여. 너희 집은 돈이 많으니까."

음침하고 걸걸한 목소리는 유안의 입을 막았다. 돈이 많으니까 죽이지 않는다. 순간 머릿속으로 든 생각은 하나였다. 그와 동시에 납치범의 마지막 말을 끝으로 다시 입에는 테이프가 붙여졌다.

"돈만 무사히 받으면 넌 살아, 꼬마야."

만약 부모님이 돌아가시지 않고, 평범하게 자란 자신이 지금처럼 납치되었다면 자신은 이미 죽었을지도 모른다. 그 순간 유안은 갑자기 모든 것에 초연해졌다. 당장 죽을지도 모르는 위험한 상황에 놓인 것에 비해 믿기지 않을 만큼 차분해졌다. 그건 어쩌면 자신의 새로운 가족이 되어 준 제이 그룹을 향한 지극한 믿음 아니었을까. 유안은 자신을 정말 가족 그 이상으로 대해 준 그들의 마음을 믿었다.

"경찰이다!"

"유안아!"

납치극은 오래가지 못했다. 어린아이의 간절한 믿음에 보답이라도 하듯이, 수단과 방법을 가리지 말라는 정 회장의 지시 덕분에 권력에 권력을 더한 수색은 아주 빠르고 안전했다. 그렇게 유안은 무사히 집으로 돌아올 수 있었다.

"으어엉! 언니!"

지안 대신 납치된 유안의 사고를 모두가 쉬쉬했지만 알 사람들은 다 알았다. 때문에 유안과 지안뿐만 아니라 부모님, 나아가 정 회장까지 사람들 입방아에 오르내리게 된 건 어쩔 수 없는 일이었다.

많은 사람들 입에 담기는 만큼 내용은 간단했다. 소중한 막내인 지안이 납치당할지도 모른다는 위험을 느낀 어른들이 혹시 모를 일에 대비해 유안의 입양을 결정했고, 결국 그 입양아가 지안을 대신해 위험한 일을 당했다고.

말도 안 되는 말이었다. 유안은 그걸 누구보다 제일 잘 알고 있었다.

시간이 많이 지났다고는 하지만 다시 곱씹기에는 썩 유쾌하지 않은 지난 일을 회상하던 유안은 굳게 다물고 있던 입술을 떼었다.

"안 했어, 후회 같은 거."

유안은 긴장했는지 눈 주위가 부들부들 떨리고 있는 지안의 눈동자를 가만히 마주했다. 다 잊고 싶어도 절대 잊지 말아야 하는 것이 있었다.

지친 몸을 누구인지도 모를 어른에게 맡긴 채 집으로 돌아왔을 때, 울면서 맨발로 뛰쳐나오던 너. 절대 가만히 두면 안 된다며 어른들보다 더 화를 내던 오빠 이안. 한동안 매일 같이 몸은 어떤지, 마음은 어떤지 들여다보던 부모님과 할아버지까지.

어떻게 그 모든 걸 거짓이라고 생각할 수 있을까. 그렇기에 그들의 가족이 된 것을 후회하지 않느냐는 지안의 물음에 유안은 단호하고 확고하게 답할 수 있었다. 믿을 수 없다는 듯한 표정에 유안은 다시 한번 말했다. 마치 그녀의 말도 안 되는 오해를 확실하게 매듭이라도 짓는 것처럼.

"진짜야. 그런 거 해 본 적 없어."

"⋯⋯날 원망 안 했다고?"

"너를 어떻게 원망하겠어. 그건 그냥 사고였어."

유안은 진심으로 이렇게 생각했다. 이곳으로 입양되지 않았더라도 자신이 납치될 가능성이 충분히 높았던 시기였다. 그리고 만약 그랬다면 돈이 목적이 아니었을 가능성이 더 크니, 죽었을 것이라고 은연중에 확신했다. 무섭지 않았다면 거짓말이겠지만 지안을 미워하고 원망하기에는 잃은 것보다 받은 것이 과분하게 많았다.

"하지만 사람들은 여전히⋯⋯."

이미 시간이 많이 지났지만 여전히 대접받고 사는 유안을 아니꼽게 바라보는 시선들이 존재했고, 이건 그들이 가장 입에 담기 쉬운 말이었다. 그리고 어린 지안의 귀로 흘러 들어가면서 그녀의 약한 마음을 흔들기에 충분했다.

"그러실 분들 아니라는 거, 누구보다 내가 더 잘 알아."

어느 때보다 강인한 대답을 들은 지안의 눈에 눈물이 핑 돌았다. 그걸 본 유안의 눈이 반달로 접히며 짧게 웃음을 터뜨렸다. 안기라는 의미로 양팔을 그녀의 앞으로 쭉 뻗자 지안은 어리광을 부리듯이 품에 쏙 안겼다.

"많이 사랑해, 내 동생."

유안이 지안을 향한 애정을 숨기지 않고 굳이 말로 드러낸 이유는 오직 그녀에게 확신을 주기 위해서였다.

내 동생. 피는 섞이지 않았어도, 많은 사람들이 진심으로 인정하지 못한다고 해도, 자신은 그녀의 하나뿐인 언니라고 말이다. 그리고 자신이 이런 확신을 의심 없이 가질 수 있었던 건 지안이 제게 준 애정 덕분이라고.

"유안 아가씨, 지안 아가씨."

자칫 무겁게 가라앉을 뻔한 분위기를 환기시킨 건 서로를 끌어안고 있는 유안과 지안을 부르는 목소리였다. 집안일을 봐주는 사람 중 한 명이었다. 유안이 고개를 돌려 눈을 마주치자 직원은 나머지 말을 이어 나갔다.

"CHA 그룹 차도진 도련님께서 오셨습니다."

도진의 이름이 들리자 자신의 어깨에 얼굴을 묻고 있던 지안의 몸이 들썩이는 것이 자연스럽게 느껴졌다. 유안은 천천히 고개를 들어 올리고 살짝 붉어진 눈가를 정리하는 지안을 가만히 바라보았다.

"오빠 혼자요?"

"네."

미세하지만 발갛게 상기된 얼굴에 지금까지 지안이 느꼈을 감정과 다른 감정을 느끼고 있다는 것을 알았다. 유안은 느낄 수 있었다. 아마 자신도 수줍게 얼굴을 붉힌 그녀와 별반 다르지 않을 테니까. '차도진'. 그 세 글자가 뭐라고, 고작 이름 하나에 두 소녀의 마음이 흔들렸다.

유안은 곧 집으로 들어올 도진을 맞이하기 위해 환하게 웃으며 자리에서 일어나는 지안보다 반 박자 늦게 소파 밑에 가지런히 놓인 슬리퍼에 발을 넣었다.

그와 동시에 도진을 맞이하는 목소리가 들렸다. 시선을 돌리자 거실로 들어오고 있는 도진이 눈에 담겼다. 그는 이제 교복을 더 이상 입을 일이 없는 어른이었다. 학생일 때도 늘 큰 사람처럼 느껴졌던 도진이었지만, 정말로 성인이 되어 버린 그는 이전보다 더 멀어진 느낌을 주었다.

유안은 특유의 분위기를 풍기며 들어오는 도진의 모습을 멍하니 바라보다가 아차, 하는 얼굴로 다급하게 인사를 건넸다.

"안녕하세요⋯⋯."

"응, 안녕."

도진은 유안의 인사에 고개를 살짝 끄덕이며 답했다. 유안은 그런 그의 모습을 보고 살짝 웃으며 생각했다. 여전했다. 그는 늘 이렇게 자신의 인사를 담백하게 받아 주었다. 낯설고 두려워 눈조차 제대로 마주치지 못했던 첫 만남에서도 말이다.

─ 안녕.

도진은 포악한 성정을 가진 나쁜 사람은 아니었으나, 본래 따뜻하고 다정한 것과는 거리가 먼 만큼 냉철한 이성을 가진 차가운 성격이었다. 그런 그가 처음 보는 아이에게 먼저 다가와 인사를 건넸다. 그 이후로도 이안의 뒤에 숨어 있기에 급급한 자신이 만약 혼자 떨어져 있는 걸 보면 쉽게 지나치지 않았다.

유안에게 보여 준 도진의 모습이 늘 그랬기에, 그가 태생부터 다정한 사람이라고 잠시 착각하게 된 것도 무리는 아니었다.

시간이 흐르고 도진의 원래 성격을 알게 되고, 사실 그동안 자신을 위해 배려했다는 것을 알고서는 묘한 기분에 휩싸여야 했다. 그리고 묘하게 남아 있는 감정은 여전히 현재 진행 중이었다. 불과 일주일 전에만 해도 그랬다.

일주일 전, 여름 방학을 앞두고 대영 고등학교 주최 파티가 열렸다. 졸업생 선배와의 만남이었다. 곧 대영의 울타리에서 벗어날, 10대의 마지막 어린 양들을 이끌어 주기 위한 자리였다. 이런 자리는 늘 불편해 오고 싶지 않았으나 어쩔 수 없었다.

엎친 데 덮친다고, 몸까지 좋지 않았다. 아침에 자신의 상태를 본 이안은 집에서 쉴 것을 권유했다. 안 가도 되는 자리라고.

그러나 고개를 저었다. 자신은 이안과는 다른 의미로 함부로 빠질 수 있는 위치가 아니었다. 이미 학교와 관계된 사람은 자신이 제이 그룹 사람인 걸 누구나 다 알았다. 집안을 등에 업고 방자하게 군다고 함부로 떠드는 사람들에게 괜히 제 손으로 먹잇감을 던져 주고 싶지는 않았다. 그러나 차라리 그게 더 나았을지도 모르는 상황이 올지는 몰랐다.

"이안 선배 없다고 나서서 제이 그룹 오너 일가인 척하는 거 웃겨."

"그래 봤자 적통도 아니라서 다들 은근히 만만하게 보잖아."

이제 와서 상처를 받기에는 늘 꼬리표처럼 들리는 말이었다.

이안이 오기로 약속한 한 시간만 참자고, 그렇게 생각했다. 오빠가 오고 나면 자연스럽게 잊힐 테니까.

"여기서 뭐 해."

분명 그렇게 생각하고 있었는데, 익숙한 도진의 음성이 들렸다. 유안은 자연스럽게 곁에 서는 도진을 물끄러미 올려다보았다. 그가 나타나자 함부로 떠들던 주변 모두가 입을 다물었다. 도진은 잠깐 시선을 내려 주변을 훑더니 다시 유안을 향해 말했다.

"가자."

겪고 또 겪어도 늘 참담했던 곳에서 자신을 꺼낸 건 도진이었다. 언제 나타난 건지 모를 만큼 조용하게 제 곁으로 다가왔으나, 존재감만큼은 단연 최고였다. 미련 없이 등을 돌려 걸어 나가는 도진의 뒤를 따르는 중에도 모두의 시선이 그에게 꽂혔다는 걸 느꼈으니까.

"……감사합니다."

학교를 빠져나와서 나지막이 건네는 유안의 인사에 도진은 그녀를 흘깃 바라보더니 겉옷을 벗어 건넸다. 계절에 맞는 얇은 재킷이었다. 유안은 영문을 모른 채 도진의 옷을 받아 들었다. 반팔 차림의 도진은 손목에 걸친 시계를 바라보며 입술을 뗐다.

"하고 싶은 말 하고 살아."

"네?"

유안은 자신도 모르게 고개를 치켜들며 되묻다가 도진의 까만 눈동자를 마주했다. 까맣고 깊은 그의 눈동자를 바라보면, 꼭 빠져나오기 힘든 심해로 빨려 들어가는 것 같아서 그녀는 늘 그의 눈을 피하기 바빴다. 그러나 지금은 왠지 그러고 싶지 않았다. 물론 갑자기 도진의 눈을 보고 싶었다는, 그런 말도 안 되는 변덕은 아니었다.

"너 이제 그래도 돼."

도진이 건넨 건 격려였다. 앞으로 수많은 사람들을 마주하게 될 유안을 향한 작은 걱정도 포함해서 말이다. 그와 동시에 유안은 전류에 감전이라도 된 사람처럼 가슴 한쪽이 찌릿하고 울렸다. 처음은 아니었다. 그렇다면 이 감정은 무엇일까.

키 차이로 인해 살짝 아래로 내린 도진의 시선을 유안은 가만히 서서 온몸으로 받아 냈다. 흔들림 없는 눈동자를 보자 저절로 하얀 뺨이 발갛게 물들었다. 얼굴에 오른 열은 빠르게 발끝까지 퍼졌다.

유안은 온몸에 퍼진 열감을 느끼고 나서야, 도진을 볼 때마다 느껴야 했던 증상을 정의 내렸다. '첫사랑'. 그 말밖에 자신이 받은 강렬함이 설명되지 않았다.

유안은 생각했다. 차도진은 좋아하지 않을 수 없는 사람이다. 어느 것 하나 빠지지 않는 사람이다. 도진의 배경이 되어 주는 CHA를 비롯해, 그가 가지고 있는 것은 차치하고서라도, 대단한 사람이었다.

그런 사람이 곁에 있는데 눈길이 가지 않는 것이 더 이상한 일이었다. 게다가 그녀는 남들보다 더 그와 부딪치는 일이 잦았다. 그렇게 자연스럽게 도진에게 스며들 수밖에 없었다.

게다가 도진은 지금도 유안이 늘 비참함을 맛봐야 하는 곳에서 백마를 타고 나타난 왕자님이었다. 아니, 그에게는 백마도 필요하지 않았다. 차도진, 그 자체가 세상 모든 걸 손에 쥐고 있으니까. 멍하니 생각에 잠긴 유안의 머리 위로 낮은 음성이 울렸다.

"짐 되라고 준 거 아닌데."

도진은 차마 걸치지 못하고 가만히 재킷을 붙잡고만 있는 유안의 손끝을 턱 끝으로 가리키며 다시 입을 열었다.

"형이 아침에 몸 안 좋아 보였다고 걱정했어."

"아……."

"입어."

유안은 아침부터 제게 몸이 안 좋으면 가지 않아도 좋다고 계속 말했던 이안의 얼굴을 떠올리고는, 도진의 재킷을 어깨 위로 걸쳤다. 그러자 시원한 베르가못 향이 코에 맴돌았다. 집에 돌아와서도 자꾸 생각나는 도진의 향을 잊으려 애써야 했다.

그렇게 고작 일주일밖에 안 된 일을 열심히 곱씹던 유안을 깨운 건 도진을 향한 지안의 음성이었다.

"다들 지금 집에 안 계시는데……."

"응."

"이안 오빠도 없어요……."

"응, 알고 있어."

유안은 보았다. 도진이 말끝을 흐리면서도 열심히 말을 하는 지안을 보며 입꼬리를 살짝 올려 웃는 것을 말이다. 그녀를 귀여워하는 도진의 얼굴이 잔상처럼 아른거렸다.

"형한테 연락받았어."

"아……."

도진의 방문은 이안의 부탁 때문이었다. 집에 일하는 분들이 버젓이 상주하고 있는데도 이안은 제 눈에 아직 어리기만 한 동생 두 명이 어른들 없이 집에 있다는 것만으로 걱정이 되어 도진에게 바쁘지 않으면 집으로 가서 봐 달라고 연락한 것이었다.

"정이안, 진짜 유별나다니까. 집보다 안전한 곳이 또 어디 있다고."

이안의 과보호가 익숙한 지안 역시 유안과 같은 생각이었는지 오빠라는 호칭도 생략하면서 자리에 없는 이안을 향해 투덜거렸고, 그런 지안을 바라보며 도진은 '피식' 웃었다.

유안은 그런 두 사람의 모습을 가만히 눈에 담았다. 고작 서로 마주 보고 있는 것뿐인데 꽤 잘 어울리는 모습에 씁쓸한 미소를 감추지 못했다.

도진과 가까이 있게 되면서 점점 당연하게, 그리고 자연스럽게 그에게 정을 주었고, 마음을 주었다. 그렇게 유안은 그를 첫사랑이라고 정의를 내렸지만 지금처럼 늘 입 안에 감도는 쓴맛을 삼켜야 했다. 원래 관심이 가는 건 사물이든 사람이든 더 자세히 관찰하게 되는 법이다. 제가 관심을 가진 건 도진이었고,

도진은 곧 자신에게 관찰의 대상이 되어 버렸다.

자신의 시선이 도진에게 향하는 건 불가항력적인 일이라고 생각했다. 교복조차 벗지 못한 자신의 풋사랑이라고 해도 사랑은 사랑이었으니까. 그렇기에 다른 누구보다 더 먼저 알게 되었다. 언제나 도진의 시선이 자신보다 먼저 향하는 곳은 따로 있단 걸 말이다.

바로 지금처럼 제가 말을 꺼내지 않으면 자신에게 돌아오지 않는 도진의 눈길이 증거였다. 저를 볼 때와는 다르게 애정이 듬뿍 담긴 시선이었다. 여자로 바라보는 눈이라기에는 어딘가 부족했지만, 어릴 때부터 아껴 온 동생에게 보내는 눈빛이라기에는 너무나도 과했다.

지안과 대화를 나누던 도진이 손목에 찬 시계를 보더니 다시 유안을 향해 시선을 돌렸다.

"저녁은?"

갑자기 도진의 까만 눈동자를 마주하게 된 유안이 흠칫 놀랐으나 고개를 살짝 저어 보였다.

"먹고 싶은 건."

연달아 이어진 그의 질문에 우습게도 가장 먼저 생각난 건 지안이 홀리듯이 중얼거리며 한 말이었다.

"지안이가 엄청 매운 떡볶이 먹고 싶다고 했었는데……."

"언니! 나 괜찮아!"

지안이 찾은 건 유명 프랜차이즈 체인점에서 판매하는 눈물, 콧물을 쏙 빼는 매운맛 떡볶이였다. 도진과 같이 먹을 메뉴는 아니라고 판단한 지안이 유안의 말을 급하게 막았지만 이미 들어 버린 도진의 고개는 다시 지안을 향했다.

"떡볶이?"

유안은 자신에게서 눈길을 거둔 도진을 보며 헛웃음을 삼켰다. 어쩌다 한 번 자신에게 온 도진의 관심을 그대로 다시 지안에게 넘겨 준 스스로가 어이없었다.

"그럼 시켜. 비 오니까 집에서 먹어."

"아니에요! 우리 다른 거 먹어요!"

"나도 오랜만에 먹고 싶어서 그래."

핸드폰을 쥐고 있는 손을 앞으로 뻗으며 배달로 시키라는 도진과 괜찮다며 열심히 손사래를 치는 지안이었다. 한참의 실랑이 끝에 지안은 결국 그의 핸드폰을 받아 들었다.

도진은 늘 그랬다. 지안이 조금이라도 하고 싶어 한 건 무엇이든지 다 들어줬다. 지금처럼 그의 취향이 전혀 아닐 메뉴를 오직 지안을 위해 망설임 없이 먹고 싶다는 거짓말까지 하면서 말이다.

어느새 진지하게 메뉴를 고르느라 고민에 빠져 조용해진 지안이었다. 도진은 그런 지안을 조용히 보더니 '피식' 웃음을 터뜨렸다.

"아직 애네."

흩어지는 웃음소리에 섞여 옅게 들린 말이었지만, 유안의 귀에는 오히려 선명하게 들렸다. 어리다고 놀리는 어투는 아니었다. 오히려 귀여워서 어쩔 줄 모르는 사람처럼 애정이 가득 담긴 눈빛과 목소리였다.

유안은 제이 그룹에 들어와서 아무것도 욕심내지 않았다고 자부할 수 있었다. 태생부터 탐욕스러운 사람이 아니었기에 처음부터 제 것이 아닌 것에 과욕을 부릴 성정이 되지를 못했다. 그런데 지금은 핸드폰에만 집중한 지안이 조금 부러웠다. 감히 끝이 어디인지 잴 수도 없을 만큼 무한한 도진의 애정을 유일하게 받아 내는 그녀가, 꽤 많이 부러웠다.

도진을 이성으로 좋아하고 있다, 그렇게 정의를 내렸다고 특별한 일이 생기지는 않았다.

그저 평범하게 시간이 흘렀고, 유난히 변덕스러웠던 여름이 지나가 어느새 혹독한 추위를 뿜어낼 준비를 하는 겨울을 앞두었다.

시선은 늘 제 의지를 벗어나 이제는 본능적으로 도진만을 좇고 있었으나, 그렇다고 도진에게 제 마음을 표현할 생각은 없었다. 어차피 가망 없는 일을 굳이 들쑤셔 허튼 시간을 쏟지 않는 것이 그녀의 성격이었다.

도진이 자각하고 있는지는 모르겠지만 그는 지안을 좋아했다. 아직은 그녀가 어리기에 사랑이라고 인지하기까지 시간이 걸릴지도 몰랐다. 그러나 도착지가 서로를 향해 있었기에 시간이 얼마나 걸리든지 언젠가는 이어질 운명 같아 보였다.

유안은 제가 봐도 운명인 것 같은 두 사람을 방해하지 않은 채 흘러가는 대로 제 마음을 정리하려고 노력했다. 졸업을 앞두고 어른들이 건네는 축하주를 받아 마시지만 않았다면 대놓고 마음을 드러내는 일 따위는 없었을 것이란 이야기였다.

"선배, 좋아해요."

어쩌다 2층에 도진과 둘만 남겨졌을 때, 유안은 아래층으로 내려가려는 도진을 돌려세웠다. 그리고 꽁꽁 숨겨 두었던 마음을 드러냈다.

도진은 고백을 받는 것에 익숙한 사람이었다. 좋아한다는 유안의 말을 들었음에도 얼굴에는 미세한 변화조차 일어나지 않았다. 그가 만들어 낸 침묵 속에서 손가락만 꼼지락거리던 유안은 무언가를 결심한 듯 숨을 들이켰다.

유안은 자신이 고작 샴페인 두 잔에 취해 버리는 최악의 해독 기능을 가졌다는 걸 몰랐다. 그렇기 때문에 이렇게 거하게 사고를 쳤다.

쪽.

유안은 두 눈을 감고 냅다 도진의 입술로 돌진했다. 충동적으로 저지른 일이었으나, 후회하지는 않았다. 물론 멀쩡한 정유안이었다면 당장 사라지고 싶어 했겠지만 취기가 살짝 오른 정유안은 오히려 후련했다.

하지만 당황스러울 법도 한데 계속 침묵을 유지하는 도진의 눈치가 보이는 건 사실이었다. 유안은 갑자기 정신이 멀쩡해지는 듯한 느낌에 기어들어 가는 목소리로 말했다.

"혼내셔도 돼요."

"뭘."

"제가 그, 멋대로…… 뽀뽀한 거요."

유안은 혼내도 된다는 자신의 말에 오히려 무슨 일이 있었냐는 듯이 단조롭게 묻는 낮은 음성에 되려 당황했다. 기분이 상하지 않았나? 도진의 반응이 너무 평온해서 이상한 상상을 시작하려는 찰나, 도진의 목소리가 머리 위에서 울렸다.

"잊어."

"……."

"없던 일로 칠 테니까, 너도 잊으라고."

잊으라는 말에서 조금은 서늘함이 느껴졌다.

그래, 이게 맞는 거지.

이제야 자신의 예상과 비슷한 반응을 보이는 도진을 향해 허탈한 웃음을 지었다.

"화 안 내세요?"

"화가 날 만큼 의미 있는 일 아니야."

유안은 생각보다 더 냉랭한 도진의 반응에도 덤덤했다. 그저 먼저 잘못한 주제에 뻔뻔하게 물었던 건 취기를 핑계로 처음이자 마지막으로 물어보고 싶은 것이 있었기 때문이다. 얼떨결에 사고를 쳐 버린 지금이 아니면 영영 기회가 없을 것 같았다. 이제부터 수단 방법 가리지 않고 반드시 도진을 향한 마음을 접을 것이었으니까.

"저한테 이렇게까지 잘해 주시는 이유가 뭐예요?"

지금 도진은 충분히 친절한 편이었다. 어쩌면 평소보다 더 과하게 인내하고 있는 것 같기도 했다.

도진의 성격으로 보았을 때, 지금 그의 입술에 입을 맞춘 것이 다른 사람이었다면 아무리 충동적으로 사고를 쳤다고 해도 자신처럼 그와 말을 섞지는 못했을 것이다. 이 사실만으로도 도진이 자신을 그의 예외로 두었다는 것에 틀림이 없었다. 그랬기에 자신도 모르는 사이에 이루어지지 않을 허상에 대해 미약한 기대를 가졌었는지도 몰랐다.

유안은 도진에게서 어떤 대답이 나올지 몰라 괜한 긴장에 마른침을 삼켰고, 도진은 감정을 담지 않은 얼굴로 대답했다.

"네가 정유안이 되었으니까."

그리고 그가 한 대답은 결국 유안의 두 눈을 감게 만들었다. 마치 꼭 면죄부를 받은 것 같았다. 이제 자신과 떼어 낼 수 없는 제이 그룹 덕분이었다.

"정지안의 언니이고, 정이안의 동생이니까."

이 순간에도 도진의 입술에서는 지안의 이름이 먼저 튀어나왔다. 그는 자신이 이안의 동생인 것보다 지안의 언니라는 것에 우선순위를 두었다. 이 사소한 것에 의미를 제대로 부여하기도 전에 도진이 말을 이었다.

"내게 유일무이하게 각별한 존재들이야."

유안은 그답지 않게 말실수를 했다고 생각했다. 오직 하나임을 뜻해야 하는 단어에 둘을 넣어 버렸다. 오류를 범한 말에 대해 깊게 고민하지 않아도 느껴졌다. 도진에게 유일무이하다는 말을 떠올리게 만든 사람은 자신이 봐도 아주 사랑스러운 그 아이였을 테니까.

"평생 볼 수밖에 없는 사이라고."

"……"

"그러니까 망치지 않았으면 좋겠다."

도진이 유안을 내려다보았다. 살짝 틀어진 얼굴에서 그녀를 가늠하는 것처럼 보이는 눈이 날카롭게 빛났다.

이건 도진이 보내는 신호였다. 저랑 남매가 되어 준 이안과 지안이랑 잘 지내고, 나아가 그들과 연결되어 있는 도진을 비롯한 그의 누나인 영까지 돈독하게 지내는 지금을 망치지 않았으면 하는 바람이었다.

"너도 괜히 나서서 상처 받기를 원하지 마."

또한 서로가 서로에게 얽혀 있는 이 관계를 망치게 되는 순간 그에게서 가차 없이 버려지는 건 자신일 것이라는 경고였다.

유안은 할 말을 끝내자마자 미련 없이 등을 돌리고 계단을 내려가는 도진의 뒷모습을 하염없이 바라보았다. 이내 시야에서 도진이 사라지자 유안은 헛웃음을 터뜨리며 고개를 저었다.

"그래도 마지막까지 친절한 건 너무했어요, 선배."

이미 사라지고 없는 도진을 향해, 그가 듣지 못할 것을 알면서도 굳이 소리 내어 중얼거렸다.

"내가 조금만이라도 지안이를 덜 사랑했으면 어쩌려고."

만약에 자신이 지금보다 조금만 더 나빴다면 끝까지 도진을 놓지 못했을 것이라는 작은 푸념이었다.

해가 바뀌었다. 나이의 앞자리 숫자가 드디어 '2'로 바뀌었다. 이제는 정말 어른이 되었다는 감격에 푹 젖기도 전에 비행기에 올라탔다. 열네 시간의 기나긴 비행을 마치고 도착한 곳은 낭만의 도시, 프랑스 파리였다. 물론 혼자는 아니었다.

"어서 오십시오. 도련님, 유안 아가씨, 지안 아가씨."

졸업 여행이라는 명목으로 떠나는 2주간의 긴 여정에 함께한 건 도진과 지안이었다. 출국 전날, 학교에 일이 생긴 이안과 영은 다음 비행기로 합류하기로 했다. 자신이 뭐라고, 몸이 두 개라도 모자랄 만큼 바쁜 사람들이 기꺼이 시간을 내었다.

"긴 비행 고생하셨습니다, 도련님."

"오랜만이네요, 박 실장님."

유안은 자신들을 마중 나온 CHA 그룹 관계자와 간단하게 인사를 하는 도진의 옆모습을 쳐다보았다.

도진의 바람대로 유안은 그와 저 사이에 아무 일도 없던 것처럼 뻔뻔하게 아주 잘 지냈다. 오히려 이전보다 훨씬 빠르게 가까워졌다고 할 만큼 그가 편안하게 느껴졌다. 종종 그 앞에서 너스레를 떨기도 하는 변화에 가장 놀란 건 자신이었다.

스스로 생각해도 이상하리만큼 도진을 편하게 대하는 태도는, 완전히 마음을 내려놨기 때문에 가능한 일이었다. 그를 이성으로 보는 것이 아니라 이안처럼 오빠가 되어 준 사람이라고 생각하고 나서부터는 모든 게 쉬워졌다.

물론 유안은 여전히 도진을 바라볼 때면 가끔 수줍기도 했고, 설레기도 했으나, 이건 특출나게 잘난 사람을 볼 때 나오는 존경 정도의 감정이었다. 이안을 볼 때도 느껴지는 딱 그 정도의 감정 말이다.

"타."

차 앞에서 대기하고 있던 기사에게 차 키를 건네받은 도진이 말하자 유안이 의아한 얼굴로 물었다.

"오빠가 직접 운전하시게요?"

"응."

"피곤하시잖아요."

"우린 여행 온 거니까."

유안은 비행기 안에서 도진이 자는 것을 보지 못했다. 도진은 좌석만큼 넓은 테이블 위에 가득 올려진 책과 노트북을 내내 보고 있었다. 중간중간 잠을 청했던 그녀도 이렇게 피곤한데, 도진이 얼마나 피곤할지는 굳이 물어보지 않아도 뻔했다.

그럼에도 개인적인 일에 회사 직원을 부리기 싫었던 도진이 운전대를 직접 잡는 것을 본 유안은 못 말린다는 듯이 웃고서 지안을 향해 손짓했다.

"지안아, 네가 앞에 타."

"……응? 아니야! 조수석은 당연히 언니가 타야지!"

유안은 격하게 손을 내젓는 지안을 이상한 눈으로 바라보았다. 왜 자신이 조수석에 타는 것이 당연한 일인가에 대해 의문이 들었다. 그러나 냉큼 뒷자리에 올라타는 지안을 보고 더는 말을 붙이지 못했다.

꽤 늦은 시간에 도착한 만큼 목적지는 곧바로 호텔이었다. 유안은 불이 밝혀진 에펠탑이 정면으로 보이는 통창 앞에 서 시선을 떼지 못했다. 당장이라도 침대에 눕고 싶을 만큼 몸이 피곤했으나, 새로운 곳을 보니 들뜬 기분을 숨기지는 못했다.

"너무 예쁘다."

"언니, 우리 지금 나가는 건 좀 그렇겠지?"

옆에서 들리는 목소리에 유안이 고개를 돌려 쳐다보자 지안의 표정이 어딘가 불편해 보였다. 비행기, 차, 호텔. 내내 폐쇄적이기만 했던 길이 갑갑한 것처럼 보였다.

딩동—.

때마침 들리는 벨소리에 유안이 황급히 다가가 문을 열었다. 옆방에 짐을 푼 도진이 유안과 지안을 잠깐 보러 온 것이었다. 문이 열리자 시선을 내린 도진이 걱정을 담고 있는 유안의 얼굴을 보더니 살짝 미간을 찡그렸다.

"왜 그래."

"지안이가……."

유안이 지안의 이름을 꺼내자마자 곧바로 룸 안으로 발을 들이는 도진이었다. 그는 성큼 걸어가 지안의 얼굴을 살폈다.

"괜찮아?"

"……네……."

유안은 도진의 물음에 어색하게 웃는 지안을 빤히 바라보았다. 어느 순간부터 도진의 시선을 받아 내는 지안의 태도가 묘하게 달라졌다. 특히 자신이 도진을 편하게 대하면 대할수록 어딘가 불편해 보이는 지안이었다.

처음에는 그저 뒤늦은 사춘기라도 온 건가 싶었는데, 다 같이 모이는 자리에 몸이 좋지 않다며 먼저 들어가는 일도 빈번해졌다. 무엇이 문제인가 골똘히 생각에 잠기려는 찰나, 도진이 한발 빠르게 말했다.

"나가자."

"지금요?"

"응. 바람 쐬고 오자."

지안을 위해 도진이 차 키를 가지고 나오겠다며 룸을 빠져나갔다. 유안은 고민도 없이 자신의 휴식보다 지안의 컨디션을 선택한 도진을 보며 작게 웃음을 터뜨렸다. 제 눈에도 이렇게 어린 지안을, 도진은 얼마나 애타게 얼른 자라기를 기다리고 있을까 생각하니 웃음을 참을 수 없었다.

시간이 늦었기에 할 수 있는 건 드라이브뿐이었다. 도진은 파리가 익숙한 건지 능숙하게 차가 없는 곳으로만 운전했다. 덕분에 여유롭게 즐길 수 있었다. 그런 도진의 노력이 통한 건지 지안의 얼굴은 호텔에 있을 때보다 한결 나아졌다.

도진은 운전하는 내내 끊임없이 룸 미러를 통해서 넋을 놓고 특유의 유럽 건물에 시선을 뺏긴 지안을 주시했다. 물가에 내놓은 어린아이를 걱정하는 것처럼 보였다.

"고개 적당히 내밀어."

유안은 마치 참고 참다가 혼을 내는 듯한 목소리에 지안을 바라보기 위해 뒷자리를 향해 고개를 돌리다가, 갑자기 느껴지는 서늘한 기운에 행동을 멈췄다. 마치 눈이 마주치길 기다렸다는 듯이 깜깜한 길 저편에서 달려오는 갑작스럽고 강렬한 빛에, 미처 눈을 감기도 전에 시야가 차단되었다. 보이는 것이 사라지자 바람을 가로지르는 청각은 극대화가 되었다.

유안은 속력을 줄이는 것이 아니라 오히려 부웅, 하고 달려오는, 점점 거세지는 소리에 직감적으로 알 수 있었다. 저 차가 자신과 도진, 그리고 지안이 타고 있는 이 차를 곧 덮칠 것이라는 걸 말이다.

콰쾅─!

급작스러운 충돌로 심하게 요동친 차체는 그대로 밀려나더니 결국 뒤집혔다. 모든 게 순식간이었다. 코끝에 느껴지는 매캐한 냄새, 온몸의 뼈가 부서진 듯한 극심한 고통, 눈을 뜨지도 못할 만큼 얼굴을 덮고 있는 끈적하고 뜨거운 것이 피라는 걸 알기까지 많은 시간이 걸리지 않았다.

다들 괜찮은가?

마치 불구덩이에 있는 것 같았다. 머리로는 눈을 떠야 한다고, 어서 움직여야 한다고 생각했으나, 몸이 말을 듣지 않았다. 꼭 이대로 죽을 것만 같았다. 어쩌면 이미 죽어 영혼만 있다고 생각해도 이상할 것이 없는 몸 상태였다.

"……안! ……안아!"

아물아물 멀어지는 의식의 저 끝에서 마지막처럼 들린 건 누군가의 애타는 목소리였다. 죽음을 직감한 유안은 혼탁한 정신을 온 힘을 끌어모아 부여잡고서 실눈을 떠 보았다. 흐릿한 시야로 볼 수 있게 된 그녀는 희미하게 웃었다.

저 두 사람을 다시 내 두 눈에 담을 수 있을까?

유안을 웃음 짓게 한 건 의식을 잃은 듯한 지안을 안고 있는 도진이었다. 도진이 저보다 지안을 먼저 챙겼다는 사실이 서운하거나 밉고 그러지는 않았다. 저였어도 지안부터 구해 냈을 테니까.

유안은 자신의 마지막이 될 순간에 기도했다. 두 사람을 다시 제 두 눈에 담지 않아도 좋으니, 무사하게 해 달라고 말이다.

말하기도 힘들 만큼 아이가 겪기에는 벅찰 정도의 우여곡절이 많았지만, 나름 행복했던 삶이기에 딱히 죽고 싶었던 적은 없었다. 그렇다고 아득바득 목숨을 갈망하면서 살지도 않았다. 친부모가 죽고 나서부터 이승에 큰 미련이 없었다. 그저 저를 거둬 준 사람들에게 감사하며 살았을 뿐이었다. 그랬던 유안이 눈을 감으면서 유일하게 미련을 가진 건, 아직 이루어지지 못한 두 사람이었다.

"그래도 둘이 결혼하는 건 보고 싶었는데……."

그녀는 자신이 사랑하는 지안과 도진, 둘의 행복이 그려진 미래를 보고 싶었다. 그러나 이제 자신은 한계라는 것을 알리는 듯 보이는 모든 것이 흐릿해졌고, 간신히 버티고 있던 힘조차 풀려 버렸다. 결국 파르르 떨며 닫혀 버린 유안의 두 눈은 끝내 다시 떠지지 못했다.

우석의 이야기

우석은 남들이 쉽게 말하는 부자라고 할 수는 없었지만, 적어도 어디 가서 꿀릴 것 없이 살았다고 당당하게 말할 수는 있었다. 언제나 먹고 싶은 건 다 먹었고, 가지고 싶은 것도 다 가졌다. 어린 우석에게는 그게 그렇게 최고일 수가 없는 삶이었다.

— 우석이네 아빠, 사장님이래!

— 우와! 사장님이 회사에서 짱이잖아!

— 부럽다!

그 당시 어린아이들이 할 수 있는 최고의 칭찬. 우석은 늘 자신의 어깨를 으쓱 추켜올리게 만드는 아버지의 직업이 마음에 들었다. 친구들이 자신을 치켜세우니 왠지 그들과는 조금 다르게 특별하단 느낌도 받았다. 그러나 자신이 얼마나 좁고 깊은 우물 안 개구리였는지 깨닫는 데까지는 오래 걸리지 않았다.

클 대, 빛날 영. 크게 빛나는 사람이 되어라.

"이미 빛을 번쩍번쩍 내고 있는 새끼들인걸."

우석은 설핏 인상을 구기며 한자로 적힌 학교의 이름을 보며 생각했다. 이곳 대영 중학교는 다이아몬드가 될 원석을 키워 내는 곳이 아닌, 이미 다이아몬드 수천 캐럿을 손에 쥐고 있는 놈들의 필드라고 말이다.

자신의 어깨를 저 높이 끌어 올린, '아버지가 사장님'이라는 유일한 자랑거리가 이제는 특별하지 않았다. 아니, 오히려 보잘것없어졌다는 것이 더 맞는 표현이었다.

가고 싶어도 갈 수 없다며 초등학교 친구들의 부러움을 사고 뿌듯하게 입학한 대영 중학교 안에는 그동안 살아왔던 것과 다른 작은 세상이 존재했다. 철저한 계급제로 이루어진 그곳에서 우석은 가장 아래층에 있어야 했다. 절대 위로 올라갈 수도 없었다.

"너는 어느 집안이야?"

대기업 10위권 안에 드는 집안의 딸이 우석에게 물었다. 그가 누군지 궁금한 사람이 여자아이뿐만이 아닌지, 근처에 있던 아이들의 시선이 우석에게로 집중되었다. 걸음마를 떼기 시작할 때부터 친목을 쌓아 온 그들에게 우석은 뉴 페이스였다. 호기심으로 가득 찬 눈빛은 어쩌면 당연한 수순이었다.

반면에 우석은 꾸밈없는 얼굴로 묻는 여자아이의 질문에 헛웃음을 터뜨릴 수밖에 없었다. 낯선 사람을 파악하는데 가장 먼저 묻는 것이 이름도 아니고, 하다못해 사는 곳도 아니었다. 처음 겪는 유형의 아이였지만 이질적으로 느끼는 사람은 오직 우석뿐이었다.

"웅? 어디인데?"

이들에게는 이런 식의 자기소개가 당연한 건지, 어서 말해 보라는 재촉도 덤으로 따라왔다.

"……SY 하이테크."

우석이 재촉에 못 이겨 떨떠름한 얼굴로 대답하자 곧 아이들의 얼굴이 의아하게 변했다.

"그게 어디지?"

"CHA 전자 부품 납품 회사 아니야? 경영 수업할 때 봤던 것 같은데?"

"난 왜 바로 안 떠오르지?"

"네가 공부를 안 한 거겠지."

"야! 그래도 너보다는 내가 열심히 하지!"

뭐가 그렇게 재미있는지 깔깔거리며 서로를 놀리는 아이들은 그들보다 우석이 낮은 위치에 있다고 판단한 것인지, 우석을 향했던 호기심 어린 시선은 금방 사라졌다.

아이들은 크게 세 개의 계급으로 나뉘었다. 흔히 재벌이라고 부르는 한 나라를 넘어 전 세계까지 영향을 미치고 있는 대기업, 중위권 정도에 머무르며 한 분야에 특화되어 있는 기업, 마지막으로 그들에게 납품하는 중소기업까지.

우석이 입학 첫날 경험한 것은 3년 내내 이어졌다. 아이들은 비슷한 계급에 있는 집안끼리 가장 잘 어울렸고, 선생님들 역시 그에 맞게 차별에 가까운 행동을 보였다. 자신이 내로라하는 아이들은 전부 제치고 전교 1등을 했는데도 담임 선생님조차 축하가 아닌 눈치를 줬을 때, 우석은 넌더리를 내며 결심했다.

졸업하고 나면 대영의 'ㄷ 자'도 쳐다보지 말자고. 그만큼 학교라면 진저리를 치며 단단했던 우석의 마음이 미세하게 흔들리기 시작했다.

"우석이, 왔니?"

"수녀님, 잘 지내셨어요?"

우석을 반갑게 맞이하는 사람은 그가 꾸준히 봉사 활동을 다니는 고아원의 원장 수녀님이었다. 또래보다 성숙한 우석이었기 때문에 어려도 그에게 도움을 받는 것이 참 많았다. 아직 고등학생도 아닌데 벌써 키가 웬만한 형들을 다 따라잡은, 의젓하고 듬직한 우석의 모습을 흐뭇하게 바라보던 그녀는 아이들을 가리켰다.

"형 온다고 엄청 좋아했어."

"그래요? 잘 놀아 주지도 못하는데요."

우석은 아직 자신을 발견하지 못한 채 운동장을 뛰어놀고 있는 아이들을 가만히 바라보았다. 이곳에 사는 아이들은 대부분 다섯 살 정도의 어린 나이로 활동적이었기 때문에, 나이가 지긋한 수녀님들보다 체력이 받쳐 주는 우석을 더 좋아했다.

"그래도 오늘은 날씨가 좋아서 다행인 것 같아요."

"그러게 말이다. 저번에 비가 많이 와서 애들이 못 놀아 얼마나 울었는지 생각하면……."

다시 생각해도 아찔한 기억에 가볍게 몸서리를 치는 원장 수녀님을 향해 웃음을 보낸 우석은 아이들이 있는 곳에 다시 시선을 주었다. 그러다 조금 다른 모습에 눈을 살짝 크게 떴다.

"어……?"

"아! 우석이, 너는 처음 보나?"

'꺄르르', 웃음을 터뜨리며 공을 차고 있는 아이들 사이로 우뚝 솟은 여자아이가 우석의 눈에 담겼다. 머리를 묶은 것 같기는 한데 워낙 짧아서 그런지, 이리저리 옆으로 삐쭉 빠져나온 것이 머리를 묶었는지 풀었는지 헷갈릴 정도였다.

그러나 그런 건 상관없는지 신이 난 듯 웃음을 터뜨리며 아이들을 열심히 따라잡고 또 도망치고 있었다. 더울 텐데 기분 좋은 웃음을 짓는 모습을 멍하니 바라보고 있는 우석에게 원장 수녀님이 물었다. 그녀가 어느 집안인지는 모르는 눈치였다.

"너보다 두 살 아래 동생인데, 월요일마다 아이들하고 놀아 주러 온단다."

"네……."

"지안이도 대영 중학교 다닌다고 하던데, 혹시 아는 사이니?"

우석은 '지안'이라는 이름에 자신이 알고 있는 그 '지안'이 맞는지 확인하기 위해 눈동자를 빠르게 움직였다. 결국 가장 체력이 좋은 일곱 살 남자아이한테 붙잡혔는지 고개를 돌리며 환하게 웃어 보이는 얼굴은, 자신이 알고 있는 그 아이가 맞았다.

'정지안'. 그녀는 올해 대영 중학교에 입학한 1학년으로, 언제나 화제의 인물이었다. 흉흉한 세상 때문에 외부에는 밝혀지지 않은, 제이 그룹의 금지옥엽으로 애지중지 자란 막내딸.

그건 다시 쳐다보기 싫을 만큼 우석이 물려 버린 부류였다. 날 때부터 추락 따위는 모르고 하늘에서 편안하게 날아가며 살아가고 있는 아이들. 지안은 그중에서도 가장 높은 곳에서 날아다니는 아이였다.

그러나 지안이 아이들의 부러움을 받는 이유는 단순히 그 이유 때문만은 아니었다. 대영 고등학교에 재학 중인 오빠 정이안을 비롯해 재계 1위를 달리고 있는 CHA 그룹의 장녀 차영 그리고 만인의 우상인 대CHA 그룹의 다음 후계자인 차도진의 관심을 받는 유일한 아이였기 때문이다.

우석은 지안을 가만히 바라보다가 원장 수녀님께 물었다.

"언제부터 오기 시작했어요?"

"올해 초부터 온 것 같은데, 꽤 되었지? 너처럼 더 오면 더 왔지, 한 번도 빠지지를 않더라."

"……."

"너도 그랬지만, 저 아이도 어린 나이인데 참 기특해. 이게 참 쉽지 않은 일인데……."

지안을 열심히 칭찬하는 원장 수녀님의 말은 우석의 귀에 들어오지 않았다.

"우석이 형! 왔어?"

운동장에서 정신없이 뛰어다니던 아이들 중 가장 큰형인 연석이가 우석을 발견하고 곧바로 뛰어와 그의 손을 맞잡으며 인사했다. 올해 들어 키가 쑥 크더니 우석을 잡아당기는 힘도 제법 세졌다. 우석은 가쁘게 숨을 쉬면서도 자신을 당기기 위해 힘쓰는 연석을 향해 '피식' 웃음을 터뜨리다가 원장 수녀님에게 인사를 하고 아이들이 모여 있는 곳으로 달려갔다.

"안녕하세요!"

그리고 땀에 젖은 머리를 귀 뒤로 넘기며 자신을 향해 꾸벅 인사를 하는 지안과 눈이 마주쳤다.

쿵―.

심장이 툭 떨어지는 느낌이었다. '첫눈에 반한다'는 말이 이런 건가 싶었다. 초롱초롱 맑게 빛나는 눈동자가 가슴에 콕, 하고 박혔다.

"하아, 살려 주셔서 감사합니다!"

"……네?"

그러나 반짝이는 눈을 제대로 감상하기도 전에 대뜸 감사 인사부터 하는 지안에 우석이 미간을 살짝 좁혔다.

"저, 하아, 너무 뛰어서 진짜, 심장이 너무 아프거든요?"

지안은 왼쪽 가슴 위에 손바닥을 얹고서 말했다. 숨이 차는 건지 말을 할 때마다 살짝 흔들리는 목소리는 덤이었다.

"정말 좋은 타이밍에 와 주셔서 감사합니다! 사람 하나 살리셨어요!"

우석은 진심이 가득 담긴 목소리에 결국 웃음을 터뜨렸다. 이어서 장난기를 담은 어조로 대꾸했다.

"보기보다 용감한가 봐요~. 겁도 없이 전쟁에 뛰어든 걸 보면."

고작 아이들의 시합에 전쟁이라는 비유는 과할지 몰랐으나, 딱히 순수한 농담은 아니었다. 선수처럼 90분 동안 축구를 하겠냐 아니면 아이들과 놀겠냐 중 선택하라면 자신조차 망설임

없이 전자를 선택할 만큼 아이들과 몸으로 놀아 주는 것은 쉽지 않은 일이었다.

우석은 지금 이 순간이 얼마나 힘들고 숨차는지 누구보다 잘 알고 있기 때문에 당장 쓰러질 것만 같은 지안의 마음을 잘 이해했다.

지안은 웃음을 터뜨리는 자신을 따라 민망한 듯 웃었다. 아마 스스로 생각하기에도 초면에 너무 솔직했나 싶었겠지. 달아오른 얼굴 위 두 뺨에 그보다 더 발갛게 퍼진 홍조가 증거였다.

우석이 말을 하지 않자 지안은 얼굴에 의아한 빛을 띠었고, 우석은 자신도 모르게 빤히 그녀를 바라본 것을 느끼고 헛기침을 하며 시선을 돌렸다. 그러더니 곧바로 지안에게서 바통을 이어받듯이 운동장을 가로지르며 아이들과 함께 뛰었다.

우석은 자신이 오면 금방 갈 줄 알았던 지안과 하루의 전부를 함께했다. 같이 그림을 그렸고, 빨래를 널었으며, 나란히 앉아 영화도 보았다.

"오늘 진짜 잊지 못할 하루였어요! 다음에 또 뵈어요!"

"……그래, 잘 가."

멀리서 볼 줄만 알았지, 이렇게 가까이 붙어서 그녀의 얼굴을 관찰하게 될 줄은 몰랐다. 더더욱 집으로 돌아와서도, 다음 날 학교에서도 말간 얼굴이 계속 생각날 줄은 몰랐다.

─ 어? 안녕하세요~.

─ 이제 월요일에 봉사 오시는 거예요?

─ 역시 혼자보다는 같이하는 게 더 재미있는 것 같아요!

학교에서는 일부러 지안을 마주칠 만한 길을 기웃거렸고, 애들을 보고 싶다는 핑계를 대면서 그녀가 온다던 월요일에 고아원을 찾아갔다. 지안을 바라보고 마주치는 모든 순간에는 우석의 무던한 노력이 있었다.

처음에는 단순한 호기심이었다. 하지만 그 호기심은 곱게 자랐을 공주님인데도 까탈스럽지 않고, 오히려 배려가 넘치고 타인을 진심으로 위하는 솔직한 모습만 보이는 지안을 향한 관심이 되었다.

이제는 인정해야 했다. 예상하지 못한 순간에 알게 된 지안은 그동안 아무도 들이지 않았던 자신의 마음에 제일 먼저 들어왔다고.

대영 중학교를 졸업한 우석은 그토록 원하던 '탈대영 재단'에 성공했다. 그는 스스로 '99%' 대영 고등학교 진학률에 벗어나 '1%'에 들어가기를 선택했다.

초등학생 때처럼 평범한 고등학교에서 평범한 남자 고등학생으로 살았다. 단언하건데 모두의 부러움을 사며 입학했던 대영 중학교에서의 시간과는 비교할 수 없을 만큼 행복하고 즐거운 시간이었다.

한 가지 아쉬운 점이라면, 더 이상 지안을 마주칠 수 없었다는 것 정도였다. 그러나 잠깐 품은 마음인 만큼 다행히도 상사

병을 앓는 것과 같은 유난을 떨지는 않았다.

평범한 삶. 그러나 단 네 글자밖에 되지 않는 소박한 소망은 우석에게 너무 어려운 일이었다. 남들은 대학교 합격증을 손에 쥐고서 수험표를 챙기고 친구들과 놀러 다닐 때, 우석은 왕복 세 시간이 넘는 구치소 면회를 예약해야 했다.

우석은 충격으로 쓰러진 어머니를 대신해 외롭고 쓸쓸하게 혼자 걷고 또 걸었다. 손에 쥔 책, 귀에 꽂은 이어폰. 지금 우석의 곁에 있는 그 어떤 것도 그에게 위로가 될 수 없었다.

마치 모든 게 꿈만 같았다. 지금이라도 눈을 뜨면 고등학교 입학을 앞두고 있을 것만 같았다. 아니, 꼭 그래야 했다. 그렇지 않으면 숨 막히는 이 상황을 온전하게 버틸 자신이 없었다.

"누가 누구를 죽여요? 아버지가? 그걸 저보고 믿으라고 하시는 소리예요?"

쉬지도 않고 말을 쏟아 내는 우석이 허망하게 보낸 눈길 끝에 닿은 사람은 그의 아버지였다.

"……뭐라도 좋으니, 말씀 좀 해 보세요……."

입을 꾹 다문 채 말이 없는 제 아버지를 보며 우석은 답답한 듯 애원했다. 정해진 시간이 점점 다가왔다. 고작 15분이 전부였다. 아무리 애걸복걸 매달려도 늘릴 수 없는 시간이었다. 그러나 이런 자신의 노력을 알고 있으면서도 단 한 번도 눈을 마주치지 않는 아버지가 미웠다.

구치소에서의 마지막 면회였다. 곧 형을 결정하는 재판이 있을 예정이었고, 자신은 변호사도 필요 없다고, 모든 죄를 인정한다는 아버지를 이대로 아무것도 하지 않은 채 차가운 감옥으로 보낼 수는 없었다.

아버지가 절대 그럴 사람이 아니라는 것은 누구보다 자신이 제일 잘 알았다. 그러나 빌어먹게도 눈앞에 있는 상황이 말하는 것처럼, 정말 자신이 믿는 아버지가 그랬다면 협박당한 것이 분명했다. 억울하게 혼자 모든 것을 뒤집어쓰게 할 수 없었다.

"제발요……."

우석이 끝까지 답이 없는 아버지를 향해 분통을 터뜨리며 처음으로 눈물을 흘렸다.

"제발……! 아버지!"

"널 위해서였다!"

아들의 눈물에 차마 참지 못했던 걸까. 우석의 아버지는 울분이 섞인 목소리로 아들의 목소리가 묻힐 만큼 크게 소리쳤다.

"전부 널 위해서였어!"

"……?"

"그러니까 다 잊어버리고, 너 하고 싶은 거 하고 살아라."

급격하게 안색이 안 좋아지고 거칠어진 얼굴을 벅벅 문지르며 하는 아버지의 말에 우석은 얼굴을 굳혔다.

"왜요? 잘나신 분들이 제 앞길 망치겠다고 엄포라도 놨어요?"

"……."

침묵은 곧 긍정과도 같았다. 우석은 고개만 숙이고 있는 아버지를 보며 헛웃음을 터뜨렸다. 목구멍을 타고 구더기가 버글 버글 들끓는 것만 같은 역겨움이 올라왔다.

"더 이상 찾아오지 마!"

"차라리 우리 집이 망하는 게 나았어요."

우석은 아버지가 더는 할 말이 없다는 듯 자리에서 일어나는 것을 보며 나직하게 중얼거렸다. 그러나 코앞에 있는 사람이 못 들을 만큼 작은 소리는 아니었기에, 그의 아버지는 우뚝 자리에 멈춰 섰다.

"뭐야? 돈 한 푼 없이 쫄딱 망하는 게 나았다고 하는 거야?"

아들의 말에 화가 난 듯 우석의 아버지는 얼굴에 노기를 드러내며 버럭 소리를 쳤다. 그가 이곳에 있는 이유의 전부인 아들이 그렇게 말을 하니 퍽 억울한 것처럼 보였다. 그러나 우석의 얼굴 역시 만만치 않게 분노로 물들어 있었다.

"네! 그게 훨씬 나았어요! 적어도 이 꼴을 보는 것보다는!"

눈물을 삼키느라 애를 쓰던 우석은 결국 접견실이 떠나갈 듯이 큰소리로 포효했다. 참고 참았던 화를 터뜨리는 그의 눈가는 잔뜩 붉어져 있었다.

"아버지가 무슨 짓을 하셨는지 아세요?"

"……."

"죄 없는 사람들이 다치고 죽었어요. 아버지 아들 하나 잘살게 하겠다고, 멀쩡한 사람들을 망가뜨리셨다고요!"

말을 내뱉을수록 머리가 어질어질하며 눈앞이 핑 도는 강한 현기증을 느낀 우석은 눈을 질끈 감았다가 떴다. 차라리 꿈을 꾸는 것이라고 하면 얼마든지 이 악몽을 계속 꾸겠다고 할 만큼, 지금 눈을 뜨고 있는 현실이 지옥이었다.

오고 가며 인사를 하던 동창인 유안은 죽었고, 부러워하지는 않았어도 나름 존경했던 선배인 도진은 다쳤다. 겉과 속이 다른 사람들한테 질려 있던 우석에게 숨겨진 꽃과도 같았던 지안은 충격과 상처를 끌어안았다. 눈앞에 있는 아버지의 손에 의해서 말이다.

천성이 착한 아이였다. 순수한 웃음이 누구보다 잘 어울리는 아이였다. 그런 아이에게서 웃음을 지워 버리고 눈물을 흘리게 만든 사람이 자신의 아버지라는 걸 우석은 믿고 싶지 않았다.

"그러면서 제가 행복하기를 바라시는 거예요? 제가 정말 잘 살 수 있을 것 같아요?"

"……."

"아버지가 정말 절 위했다면, 제가 정말 사랑한 우리 가족을 이렇게 망가뜨리면 안 됐던 거라고……."

목이 턱, 하고 막혀 말끝이 흐려지고 눈가 끝에 눈물이 대롱대롱 맺혔으나 우석은 끝까지 참아 냈다.

시간이 다 되었는지 저 멀리서 자리를 지키고 있던 교도관이 다가오는 것을 보고 그 역시 의자에서 일어났다. 미련 한 점 없이 전부 털어 내야 했다. 자신의 전부라고 생각했던 가족은 더이상 없었다.

"아버지는 아들을 위하는 모든 것 중에 가장 최악을 선택하신 거예요."

우석의 말을 끝으로 그의 아버지는 말없이 등을 돌렸다.

"흐윽……."

얼마나 꽉 깨물었는지 입술에 피가 나는 것도 모른 채 뒤돌아 나가는 아버지의 등만 바라보던 우석은 다리에 힘이 풀려 다시 주저앉아야 했다.

감히 선처를 바라지 않았다. 권선징악으로 끝나는 당연한 결말이었다. 무기 징역, 그게 우석의 아버지가 받은 형량이었다. 이걸 다행이라고 해야 하는 건지 모르겠지만, 아버지를 협박했던 사장 역시 똑같은 벌을 받게 되었다.

우석은 담담히 결과를 받아들이며 곁에서 무너지는 어머니를 부축했다. 고집스럽게 병원이 아닌 집을 원하는 어머니의 뜻에 따라 집으로 향했다. 우석은 비상약이라도 살 겸 힘겹게 들어왔던 집을 다시 나서자마자 정장을 입고 있는 사람을 마주했다. CHA 그룹 사장실의 비서였다. 다시 말해 결국 도진 아버지의 비서였다.

"대학교 입학을 포기했다고 들었는데요."

이야기할 장소가 마땅치 않아 카페를 찾은 우석은 비서가 건네는 첫마디에 헛웃음을 터뜨렸다. 아무리 죄를 지은 사람의 자식이라지만 엄연히 사생활이었기에, 지금 이 상황은 자신에게 굉장히 무례했고, 지나친 관심이었다.

"우석 군이 취소한 대학교 입학 처리는 원래대로 진행될 예정입니다.”

“가지 않기로 결정했습니다. 그러실 필요 없어요.”

우석은 단호하게 거절했다. 재고해 볼 가치도 없는 일이었다.

“차석중 사장님께서는 우석 군이 아버지와는 별개로 자신의 인생을 살기를 바라십니다.”

“······.”

“자신도 아들이 있으니 우석 군의 아버지를 이해한다고 하셨습니다. 죄를 지은 사람은 벌을 받았으니 그걸로 되었다고, 더 이상 다른 사람을 끌어들이고 싶지 않다고 하셨습니다.”

우석은 무릎 위에 올려둔 주먹을 꽉 쥐었다. 이해? 아버지는 그의 아들을 죽이려고 했던 사람이다. 아들조차 아버지를 이해할 수가 없는데, 어떻게 피해자가 이해란 걸 할 수 있을까.

“마지막으로 잘못된 방법일지라도 우석 군만을 생각한 아버지의 마음을 위해서라도 잘 살아가길 바란다고 전해 달라고 하셨습니다.”

부르르, 떨고 있는 우석의 어깨를 확인한 비서는 차 사장이 전한 말을 모두 전하고 몇 개의 서류 봉투를 테이블 위에 올려 놓은 뒤 자리에서 일어났다.

북받치는 감정을 참아 내느라 제대로 인사도 하지 못하고 자리에 앉아 있던 우석은 가장 위의 서류 봉투 안에 있는 종이를 꺼냈다.

첫 번째 서류 봉투 속 종이는 가지고 있는 빚을 전부 갚았다는 은행 서류였다. 그건 우석이 대학을 포기할 수밖에 없었던 가장 큰 이유였다. 두 번째 서류 봉투를 열었더니, 등록금을 납부 완료했다는 영수증이 있었다.

우석은 입술을 꾹 깨물고 울음을 삼켜야 했다.

자신을 향한 동정일까? 그러나 살인자의 아들에게 보일 법한 행동은 아니었다. 그럼 무엇일까? 그저 마음이 넓은 어른인 걸까. 무엇이 되었든, 우석이 이해할 수 있는 것은 하나도 없었다.

한참 동안 멍하니 앉아 있던 우석은 카페 마감 시간 때문에 다가온 직원으로 인해 정신을 차렸다. 미안하다는 인사를 하고 테이블 위에 널브러져 있던 서류 봉투들을 전부 챙겼다.

우석은 제게 주어진 기회를 잡을 생각이었다. 뻔뻔하지만, 염치없지만 자신은 살아야 했다. 그것도 아주 잘살아야 했다. 그건 우석의 어깨에 얹어진 짐이었다.

대학생이 된 우석은 마치 삶이 자신의 것이 아닌 사람처럼 하루를 의무적으로 살았다. 매일을 견디고 있다는 말이 정확했다. 다른 사람들처럼 캠퍼스를 즐길 마음의 여유가 없었다.

우석은 작게 한숨을 내쉬었다. 자신이 이렇게 아등바등 살아가는 건 아마도 지금 핸드폰에 찍힌 부재중 전화 때문이라고 생각했다.

수업을 듣느라 놓친 전화는 교도소로부터 온 것이었다. 자신이 보호자로 등록은 했으나, 이렇게 연락을 주고받을 곳이 아니었다. 필히 무슨 일이 생긴 것이라 짐작한 우석은 통화 버튼을 눌렀다.

"……알겠습니다."

수화기 너머 상대편의 음성을 듣고 할 수 있는 말은 알겠다는 것뿐이었다. 우석은 전화를 끊고 잠시 하늘을 바라보았다. 한 걸음을 떼기가 어려웠기에 한 행동이었다. 눈이 멀 듯한 강한 햇빛을 그대로 받아 낸 우석은 숨을 가다듬고서 달리기 시작했다.

목적지는 교도소가 아닌 병원이었다. 로봇처럼 발을 쉬지 않고 움직이던 우석은 교도관을 보고 나서야 움직임을 멈췄다. 시선은 교도관보다 조금 아래에 있는 새하얀 천에 고정했다.

"교도관의 눈을 피해 농약을 챙겨 놓은 것 같습니다. 워낙 많은 양을 복용했고, 발견이 늦어서 어쩔 수 없었습니다."

어쩌면 꽤 무책임한 말이었다. 어쩔 수 없었다는 것 말이다. 그럼에도 아무런 반응을 보이지 않은 우석은 천천히 손을 뻗어 보기만 해도 숨이 막힐 것 같은 천을 걷어 냈다. 아버지의 마지막 얼굴을 확인한 그는 아무도 듣지 못하게 속으로 읊조렸다.

편안해 보이시네요.

감히 죄인에게 어울러서는 안 되는 말이었다.

우석은 보는 사람이 다 냉정하다고 생각할 만큼 덤덤하게 아버지의 죽음을 받아들였다.

"아버지는 끝까지…… 끝까지……."

쉽게 목숨을 버리고 떠난 아버지에게 비겁하다고 이야기하려고 했다. 그러나 우석은 저도 모르게 메이는 가슴에 끝내 그 말을 내뱉지 못했다.

아버지가 돌아가시고, 10년이 지났다. 짧지 않은 시간인 만큼 우석에게는 많은 일이 일어났다. 그러나 그렇게 긴 시간 동안 당연하게 일어나야 했던 일은 절대 일어나지 않았다.

그의 아버지가 일으킨 사고는 국내에서 크게 화제가 될 법한 일이었으나, 지나치게 조용히 묻혔다. 덕분에 살인자의 아들이라는 꼬리표를 달고 다니는 것은 면하게 되었다.

친절하게 저에게 누가 와서 말해 주지 않아도 CHA 그룹과 제이 그룹에서 덮었다는 걸 알았다. 언론에도 제법 노출이 많았던 도진이 재활을 위해 잠적했음에도 모든 언론은 의아함을 품은 기사 한 줄 내보내지 못했다. 그만큼 철저하게 파리에서 벌어진 사고를 덮은 것이었다.

우석은 CHA 그룹과 제이 그룹 사람들이 의도했든 안 했든, 결과적으로 내내 저를 향해 한 배려를 이해하는 것을 포기했다. 그들을 이해하는 대신 선택한 건 자신이 계속 살아가야 할 이유를 매 순간 만드는 것이었다.

우여곡절 끝에 들어간 대학교를 마침표라고 생각했다. 그러나 졸업하기도 전에 친하게 지내는 조교의 등쌀에 못 이겨 대형 방송국에서 연 공모전에 지원을 하게 되었고, 덜컥 대상에 당선

되어 버리고 말았다. 그렇게 드라마 작가의 길에 발을 들였다.

신인 작가에서 단번에 스타 작가로 거듭나게 된 건 순전히 운이라고 생각했다. 그래서 우석은 이번에도 자신에게 온 요행 위에 올라타 앞으로 나아가기로 했다. 이미 오점투성이인 자신의 인생이 이토록 버틸 수 있었던 건, 전부 운이 아니었다면 말이 되지 않았으니까 말이다.

그러나 우석은 아주 나중이 되고 나서야 알게 되었다. 속은 다 곪았더라도 겉으로는 멀쩡한 척 살아갈 수 있게 만들어 준 사람이 다른 사람도 아닌 바로 도진이라는 것을 말이다.

― 우석 군을 용서한 건 내가 아닌 내 아들이었습니다.

글을 쓸 때 머리를 비우기 위해 여느 날처럼 찾은 곳에서 매체에서나 보던 차석중 사장을 만난 건 극히 우연이었다. 저를 보고서 살짝 놀라는 눈동자를 보았으니 말이다. 자신을 알아볼 것이라는 생각은 하지 않았으나, 곧 생각을 고쳤다. 아들을 죽이려고 했던 놈의 아들인데 시간이 아무리 흘렀어도 기억하지 않을까, 싶은 마음이었다.

잠시 얘기를 나눌 수 있겠냐는 물음에 우석은 고개를 끄덕였다. 길게 말을 나눌 사이는 아니었으나, 상대 쪽에서 먼저 해 온 제안을 주제넘게 거절할 입장은 아니었다. 우석은 저에게 어떤 말을 해도 다 달게 들을 각오를 했으나, 뜻밖의 말을 듣고서 얼빠진 표정을 지을 수밖에 없었다.

― 피해자가 직접 한 용서이니, 이제부터라도 우석 군의 인생을 잘 살아가도록 해요.

마지못해 살아간다는 걸 눈치챈 것일까, 중후한 인상에 순간 첨예한 안광이 스쳤다. 우석은 그 눈빛이 꼭 감히 누가 준 기회인데 그렇게 살아도 되겠냐는 질책처럼 느껴졌다.

지금 생각해 보면 짧지만 아주 날카로웠던 만남을 지나면서 이전과 다른 마음을 가지게 된 건 사실이다. 얼결에 발을 들인 드라마 작가라는 길에 마침표를 찍을 순간을 확실하게 정했으니 말이다.

길의 마지막 도달점을 정하고 나니 오히려 삶에 대해 더욱 의욕적으로 변했다. 특히나 비록 사진이라고 하더라도 도진의 얼굴을 보면 묘한 기분에 휩싸이며 마음을 다잡게 되었다.

언제 고통의 순간을 보냈냐는 듯 시간이 지날수록 점점 대단하게 변한 도진은 인터넷 포털 사이트 메인에 자주 걸렸고, 지금처럼 아주 사소한 검색을 위해 인터넷을 들어가기만 해도 메인 화면을 큼지막하게 차지하고 있는 그의 사진을 볼 수 있었다. 그때마다 그냥 지나칠 수 없었다.

하고자 하면 얼마든지 저처럼 보잘것없는 한 사람의 인생을 쥐고 흔들 수 있는 사람들이었다. 시간이 지나면 아주 조금이라도 이해할 수 있을 줄 알았지만, 나이를 먹어도 여전히 그들을 이해할 수 없었다.

재벌은 태어날 때부터 무한한 관용을 가지고 태어나는 건가. 우석은 문득 머릿속을 채운 실없는 생각에 '피식' 웃었다.

"근데 작가님. 지안 씨, 그동안 왜 다른 작품 캐스팅에는 고려 안 하셨어요?"

상념에 젖어 있던 우석을 깨운 것은 그와 함께 일을 하고 있는 서브 작가인 해수였다. 대본 리딩을 가기에 앞서 묻기에는 늦어도 한참 늦은 질문이었다.

해수는 우석의 학교 후배였다. 입이 무거웠고, 쓸데없는 걸 궁금해하지 않았기에 오랜 시간 함께했다. 그런 그녀가 이제 와서 묻는다니 궁금한데도 참 많이 참았겠구나, 싶었던 우석이 희미하게 웃음을 지으며 어깨를 으쓱거렸다.

때늦은 질문이었다고 해서 우석은 해수에게 핀잔을 주지 않았다. 아마 모두가 이상하게 생각했을 것이다. 그렇게 '100%' 자의적으로 인터뷰에서 뮤즈라고 떠들며 화제를 일으킨 것치고 지안에게 작품을 내민 적이 한 번도 없는 걸 말이다.

모두가 그 이유를 궁금해하는 것에 비해, 대단한 이유는 없었다. 오히려 단순하고 명확했다. 그저 완벽하고 싶었다. 정지안에게 닿을 첫 작품은 드라마 작가인 지우석으로서의 마지막과도 똑같으니까.

"소중하니까."

그러니까 단 한마디로 정의하자면, 우석에겐 지안과의 만남이 무척이나 소중했기 때문이었다.

"네?"

"이제 리딩하러 가자."

우석은 해수의 의아한 낯빛에도 불구하고 표정 하나 흐트러지지 않은 채 어깨를 툭툭 두드리며 사무실을 먼저 나갔다. 좀처럼 긴장을 하지 않는데, 오늘따라 입 안이 바싹 마르는 것이 느껴졌다. 이제 긴 시간 외롭게 걸어야 했던 지우석의 궁극을 장식할 '타성'의 개막이 코앞이었다.

유독 오늘 진행되고 있는 대본 리딩 현장은 정신이 없었다. 화기애애함을 넘어 소란스럽기까지 했다. 그럼에도 우석은 미소를 지으며 마이크를 잡고 수많은 배우들과 스태프들 앞에서서 흔들리지 않는 목소리로 말했다.

"제가 참 복이 많나 봐요. 이런 분들과 새로운 미지의 길을 걸을 수 있다는 게 참 영광입니다."

평생 그토록 지독한 고독함을 느끼며 살아왔으면서, 제게 복이 많다는 말은 진심이었다. 제 시선 끝이 지안에게 닿을 수 있다는 사실 하나만으로 충분했다.

"열심히 하겠습니다, 잘 부탁드립니다!"

드디어 너를 다시 만났다.

우석은 밝게 웃으며 인사를 하는 지안을 놓치지 않고 눈에 담았다. 또렷하게 빛나는 눈동자를 마주치기도 전에 고개를 돌렸지만, 본격적으로 대본 리딩이 시작되고 나서부터는 자석처럼 이끌리듯이 눈길이 지안을 향했다.

지안은 여전히 맑았고, 빛났고, 예뻤다. 우석은 시간이 지났어도 제가 경험한 지안의 첫인상이 그대로 남아 있자 다행이라는 생각이 제일 먼저 들었다. 그녀는 우석에게 남아 있는 몇 안 되는 소중하고 귀한 추억이었다.

"그렇게 이상한 눈으로 보지 말아요."

그런데 어쩐지 자신이 그토록 고대하던 재회가 조금 흐트러지고 어긋난 것 같았다.

"나는 그저 중학교 후배를 사회에서 다시 만난 게 반가울 뿐이니까."

창백한 얼굴로 저를 탐색하듯이 훑는 지안에게서 강한 경계심이 느껴졌다. 우석은 한 번도 제게 지어 준 적 없던 표정을 보자 공연스레 심술이 났다. 어릴 때였다고는 하지만 많이 달라진 시선에 착잡한 심정을 숨기고 여유 있는 표정으로 웃었다.

"그렇게 날 세우지 말아요. 난 누구보다 이 드라마가 완벽하게 끝나길 바라는 사람이라서."

대수롭지 않은 목소리에 비해 우석에게는 꽤 절실한 말이었다. 그러나 지안은 순순히 그의 마음을 알아줄 생각이 없어 보였다.

"사전 미팅 때 왜 아무 말씀도 안 하셨어요?"

"계약서 작성하기 전이었잖아요. 난 이 캐스팅을 완벽하게 성공해야 하니까."

"네?"

한 치의 거짓이 없는 결백과도 같았다. 반드시 지안이 제 작품 속 주인공으로 나와야 했다. 의미 없이 떠돌았던 삶은 길잡이로 지안을 선택하고 나서부터 달리기 시작했다. 쉬지 않고 달린 탓에 턱 끝까지 차오른 숨을 멈출 수 있는 사람은 이제 그녀뿐이었다. 우석은 이런 집착과도 같은 자신의 오래된 마음을 드러내지는 못하고 가볍게 어깨만 으쓱거렸다.

"이런 말 했다간 도망갈 게 뻔한데, 누구 좋으라고 미리 말하겠어요. 도장부터 얼른 찍어야지."

지안은 날카로운 눈빛으로 우석을 쏘아보면서 긴 숨을 내쉬었다. 어느새 둘이 있는 곳만 차갑고 삭막하게 변했다. 답답하게 변해 버린 공기에 우석은 입꼬리를 서서히 말아 올렸다.

사실 지금 이렇게 지안의 약점과도 같은 말을 한 건 일종의 도박이나 다름없었다. 어쩌면 성급한 판단이었다. 그러나 보이지 않는 확신이 제멋대로 입을 움직이게 만들었다.

"그래도 위약금을 내고 그만둘 생각이면, 하지 않는 게 좋겠어요."

제 기억 속에 남아 있는 소녀가 변하지 않았다면 정곡을 찔릴 만한 말이었다. 입술을 잘근잘근 깨무는 걸 보면 바보처럼 착한 성품은 그대로인 것 같았다. 괜히 반가운 마음에 짓궂게 그녀를 더 자극했다. 그럴 생각도, 의지도 없는 같잖은 협박을 입에 담으면서 말이다.

우석의 예상이 맞았는지, 지안의 눈이 동그랗게 커졌다. 그를 보니 이미 다른 생각을 했다는 게 그대로 티가 났다. 그러나 이대로 가만히 지고 싶지 않은 건지 지안은 우석을 향해 눈을 흘겼다.

"어떡할 건데요?"

"확 소문내 버리지, 뭐. 요즘 졸업 앨범 인증하고, 졸업장 인중하고, 뭐 그런 거 올리면 되던데요? 아니다, 내 말은 사람들이 바로 믿으려나?"

"도대체 나한테 왜 그래요?"

우석은 짜증이 난 듯 이리저리 톡톡 튀는 지안의 말투를 들으며 웃음을 터뜨렸다. 툭, 건들면 건드는 대로 흔들리는 지안이 재밌었다. 정작 지안에게는 예민함을 불러일으킬 대화 내용일지 몰라도, 우석이 입가에 띤 미소만은 깨끗하고 꾸밈없었다.

"보고 싶었으니까."

입이 마음대로 움직였다. 제게 남은 건 끝이 보이는 한정된 시간뿐인데, 이마저도 못하면 살아가는 내내 마음에 남을 것 같았다.

"지안 씨가 제 뮤즈인 거, 알죠?"

이렇게 가볍게 전할 수밖에 없는 진심이 못내 애석했지만, 충분했다. 깜빡이는 눈꺼풀 사이로 지안이 가진 연갈색 눈동자가 미약하게 흔들리는 것이 보이자 우석은 너스레를 떨며 말을 덧붙였다.

"걱정 말아요. 아무한테도 말한 적 없고, 또 말할 생각도 없으니까."

입매로 가볍게 바람을 내보낸 우석이 지안의 앞으로 한 손을 내밀었다. 여린 심기를 건드린 것에 대한 사과의 신청이기도 했다. 불쑥 내밀어진 손을 망설이듯이 바라보던 지안은 이내 하얗고 가느다란 손으로 맞잡았다.

폭 감긴 작은 손을 바라보던 우석은 주변을 정리하는 소란에 고개를 돌렸다. 동시에 지안의 손도 빠져나갔다. 쉬는 시간이 끝난 것이었다. 지안은 우석을 힐끔 바라보고는 빠르게 자신의 자리로 돌아갔다.

우석은 잠시 멍하니 서 있다가, 떠나간 온기가 아쉬워 손바닥을 몇 번 접었다가 폈다. 그러고는 아무에게도 들리지 않을 만큼 아주 작은 목소리로 중얼거렸다.

"아, 진짜 100부작 드라마로 만들어 버리고 싶네."

얼마 안 가 제 손으로 직접 망쳐 버릴 이 관계를 조금이나마 더 길게 유지하고 싶었다.

대본을 집필하던 시간이 바로 엊그제 같은데, 드라마 '타성'은 벌써 마무리를 준비하고 있었다. 이미 모든 대본은 제작사에 다 넘긴 후였다.

우석은 어두운 밤하늘 아래, 가만히 바다를 바라보고 있는 지안의 뒷모습을 보며 생각했다. 아쉬움을 넘어서 내심 끝이 나지 않았으면 하고 바라고 있었다면 너무 이기적인 걸까. 그토록 바라던 끝이었는데 이런 기분을 느끼고 있는 게 참 아이러니했다.

작가는 오지 않아도 될 촬영 현장이었다. 그러나 우석은 바람 좀 쐬고 싶다며 굳이 이곳을 따라왔다. 평소에는 절대 하지 않았을 행동이었다. 아니나 다를까, 이곳으로 오기 전 자신을 매우 이상한 눈으로 바라보던 해수의 눈빛이 아직도 선연했다.

— 굳~이 거기를 가서야겠어요? 모두가 불편해할 텐데. 그냥 촬영 끝나고 모이는 게 낫지 않겠어요?

알 만한 사람이 왜 그러냐는 핀잔은 덤이었다. 우석은 그냥 한 귀로 듣고 나머지 귀로 흘려야 했다. 불쑥 지금 꼭 마지막 기회를 받은 것 같은 기분이 들었기 때문이었다. 더 이상 미룰 수 없었던 우석은 지안에게 성큼성큼 다가가 말을 걸었다.

"고마워요."

인사에는 많은 의미가 담겼다. 단편적으로는 '타성'의 여자 주인공 역할인 수현이가 되어 줘서 고맙다는 것이었지만, 차마 대놓고 꺼내지 못한 마음도 많았다. 불편하게 다가간 자신을 냉정하게 밀어내지 않은 것, 그리고 10년 전에 겪었던 아픔을 이겨 내고 잘 버텨 주었던 것까지, 모두.

"덕분에 제가 지금까지 걸어온 작가라는 길의 마침표를 행복하게 찍을 수 있었어요."

우석은 '행복'이라는 단어를 저도 모르게 사용했다. 작가 지우석의 마지막이 슬프면 슬펐지, 행복할 건 없다고, 절대 그럴 일은 없을 것이라고 생각했는데, 그동안 드라마를 쓰면서 이보다 행복했던 적은 없었던 것 같아 저절로 나왔다.

그래서 사실 많이 불안했다. 지금도 이렇게 끝나지 않기를 바라고 있는데 시간이 더 지나게 된다면 모든 걸 포기할 것만 같았다. 오랜 시간 자신이 지켜 온 굳은 다짐을 무너뜨릴 것 같았다.

"제 이야기를 해도 될까요? 듣고 싶지 않아도 들어 줬으면 좋겠는데."

아무도 방해하지 못할 지금이 기회였다. 당황한 눈동자를 마주하며 덤덤하게 말했다.

"우리 가족은 이미 10년 전에 망가졌어요."

그러니까 우석은 지금 아무것도 모르는 지안을 기만하며 자신의 계획에 끌어들인 죄를 모조리 토파할 기회라고 믿었다.

10년 전의 사고는 왜 일어난 것이며, 누가 범인이었는지, 그리고 이 모든 걸 이렇게 자세히 알고 있는 자신은 누구인지까지. 말을 하는 내내 한 번도 흔들리지 않았다면 거짓말이겠지만, 내내 되뇌었던 말이라 그런지, 눈빛이나 말투 같은 건 충분히 통제할 수 있었다.

"미안해요."

"……미안해하면 죽은 사람이 돌아오나요?"

의미가 있을까, 싶은 사과를 건네면 돌아오는 건 실소가 더해진 날카로운 비난이었다.

"당신이 미안하다고 하면 나와 도진 오빠의 지난 10년을 보상받을 수 있나요?"

우석은 지안이 자신을 더 힐난하기를 바랐다. 그것 하나만 바라며, 위선이라고 느껴져 차마 끝까지 말하지 못한 말이 혀끝에 계속 맴돌았다.

우리는 이미 겪어서 알고 있었다. 비극은 언제나 극적인 순간에 아주 극적인 파멸을 선사한다는 걸 말이다. 이런 비극을 너에게 다시 한번 느끼게 한 나를 평생 원망하기를 바란다고.

우석은 검은 욕망에 눈이 멀어 벌어진 사고를, 특히 유안이 죽어 버린 일만큼은 지안이 그녀 스스로 탓으로 여기게 하고 싶지 않았다.

우석은 뒤를 돌아볼 여유도 없이 숨차게 걸어 육지로 나가는 첫 배로 지안에게서 도망쳤다. 배에서 내리고, 다시 비행기에 오르고. 그가 설정한 목적지에 닿기까지의 과정은 아주 멀고도 험했다.

─숨길 거면 끝까지 숨겼어야지. 내 눈앞에 나타날 마음을 먹었으면 끝까지 닥치고 있었어야지!

멍이 들 만큼 세게 자신의 가슴을 치며 분노를 터뜨리는 지안의 얼굴이 눈앞에 맴돌며 사라지지 않아 우석은 눈을 질끈 감았다. 그렇게라도 떠나지 않는 그녀의 잔상을 지워 내고 싶었다.

집으로 오는 내내 단 한 번도 눈을 뜨지 않았던 우석은 현관문을 열자마자 들어가서 캐리어 하나만을 달랑 챙긴 뒤, 숨도 고르지 않고 이번에는 바로 국제공항으로 향했다.

"안녕하십니까."

환하게 웃는 승무원의 인사에 가벼운 웃음조차 지을 여유가 없던 우석은 자리를 찾자마자 곧바로 준비된 안대를 걸쳤다. 아무에게도 방해받고 싶지 않은 그의 심정이 고스란히 드러나는 행동이었다.

"하아……."

우석의 묵직한 숨소리가 차분한 주위 분위기를 더욱 가라앉게 만들었다.

우석은 안대를 끼고도, 눈을 감았음에도 깜깜한 시야 가득 빛이 나듯이 아른아른하는 인영에 눈가에 더욱 힘을 주었다.

다시 생각해도 무모하고 위험한 짓이었다. 모두가 기를 쓰고 견고하게 감춘 진실을, 그것도 누구의 허락도 받지 않고 뻔뻔하게 자신의 입으로 말했다. 지안을 기만하고 있었다는 말도 안 되는 죄책감을 들먹이면서 말이다.

그건 지안을 지키기 위해 침묵을 선택했던 사람들을 향한 몰염치하고 아주 배은망덕한 행위였다. 그럼에도 말을 할 수밖에 없었던 이유는, 자신의 목을 꽉 조이고 있는 숨통을 아주 작더라도 트고 싶어서였다.

우석은 살고 싶었다. 도진이 자신을 제대로 미워하기를 바랐다. 모두가 고통받는 일의 원인이라고 할 수 있는 자신만 너무 잘 살고 있었기 때문이었다. 심지어 돈과 명예까지 '지우석'이라는 이름 석 자 뒤에 붙었다.

아이러니하게도 잘되면 잘될수록 걷잡을 수 없이 엄습해 오는 허무감과 공황이 그를 점점 나락으로 밀어 바닥도 보이지 않는 아래로 떨어뜨렸다. 정말 이러다가 죽겠다 싶어 비겁하게 자신의 아픔을 지안에게 공유한 것이었다.

생각해 보면 자신은 살면서 늘 이기적이었다. 도진이 언제나 단단하게 지안의 뒤를 버티고 있을 테니 그녀가 혹여 무너질까 걱정되지는 않았지만, 이미 다 저질러 놓고 자신이 준 상처가 오래가지 않았으면 하고 바라는 게 참 이기적이었으니 말이다.

착륙을 앞두는 듯한 감각에 내내 감고 있던 눈을 뜨자, 후회와 자책으로 물든 비행이 서서히 끝나는 것이 보였다. 늘 그랬듯이 이번에도 어김없이 한국으로 돌아가는 날짜는 정하지 않은 우석의 최종 도착지는 지중해의 아주 작은 섬나라인 몰타였다.

한국의 작은 섬에서부터 지중해의 작은 섬에 도착하기까지 비행기를 몇 번 갈아탔는지 기억하지 못했다. 그저 산처럼 쌓인 일을 뚝딱 해내는 기계처럼 움직이던 그를 멈춰 세운 건 새것처럼 파란 바다였다.

"꼭 열네 살의 정지안 같네."

우석은 맑고 청아했던 어린 지안을 떠올리며 실소를 터뜨렸다. 여기서 무엇을 하고 살던, 한동안 지안이란 존재를 잊기는 힘들 것 같았다.

숙소로 향하는 우석의 뒷모습 너머 보이는, 햇빛에 반사되어 반짝거리는 물비늘이 감정의 소용돌이에 휩싸인 그의 마음과 대조적으로 아주 청현하고 평화로웠다.

6개월 후.

생각보다 몰타에서의 생활이 길어졌다. 돈은 통장에 넘쳐 났으니 외국 생활을 연장하는 데 무리는 없었다. 휴양지인 만큼 사람들은 여유가 넘쳤고, 그런 점이 늘 기계처럼 살아온 우석의 마음에 썩 들었다.

새벽부터 비가 오더니 아침이 되어서도 계속 이어졌다. 매일 아침 러닝을 주로 하는 편이었으나, 비를 맞으면서까지 달리는 취미는 없었다.

따라서 오늘 첫 일정으로 선택한 건 독서였다. 어제 집으로 돌아오는 골목길에 있는 작은 서점에서 구매한 소설책은 가볍게 읽기 좋아 보였다. 글이라면 이제 징글징글했는데 결국에 또 책을 고르는 자신의 모습에 실소를 터뜨린 건 덤이었다.

우석은 소파에 기댄 채 읽고 있던 책을 테이블에 엎어 두고 옆에 놓여 있던 핸드폰을 들었다.

지이이잉—.

오늘도 어김없이 울리는 진동이었다. 마치 자신도 모르게 이 시간에 설정해 둔 알람이 아닐까 싶을 정도로 매일 같은 시간에 정확하게 울렸다. 이곳 시간으로 오전 8시. 한국 시간으로 따지자면 오후 3시쯤이었다.

다 같이 작당이라도 한 건지 같은 시간에 걸려 오는 것에 비해 발신자는 매번 달랐다. 언제는 민호였고, 또 언제는 '타성'의 감독님이었고, 그러다 제작사 대표님까지 돌아가면서 부재중 전화를 남겼다.

오늘의 발신자는 해수였다. 우석은 감흥 없는 얼굴로 들고 있던 핸드폰을 탁자 위로 엎었다. 귀를 괴롭혔던 작은 진동 소리가 사라지자 다시 책을 들고 끊겼던 문장을 읽기 시작했다.

그러나 또 한 번 울리기 시작하는 진동 소리에 미간을 살짝 좁혔다. 이내 끊기더니 또 울리기 시작했다. 두세 번 연달아 걸었던 건 몰타에 도착해 연락이 되지 않던 한 달 정도뿐이었다. 메일로 좀 오래 쉴 예정이니 찾지 말라는 연락을 넣은 후부터는 습관처럼 전화를 남기는 수준이었는데. 결국 세 번째 진동이 끊기고 나서 핸드폰을 다시 들었다.

부재중 전화 세 통은 각각 다른 사람들이었다. 처음은 해수, 두 번째는 민호였다. 그리고 마지막은 의외의 사람이었다.

"아리 씨?"

아리의 연락을 받는 건 처음이었다. 사람들과 깊은 관계를 다지는 성격이 아니었기에 그동안 작품을 같이했던 배우들 중 사적으로 꾸준히 연락하는 배우들은 기껏해야 몇몇 남자 배우들과 오랜 친구인 민호뿐이었다. 그랬기에 아리의 연락은 꽤 의아한 것이었다.

그러나 곧바로 지이이잉, 하고 진동이 짧게 울렸다. 민호에게서 메시지 두 통이 연달아 도착했고, 우석은 메시지의 내용을 곱씹으며 눈에 담아야 했다.

> 지안이 결혼한대.

> 축의금은 네가 제일 많이 내야 하지 않겠냐?
> 네가 잠적해 버려서 상 받는 거, 대리 수상이랑 소감 전부
> 지안이가 도맡아서 해야 했는데.

입술을 잘근잘근 씹으며 메시지를 반복해서 읽던 우석은 결국 머리를 헝클이며 자리에서 일어났다. 노트북 앞에 앉은 우석은 숨을 깊이 들이켰다. 고작 반년이 지났다고 평생을 사용하던 인터넷 주소를 누르는 게 어색했다. 망설임에 머뭇거리던 손가락은 결국 마지막으로 키보드의 엔터 키를 눌렀고, 가라앉은 눈동자는 빠르게 바뀌는 화면만을 응시했다.

오랜만에 보는 한국어였다. 우석은 그동안 의식적으로 한국에 관한 건 모두 피했었다. 주변의 연락을 비롯해서 한국의 소식을 알 수 있는 인터넷, 심지어 한국 사람까지 피했다.

아주 작은 섬나라라고 하지만 여행을 온 한국인이 아예 없는 건 아니었기에, 자신을 알아볼지도 모르는 가능성을 '1%'도 용납할 수 없어 밖에 잘 나가지도 않는 은둔 생활을 스스로 자처했을 만큼 철저하게 한국이랑 자신을 단절시켰다.

우석은 이렇게 철저하게 한국과 격리하면서 지내고 있었는데, 제가 만든 고립 상태를 스스로 벗어나게 만드는 것이 또 지안이라는 걸 느끼고는 허탈하게 웃었다.

민호가 남긴 메시지의 내용이 사실이라면 아마 대한민국은 경제, 연예, 사회면이 들썩이고 있을 것이라고 생각했다. 아니나 다를까, 가장 큰 자리를 떡하니 차지하고 있는 지안의 사진을 홀린 듯이 클릭했다.

"여전히 예쁘네. 자꾸 생각나게 하려고 그러나."

문득 누가 첫사랑은 아무리 가벼웠더라도 계속 생각나는 걸 어찌할 수 없다고 한 것이 생각났다. 우석은 싱거운 웃음을 터

346

뜨리며 화면의 반 이상을 자리 잡고 있는 지안의 사진을 천천히 눈에 담았다. 시상식 사진이었는지 드레스를 입고 있는 모습이었다. 남들보다 좋은 기억력으로 되새겨도 생소한 모습인 걸보니, 아마 가장 최근 모습인 듯했다.

드라마가 끝나기도 전에 한국을 떠난 터라 직접 눈에 담지 못한 것이 조금 많이 아쉬운 건 분에 넘치는 감정이겠지, 싶던 우석이 '피식' 웃음을 흘리다가 이내 어느 한곳에 눈길이 닿자 눈썹을 치켜올렸다.

'5월의 신부' 제이 그룹 정지안, CHA 그룹 차도진과 세기의 결혼

하염없이 지안의 사진부터 바라보느라 놓쳤던 기사의 헤드라인이었다. 우석은 기사 속 지안의 이름 앞에 온갖 수식어가 다 붙는다 해도 제이 그룹만큼은 절대 아닐 거라고 생각했다. 그녀가 직접 밝힌 것 같지는 않았다. 누구보다도 스스로가 자신이 가진 배경을 제일 부담스러워하던 모습이 아직도 어제 일처럼 선명하게 뇌리에 남아 있기 때문이었다.

"그렇게 숨기고 싶어 했는데……."

우석은 지안에게 다가가기 위해 제이 그룹으로 약점을 잡은 것처럼 굴었던, 유치했던 과거의 자신을 머릿속에 그리면서 쓸쓸하게 웃었다.

그러다가 문득 대체 어쩌다가 밝혀진 건지 궁금해졌다. 애초에 절대 들킬 수가 없는 일이었다. 마치 지안을 지키기 위해 존재하는 것처럼 제이 그룹과 CHA 그룹은 철저하게 그녀를 보호했다. 그건 달라붙은 먼지 하나까지 전부 털어 내는 연예계에서 무려 7년이 넘는 시간 동안 지안이 무사히 활동한 것으로 충분히 입증되었다.

우석은 검색창에 지안의 이름 석 자를 써넣었다. 그러자 기다렸다는 듯이 비슷한 제목의 기사 수백 개가 뜨는 것이 보였다. 그중에서도 단연 눈에 띄는 건 유진이 저지른 소행이었다.

앞뒤 상황이 자세하게 적힌 기사를 전부 읽자마자 우석은 저도 모르게 핸드폰을 손에 쥐었다. 티끌만큼 남아 있던 이성이 간신히 붙잡지만 않았다면 그렇게 도망쳐 놓고 내내 연락도 안되다가 갑자기 전화를 거는 이상한 놈이 될 뻔했다.

우석은 잠깐 초점을 잃고 흐트러졌던 눈동자에 힘을 바짝 주었다. 마우스에 올린 손을 빠르게 움직였고, 그에 맞춰 움직이는 화면 속 내용을 하나도 놓치지 않고 읽었다.

약에 취한 유진이 몰고 돌진하는 차에 치여 다쳤고, 수술을 했고, 의식을 차리고 가장 먼저 한 기자 회견까지. 꼬리에 꼬리를 물고 거슬러 올라가며 지안이 처했던 상황을 파악했다.

우석은 비록 그녀와 같은 시간을 공유하지는 못했지만, 무사히 퇴원했다는 기사를 보고 나서야 뒤늦은 안도의 한숨을 내쉴 수 있었다.

평화롭던 아침에 난데없이 떨어진 벼락을 그대로 맞은 터라 얼떨떨하게 변한 머리를 진정시키고 나니, 보이지 않던 것이 보였다. 손을 움직이자 마우스의 커서가 위치한 곳은 동영상이었다. 재생 버튼을 누르자 오랜만에 들어 보는 목소리가 스피커를 통해 흘러나왔다.

[일단 지우석 작가님께서 개인 일정으로 해외에 계셔서 제가 이 상을 대신 전달받았는데요. 잘 전달해 드리도록 하겠습니다. '타성'을 사랑해 주신 모든 분들께 감사드립니다.]

처음 재생한 영상은 대리 수상인 만큼 의례적인 말을 끝내고 아래로 내려가는 지안의 모습이었다. 두 번째 영상도 비슷했다.

잘될 것이라고 무의식적으로 생각했었으나 생각보다 종영 때 더 큰 사랑을 받은 듯했다. 배우들뿐만 아니라 자신의 몫으로 받은 상도 꽤 된 것 같으니 말이다.

서브 작가인 해수가 대신 받아도 되었을 텐데 하나같이 전부 지안을 시상대에 세운 걸 보면 방송 화제성을 위한 그림이라고 봐도 무방했다. 여자 주인공일 뿐만 아니라 제이 그룹 막내딸이라는 프레임이 갓 씌워졌을 때이니 말이다. 더욱이 '타성'의 배우로 참석하는 시상식을 끝으로 지안의 활동이 잠정적으로 중단되었으니 어떻게든 화면에 더 잡히게 하려고 했겠지.

괜히 저 때문에 고생을 했을 지안에게 미안함이 담긴 한숨을 내쉬던 우석은 마지막 페이지에 숨겨져 있던 하나의 영상을 재생했다.

[부탁을 받아 하기는 하겠지만, 작가님께서 받는 상인데 대리 수상자인 제가 감히 하고 싶은 말을 해도 될까 모르겠습니다.]

영상 길이를 보아하니 이전 것에 비해 조금 길었다. 아마도 주최 측에서 지안에게 수상 소감까지 부탁한 듯싶었다. 얕은 한숨을 내쉰 우석은 턱을 괴고 화면 속 클로즈업된 지안의 얼굴을 응시했다.

[작가님이 쓰신 '타성'이 이렇게 많은 사랑을 받았어요. 많은 분들이 좋아해 주시는 것처럼 저 역시 작가님 글을 많이 좋아했습니다. 그리고 앞으로도 그럴 예정입니다.]

우석은 예상하지 못한 말에 턱을 괴고 있던 손을 떼어 내고 몸을 바로 세웠다. 솔직히 앞의 말은 전부 귀에 들리지 않았다.

[작가님이 만들어 내는 다음 세상을 진심으로 간절하게 기다리고 있겠습니다. 멀리서라도 작가님 글을 사랑할 기회를 꼭 다시 주세요.]

오직 지안이 환하게 웃으면서 하는 마지막 말만이 가슴에 박혔다. 악몽이 되어 버린 둘의 마지막 만남에서 분명 지안에게 작가 지우석은 이제 없을 것이라고 전했다. 자신의 다짐을 못 들었다기에는 맥락 없이 제게 하고 싶은 말로 다음 글을 기다리겠다고 말할 그녀가 아니었다.

혹시 이걸 감히 용서라고 여겨도 되는 걸까. 그것 말고는 설명이 되지를 않았다. 근데 어떻게 그럴 수가 있지? 대체 어떻게 저렇게 웃을 수 있지? 넝쿨처럼 속이 마구잡이로 엉켜 버렸다. 우석은 두 손에 얼굴을 묻고서 괴로운 신음을 내뱉으며 한참을 버텨야 했다.

복잡한 머리는 기어코 도진까지 떠올렸다. 자신을 참고 인내하던 도진의 배려가 떠오르며, 지안과 많이 닮았다고 생각했다. 사랑하는 사람끼리 닮은 건지, 닮은 사람이라서 서로 사랑을 하는 건지. 깊이를 모르겠는 둘을 보면 이제는 존경스럽기까지

했다.

지이이잉— 지이이잉—.

다시금 연달아 울리는 짧은 진동에 고개를 들고 시선을 옮겼다. 결막이 충혈되어 붉어진 두 눈가가 핸드폰을 향했다. 사진과 함께 보낸 연락의 발신인은 이번에도 민호였다.

> 네 몫으로 받은 청첩장이야.

> 지안이가 나보고 전해 주라는데 나도 널 만날 수가 있어야지.
> 이 의리 없는 놈아.

민호에게 청첩장을 준 지안의 행동에 자신의 의심이 확신이 되는 순간이었다. 우석은 두 손으로 뜨거운 눈가를 가리며 울었다. 말로 표현할 수 없는 감정이었다.

그렇게 한참을 흐느끼던 우석이 목을 가다듬고 핸드폰을 들었다. 자신이 해야 할 일을 해야 했다. 몇 번의 터치를 하고서는 귓가에 가져갔다. 통화 연결음이 끊기자 오랜만에 듣는 목소리가 수화기 너머로 울렸다.

"어. 민호야, 나야."

차마 결혼식에 직접 갈 용기도, 염치도 없었다.

"부탁이 있어."

그래도 이런 축하 정도는 해 줘도 되겠지.

우석은 아직까지 지안과 도진의 얼굴을 직접 마주할 용기가 없다고 해도 민호가 말한 것처럼 축의금만큼은 자신이 제일 많이 낼 예정이었다.

그렇게 몰타에서 꼬박 2년을 더 채웠다. 아예 이민을 갔냐고 핀잔을 주는 해수와 민호가 있었지만, 그 어느 때보다 마음 편하게 보낸 시간이었다. 더 이상 사람들을 피해 숨지 않았고, 전화가 울리면 울리는 대로 재깍재깍 받았다. 이런 우석의 행동에 가장 만족감을 표한 것은 해수였다.

[선배, 메일 확인 안 하셨죠?]

우석은 짜증이 담긴 해수의 목소리에 '피식' 웃음을 터뜨렸다.

"너 안 자? 그러니까 매일 피부가 뒤집어지지."

시간을 보니 한국은 한창 잠을 잘 시간인 새벽 4시였다. 쩌렁쩌렁한 목소리를 들으니 늦은 시간까지 일을 한 것이 분명했다. 작게 핀잔을 주니 해수는 오히려 적반하장이라는 듯이 우석을 몰아붙였다.

[작가님만 한국에 있었으면 이럴 일은 없거든요?]

"알았어. 메일 바로 확인하면 되지?"

[네!]

우석은 대답과 함께 뚝 끊긴 전화에 어이없는 듯이 실소를 터뜨렸다. 아무래도 해수가 '선배'와 '작가님'이라는 호칭을 둘 다 사용하는 이유가 때에 따라 맞먹기 위해서인 듯싶어 고개를 절레절레 저었다.

헤드 레스트에 머리를 기댄 우석이 태블릿을 들어 가장 최근에 온 메일을 클릭했다.

해수가 자신을 닦달한 이유를 확인한 우석은 '피식' 웃음을 터뜨렸다. 내심 우려했던 점이 해결되자 태블릿 전원을 끄고 몸을 편하게 이완시켰다. 그와 동시에 머리 위에서 스피커를 통해 안내 방송이 흘러나왔다.

[승객 여러분, 안녕하십니까? 저희 비행기는 잠시 후 이륙하겠습니다.]

우석이 탄 비행기는 곧 상공으로 높이 올라갈 예정이었다.

[좌석 벨트를 매셨는지 다시 한번 확인해 주시기 바랍니다.]

기나긴 시간의 끝에 닿은 우석의 목적지는 대한민국이었다.

이안의 이야기

스위스 체르마트.

성당에서 울리는 듣기 좋은 종소리가 저 멀리 웅장한 자태를 드러내고 있는 마터호른을 정면으로 바라보고 있던 이안의 귓가로 스며들었다.

무명한 장소도 아니건만 시기를 아주 잘 잡은 건지 관광객은 별로 보이지 않고 주민들만 있는, 한적하고 편안한 정취가 가득 묻은 마을이 그의 마음에 쏙 들었다.

"정이안!"

눈앞에 펼쳐진 절경을 여유롭게 즐기던 이안은 뒤에서 들리는 자신의 이름에 몸을 돌렸다. 동시에 고소한 커피 원두의 향이 코끝에 맴돌았다.

"오빠도 커피 마실래?"

커피를 내릴 건지 원두가 담긴 통을 손에 들고 흔드는 지안의 모습이 보였다.

"그래."

이안은 얼굴에 환한 웃음이 번져 있는 지안을 가만히 바라보다가 그녀의 질문에 대한 긍정의 답을 내놓았다. 이안의 대답이 떨어지기 무섭게 다른 목소리가 툭 튀어나왔다.

"내가 할게."

지안의 뒤로 다가선 도진이 앞으로 팔을 뻗으며 그녀를 감싸 안듯이 품 안에 가두고는 그녀의 손에 들려 있던 통을 가볍게 빼앗았다.

"있잖아~ 내가 무려 차도진이 내리는 커피를 이렇게 자주 마시게 될 줄은 몰랐다?"

이번엔 다른 편에서 아일랜드 식탁 위로 상체를 기대고 도진을 비꼬며 놀리는 영도 나타났다.

"얘도 다정하다는 게 무슨 뜻인지 알고 있었다는 거잖아."

"아이~ 언니~."

괘씸하다는 듯한 영의 핀잔에 민망하다는 듯이 웃는 건 지안의 몫이었다. 이안은 툭하면 동생인 도진을 못 잡아먹어 안달인 영을 향해 고개를 절레절레 저었다. 1절에서 끝내지 않고 기어코 2절까지 하는 그녀를 보며 한쪽 입꼬리를 살짝 올렸다.

"차영, 너 그냥 이리 와. 지금 엄청 못된 시누이 같아 보여."

"뭐?"

"되게 없어 보인다고."

"피차 뭐 없는 사람끼리 이러지 말지?"

영은 이안의 말에 눈을 흘기면서도 순순히 그의 곁으로 다가왔다. 어딘가 심통이 난 영의 표정을 본 이안은 여전히 자신들끼리만 있으면 철이 없어지는 그녀를 보고 결국 웃음을 터뜨릴 수밖에 없었다.

가식 없이 웃던 이안은 가슴 한쪽이 뻐근해지는 것을 느꼈다. 지금 가슴 깊은 곳부터 일렁이고 있는 속이, 잃어버렸던 아주 소중한 걸 간신히 되찾은 것에서 오는 감격으로부터 시작되었다는 것을 알고 있었다.

자신을 포함해서 아주 익숙하고 당연한 네 사람의 조합이었지만 다시 이렇게 되기까지 아주 오랜 시간이 필요했다. 좋은 추억으로 끝났어야 할 지난 시간이 상처로 얼룩지고 고통만 남겼고, 그 이후로 다시 모여 아무렇지 않게 여행을 떠날 수 있게 되기까지 10년이 넘게 걸렸다.

그래서인지 이안은 이 순간이 뼈저리게 소중했다. 최근 들어 부쩍 웃음이 많아진 이유이기도 했다. 마치 평생 쓰고 있던 답답한 가면을 벗어 던져 버린 것처럼 솔직하고 시원한 기분이었다.

사람들이 부드러운 인상에 깃든 훈훈한 미소와 함께 건네는 매너에 속았을 뿐, 일을 할 때는 누구보다 예민하고 자신의 사람이 아니다 싶은 이에게는 날카롭고 냉정한 사람이 바로 이안이었다. 이안은 그런 자신의 곁에서 오랜 시간 함께한 비서의 말이 불현듯 떠올랐다.

— 제가 전무님을 모신 시간 중에서 지금 모습이 가장 보기 좋아 보이십니다.

— 많이 부드러워지셨습니다.

스스로도 체감한 변화를 주변 사람들은 더욱 크게 느꼈다. 그를 가장 가까이서 보좌하는 비서는 남들은 쉽게 눈치채지 못하는 이안의 본래 시니컬한 모습을 누구보다 잘 알고 있는 사람 중 하나였으니 말이다.

이안은 그동안 자신 스스로도 많이 까다롭고 예민한 상사라 생각하고 있었다는 걸 고백이라도 할 건지, 지금의 모습이 굉장히 좋다고 강조하는 비서의 말을 트집 잡지 않고 가볍게 웃어넘겼다. 비서의 말이 하나도 틀린 게 없다는 걸 잘 알고 있었기 때문이다.

이안은 더 욕심부리지 않고 딱 지금처럼만 행복했으면 좋겠다고 생각했다. 그만큼 근심과 걱정, 이런 우중충한 단어들이 자신에게서 사라졌기 때문이다.

그동안 이안의 속을 태운 건 딱 하나였다. 저 앞에서 도진과 열심히 손장난을 치고 있는 예쁘고 또 예쁜 동생인 정지안 말이다. 이안이 보기에 지안은 외줄 위에 아슬아슬하게 서 있는 사람처럼 늘 위태로워 보였다. 가족을 대할 때조차 가면을 덧댄 듯한 모습에 무슨 일이 생길까, 늘 노심초사해야 했다.

그랬던 지안이 결혼 후 안정감을 느끼고 있는 것이 겉으로도 티가 났다. 오히려 혼자 살았을 때보다 본가에 잘 찾아갔고, 이안에게 치는 장난도 늘었다. 전과 비교할 수 없이 밝고 환해진 얼굴에 이제야 제 나이를 찾은 듯한 느낌이었다.

비록 눈꼴신 모습도 그대로 눈에 담아야 했으나, 그 모습조차 흐뭇하기까지 했다. 이런 기분을 혼자만 느끼는 건 아닌지 영이 웃음기가 잔뜩 담긴 목소리로 말했다.

"지금 몇 년째 저 모습을 보고 있는데, 난 왜 적응이 안 되는 거지?"

이안은 '피식' 웃으며 목뒤를 매만졌다. 영을 향해 어깨를 으쓱이고는 조금 전부터 계속 울리던 주머니 속 진동에 결국 핸드폰을 꺼냈다. 일일이 세기도 힘들 만큼 많이 쌓인 메시지를 곁눈질로 확인한 영이 한숨을 내쉬었다.

"고작 3일밖에 안 되는 여행인데 제이 그룹도 너무하네. 귀한 이사님 가만두지 않고."

이안은 자신을 어딘가 안쓰럽게 쳐다보는 듯한 기분에 그게 아니라는 의미로 고개를 살짝 내저었다. 기나긴 내용에 비해 짤막한 답장을 보낸 그는 핸드폰 화면을 끄며 말했다.

"할아버지 심술이야."

휴식기를 가지고 있는 지안은 제외하더라도 나머지 세 사람은 한 그룹의 중역을 맡은 사람들이었다. 특히 자신을 비롯해 도진과 영의 어깨에 놓인 짐에는 수십만 명의 직원들도 있었다. 그동안 닥치는 대로 일만 했던 터라 오히려 자신을 위해 쉬는 것이 이상한 사람들이었다.

그랬던 사람들이 실질적인 업무에서 거의 물러난 회장님들에게까지 일을 떠넘기고 단체로 떠난 여행이었다. 비행시간을 포함해 5일이 채 안 되는 아주 짧은 여행. 물론 그 과정이 쉽지는 않았다. 정확히 말하면 이안 혼자에게만 쉽지 않은 일이었다.

"내가 지안이랑 여행을 떠난 것 자체가 마음에 안 드신 거야."

손녀 바보에 가까운 정 회장은 부부간의 좋은 시간을 방해하지 말라며 진심을 다해 이안이 시간을 못 빼게 만들었다. 지안의 부탁이 아니었다면 아마 자신은 이 자리에 없었을 것이란 말은 농담으로도 못 할 정도였다.

영은 이안의 질린다는 표정을 보고 '풋', 하고 웃음을 터뜨렸다. 그러나 곧 팔로 지안의 허리를 감고, 어깨에 고개를 올리는 도진의 뒷모습을 보고 눈가를 찡그렸다.

"있잖아. 저 둘 말이야, 진짜 보기에는 좋거든?"

"네 표정은 전혀 안 좋아 보여."

"아니야. 진심으로 보기 좋다고 생각해."

"근데."

이안은 여전히 눈가를 찡그린 얼굴로, 애정이 넘쳐흐르고 있는 지안과 도진의 모습이 보기 좋다고 말을 하는 영을 향해 심드렁하게 답했다.

"다 좋은데 말이야, 생전 없던 결혼 압박이 갑자기 요즘 들어서 장난 아니다?"

"……."

"넌 안 그래?"

이안이 침묵하자 전혀 자신에게 공감을 하지 못했다고 느꼈는지 영이 반문했다. 그러자 곧바로 이안에게서 헛웃음이 튀어나왔다. 오히려 이안의 침묵은 깊은 공감을 담고 있었다.

"안 그럴 리가. 지겹지도 않으신지, 더 하신다."

지안과 도진의 결혼 전까지 결혼에 대한 압박이 없던 영과 다르게 이안은 전부터 꾸준히 정 회장에게 얼른 짝을 데려오라는 소리를 들었다. 정 회장과 매일 옥신각신하더라도 보통 끝엔 누군가 양보하였으나, 이건 끝까지 창과 방패처럼 팽팽히 맞서는 유일한 문제였다.

영은 이안의 얼굴 위로 얼핏 스친 지친 기색을 놓치지 않았다. 그러더니 이안을 따라 테라스 밖으로 시선을 돌리며 어깨를 으쓱거렸다.

이안은 갑자기 차분하게 가라앉은 공기가 느껴지자 눈을 살짝 아래로 내리뜨며 옆에 있는 영의 얼굴을 기민하게 살폈다. 누가 억지로 조용히 하라고 시킨 것도 아닌데 영은 입가에 힘을 주며 속으로 말을 삼키고 있었다. 자꾸만 입술을 씰긋거리는 모습에서 무언가 하고 싶은 말을 입 안에 담고 있는 것이 전부 이안의 눈에 보였다.

이안은 그런 영을 보고 미간을 찡그리며 혀를 작게 찼다. 그러고는 삐쭉 내밀어진 영의 입술을 검지로 툭, 건드렸다.

"우리가 오래 보긴 했나 보다."

남매는 남매인지, 표정 없기로는 도진과 우열을 가리기가 힘들 만큼 영도 만만치 않았는데 자신은 아주 잠깐 얼굴만 봐도 그녀가 무슨 생각을 하는지 다 알아차렸으니, 시간이 새삼 무섭다는 생각이 들었다.

"아잇! 더럽게! 그나저나 뜬금없이 왜 당연한 소리를 하고 있어?"

입술 위에 생경하게 닿은 촉감에 영이 기겁하며 반사적으로 뒤로 물러났으나, 이안은 개의치 않고 테라스 난간에 상체를 기대며 턱짓을 해 보였다.

"너 다 티 나."

"뭐…… 뭐?"

"하고 싶은 말을 해. 너답지 않게 하고 싶은 말 참지 말고."

정곡을 제대로 찔린 건지 숨을 헙, 하고 참는 것이 픽 웃겼다. 이안은 한심하다는 듯이 기대었던 몸을 다시 바로 세웠다.

"그렇게 물어보고 싶다는 얼굴로 동네방네 다 티 내지 말고."

이안은 영이 어떤 말을 꺼내려고 했는지 전부 예상했다. 모든 것이 만족스러운 요즘, 자신의 신경을 건드리고 있는 유일함도 같았다.

"그래서, 너는 그 꼬마랑 더 이상 진전은 없어?"

증명이라도 하듯이 영에게서 나온 말은 평온을 유지해 여유롭던 이안의 머릿속을 어지럽히며 다시금 신경 쓰이게 만들었다. 호기심 가득한 영의 질문이 끝나자마자 이안은 속으로 '픽' 하고 소리 없이 웃었다.

거봐. 우리 오래 보기는 했다니까.

속으로 그런 실없는 생각을 하면서도 겉으로는 못 알아들은 척을 했다.

"누구?"

이안은 고개를 갸웃거리며 영이 언급한 '꼬마'가 누구인지 모른 척을 했다.

"요즘 네 곁을 자꾸 맴도는 사람 하나 있잖아."

그러나 이안이 영을 오래 본 만큼, 태어난 순간부터 그의 곁에 항상 있었던 영 역시 이안을 모르지 않았다. 일부러 모른 척을 하고 있는 이안을 빤히 바라보던 영은 말을 안 했으면 안 했지, 이미 꺼낸 말을 넘어갈 생각이 없는지 자신이 말하는 여자가 누구인지 콕 집어 말했다.

"강아리."

영에게서 나오는 아리의 이름을 듣자마자 이안의 입매가 단단해졌다. 지난날, 드마라를 함께한 지안에게면 몰라도 자신에게 아리를 묻는 건 이질적이어야 맞는데, 그러기에는 스스로도 인정할 만큼 자꾸 아리와 부딪혔다. 어느 순간부터 부담스러울 정도로 그 아이와 자꾸 얽혔다.

이안은 살짝 신경질적인 손길로 자신의 머리를 털어 내며 생각에 잠겼다. 이 불편한 인연의 시작은 아주 하찮은 우연이었다. 제 동생인 지안이 아니었다면 눈길조차 닿지 않은 채 스쳐지나갈 만큼 아무것도 아닌 사람이었다.

3년 전, 지안이 한창 드라마 '타성'을 찍고 있는 시기였다. 이안은 덜컹, 하는 소리와 함께 열린 냉장고 문안에 머리를 콕 박고서 무언가를 열심히 찾았다.

"설마…… 없어?"

그러나 눈을 아무리 굴려 봐도 보이지 않는 것에 어딘가 불안함이 깃든 목소리로 중얼거렸다. 자신이 제대로 찾지 않은 건 아닐까. 종류별로 늘어져 있는 캔을 하나씩 들어 올리며 확인했으나 돌아오는 건 실망감뿐이었다.

"진짜 없네."

귀찮음이 한껏 묻어나는 어투였다. 구겨진 미간은 덤이었다.

"나가, 말아?"

이안은 혼자 중얼거리면서 냉장고를 지나쳐 검은색 와인 셀러 앞에 멈췄다. 그러나 딱히 와인 셀러의 문을 열 흥미가 느껴지지 않자 다시 발걸음을 옮겼다. 이번에는 위스키, 럼, 진, 보드카 등 종류를 가리지 않고 주류를 한곳에 모아 놓은 선반 앞이었다.

"술이 이렇게 많은데, 어떻게 캔 맥주 하나를 못 마셔서 이러냐."

이안은 너무 많아 고르기도 힘든 선택지를 눈앞에 두고도 결국 아무것도 걸치지 않은 상체 위에 맨투맨 하나를 입었다. 핸드폰과 카드만 달랑 챙긴 그는 집에서 나와 엘리베이터에 올랐다. 그리고 터덜터덜 걸어 집에서 제일 가까운 편의점으로 들어갔다.

"그건 방금 전 손님이 마지막으로 사 가셨어요."

"아."

그러나 평소 즐겨 마시던 맥주가 보이지 않아 바로 옆에서 물건을 정리하는 아르바이트생에게 물었더니 돌아오는 답은 품절이었다. 이안은 오늘 무슨 날인가 싶어 헛웃음을 터뜨렸다.

가볍게 인사를 하고 편의점을 나온 그는 트레이닝 바지 주머니에 두 손을 푹 찔러 넣었다. 이왕 나온 거니 결국 언덕을 한참 내려가야 나오는, 큰 길가에 있는 편의점까지 가기로 마음을 먹었다.

딸랑─.

누군가의 출입을 알리는, 경쾌하게 울리는 종소리를 뒤로하고 냉장고 앞으로 걸어간 이안은 드디어 자신이 원하는 맥주를 찾았다. 만족스러운 웃음이 입가에 매달렸다.

"진짜 먹기 힘든 녀석이네."

실제적인 값으로 따지자면 비교도 할 수 없이 값비싼 술들이 집에 있었지만 지금 이안에게는 그 어느 것보다 고작 500ml의 맥주가 세상에서 가장 비싼 술이었다.

흐뭇한 얼굴로 몇 개 안 남은 맥주를 전부 냉장고에서 꺼낸 이안은 계산을 위해 코너를 돌았다. 그러나 발을 움직이자마자 보이는 실루엣에 잠시 멈칫거려야 했다. 자신의 체구보다 훨씬 큰 후드티를 입고 모자를 쓴 여자가 품에 먹을 것을 한 아름 안고 있었다.

처음에는 부딪힐까 봐 발을 멈췄다면, 그다음은 익숙한 이름이 낯선 사람에게서 흘러나왔기 때문에 움직이지 않았다.

"이거 지안 언니가 진짜 좋아하시던데……."

"……?"

"내일 하루 종일 촬영이시던데 가져다가 드릴까?"

이안은 옆에 누가 있는지도 모르고 중얼거리며 고민하는 여자를 향해 시선을 내렸다. 물론 이름을 듣는 순간에는 당연히 자신의 동생일 것이라고 생각하지 않았다. 그러나 이어서 나오는 말은 자신이 아는 지안을 가리켰다.

처음에 움직이지 않은 건 그저 반사적인 행동과도 같았는데, 동명이인이 아니라 진짜 자신의 동생인 것을 확인하자 괜히 누구인지 확인하고 싶은 마음에 이안은 제자리에 가만히 서 있었다. 이안의 시선을 느낀 건지 여자의 고개도 자연스럽게 그를 향해 돌았다. 그러자 누가 먼저랄 것도 없이 서로의 눈이 크게 뜨였다.

"어? 안녕하세요!"

"아…… 안녕하세요, 강아리 씨."

이안은 그저 얼굴만 확인하고 싶었을 뿐, 인사까지 하게 되리라고 생각하지는 못했다. 어차피 자신이 모르는 사람일 것이라고 생각했는데 마주한 건 이미 도진과 지안 때문에 일전에 인사를 한 적이 있었던 아리였다.

"여기에 사세요?"

"네."

"보통 재벌들은 부자 동네에 살지 않아요?"

친화력이 좋은 건지, 호기심이 많은 건지 모르겠지만 아리는 갑자기 마주한 자신이 불편하지도 않은지 눈을 동그랗게 뜨며 묻는 말이 많았다. 이안은 헛웃음을 터뜨리다가 무언가 이질적으로 들리는 단어에 순간 눈빛이 매섭게 변했다. 그건 자신이 누구인지 제대로 알고 있나 싶어서 나온 반사적인 반응이었다.

"제가 재벌이라고 소개를 했었던가요?"

물론 누군가에게 소개를 할 때 제 입으로 그런 민망한 단어를 꺼냈을 리는 없었다. 분명 지난번에 자신을 보고 긴가민가했던 그녀의 표정을 기억했다. 이름조차 말하지 않았던 짧은 만남이었는데 자신에 대해 지나치게 많이 알고 있다면 앞으로 경계할 사람이었다. 자신은 물론, 지안도 말이다.

이안에게는 사람을 경계하는 이런 일련의 과정이 당연했다. 태어난 순간부터 자연스럽게 남들보다 높은 곳에 위치한 자리에 있는 만큼 흑심을 품고 다가오는 사람이 많았기에 몸에 배어 있는 습관이었다.

"앗! 아니에요. 죄송해요. 차도진 이사님이랑 엄청 친해 보이셔서…… 그냥 그쪽 세계의 분이신 줄 알았어요."

그리고 그런 이안의 지나친 경계를 비웃기라도 하는 듯이 아리는 그녀가 했던 생각이 아주 성급하고 불편한 편견이었음을 인지하며 사과를 건넸다. 말꼬리가 길어지고 횡설수설하는 것에서 당황한 것이 한눈에 보였다.

실수를 했다며 자책하는 표정에 오히려 마음이 불편해진 건 이안이었다. 따지고 보면 오류가 아닌 사실이었다. 이안은 타인의 기준으로 재벌이 맞았으니 말이다. 그러나 굳이 정정해 줄 생각은 없었기에 일부러 가벼운 말투로 화제를 돌렸다.

"언제 세상이 두 쪽으로 갈라졌나 봐요. 이쪽이랑 그쪽, 이렇게?"

분위기를 풀듯이 장난스럽게 물으며 이안이 입술 사이로 웃음을 흘렸다. 들고 있는 캔으로 인해 손이 차가워진 것과 딱 그만큼 미지근해진 맥주를 느낀 이안은 앞을 향해 턱짓했다.

"다 골랐어요?"

"네! 이것만 마저 가져가면 돼요!"

아리는 아마도 지안의 몫이 될 것만 같은 젤리를 여러 개 더 집었다.

"아리 씨, 먼저 계산하세요."

"아니! 어…… 음, 네!"

이안은 꽤 많은 종류의 물건을 안고 있는 아리가 버거워 보여 계산을 양보했다. 아리는 처음에는 거절하는가 싶더니 망설이다가 결국 계산대로 총총 걸어갔다. 무언가 하고 싶은 말을 포기한 것 같았다. 이안의 눈치를 살피더니 카운터 위로 우수수 간식거리를 떨어뜨린 그녀는 제 후드 주머니를 뒤적였다.

삐빅―.

"어?"

물건의 바코드를 찍는 소리와 당황스러운 아리의 음성이 같이 울렸다. 아리로부터 한 발자국 떨어진 뒤에 서서 이안은 가만히 그녀의 행동을 지켜보았다.

곧이어 바코드를 찍지 않은 물건이 하나 남았을 때, 이안은 카운터 위로 제 손에 있는 맥주를 올려놓으며 말했다.

"이것도 같이 계산해 주세요."

직원은 자연스럽게 이안의 맥주까지 바코드를 찍기 시작했다. 그 모습에 아리가 당황스러운 얼굴로 이안을 바라보았다.

"어어? 아니에요! 이건 그냥 제가 다시……!"

"삼만 팔천 원입니다. 봉투 필요하세요?"

대신 계산을 하려는 이안을 본 아리가 급하게 그를 말렸지만 직원이 그녀의 말을 끊었다. 아리가 지갑을 가져오지 않은 것을 느끼고 다시 정리를 해야 할 그림이 눈앞에 그려진 직원이 먼저 선수를 친 것이었다.

"네, 이건 나눠서 담아 주세요."

이안이 카드를 내밀었고, 손가락으로 주전부리뿐인 아리의 몫과 술뿐인 자신의 몫을 가르며 말했다. 직원은 빠르게 계산을 마쳤다. 옆에서 아리가 어쩔 줄 모르는 표정으로 서 있었지만 이안은 개의치 않고 두 개의 봉투를 양손으로 들었다.

"안녕히 계세요."

인사를 하고서는 편의점 문을 어깨로 밀고 나가는 이안의 등 뒤를 아리가 급하게 쫓아갔다. 편의점으로부터 몇 발자국 떨어진 곳에서 이안이 아리에게 그녀의 몫인 봉투를 내밀었다.

"죄송해요. 제가 돈 보내 드릴게요……."

이안은 미안한 얼굴로 말하는 아리를 보며 고개를 저었다. 얼른 집으로 돌아가 맥주를 마시고 싶은 그에게는 전혀 아깝지 않은 돈이었다.

"괜찮아요. 얼마 되지도 않는데요."

"그래도……."

계속해서 자신의 손가락을 괴롭히며 어쩔 줄 몰라 하는 아리를 빤히 바라보던 이안은 이제 갑작스러웠던 이 만남을 정리하기 위해 인사했다. 필요 이상으로 긴 시간을 함께 있었다.

"만나서 반가웠어요. 이웃인 줄은 몰랐네요."

아리를 향해 가볍게 입매를 끌어당긴 이안은 아주 짧은 고민 끝에 입술을 떼었다.

"그리고 정이안."

뜬금없이 등장한 이름에 아리의 커다란 눈이 더욱 동그랗게 떠지는 것을 이안은 가만히 바라보며 말했다.

"그게 내 이름입니다."

편의점에서 아리를 만나 이름을 알려 준 날로부터 딱 한 달이 되던 날이었다. 이안은 한 객실에서 생긴 문제를 직접 눈으로 확인하고 다시 자신의 집무실로 올라가는 중이었다.

"불편한 점은 없으신지 더욱 신경 쓰면서 더블 체크하세요."

"네, 이사님."

비서가 건넨 태블릿을 보며 말한 이안은 잠시 엘리베이터가 멈춘 느낌에 시선은 그대로 고정한 채 한 발자국 뒤로 물러났다. 임원 전용 엘리베이터를 비상용으로만 쓰게 놔둔 건 오래전 일이었기에, 다른 투숙객이 엘리베이터에 오르는 데 거슬리지 않도록 빈 공간을 만들었다.

"어? 이안 님!"

저를 부르는 생경한 호칭에 이안은 황당한 눈빛으로 시선을 살짝 올렸다.

"아, 강아리 씨."

이미 목소리만으로도 아리인 것을 알아차렸지만 눈을 마주치고 굳이 그녀임을 확인했다. 매니저와 함께 엘리베이터에 오른 아리는 환하게 웃었다.

"그동안 동네에서 못 봤었는데, 이렇게 보니까 또 엄청 반갑네요!"

다시 그녀와 마주할 일이 없을 것이라고 생각했을 만큼, 이안은 자신이 이름을 알려 주었던 편의점에서의 만남을 특별하게 기억하고 있지 않았다. 오히려 그동안 그녀를 잊고 있었다는 말이 더 어울렸다.

"이안 님도 이곳에서 머무세요?"

자연스럽게 이름을 부르며 자신을 보고 나서 어딘가 반가운 기색이 가득해진 아리의 표정이 이안에게 묘한 불편함을 불러왔다.

"아닌가? 그럼 이안 님은 식사하러 가시는 거예요?"

이안이 지난날 아리에게 자신의 이름을 알려 주었던 건 그저 그가 지니고 있는 기본적인 매너였다. 내내 저를 부르기 위해 입술을 떼었지만 이름도 모르고 호칭도 마땅한 걸 찾지 못해 부르기를 포기한 아리를 진작에 눈치채고 한 행동이었다.

이렇게 자주 부르라고 알려 준 이름이 아니었는데…….

이안은 지안이 도진의 존재를 먼저 밝힐 만큼 아리와 돈독한 친분을 유지하고 있는 것을 대강 알고 있었기에 그녀와 더 이상의 과한 인연은 사절이었다. 지안이 제이 그룹에 대해 스스로 밝히지 않는 이상, 순수한 사람을 계속 속이는 기분이 드는 것이 딱히 유쾌하지 않았기 때문이다.

"여기 다이닝 전망이 정말 좋아요! 이안 님도 보셨어요?"

게다가 자신의 이름 뒤에 붙는 저 단어는 더 마음에 들지는 않았다. 물론 아리가 존칭이라며 쓰는 것은 이해하겠으나, 보통 초대장에서나 보는 단어를 직접 듣는 건 또 다른 느낌이었다. 이안은 일단 자신에게 쏟아진 질문을 다 제치고 부드럽게 웃었다.

"강아리 씨는 이곳에 어쩐 일입니까?"

"지안 언니가 프라이빗 룸 식사권이 생겼다고 주셨어요! 원래 같이 오고 싶어 했는데, 다른 스케줄 때문에 시간이 안 난다고 하셔서 저랑 매니저 언니만 왔어요."

겉으로 봐도 아쉬움이 가득 담긴 아리의 말에 이안은 속으로 헛웃음을 터뜨렸다. 언제부터 정지안이 제이 그룹과 관련된 걸 아무렇지 않게 다른 사람에게 전달했나 싶은 괘씸한 마음에서 오는 웃음이었다.

띵—.

짧은소리와 함께 도착한 엘리베이터 문이 활짝 열렸다. 아리와 그녀의 매니저가 먼저 내린 후, 이안과 비서도 따라 내릴 수밖에 없었다. 보안상의 이유로 투숙객이 함께 이용할 수 있는 엘리베이터는 지금 아리가 가고 있는 다이닝이 위치한 층까지만 운행했다.

"이안 님은 안 들어가세요?"

다이닝으로 가는 길과 다른 엘리베이터를 타러 가는 갈림길에서 방향이 달라지자 아리가 고개를 갸웃거리며 이안을 향해 물었다.

"이사님. 1시에 본사 마케팅부 보고 회의 괜찮으신지 연락 왔습니다."

"이사님?"

동시에 급한 연락을 받았는지 비서가 이안의 곁으로 한 발자국 다가와서 귓속말로 물었다. 그러나 워낙 고요한 복도라 그런지 아리에게도 들렸고, '이사님'이라는 호칭에 그녀의 눈이 크게 뜨였다.

"그럼 식사 맛있게 하세요, 강아리 씨."

이안은 어떻게 된 일인지 호기심이 가득한 아리의 얼굴을 모른 척하며 먼저 자리를 뜨려고 했다.

"이게 누구야~ 강아리 아냐?"

그러나 걸걸하게 아리를 부르는 낯선 목소리에 몸을 돌리려던 것을 멈추고, 시선을 살짝 비틀어 점점 가까워지는 남자를 바라보았다. 관상이란 걸 믿는 사람은 아니었는데 이상하게 지금 저 사람만큼은 초면부터 곱게 보이지가 않았다. 그래서인지 이안은 아리를 남겨 두고 먼저 자리를 뜰 수가 없었다. 특히 남자를 보자마자 새파랗게 질려 버린 그녀의 얼굴이 눈에 밟혔다.

껄렁한 걸음걸이로 가까이 다가온 남자는 아리를 보며 아니꼽다는 듯 비웃음을 가득 담은 눈으로 말했다.

"너 요즘 잘나가더라?"

"……."

"네가 네 힘으로 그렇게 잘나갈 일은 없을 텐데."

남자는 거기서 멈추지 않고 고개를 돌려 자신보다 한참이나 큰 이안을 위아래로 훑어보며 코웃음을 쳤다.

"뭐, 옆에 있는 남자의 힘이야?"

"……."

"그러게, 어차피 할 거였으면 내가 하라고 했을 때 했으면 너도, 나도 다 좋았잖아."

이안은 남자가 쏜 화살의 방향이 자신을 향하자 주머니에 양손을 꽂아 넣으며 무감한 눈빛으로 남자를 내려다보았다. 대체 저 남자의 입이 어디까지 갈 것인지 궁금해 가만히 서서 관망했다.

"그래서 그쪽은 어느 집 양반인데?"

결국 이안은 자신의 두 귀를 의심하며 헛웃음을 터뜨렸다. 반말을 서슴지 않고 툭툭, 내뱉는 남자의 무례를 어디까지 지켜볼지 생각해 봐야 했다. 짙은 숨을 내뱉으며 한쪽 입꼬리를 삐딱하게 올리자 주변의 공기가 달라졌다.

"내가 어느 집 양반인 줄 알면 이렇게 못 할 텐데."

자신감이 하늘을 찌르는 확신이 담긴 말이었다. 그러나 이안은 이런 교만하고 오만한 태도도 어울리는 남자였다. 이안은 그래도 되는 능력이 차고 넘치는 사람이었는데, 눈앞에 남자 한 사람만 그걸 모르는 듯싶었다.

남자의 얼굴이 자연스럽게 자신을 아래에 두는 이안의 태도로 인해 험악하게 변했다. 한참이나 어려 보이는 이안에게 이런 취급을 받는 건 자존심이 용납하지 않아 손가락으로 이안의 어깨를 쿡 찌르려고 했다. 그러나 그보다 빨랐던 건 아리의 외침이었다.

"모르는 분이에요! 엘리베이터에서 나오면서 제가 크게 부딪혀서 사과하는 길이었어요."

아리가 이안의 눈치를 보며 다급하게 남자를 향해 말했다. 그러더니 이번에는 이안을 향해 90도로 인사하며 사과했다.

"죄송합니다, 정말 죄송합니다!"

사과하며 모른 척을 하는 아리의 모습이 필사적으로 보였기에 이안은 그저 고개를 끄덕였다.

"조심하세요. 항상 눈앞에 누가 있는지 잘 확인해야 다치지 않죠."

이안의 말이 향하는 건 아리였으나 날카로운 그의 시선이 향한 건 남자였다. 분명 걱정을 해 주는 말이었는데 첨예한 눈빛이 더해지니 괜히 위압감을 느낀 남자는 헛기침을 하며 눈을 살짝 피했다. 아리의 옆에 있던 매니저가 한숨을 내쉬며 상황을 정리하기 위해 입을 열었다.

"장 대표님, 우리 이제 더는 서로 얼굴 붉힐 일 만들지 말죠."

예상은 했지만 매니저의 입에서 나온 호칭에 이안의 미간이 티 안 나게 구겨졌다.

"꼴랑 매니저 주제에……."

"꼴랑 매니저이기도 하지만, 제가 벌써 회사의 사내 이사이기도 해서요. 저희 대표님이 아리를 얼마나 아끼면 이사인 제가 아직도 직접 발로 뛰고 있는지, 감이 오셔야 할 텐데요."

장 대표는 매니저의 간섭에 자존심이 상한 듯 말했지만 아리의 매니저는 아랑곳하지 않고 중간에 말을 끊어 버렸다.

"녹음도 했습니다. 방금 장 대표님이 하신 모든 말이 무례했으니, 꼭 사과해 주시길 바랍니다."

단호한 매니저의 말에 장 대표는 할 말을 잃은 듯하면서도 분에 못 이겨 이를 부득 갈았다. 자리를 피하는 것이 답이라고 생각했는지 엘리베이터로 가면서도 괜히 어깨로 이안을 건드렸다. 그러나 이안의 체격에 밀린 남자는 헛발질을 하며 중심을 잃은 몸을 간신히 바로 세워야 했다. 이안은 그런 장 대표의 모습을 한심하게 바라보다가 '픽' 하고 웃었다.

"그러니까 그렇게 함부로 다니시면 다칩니다, 지금처럼요."

걱정이 아닌 경고였다. 다음에는 발이 아니라 손에 쥐고 있는 무언가를 놓게 될 것이라는 무언의 경고. 그렇다고 장 대표가 알아들었을 것이라고는 기대하지 않았다.

삐끗했을 장 대표의 발을 무감한 낯으로 내려다보던 이안은 더 이상 미련 없는 몸짓으로 등을 돌렸다. 이안은 불쾌한 이 자리를 빨리 피하는 것이 의심의 눈초리를 사지 않고 아리를 위한 길임을 알았다. 하지만 이상하게 발걸음이 잘 떨어지지 않았다.

똑 부러지는 매니저가 그녀의 곁에 있었으니 걱정은 되지 않았다. 다만 제 그라운드에서, 그것도 주인 앞에서 나뒹굴던 쓰레기를 어떻게 처리해야 할지 머리가 바쁘게 굴러갔다.

집무실로 올라가기 위한 길로 들어선 이안이 엘리베이터에 오르자마자 한 걸음 뒤에 있는 비서를 불렀다.

"서 비서."

"네."

"아까 그 남자, 누구인지……."

누구인지 알아 오라는 건 그 사람에 대한 모든 정보를 끌어모아 가져오라는 소리와 같았다. 그러나 고민 끝에 떼었던 입술은 금방 다시 굳게 다물었다.

"이사님?"

머릿속으로 장 대표에 대해 윤곽을 잡아 가던 비서는 말을 하다 멈추는 이안을 이상하게 느끼고 그를 불렀다.

"됐어요."

이안은 고개를 살짝 저으며 내리려던 지시를 거두었다. 이건 명백한 오지랖이었다. 자신이 이렇게 깊게 관여할 일이 아니었다. 그러나 자꾸 지안이 했던 말이 머릿속에 맴돌았다.

— 그냥 안쓰러워. 첫 소속사에서 어린 나이에 술대접을 강요
  받았었는데, 얼마나 무서웠을까?

— 물론 좋은 대표님을 만났으니 스스로의 힘이라고는 못 하
  겠지만, 그래도 나쁜 길로 안 빠진 게 얼마나 예뻐?

— 씩씩하게 활동하는 거 보면 내가 다 기특해서 그래.

너무 과하게 아리를 신경 쓰는 게 아니냐는 물음에 대한 지안의 답이었다.

― 너랑 나이 차이가 얼마나 난다고 그런 감정을 느껴?

― 그래도. 처음부터 좋은 대표님을 만난 나도 힘든 이곳 생활인데, 아리는 얼마나 더 악몽 같았을까 생각하면 자꾸 챙겨 주고 싶네.

없던 동정심도 일으키는 구구절절한 사연이었다. 알고 싶지도 않았고, 알 필요도 없던 속사정을 원하지 않게 알게 되어서는 괜히 신경만 쓰였다. 이안은 단정하게 매여 있는 넥타이 끝을 살짝 풀어 내리며 혼자 중얼거렸다.

"정이안, 키다리 아저씨까지는 되지 말자."

운전석에 기대어 좌회전 신호를 기다리고 있던 이안은 조수석에 나란히 앉아 있는 아리를 보며 생각에 잠겼다.

"죄송해요……. 제가 괜히 폐를 끼치고 있어서……."

어쩌다 또 이 아이와 이렇게 얽히게 된 건지 심각하게 고민할 필요가 있다고 말이다.

"저 혼자 갈 수 있어요! 그러니까 근처에 내려 주시면……."

"어차피 같은 동네이고, 그래서 어차피 가는 길이고."

"아."

"그리고 미안하지만……."

이안은 자꾸 곁눈질을 하며 자신의 눈치를 보는 아리의 말에 핸들을 돌리며 가볍게 대꾸했다.

"내가 많이 불편한 건 그렇게 말 안 해도 잘 알겠는데, 인적이 드문 밤에 여자 혼자 보내는 건 내 마음이 더 불편해서 안 됩니다."

"아, 불편한 게 아니라……."

아리는 손을 내저으며 고개를 도리도리 저었다. 자꾸만 고장 난 로봇처럼 구는 이유는 이안과 단둘이 남겨진 상황에 심장이 터질 것 같아서였다. 지안이라도 있었다면 이안은 주로 지안을 바라봤기에 마음 편하게 그를 쳐다볼 수 있었는데, 둘만 남겨지니 오롯이 저에게로 향하는 눈빛에 심장이 떨려 꼭 미칠 것 같았다. 침착하라는 머리의 명령을 듣지도 못하고 멋대로 굳어 버린 팔다리가 제일 당황스러운 건 그녀 자신이었다.

그러나 이런 아리의 사정을 알 리 없는 이안은 반사적으로 흘러나오려는 한숨을 삼켰다. 가뜩이나 자신의 눈치를 보고 있는 아리의 마음을 더 불편하게 만들 생각은 없었다.

사실 이안은 지안과 함께 있을 때나 밖에서 마주쳤을 때는 그렇게 반가워하더니 이제 와서 표정으로 불편함을 호소하는 아리가 살짝 어이없기도 했다. 모든 일의 시작은 어쩌면 몇 시간 전의 아리라고 해도 무방했기 때문이다.

유학 시절 알게 된 외국 친구로부터 선물로 받은 좋은 와인을 들고 찾아간 지안의 집에는 주인인 지안은 있었지만 그 곁에 당연히 같이 있을 것이라고 생각했던 사람은 없었고, 전혀 생각하지 못한 아리가 두 눈을 동그랗게 뜨고 자신을 맞이했다.

— 아, 미안. 도진이를 찾아간다는 게 헷갈려서…….

생각해 보면 전혀 말도 안 되는 변명이었지만 아리는 전혀 이상하게 생각하지 않았다. 도진이 지안의 앞집에 산다고 생각하고 있으니 말이다.

— 혹시 저녁 안 드셨으면 같이 드세요!

민망하게 웃으며 집을 나서려던 이안을 잡은 건 아리였다. 이안은 당연하게 거절을 했지만, 그를 다시 한번 붙잡은 건 지안이었다. 도진도 곧 온다면서 말이다.

'너 왜 그래?'

입 모양으로 물으며 도진도 없는 자리에 합석하라는 지안을 이안은 이상한 눈으로 쳐다보았지만 모른 척하는 그녀였다. 지안의 도움에 힘을 받았는지 아리는 그저 해맑게 웃고 있었다. 그러자 지안이 의미 모를 웃음과 함께 신기한 눈으로 넌지시 물었다.

— 둘이 많이 친해졌다면서?

— 헤헤. 저희 이웃 주민이에요!

이안은 탄산수가 담긴 잔을 입가에 가져가며 헛웃음을 터뜨렸다. 고작 몇 번의 만남으로 친해졌다고 지안에게 전한 것이었다. 곱씹을수록 아리의 일방적인 친화력이 놀라웠다.

밥을 먹는 동안 지안과 아리는 술을 마셨고, 이안은 가만히 둘의 대화를 들었다. 도진이 한참이나 늦게 도착하고 나서야 낯선 조합의 자리가 끝났다.

— 밤이라서 위험하니까, 오빠가 아리 잘 데려다줘.

하는 사람도, 받는 사람도 불편한 매너의 시작은 지안의 부탁이었지만, 결국 끝까지 거절하는 아리가 마음이 쓰여 자신의 차에 태운 건 스스로의 의지였다.

"지안 언니랑도 많이 친하신가 봐요."

한숨을 참느라 자연스럽게 생긴 침묵을 불편해한 아리가 작게 물었다.

"그냥 오빠 동생 하는 사이라서요."

누가 보면 정말 남처럼 보이는 말이었지만 거짓말은 아니었다. 이안은 그렇게 합리화를 했다. 지금까지 이안의 주변 사람들은 둘 중 하나였다. 지안과 남매인 것을 알고 있으나 철저하게 입을 다무는 사람들과 아예 남매일 것이라고 상상도 못 하는 사람들. 그게 전부였는데 아리는 예외가 되어 버렸다. 거짓말을 하는데 순수한 얼굴이 마음에 밟혀 불편했다.

"지안이가 그러더라고요. 친동생 같은 느낌이라고."

이안은 태연한 얼굴로 화제를 돌렸다. 더 이상 지안과의 관계를 깊게 묻지 못하도록.

"지안 언니가 좋은 분이라서 그래요. 제가 크게 잘못했는데도 다 용서해 주시고."

"……."

"그렇게 좋은 분이라서 곁에 계신 분들도 다 좋은 분들인가 봐요."

아리는 자신이 크게 잘못했다는 말을 하면서 힘없이 웃었다. 그러다가 고개를 돌려 이안에게 갑작스럽게 물었다.

"장 대표님 일 처리해 주신 거, 이안 님이시죠?"

이안은 쥐고 있는 핸들을 툭, 툭, 건드렸다. 언젠가 알게 될지도 모른다고 생각은 했지만 이렇게 빨리 들킬 것이라고는 생각하지 못했기 때문이다.

키다리 아저씨는 스스로 사절이었다. 분명 그랬었다. 그러나 굳게 다짐을 한 것이 무색하게, 어느새 장 대표의 약점을 손에 넣고 공중에 터뜨렸다. 마치 온 하늘을 번쩍이게 만드는 불꽃처럼 세상 모두가 알 수 있도록 말이다.

장 대표를 무너뜨리는 일련의 과정이 너무 쉬웠다. 너무 순탄해서 되레 화가 났었다. 고작 이것밖에 안 되는 사람이 수많은 어린아이들을 유린하고, 겁박하고, 하나밖에 없는 꿈을 무너뜨리고 있었다는 사실에 열을 받았다.

"엔터 쪽 소문은 빨리 돌아요. 사람들 입이 하도 가벼워서."

"……."

"평생 그런 짓을 하며 살아갈 줄 알았던 장 대표가 갑자기 쫄딱 망한 건 그동안 쳐다보지도 못했던 권력을 가진 사람을 만나서 그런 거라고, 다시는 일어설 수 없는 지뢰를 밟았다고 그러더라고요."

"……."

"저는 그 권력을 가진 사람이, 지뢰를 설치한 사람이 이안 님 같은데, 맞죠?"

아리는 확신에 차 말했다. 그도 그럴 것이 언제나 자신의 앞에서도 죄책감 따위는 모르고 늘 떵떵거리며 다니던 장 대표가 이안과 부딪힌 직후, 망했다.

장 대표의 소식을 듣자마자 설마 했던 마음이 확신이 되어 버린 건 이안의 정체를 알게 되면서였다. 도진과 친하다는 것 자체에 평범한 사람은 아닌 줄 알고 있었지만, 얼마 안 가 매니저로부터 그가 제이 그룹의 젊은 후계자라는 것을 들었다. 그러자 장 대표의 비참한 말로가 이해가 되었다.

이안은 나름 예리하게 추리하는 아리를 보며 '픽' 하고 웃음을 터뜨렸다.

"제가 전래 동화를 좀 많이 좋아해서요."

"네?"

"권선징악. 그게 보기에도, 듣기에도 마음이 편하잖아요."

착한 사람이 상을 받지는 못해도 나쁜 사람은 반드시 벌을 받아야 한다는 게 뒤를 두지 않는 이안이 가진 성미였다.

이안이 어깨를 으쓱이며 별일 아니라는 듯이 말하자 아리도 그만 웃음을 터뜨렸다. 이건 아리가 이안을 좋아하는 이유 중 하나였다. 그는 진정한 어른 같았다.

마치 힘이 센 어른 때문에 넘어진 아이를 일으켜 세울 때, 자신은 아이에게 고맙다는 인사를 받지 않아도 상관없어 하면서도 아이를 매정하게 밀치고 간 어른은 붙잡아 아이에게 꼭 사과하게 만드는 그런 사람 말이다.

그래서 아리는 그가 점점 더 좋아졌다. 누군가가 자신을 출구 없는 미로에 빠뜨린 것처럼, 그에게 마음을 그만 주는 방법을 찾지 못했다.

"역시 이안 님도 좋은 분이 맞았어요. 지안 언니 곁에 있는 분이시니 그럴 줄 알았어요."

아리의 꾸밈없는 솔직한 웃음을 가만히 바라보던 이안도 한쪽 입꼬리를 끌어 올렸다. 초롱초롱한 눈을 빛내며 하는 말이, 결국 자신이 좋은 사람이라는 것이다. 이러면 어떻게든 쉽게 가지지 못할 권력을 향한 탐욕을 부릴 만도 한데 이안은 또렷이 빛나는 눈동자 속에 박힌, 마치 엄청 대단한 사람을 바라보는 듯 존경이 깃들어 있는 속마음을 읽어 버렸다.

"그러는 아리 씨도 지안이 곁에 있는 사람인데……."

세상의 쓴맛을 누구보다 먼저 맛보고도 여전한 순수함을 응원해야 하는 건지, 조금 더 영악해지라고 주제넘은 충고를 해야 하는 건지 모르겠지만, 이것 하나만큼은 느낄 수 있었다.

"아리 씨도 좋은 사람이에요. 그거 잊지 말아요."

어쩐지 이 아이와의 거리가 조금 가까워진 것 같았다.

이안은 눈앞에 펼쳐진 눈부신 백색의 만년설을 바라보며 아리를 떠올리던 것을 멈추고 고개를 돌렸다. 생각에 잠긴 이안의 침묵이 점점 길어지자 영이 그의 팔을 잡고 이리저리 흔들었기 때문이었다.

"응? 정이안. 뭐 더 없냐니까?"

대체 뭘 기대하는 건지 영은 눈꼬리를 길게 휘고 있었다. 놀림감을 찾고 있는 짓궂은 표정이었다. 이안은 고개를 절레절레 저었다.

"없어."

"그럴 리가 절대 없는데?"

쓸데없이 일말의 기대도 하지 않도록 단호하게 대답했으나, 오히려 영은 더 단호하게 확신을 담아 반문했다. 그게 퍽 어이가 없던 이안은 헛웃음을 터뜨렸다.

"왜 없는데?"

"그거야, 딱 봐도 그 애는 널 좋아하거든. 어려서 그런가? 불도저처럼 직진도 할 줄 알고."

이안은 몰라도 영은 알고 있었다. 같은 여자로서 눈치챈 것도 있지만, 애초에 아리는 이안을 향한 마음을 숨기지 않았다. 지안과 이안의 남매 관계가 밝혀지고 나서도 자신을 속인 둘에게 배신감을 느끼기보다는 지안에게 이안을 향한 자신의 마음을 솔직하게 고백하고 허락을 구하기까지 했었다.

"그래서 넌 그 애한테 이성의 감정, 뭐 그런 건 안 생겼어?"

벌써 3년이 다 되어 가도록 혼자서 고군분투하고 있는 아리의 모습이 안쓰러워서라도 영은 이안의 속마음을 캐묻고 싶었다. 이안도 영의 노력과 의도를 모를 수가 없었다. 영뿐만 아니라 지안도 툭하면 아리의 이야기를 넌지시 이안에게 꺼내곤 했으니 말이다.

자신은 늘 알게 모르게 아리에게 희망을 심어 주는 영과 지안을 말렸다. 여리고 순수한 만큼 상처를 잘 받는 아리 뒤에서 그러지 말라고 꽤 단호하게 주의를 줬었다. 하지만 내뱉는 말과 어울리지 않게, 아리를 떠올리면 저도 모르게 웃고 있었다.

— 이거 이번에 해외 로케이션 갔다가 사 왔어요! 이안 님이랑 닮지 않았어요?

— 내가 이렇게 개처럼 생겼어?

— 이렇게 귀여운 강아지를 그렇게 정 없게 개라고 말하다니…….

— 그럼 개를 개라고 하지.

어느덧 말을 편하게 하게 됐고, 장난도 종종 칠 정도로 아리의 앞에서 정제되지 않은 본래 모습이 자주 튀어나왔다. 그녀가 많이 편해졌다는 증거였다.

"없어, 그런 거."

그럼에도 불구하고 이안은 아리를 사랑이라고 정의할 수는 없었다. 그답지 않게 아주 오랜 시간 동안 점점 가까워지는 아리를 보며 진지하게 고민하고 도출해 낸 결과였다.

이안이 아리에게 자신의 그늘 안에 들어오게 허락한 건, 결국 그저 자신이 제대로 챙기지 못했던 그 나이대의 지안이 생각났기 때문이다. 여전히 꽃처럼 아름다울 스무 살에 머물고 있는 유안이 생각났을 뿐이기도 했고.

이제 지안이는 도진이가 잘 챙길 것이니, 길을 잃어버린 다정한 오빠 역할이 아리를 향했다고 해도 이상하지 않았다.

이안은 짧지 않은 시간 동안 무던히도 노력해야 했다. 제 눈에도 훤히 보이는 아리의 마음을 덥석 받을 수 없어, 늘 동생 이상의 선을 넘지 않도록 경계해야 했다.

"그러니까 엮지 마. 괜히 순진무구한 사람 부추기지도 말고."

"왜?"

이안은 영이 진심으로 자신이 이해가 안 된다는 얼굴로 반문하자 한숨을 내쉬었다. 이미 충분히 아리에게 곁을 내준 것 하나만으로 그녀에게 못할 짓이었다. 제게 마음이 있던 이성을 모조리 잘라 낸 것과 비교하면 충분히 여지를 남긴 것이었다.

"나이 차이가 얼마인지 알아?"

제가 내뱉고도 어딘가 궁색한 변명에 헛웃음을 삼켰지만 더 이상 제 마음 하나 헷갈려서 이러지도 저러지도 못하는 바보가 되고 싶지는 않았다.

"네 말대로 우리한테 애야."

이루어질 리가 없는 희망을 심어 주는 나쁜 놈도 되고 싶지 않았다.

"난 어린애랑 사랑놀이 같은 거 할 생각 없어."

그리고 무엇보다 이안은 사랑을 믿지 않았다.

"너 진짜 나쁜 놈인 거야, 알아?"

분명 나쁜 놈, 그거 되기 싫어서 엮지 말라고 말한 건데 영의 앙칼진 응수에 '아', 이안의 입새로 희미한 탄식이 흘렀다. 이미 자신은 나쁜 놈이 되어 버렸다. 이안은 딱히 영의 말을 변명하거나 부정할 생각이 없어 가만히 입을 다물었다. 얼굴이 점점 굳어지는 영을 보고도 표정 하나 흐트러지지 않았다. 아무것도 담지 않은 눈동자로 그녀를 바라볼 뿐이었다.

"진짜 이기적인 놈이고."

이기적이라는 말에 이안은 순간적으로 영에게 묻고 싶었다. 사람은 누구나 이기적인데, 자기는 좀 그러면 안 되는 거냐고. 아리와 엮지 말라고 한 이후로 내내 자신 탓만 하는 영에게 이게 뭐라고, 내심 대단히 서운하기까지 했다.

그러나 이 모든 말들은 그저 아리의 마음을 모두 알면서도 받아 주지도 밀어내지도 않는, 방치에 가까웠던 자신의 행동에 정당성을 부여하려는 볼썽사나운 핑계이고 변명일 뿐이었기에 속으로 다 삼켜 냈다.

영은 표정 관리를 하느라 꼿꼿해진 이안의 모습이 도리어 더 얄미웠던 것인지 입술을 깨물며 부들부들 떨기 시작했다. 그것도 잠시 동안일 뿐, 그녀는 옅은 숨을 천천히 흘러보내며 스스로를 진정시켰다.

이안은 반지 하나 끼지 않은 가느다란 손가락을 슬며시 쥐었다가 펴는 것을 반복하는 영을 보며 생각했다. 오랜만에 저 매운 손을 맛볼지도 모르겠다고 말이다.

퍽—!

생각이 아니라 예언이었나.

"아."

문득 들었던 생각을 끝내기도 전에 허공을 가르며 도착한 마찰음에 이안은 반사적으로 신음을 내었다. 작은 주먹에 온 힘이 실린 것을 보아 하니, 어지간히 저에 대한 불만이 큰 모양이었다.

"고작 이걸로 아파?"

영은 이안이 내뱉은 짧은 신음조차 못마땅한 듯 커다란 눈으로 그를 노려보았다. 이안은 힘이 잔뜩 들어간 눈을 바라보며 헛웃음을 지었다. 자신을 향해 이렇게 적대적이라니, 차영에게 강아리의 존재가 언제 이 정도까지 되었나 싶어 놀랍기도 했다.

정이안이 가면을 쓰고 있다면 반대로 차영은 날것 그대로인 사람이었다. 좋아하는 건 티를 내고, 싫어하는 건 열 배로 더 티를 내는 사람이었다. 그런 영이 생각보다 아리를 꽤 많이 예뻐하고 있다는 걸 느꼈다. 앞으로 내내 같은 문제로 자신이 들들 볶일 것만 생각하던 이안은 이어진 영의 말에 미간이 훅 파였다.

"그동안 너, 아리 씨 데리고 장난친 거니?"

'장난'이라는 단어가 유난히 신경에 거슬렸다. 내내 무감했던 눈동자에는 서늘한 빛이 스쳐 지나갔다. 아리를 향했던 모든 행동엔 이안의 진심이 담겨 있었다. 다만 귀찮은 건 딱 질색이었다. 이안은 성격이 그랬다. 단순히 데리고 놀 생각이었으면 애초에 귀찮게 이 정도로 가깝게 지내지도 않았다. 누가 시키지도 않은 일을 혼자 나서서 하지도 않았을 것이다.

위험할까 봐 장 대표의 일을 처리한 것도, 굳이 바쁜 시간을 쪼개어 얼굴을 본 것도, 기쁜 일이 있을 때 축하를 건넨 것도, 슬픈 일이 있을 때 제대로 하지도 못하는 어색한 위로를 건네었던 것까지. 아리를 알고 지낸 지난 3년간의 이안에게 거짓 따위는 없었다.

그러나 영은 이안의 주위를 맴돌기 시작하는 냉기를 아는 체도 하지 않았다. 오히려 신경을 더 자극하려고 마음먹었는지 쏘아붙이기 시작했다. 불같은 영의 성격은 한번 터지기 시작하면 마치 용암이 솟구쳐 오르는 화산과도 같았다.

"네가 깃털보다 더 가볍게 여자들 만나는 거, 한심해 보여도 그동안 뭐라고 안 했어."

"……."

"뭣도 아닌 여자들이 불순한 마음을 가지고 더러운 눈빛을 한 채 네 곁에 있어도, 나 아무 말도 안 했어."

이안은 가감 없이 사실만으로 저를 찌르는 영을 보다가 이내 고개를 돌려 짧게 허공을 응시했다. 차영 성격에 많이 참았다 싶다가도, 무슨 말이 하고 싶어서 이제 와서 이러는가 싶었다. 속을 채웠던 의문은 머지않아 풀렸다.

"망할 이해린."

영이 꺼낸 이름이었다. 이름을 수식하는 속된 말은 마치 다섯 글자가 원래의 이름이었던 것처럼 자연스럽게 붙어 있었다.

"걔를 단 1초라도 떠올리게 하고 싶지 않아서, 너 왜 그렇게 살고 있냐고 묻지 않았다고."

실망스러운 기색이 역력한 책망이었지만 이안은 알고 있었다. 저를 향한 걱정이라는 것을.

그래도 이건 좀 너무했다, 차영.

이안은 이상하게 속이 쓰렸다. 이런 식으로 저를 자극할 의도는 아니었다는 것은 잘 알았지만 갑작스럽게 들린 이름은 평정심을 간신히 유지하던 이안의 얼굴 위로 균열을 일으켰다.

이해린. 잊고 싶어도 잊을 수가 없는 이름이었다. 이제는 시간이 흘러 무감각해지고 추호의 미련조차 생기지 않는 글자뿐이라고 해도, 아예 없던 일처럼 잊을 수는 없었다.

해린과는 대학생 때 병원에서 만났다. 사람이 남들보다 조금이라도 더 가진 게 있다면 베풀 줄 알아야 한다는 할아버지인 정 회장의 뜻에 따라 봉사를 하던 곳이었다. 겉과 속이 다른 사람들한테 신물이 나서 그런지, 해린이 사람이 없는 곳에서도 제 눈치를 보지 않는 것, 궂은일도 마다하지 않는 것도 좋아 보였고, 그러다 해린의 모든 모습이 유난히 호감으로 다가왔다.

스물세 살의 이안은 어렸다. 그래서인가, 고작 사랑 하나에 자신의 전부를 너무 쉽게 걸어 버렸다.

"나도 동생 있거든. 내가 서른 살이 되어도, 마흔 살이 되어도 영원히 스무 살에 머물러 있을 예쁜 내 동생."

시작은 동생을 잃었다는 것에서 온 동질감이었다.

"그럼 유안이랑 해성이랑 친구 하면 되겠다! 물론 해성이가 동생이긴 한데, 그래도 유안이도 여전히 스무 살이니까."

이안은 자신보다 더 의연하게 동생의 죽음을 받아들인 해린을 보며 웃을 수 있었다. 유안의 부재에 마음이 아프기만 했던 지난날과 다르게 행복까지 기도할 수 있는 사람으로 변했다.

차곡차곡 쌓인 유대감으로부터 비롯된 사랑은 사람의 마음을 단숨에 허물어 버렸다. 누구보다 사리 판단이 빨랐던 이안의 눈을 가려 버렸다.

"학교, 그만둬야 할 것 같아."

"뭐?"

"집안에 사정이 좀 있어서……."

목덜미를 어색하게 매만지며 웃는 해린의 모습에 이안은 눈가를 찌푸렸다. 그날로 바로 비서에게 연락해 알아본 그녀의 집안 사정은, 아버지의 사업 실패로 인한 빚더미에 깔려 있었다.

이안은 망설임 없이 빚더미 속에서 허우적거리고 있는 해린을 구해 냈다. 없어도 그만인 돈이었음에도 이자는 주지 못하더라도 자신에게 진 빚은 갚고 싶다는 해린에게 그러라고 했다. 자신이 좋아하는 사람이 제게 부채감과 미안함을 가진 모습이 썩 달갑지 않았기 때문이었다.

불쑥 찾아온 사랑에 어쩔 줄 몰라 이안은 정성을 쏟아부었다. 연인 사이에 흔한 다툼이 생겨도 한 번도 여자의 마음을 알아보려고 하지 않았던 이안이 지안이나 영을 귀찮게 하면서까지 해린의 기분을 풀기 위해 노력했다.

— 정이안, 호구 다 됐네.

끌끌, 혀를 차는 영의 모습에도 아랑곳하지 않았다. 그러나 조금은 귀를 기울여야 할 필요가 있었던 것일까.

"이…… 이안아……."

이안은 엉거주춤한 채 놀라서 당황한 얼굴로 제 이름을 부르는 해린을 선혈처럼 붉어진 눈으로 내려다보았다. 약속하지 않은 채 해린과 만난 곳은 자신의 동창인 우정이 일하고 있는 병원이었다. 같이 점심을 먹기 위해 에스컬레이터를 타고 로비로 내려가던 중, 맞은편에서 걸어오고 있는 해린을 마주했다.

"해린아?"

의아한 얼굴로 그녀의 이름을 부르자 해린은 마치 못 볼 것을 본 사람처럼 아연실색했다. 이제 와서 무엇이 문제였을까 생각해 보면 모든 것이 문제였다. 장소, 물건, 사람까지 전부.

상황 판단은 끝났다. 해린이 나오던 곳은 산부인과였으며, 놀란 얼굴로 바닥에 떨어뜨린 건 아이를 가진 사람에게 주어지는 산모 수첩이었다.

차라리 자신의 아이라는 일말의 가능성이라도 있었다면 반가운 얼굴로 해린에게 다가갔을 것이다. 그러나 이안은 해린을 안은 적이 단 한 번도 없었다. 산모 수첩에 적혀 있을 아이의 아빠가 자신일 가능성이 전혀 없다는 소리였다.

"그게 있잖아, 이안아! 내 말 좀 들어 줘!"

옆에 있던 우정을 뒤로하고 병원 밖으로 나가는 자신의 뒤를 해린이 애처롭게 쫓았으나 돌아보지 않았다.

일주일 후, 이안은 깜깜한 어둠 속에서 오피스텔 복도에 쪼그린 채 자신을 기다리고 있는 인영을 발견했다.

"뭐 하는 거야."

높지도 낮지도 않은 톤이었다. 마치 로봇처럼 딱딱한 이안의 목소리에 움찔한 해린은 입을 뻥긋거리며 무언가를 계속 말하려고 노력했으나 나오는 소리는 없었다. 이안은 피가 차게 식는 걸 몸소 느끼고 눈을 내리깔며 입가에 조소를 머금었다. 살랑, 부는 바람에 흑발이 흩날리며 눈가를 건드렸다.

"입이 있으면 변명을 하든가, 해명을 하든가, 이제 와서 다른 사람을 사랑하고 있다고 뻔뻔해지기라도 하든가."

"……흡."

"그것도 아니라면 당장 내 눈앞에서 꺼지든가."

친절하게 해린이 해야 할 일을 읊었건만 눈물만 흘리며 아무 말도 못하면서 자신의 앞을 가로막는 그녀에 고개를 꺾었다.

"해린아, 우리 3년을 만났다."

"끄흡."

"3년을 만났는데, 이제 나한테 더 이상 보여 줄 게 없어서 이런 거지 같은 꼴을……!"

애써 잠재웠던 분노가 새어 나오고 있었다. 그러다가도 모든 게 허탈했다. 이렇게 화를 낸다고 바뀌는 건 없었다. 그게 이안을 이성적으로 만들었다.

"미안. 이걸 용서할 만큼은 내가 널 사랑하지는 않나 보다."

이안은 말하면서도 우스운 소리라는 걸 스스로 잘 알았다.

"너, 나한테 그 정도까지는 아니었나 봐."

부정할 수 없는 사랑이었다. 처음이라서 정도도 모르고 미친 놈처럼 다 퍼 주었다. 첫사랑이었으나, 자신에게 해린은 겨우 세 글자로 단순하게 설명할 수 없는 그런 사람이었다. 해린과 함께한 날 속의 정이안에게 남은 건 그녀밖에 없었다.

"이제 제발 좀 꺼져 주라."

그리고 이제 사랑을 믿지 않게 된 유일한 이유가 되어 버렸다.

이안은 아직도 선연하게 떠오르는 기억에 눈을 질끈 감았다
가 떴다. 아직도 자신을 덮쳐 버린 절망감, 배신감, 무너져 버린
세상. 그리고 저를 감싸고 있던 모든 공기의 흐름까지 전부 기
억했다. 분명 흐려져 가던 기억이었다. 희미해져 가던 이름이었
고. 근데 누가 다시 덧대어 칠하는 것처럼 선명해지기 시작했다.

"근데 강아리는 다르지. 너도 그거 알아서 내버려 둔 거잖아."

영이 이제는 이해린의 이름 위에 강아리의 이름을 덧씌우려고
한다.

"그 아이 마음 보고, 솔직히 너도 기대했잖아."

저도 몰랐던 제 속을 파고들면서 진하게 칠해 버린다.

"그러면서 왜 제대로 해 보지도 않고 애를 갑자기 낭떠러지로
밀어 버려? 너, 그거 사람 마음 가지고 장난친 거야."

이안은 이골이 난 눈으로 제 머리카락을 쓸어 넘겼다. 손가락
사이로 정리되지 않은 머리카락이 넘어갔다.

"왜? 이제 와서 네가 너무 쓰레기인 것 같아? 네가 봐도 너 재
활용이 안 되는 것 같고 그래?"

"차영."

끝을 모르고 폭포처럼 쏟아지는 성난 힐난 사이로 뚝 끊어지
는 목소리로 영을 불렀다.

"지금 내가 이걸 어디까지 봐줘야 해."

지금 이안이 지은 건 좀처럼 영 앞에서 짓지 않는 표정이었다.

이안에게 영이란 태어난 순간부터 함께한, 평생 곁에 남아 있을 가족이나 다름없는 친구였고, 이제는 정말 가족이 되어 버린 사람이었다.

언제 무슨 일을 겪어도, 그게 설령 정의롭지 못한 일이라고 해도 무조건 영을 믿고 그녀의 편이 되어 주는 게 본능과도 같은 일이 되어 버렸다. 그런 사람에게 화가 날 리가 없었다. 그러나 그런 이안의 신경을 제대로 건든 건 어떤 행동이었든지 적어도 진심이었던 제 마음을 장난으로 가볍게 치부해 버린 것이었다.

이안은 영이 왜 이렇게 상처를 건드리면서까지 제게 화를 내는지 모르지 않았다. 사랑을 멀리하는 하나뿐인 친구에 대한 연민과 안타까움에 기반한 애정이었다.

"네가 날 위하는 건, 받는 내가 더 잘 알아. 그런데 내 마음까지는 강요하지 말자."

마치 더 이상 건드려도 아프지도 않고 느낌도 없는 흉터와 똑같았다. 더한 고통을 새겨 없애지 않는 이상 영영 사라지지 않을, 짙고 보기 흉한 상처의 흔적.

"나 너한테 화내기는 싫다, 영아."

그게 이안에게는 사랑이었다.

불행 중 다행이라고 해야 하는 건지, 영과 다툰 건 짧은 여행의 마지막 날이었다. 열 시간이 넘는 비행에 오르기 전엔 각자

처리해야 할 일들 때문에 정신이 없었다.

거의 처음으로 데면데면함을 남겨 버린 여행이 되었다. 살면서 영과 이런 분위기를 냈던 적이 고등학생 이후로는 없었던 것 같아 온몸을 휘감는 어색함이 불편했다. 그래서인지 얼굴 위로 드러나는 피곤한 색이 짙었다. 그렇게 이안이 미간을 구긴 채 태블릿을 보고 있던 중, 어딘가 냉랭한 분위기를 가르고 퍼스트 라운지에 지안의 목소리가 밝게 울렸다.

"할아버지랑 할머니 말씀 잘 듣고. 알았지?"

[네에~]

"삼촌도 있는데 보여 줄까?"

[우으으응!]

이안은 갑자기 눈앞으로 다가온 핸드폰에 초점을 고정했다. 화면을 가득 채우고서 제 부모의 말을 알아듣는 건지 아닌지 감도 안 잡히게 대답을 잘하다가도 무분별한 옹알이를 하는 사랑스러운 천사를 응시했다.

"휘야, 삼촌이 한국 도착하자마자 바로 보러 갈게."

[네에~]

씽긋, 웃음을 짓고 말꼬리를 길게 늘리며 대답을 하는 아기 공주님을 따라 입가가 저절로 올라갔다. 차휘, 지안과 도진의 하나뿐인 딸이자 자신의 하나뿐인 조카였다. 요즘 양가 어른들을 전부 살살 녹게 만드는 주인공이었다.

"휘야~ 고모도 여기 있다?"

이번에는 지안이 영을 보여 주기 위해 그녀의 앞으로 핸드폰을 가져갔다. 그러자 영은 언제 냉랭한 분위기를 풍겼냐는 듯이 목소리를 높였다.

"우리 예쁜 휘! 고모가 선물 제일 많이 샀으니까, 고모한테 제일 먼저 안겨야 해!"

[네에~.]

아무래도 완벽하게 못 알아듣는 것이 맞는 것 같았다. 무슨 말을 해도 똑같은 대답만 돌아올 뿐이었다. 그러나 아무렴 상관없다는 듯이 영의 눈이 반짝하고 빛났다. 통화는 금방 끊겼다. 휘가 영상 통화에 흥미를 잃었기 때문이다. 아쉬운 얼굴로 전화를 끊은 건 오직 네 명의 어른들뿐이었다.

"나 손 좀 씻고 올게요."

지안이 자리에서 일어나 화장실로 향했다. 도진은 지안이 나간 것을 확인하고 소파에 기대었던 몸을 살짝 일으켰다.

"뭔데."

날카롭게 빛나는 눈동자가 이안과 영을 빠르게 훑었다.

"뭐가."

도진의 물음에 영이 퉁명스럽게 대답했다. 그러자 도진에게서 기가 막힌 듯한 헛웃음이 흘러나왔다.

"일부러 눈치 다 팔아먹고 굳이 부부 여행에 따라와 놓고."

"……."

"죽이 제일 잘 맞아야 할 두 사람이 왜 그 모양인 거냐고."

이안은 고개를 절레절레 저었다. 차도진을 속이려면 세상부터 속이고 와야 한다는 말이 괜히 나도는 것이 아니었다. 자신과 영, 둘 다 도진과 지안까지는 느끼지 못할 정도로 티를 내지 않았다고 생각했는데 아주 미묘하게 흐르는 어색함을 기어코 낚아채고 추궁했다.

"차영이 이해린 이름 꺼내던데."

이안은 어깨를 으쓱이며 대수롭지 않게 말했다. 언제 무겁게 반응했냐는 듯이 아주 가볍게 말이다.

"뭐?"

도진의 입새로 어이없는 웃음이 흘러나왔다. 금기는 아니었지만, 이름을 듣는 순간 기분이 확 나빠지는 건 도진도 마찬가지로 보였다. 기막히다는 눈빛으로 영을 바라보는 건 덤이었다.

"그럴 만했으니까, 그렇게 한심해하는 눈으로 쳐다보지 마."

"허."

"정이안, 내 말이 틀려?"

영은 당당하게 이안을 향해 물었다. 이안은 그런 영을 보며 '피식' 웃음을 터뜨렸다. 괜히 까칠한 척 내뱉는 게 퍽 웃겼다. 이안 역시 해린의 이름을 가볍게 꺼낸 건 그녀와 분위기를 풀려고였다. 분명 으르렁거리며 제 말에 대꾸할 테니까. 숨만 쉬어도 서로를 안다는 확신이 괜히 있는 건 아니었다.

"꼭 옳고 그른 걸……."

"응. 휘야~."

이안은 갑자기 전화를 받는 도진으로 인해 영에게 하던 말이 끊겼다. 방금 전의 영상 통화 탓인지, 아빠와 엄마를 찾으며 칭얼거리는 휘로 인해 한국에서 다시 전화가 걸려 왔다. 첨예하게 둘을 훑던 도진의 눈빛이 순간 풀리며 다정하게 변했다.

"그렇게 미련 없다는 듯이 인형을 찾았으면서 부모가 제일 좋기는 한가 봐."

영은 얼굴 좀 보여 줬다고 얼마 안 가 도진과 지안을 찾는 휘가 신기하다는 듯이 통화하는 도진을 바라보며 이안에게 말했다. 이안은 영의 말에 동의한다는 뜻으로 고개를 끄덕였다.

"아빠도 사랑해."

도진이 살짝 웃으며 대답했다. 아마도 그새 '사랑해'라는 말을 휘가 할 줄 알게 된 것 같았다.

"어머! 우리 휘, 이제 사랑해도 할 줄 아나 봐! 한국 가면 고모한테도 해 달라고 해야지!"

영도 같은 생각이었는지 박수까지 치면서 호들갑을 떨었다. 이안은 속으로 도진의 입에서 나오는, 이제는 하도 들어 익숙한 말을 천천히 곱씹었다.

"그러게, 신기하네."

이안은 영의 말에 맞장구를 치면서 통화하고 있는 도진을 가만히 바라보았다.

"우리 딸, 엄마한테는 '사랑해' 안 해 줄 거야?"

그새 손을 씻고 돌아온 지안이 도진의 팔짱을 끼며 그가 들고 있는 핸드폰에 귀를 붙이며 말했다. 도진이 휘랑 통화하고 있다는 것을 눈치챈 것이었다.

어느새 리시버는 지안의 귓가로 가 있었다. 여전히 도진의 손에는 핸드폰이 있었다. 끝까지 도진이 핸드폰을 지안에게 건네지 않아 그녀는 자연스럽게 도진에게 계속 안겨 있었다.

"응~ 엄마도 사랑해."

수화기 너머의 휘가 응답했는지 활짝 웃으며 사랑한다고 말을 하는 지안의 볼 위에 가볍게 도진의 입술이 닿았다가 떨어졌다. 이안은 고요히 그 모든 걸 눈에 담고 있었다.

"나는?"

"엥?"

"나한테는 안 해 줘? 나도 사랑한다고 해 줘."

매번 보아도 낯설게 느껴지는, 딸에게까지 질투하는 도진의 모습을.

"못 살아, 진짜."

"응, 나도 너 없으면 못 살아."

"내가 오빠 아니면 누구를 사랑하겠어요?"

그런 유치한 도진의 모습을 믿지 않게 흘기면서도 결국은 사랑한다고 대답해 주는 지안의 모습을.

"나도 사랑해."

마지막으로 너무 당연하게 사랑으로 응답하는 도진의 모습까지 모두 담았다.

"아……."

이안의 입가로 탄식이 흘렀다. 오직 이안에게만 들리는 아주 작은 한숨이었다. 사랑을 믿지는 않는데 아이러니하게도 도진과 지안의 사랑은 눈에 보였다. 아, 저런 게 진짜 사랑이구나, 하고 말이다. 아주 선명하고 또렷하게 떠오른 생각에 결국 속이 울렁거려 입술을 꾹 다물었다.

사실 이안은 보는 사람마저 묻지 않아도 느낄 수 있게 만드는 저들의 사랑이 부러웠다.

한국으로 돌아온 지 사흘이 흘렀는데, 마치 여행을 다녀온 게 꿈처럼 느껴졌다.

"나 아직 시차 적응도 안 된 것 같은데, 우리 좀 살살하면 안 됩니까?"

미팅, 회의, 출장이 무한 반복되는 지옥의 스케줄에 이안은 장난스러운 표정을 한 채 앓는 소리를 내었다. 동에 번쩍, 서에 번쩍하는 살인적인 스케줄을 마치고 뻐근한 고개를 뒤로 젖히며 간절하게 물었지만 옆에 있는 비서는 눈 하나 깜빡이지 않고 고개를 저었다.

"저는 회장님이 무섭습니다."

"서 비서가 제 비서가 된 지 몇 년인데, 대체 누구 편입니까?"

"이사님도 회장님을 무서워하시니까요. 회장님께 밉보이면 이사님도 저를 못 구해 주실 것 같아요."

이안은 짧게 헛웃음을 터뜨렸지만 이내 수긍했다. 저조차도 노기를 띤 목소리로 호령하는 제 할아버지 앞에서 긴장할 때가 종종 있으니까 말이다. '피식', 웃어 버리며 넥타이를 쭉 당기는 이안을 가만히 보던 비서는 그가 지시했던 사항을 떠올리고는 보고했다.

"그리고 며칠 전에 말씀하신 날짜에 제이 호텔 더 라운지 비웠습니다."

이안은 풀어낸 넥타이를 손에 둘둘 감다가 멈췄다. 며칠 전이라고 하면 아마 스위스에서 돌아온 날이었을 것이다. 영과 날이선 대화를 한 뒤 비행기에서 잠도 안 자고 고심하며 결심했던 일이었다.

"지시하신 대로 정해진 시간이 되면 아무도 남지 말라고 전해 두었습니다."

비서가 말한 더 라운지는 VIP만 이용할 수 있는, 제이 호텔 최상층에 위치한 최고급 다이닝이었다. 그런 공간을 오직 한 사람을 위해서 통째로 비워 버렸다.

"알았습니다. 고마워요."

이안은 평온한 목소리로 대답하면서도 괜히 넥타이를 만 손을 한 번 폈다가 다시 힘을 주었다. 머릿속으로는 잔상처럼 남아 있는 얼굴을 점점 선명하게 그려 냈다. 그러고는 생각했다.

울지는 않았으면 좋겠는데…….

자신이 그려 낸 얼굴에서 흐르는 눈물만큼은 보고 싶지 않다고 말이다.

스위스에서 돌아온 지 딱 일주일이 되던 날이었다. 돌아오자

402

마자 비서에게 지시했던, 다이닝을 비우라는 날. 그런 오늘은 좀처럼 긴장이란 단어를 모르는 이안에게 꽤 긴장감을 안기는 날이 되었다.

이안의 지시대로 음식을 테이블 위에 세팅한 뒤 매니저를 비롯한 모든 직원이 자리를 비운 탓에 사방은 고요했다. 그래서 아주 작은 소리도 더 잘 들렸고, 더 집중할 수 있었다.

"스위스는 어떠셨어요? 말해 뭐해. 진짜 좋았죠?"

이안은 스위스를 다녀온 건 자신인데 오히려 더 들뜬 얼굴로 이것저것 묻기 시작하는 아리의 얼굴을 가만히 바라보았다. 그저 스위스라는 단어를 떠올리기만 해도 좋은 건지 입가가 올라가서 내려올 줄을 몰랐다. 쫑알쫑알, 떠드는 입술은 쉬지도 않았다.

"광고 때문에 딱 한 번 가 봤는데 진짜 다시 꼭 가고 싶은 나라예요. 자연이 어쩌면 그렇게 예쁠까요?"

따지자면 그동안 봐 왔던 모습 중 자신이 가장 보기 좋아했던 모습이다. 딱 그 나이 때만 어울릴 것 같은, 밝고 따스하고 즐거운 봄 같은 그런 모습 말이다. 어쩌면 이게 아리를 단호하게 밀어내지 못한 이유였는지도 몰랐다. 자신의 스물넷은 그러지 못했다. 미치도록 춥고 아프기만 했던 시린 겨울이었다. 자신이 보내지 못했던 봄을 가진 아리를 보면서 무의식적으로 잃어버린 시간을 갈망하고 있었던 건 아니었을까 생각했다.

"어느 날은 아무 의미 없이 산책만 하는데, 꼭 내가 동화 속에 들어와 있는 것 같은 기분도 들던데요?"

한참을 스위스를 찬양하던 아리가 짐짓 심각한 표정으로 고개를 갸웃거리며 이안의 주위를 살폈다. 이리저리 바쁘게 돌아가는 고개가 꼭 무언가를 찾는 얼굴이었다.

"그런데 제 선물은 안 사 오셨어요? 너무하다, 진짜!"

이내 아무것도 발견하지 못한 아리가 입술을 삐쭉 내밀며 토라진 척을 했다. 길게 휘어지는 눈가에 담긴 장난기는 미처 숨기지 못하고 말이다.

"난 이젠 뭘 봐도 이안 님 생각이 나서 꼭꼭 챙겨 왔었는데!"

이안은 조금은 짓궂게 찡긋거리며 장난스럽게 저를 타박하는 아리를 보고도 침묵했다. 평소처럼 그녀를 따라 웃지 못했다. 가장 먼저 그녀에게 해야 할 말이 있는데, 선뜻 나오지 못했다.

"그래도 제가 없어서 조금은 허전하지⋯⋯."

아리의 기대 어린 시선이 이안에게 닿았다. 하려던 말은 끝을 맺지 못했다.

"⋯⋯무슨 일 있으셨어요?"

그제야 낮게 가라앉은 분위기, 어딘가 어두운 표정의 이안을 눈치챈 아리가 조심스럽게 물었다. 테이블 위에 정갈하게 놓인 음식들은 이미 열기를 잃은 지 오래였다. 오랜만에 보는 이안의 얼굴이 반가웠던 아리는 그를 쳐다보느라 손을 대지 않았고, 이안은 아리에게 해야 할 말을 곱씹느라 손을 대지 못했다.

이안은 시선을 내려 자신의 앞에 있는 잔에 채워진 와인을 바라보았다. 속이 타는데 그렇다고 손을 뻗지는 않았다. 평생을 몸에 익혀 온 고상한 예절이니 교양이니 다 집어치우고 단숨에 들이켤 것만 같았다.

"아리야."

결국 운을 띄웠다. 더는 미룰 수 없는 말이었다.

"미안해."

진작에 하고도 남았어야 하는 말이었는데, 이상하게 막상 내뱉고 나니 목이 메는 것도 같았다. 생각보다 더 볼품없어 보여 이안은 속으로 자조적으로 웃었다.

"네? 갑자기 뭐가……."

이안은 마음을 다잡고 건네는 말이었지만 아리에게는 난데없는 사과일 뿐이었다. 당황한 눈동자가 이리저리 흔들렸다. 그녀가 상처 받을 걸 알고 있었기에 이안은 보기보다 더 어렵게 꺼낸 말이었고, 빠르게 끝내야 했다.

"네 마음 다 알고도 놔둔 거."

괜히 목울대가 한 번 크게 울렁였다. 뻑뻑한 눈을 문지르고 싶은 걸 참아 내었다.

"널 위해서 그러지 말았어야 했는데, 내 생각이 짧았어."

여자에게 이별을 고하는 건 쉽다고 생각했다. 늘 상대가 자신을 이용하는 만큼 자신도 상대를 이용하면 되는, 그런 관계의 이별이었다. 그런데 지금은 한없이 가볍고 가벼웠던 과거의 자신에게 벌을 주기라도 하는 것처럼 너무 어려웠다.

"나만 아니면 된다고 생각했어. 너한테 선을 잘 그었다고 생각했고."

상처를 주고 싶지 않았는데 결과적으로 더 큰 상처를 준 것만 같아서 마음이 편하지 않았다.

"나이를 이렇게 먹고도 답지 않게 내가 생각이 어렸어."

이안은 물끄러미 아리를 쳐다보았다. 시선은 얼굴보다 살짝 아래였다. 그녀는 혼란스러워 어쩔 줄 모르고 손을 이리 움직였다가 저리 움직였다가 하며 가만히 놔두지 못했다. 종국에는 아무것도 하지 못하고 다시 제 손을 꼭 맞잡았다.

"이제 제가 많이 귀찮으세요? 그래도 우리 많이 친해져서 친구 해도 될 줄 알았는데……."

"……."

"저 다른 거 바란 적 없어요. 그냥 이안 님하고 친해지고 싶었어요."

아리는 부자연스러운 헛기침을 내뱉고는 분위기를 환기시키기 위해 노력했다. 제 사랑을 우정으로 포장하기까지 했다. 그 이상의 관계를 바란 적이 없다고. 애처로운 그 노력이 다 눈에 보이는데, 이번만큼은 이안도 모른 척하며 그녀를 따라 줄 수가 없었다.

"널 아주 많이 예뻐했어. 그건 부정할 수 없어."

"……."

"너와 함께하는 시간이 즐거웠고, 둘이 있어도 편했고, 네가 잘됐으면 하고 늘 바랐어."

나지막이 고해하는 목소리는 불규칙한 숨을 담고 있었다.

"근데 딱 거기까지야. 네가 나한테 여자가 아니라 어동생 같아서 그랬어."

이안은 점점 붉게 달아오르는 아리의 눈가에서 시선을 떼지 않았다.

"너무 내 생각만 했던 것 같아. 미안해."

"그만⋯⋯."

"미안했어. 점점 더 널 기대하게 만든 것 같아서⋯⋯."

"그만하세요."

아리가 제법 침착한 목소리로 미안하다는 말이 반복되는 이안의 입술을 멈추게 만들었다.

"진짜 나쁜 거 알죠? 내가 쪽팔려서 사랑이 아니라고 해도 맞다고 하면서 굳이 끝을 내려는 그 심보."

이안은 아리의 아랫입술이 파르르 떨리는 걸 가만히 지켜보았다. 마치 화를 내는 듯한 말이었지만, 힘이 빠진 목소리에는 전혀 그럴 의지가 없어 보였다.

"고마워요. 이렇게 사과해 줘서. 솔직히 생각 못했거든요."

"⋯⋯."

"근데 이안 님, 선 되게 잘 그으셨어요. 제가 너무 잘 느꼈거든요. 그럼에도 저는 그냥 모른 척하고 넘으려고 했던 거고."

아리는 자조적으로 웃더니 심호흡을 크게 한 번 했다. 이안이 먼저 솔직하게 마음을 고백했으니 이제는 제 차례라는 듯, 그렇게 말이다.

"저, 그래도 이안 님 좋아하면서 행복했어요. 날 받아 주지 않아서 슬픈 거? 그게 대체 왜요?"

"⋯⋯."

"내 멋대로 먼저 좋아해 놓고 안 받아 준다고 화내는 거, 그게 더 이상한 거예요."

"……."

"물론 종종 슬프기도 했지만, 그것마저도 좋았어요. 이렇게 말하는 거 좀 웃긴 말인 거 아는데, 진짜 그랬어요."

이안은 행복했다는 말이 거짓이 아님을 증명하는 듯한 아리의 표정을 보며 정신이 멍해지는 걸 느꼈다.

"사실 이건 누구의 잘못도 아니에요. 그렇게 안 미안해하셔도 된다고요. 이안 님이 절 여자로 보지 않는 것도, 제가 이안 님을 좋아하는 것도, 전부."

말을 하면 할수록 얼굴에 웃음기를 띠기 시작하는 아리를 이해할 수 없는 얼굴로 쳐다보게 되었다.

"그러니까 저, 앞으로 이안 님 계속 좋아해도 되는 거죠?"

시원하게 올라가는 아리의 입꼬리를 멍하니 바라보던 이안은 심각한 고민에 잠겼다. 전혀 의외의 질문에 대답을 무어라 해야할까 하고 말이다.

"지금까지 그랬듯이, 제 마음 강요 안 해요. 이안 님도 절 위해서 그만하라는 거지, 그동안 제가 엄청 부담스러웠던 건 아닌 거잖아요?"

"……."

"좋았다면서요, 즐거웠다면서요. 그러니까 전 계속 이러고 있을래요. 혹시라도, 만약이라도 이안 님 마음이 바뀌면 언제든지 올 수 있게."

그런데 이 아이는 좀처럼 생각을 할 시간조차 주지 않고 넘치는 마음을 가감 없이 자신에게 보여 준다.

"또 알아요? 당장 지쳐 버려서 내일이라도 저 싹 마음 정리해 버릴지도 몰라요."

"허⋯⋯."

그러고는 금방 또 태도를 바꾼다. 막상 저 말을 듣고 나니 아쉬운 마음이 고개를 빼꼼하며 내밀었다. 이런 게 밀고 당기는 건가. 이안이 짧게 숨을 터뜨렸다.

"근데 그래도 저는 계속 이럴 것 같아요. '혹시'라는 아주 작은 가능성 하나 남긴 채 이안 님을 놓쳐 버리면 못 살 것 같거든요. 그래서 언제든지 이안 님이 나한테 온다고 하면 잡을 수 있게, 저는 계속 좋아할 것 같아요."

"⋯⋯."

"진짜 속없어 보이죠? 그래도 어떡해요. 접힐 마음이었으면 진작 접었겠죠. 지안 언니 오빠인데다가 무려 제이 그룹이라는 재벌의 후계자인데. 솔직히 제 성격이었으면 진작에 도망쳤어요. 근데 아직도 이러는 건, 저도 불가항력이에요."

후련한 표정으로 자신의 마음을 우르르 쏟아 내며 제법 뻔뻔해지기까지 하는 아리의 모습에 이안은 결국 웃음을 터뜨렸다. 오늘을 디데이로 정하고 그동안 혼자 심각해져 안절부절못하며 속 끓였던 마음이 전부 부질없는 일이 되어 버렸다.

"근데 그거 알아 두셔야 해요. 저, 이안 님 잡으면 절대 안 놔요. 그동안 기다린 게 억울해서라도 절대 못 놔요."

정이안, 인생 최대의 난제를 만나 버렸다.

"평생 안 놓을 거니까 그거 각오하고 저한테 오셔야 해요."

강아리, 도무지 어디로 튈지 모르겠는 탱탱볼 같은 아이.

"얼마나 느리게 갈지 몰라."

"괜찮아요."

이안은 아주 작은 기대에 자신의 전부를 거는 아이 앞에서 부정의 말부터 건넸다. 어쩌면 차라리 혼자 외로워지는 이 관계를 지금 끝내는 게 나을 것이라는 경고 같은 의미였다.

"결국 내 최종 목적지가 네가 아닐지도 몰라."

"그것도 괜찮아요."

그런데도 전부 괜찮다고 대답하는 아리였다. 그녀는 어깨를 으쓱이는 여유도 보였다.

"더 빨리 올 걸, 이러면서 후회하게 해 줄게요."

이안은 자신감 넘치는 아리의 말투에 '피식' 터지는 웃음을 참지 못했다.

"그래."

그러고는 또 생각했다. 설득이 되지 않는 아리를 보며 이제는 그저 흘러가는 대로 앞으로의 시간을 믿어 보겠다고.

"어디 한번 해 보든가."

저도 이 시간의 끝에 닿는 것이 사랑이기를 기대해 보겠다고 말이다.

LOVE YOU MORE

시간은 오후 1시. 열린 창 사이로 수많은 가닥의 햇살이 쏟아지고 있었고, 에스프레소 머신이 작동하는 아주 작은 소음만이 존재하는 잔잔하고 평화로운 공기였다.

지안이 아일랜드 식탁 앞에 멍하니 서서 눈을 깜박였다. 이윽고 기계처럼 얼음이 담긴 컵 위에 추출된 에스프레소를 부었다. 커피를 만들기까지 일련의 과정을 모두 끝내고 나면 적요한 침묵만이 남겨졌다.

지안은 아메리카노가 담긴 머그잔을 두 손으로 잡고 한 모금 마신 뒤에는 다시 아래로 내려놨다. 그러고는 무언가를 곰곰이 생각하며 팔짱을 끼고 아무것도 잡지 않은 손가락으로 제 팔뚝 위를 툭툭 두드렸다.

"오늘 스케줄이 뭐가…… 아."

자연스럽게 튀어나온 말을 끝맺지 못하고 이내 짧은 감탄사가 입술 사이로 흘러나왔다. 한동안 연예면을 떠들썩하게 만들었던 기자 회견 이후로 자신에게 스케줄이 있을 리가 없었다. 괜히 멋쩍은 표정을 하고는 양어깨를 두 손으로 쓸어내렸다.

왼쪽 네 번째 손가락에 결혼반지가 끼워진 지 3개월 차, 사실 배우로 데뷔한 이래로 처음 겪는 일이었다. 드라마를 찍고 있거나, 광고를 찍고 있거나, 둘 다 아니라면 화보 촬영을 했다. 인생의 반을 카메라와 함께했다고 해도 마냥 우스갯소리는 아니었다.

요즘 들어 하루 중 몇 번은 있지도 않을 스케줄을 떠올리고는 했다. 긴장 속에 결혼식을 치른 뒤, 도진과 신혼 생활을 하고 그동안 보내지 못했던 가족들과 함께하는 편안한 시간을 가질 때는 만나는 사람마다 노는 게 이렇게 좋을지 몰랐다며 떠들고 다녔는데, 그 말을 한 것이 무색한 모습이었다.

한 번도 제대로 쉬어 본 적이 없어서 그런지 잘 쉬는 법을 몰랐다. 도진과 함께하는 시간은 늘 행복만 충만한 시간이었으나 그는 하루 종일 저와 붙어 있을 수 있는 사람이 아니었다. 물론 도진에게 직접 말한다면 그는 진짜 제 곁에서 떨어지지 않을 것 같기는 했지만 말도 안 되는 일을 몸소 실현시킬 생각은 없었다.

"정지안, 네가 진짜 마음이 편해졌다 이거지."

지안은 스스로에게 말을 하면서도 어이가 없어 웃음을 터뜨렸다. 마음과 몸이 편안해지고 나니 이제 와서 정신없이 바빴던 생활이 그리워졌다고 해야 할까, 아니면 회사나 재단 일로 바쁜 가족들 틈에서 나 홀로 백수가 되어 버린 듯한 기분이 이상한 걸까.

도진과의 결혼을 결정하면서 마음먹은 긴 휴가였다. 처음 계획과는 다르게 어쩌면 은퇴가 되어 버릴지도 모르는 휴가가 되어 버렸지만, 지금 이 순간에도 제게 주어진 이 시간을 후회한 적은 단 한 번도 없었다.

하지만 고작 3개월 정도가 지난 지금, 공백으로부터 오는 허전함은 어쩔 수 없었다. 자신에게 배우라는 직업은 단지 깜깜했던 현실로부터 도망치기 위해 어쩔 수 없이 선택했던 일이라고 생각했는데 지금 보면 마냥 그런 것만은 아니었나 보다.

그동안 보고 싶어도 바빠서 못 보고 밀어 뒀던 영화와 드라마도 보고, 인터넷에 돌아다니는 레시피를 참고해서 요리도 만들었지만 어느 순간부터 어딘가 지루하게 시간이 흘러갔다. 결국 이 허전함을 달래기 위해 선택한 건 차 키를 집어 드는 것이었다.

"엥?"

그러나 지안은 나가기로 결심하고 행동으로 옮긴 지 단 1분도 지나지 않아서 모든 동작을 멈춰야 했다.

"오빠?"

실내용 슬리퍼를 벗고 신발에 발을 넣은 참이었다. 그와 동시에 도어 록이 풀리는 소리가 들리더니, 문이 열리며 나타난 건 도진이었다.

"어디 가게?"

문을 열자마자 현관 복도 끝에 보이는 지안을 보며 도진이 의아한 목소리로 물었다. 덕분에 신발을 신으려던 타이밍을 놓

치고 허공에 떠 있던 지안의 발은 다시 거실용 슬리퍼 위에 안착
했다. 키가 큰 만큼 다리가 길어서 그런가, 몇 걸음 떼지 않았는
데 도진은 순식간에 지안의 앞에 도달했다. 그러더니 자연스럽
게 두 손으로 지안의 허리를 붙잡고 그녀를 뒤로 밀며 집 안으
로 들어가기 시작했다.

"어어……?"

자신의 의지는 하나도 반영되지 않은 움직임에 지안의 입에서
어버버한 목소리가 튀어나왔다.

"오늘은 집에서 쉰다면서."

도진은 뒷걸음질 치느라 살짝 비틀거리는 지안을 다치지 않
도록 안정하게 붙잡고 움직이며 말했다. 오늘 아침 출근하기
전에 뭐 할 거냐는 자신의 물음에 지안이 했던 대답을 상기시켰
다.

"오빠는 이 시간에 어떻게 왔어요?"

지안은 갑자기 나타난 도진의 모습에 당황해서 어디 가냐는
질문에 대한 대답은 하지 못하고 하고 싶은 말만 하는 중이었
다. 어느덧 다시 거실 안까지 들어온 것도 눈치채지 못하고 도
진을 올려다보며 물었다.

"퇴근."

이번에도 어김없이 지안의 입에서 나오는 말 한마디도 놓치지
않는 건 도진이었다. 반대로 어디 가냐는 자신의 물음에 대한
대답을 듣기 위해 그녀를 재촉하지는 않았다.

"퇴근?"

414

지안은 입술이 살짝 벌어진 채 믿기 힘들다는 목소리로 되물었다. 벌써부터 김 비서의 절규가 여기까지 들리는 듯했기 때문이다. 그도 그럴 것이, 결혼을 하고 지안이 휴식기를 가지자마자 도진도 지안과 똑같이 휴가를 가지려 들자 애가 타는 건 늘 김 비서뿐이었다.

─ 그동안 가지지 않았던 휴가, 한꺼번에 가진다고 생각하세요.

도진답지 않은 무리수를 자주 던지는 탓에 언제나 옆에서 민망해하는 건 지안의 몫이었고, 혈압이 오르는 목덜미를 잡는 건 김 비서의 몫이었다.

"응, 퇴근."

이런 두 사람의 마음을 모르고 도진은 고개를 끄덕이며 당당하게 대답했다. 한쪽 손으로 단정하게 매고 있던 넥타이를 훅 당기어 풀었다. 그러면서 지안은 눈치채지 못하게 그녀의 얼굴을 기민하게 살폈다.

─ 오늘은 집에서 혼자 시간을 좀 보내려고요.

사실 도진은 다른 말보다 지안이 내뱉은 '혼자'라는 단어가 머리에 콕 박혀서 떠나가지 않아 결국 이른 귀가를 결정했다. 그저 별것 아닐지 몰라도, 그녀 홀로 있는 시간을 굳이 길게 늘리고 싶지 않았다.

"안 나가 봐도 돼?"

도진은 엄지로 지안의 등허리를 문지르며 물었다. 이제는 버릇처럼 자연스럽게 섬유 위를 올라타는 손가락이었다.

"아…… 그게 음……."

가벼운 물음이었는데 되려 당황한 얼굴로 말을 얼버무리는 지안을 본 도진의 까만 눈동자에 잠시 빛이 반득였다. 자신에게 꼭 무언가를 숨기는 것처럼 보이는 얼굴로부터 파생된 예민함이었다.

"내가 일찍 들어와서 혼자만의 시간을 방해한 건가?"

말투는 장난스러웠지만 어딘가 미세하게 굳어 버린 도진의 목소리를 눈치채지 못할 지안이 아니었다. 지안은 서둘러 손을 내저었다.

"그게 아니라, 언니한테 다녀오려고 했어요. 드라이브도 할 겸."

갑작스러운 도진의 이른 귀가에 놀란 마음을 추스르고 지안은 작게 웃으며 변명 아닌 변명을 했다.

"같이 가."

유안에게 같이 가자는 도진의 말. 그러나 자신은 이미 그의 대답을 알고 있었다.

"안 돼요."

지안은 그럴 줄 알았다는 듯이 바람 빠진 웃음을 흘리고는 제법 단호한 목소리로 말했다.

"왜?"

고민도 없이 단번에 거절을 당한 도진이 도무지 영문을 모르겠다는 얼굴을 하고 지안을 바라보았다. 매정한 지안의 태도가 은근히 서운했는지 살짝 아래로 내리는 시선 속 눈빛이 시무룩

했다.

"오빠는 일해야죠."

이제 막 점심시간이 지날 쯤이었다. 도진이 직접 퇴근이라고 말했으나, 그가 일을 마치기는 힘든 시간이라는 걸 누구보다 지안이 잘 알고 있었다.

"오빠 요즘 일 안 했잖아요."

가볍게 타박하는 말은 덤이었다. 그러나 단호하게 말한다고 했지만, 속에 담긴 애정이 숨겨지진 않았다. 저도 모르게 섞인 웃음기 때문에 마치 도진을 놀리는 것처럼 들리는 것 같았다.

도진은 일 안 했다는 말에 속이 찔린 건지, 억울한 건지 모르겠지만 살짝 멈칫거렸다. 그러나 곧 특유의 태연한 얼굴을 하며 대답했다.

"내일 하면 돼."

지안은 오늘의 일을 내일로 미루는 도진의 모습이 위풍당당한 게 꽤 웃겼다. 그 모습에 어디선가 상사의 욕을 신랄하게 하고 있을 것만 같은 김 비서의 모습이 저절로 그려지자 곧바로 한숨이 새어 나왔다.

"나 진짜 오빠 때문에 김 비서님 볼 낯이 없어요."

'신혼'이라는 타이틀로 이해하는 것도 잠시였다. 도진이 맡은 일이 얼마나 많은지 굳이 하나하나 확인하지 않아도 알았다.

"없어도 돼."

그러나 도진은 개의치 않아 했다. 그는 결혼한 이후부터 이미 김 비서에게 그에 맞는 금전적인 보상을 확실하게 제공하고 있었으니 말이다.

"이것 봐, 진짜 결혼하고 더 뻔뻔해진 것 같아."

결국 이번에도 어쩔 수 없이 한발 물러서는 건 지안이었다. 도진이 이렇게 나올 땐 못 이긴 척 져 줬다. 자신에게 꼭 나쁘지만은 않은데도 불만을 덧붙인 건 양심이 마지막으로 남긴 투정 같은 것이었다.

지안이 못 말린다는 듯이 웃으며 도진의 가슴팍 위에 턱을 콕, 하고 찍었다. 연갈색 눈동자가 깜빡이며 도진을 올려다보았다. 그러자 도진의 손이 점점 위로 올라가더니 목덜미를 쓰다듬었다. 따뜻한 온기가 점차 퍼졌다. 기분이 나른해진 지안은 천천히 도진의 입술이 열리는 것을 바라보았다.

"누굴 탓해."

머리 위에서 낮은 목소리가 울렸다. 지안의 타박이 되려 억울하다는 투였다.

"날 이렇게 만든 사람은 넌데."

도진은 입매 사이로 가볍게 바람을 내며 지안을 탓하더니 고개를 살짝 내리고 가뿐히 작은 입술을 머금었다.

초여름 속 자연이 내는 소리가 어렴풋이 들리기 시작했다. 밖으로 나오니 태양은 생각보다 더 강렬하게 열기를 내뿜고 있었다. 섬유와 맞닿은 살에 땀이 송송 숫기 시작하는 날씨였다. 그럼에도 도진의 왼손은 지안의 오른손을 빈틈없이 잡고 있었다.

완만히 뻗은 오르막길을 다 오를 때까지 맞잡은 두 손은 떨어지지 않았다. 지안이 자신과 마찬가지로 도진의 왼쪽 네 번째 손가락에 자리한 결혼반지를 만지작거리며 걸어 도착한 곳은 유안이 잠들어 있는 곳이었다.

지안은 혼자 다녀올 생각으로 다음에 가겠다고 도진을 만류했지만 그녀를 혼자 보낼 그가 아니었고, 결국 두 사람은 사진 속 환하게 웃고 있는 유안의 납골함 앞에 나란히 섰다.

"언니, 우리 왔어."

지안이 밝게 웃으며 인사를 건넸다. 이제는 유안을 만나러 오는 길이 슬프고 숨 막히지 않았다. 이제 비가 오는 날이면 충동적이고 처연한 모습으로 이곳을 찾던 과거의 그녀는 없었다.

액자 위에 앉은 먼지를 쓱 닦아 낸 지안은 짓궂은 얼굴로 코를 찡긋해 보이고는 너스레를 떨었다.

"오랜만에 언니랑 둘이서 비밀 이야기를 하려고 했는데, 오빠가 방해하는 거 있지? 그래서 어쩔 수 없이 같이 왔어. 언니가 이해해 줘."

도진은 순식간에 제 사랑이 장애물로 변하는 걸 가만히 듣다가 낮게 실소를 흘렸다. 그러다가 무언가를 곰곰이 생각하느라 긴 침묵을 유지했다. 지안은 말이 없는 도진을 이상한 눈으로 올려다보았다. 유안을 등에 업고 자매의 소중한 시간을 방해했다며 장난을 이어 가려고 했는데, 도진이 반응이 없으니 흥미가 금방 식어 버렸다.

유안을 향해 별다른 이야기는 하지 않았다. 도진이 없었다면 근래부터 괜히 어수선해진 마음을 나직이 고했겠지만, 그의 옆에선 하고 싶지 않았다. 자칫 자신의 말에 후회가 담겨 있다고 도진이 오해할지도 모른다는 생각으로부터 온 행동이었다.

나이를 먹어도 여전히 오빠인 이안과 티격태격하며 싸운다는 둥, 새벽에 어머니인 효선과 산을 자주 오른다는 둥, 요즘 겪고 있는 소소한 일상을 말하다 보니 시간은 금방 흘렀다. 도진이 옆에서 간간이 맞장구를 치니 신이 나서 더 열심히 떠들었다.

"다음에 또 올게, 언니."

지안은 제 손을 다 덮는 커다란 도진의 손을 다시 꼭 붙잡고 인사하고는 뒤를 돌아 올라왔던 길을 천천히 내려가기 시작했다. 혼자 외롭고 쓸쓸하게 오르고 내려가던 길을 이제 늘 같이 걸어 주는 사람이 생겼다.

오늘도 유안이 좋아하는 여름비는 오지 않았다. 어느 순간부터 늘 유안에게 오는 길이 맑았다. 비가 예보되어 있어 일부러 찾아오려고 해도 거짓말처럼 구름이 물러갔다. 비에 젖기 싫어하는 동생을 생각한 언니의 마음이 아닐까 생각하니, 이제는 맑은 하늘 자체를 유안이라고 생각하게 됐다.

주차를 해 놓은 차가 점점 보이기 시작했다. 날이 좋아서 그런지 돌아가기 아쉬운 마음에 일부러 천천히 걷는 지안의 머리 위에서 도진의 목소리가 들렸다.

"나한테 비밀이 있어?"

지안이 의아한 얼굴로 고개를 들었다. 머지않아 도진이 말을 꺼낸 이유를 알아차렸다. 장난을 치면서 유안에게 했던 말을 그냥 지나치지 못하는 것이었다.

올곧던 도진의 눈동자가 흔들리는 걸 눈에 담은 지안이 손으로 입가를 가렸다. 잘난 얼굴이 고작 자신의 말 한마디에 퍽 서러워하는 것 같아서 금방이라도 웃음이 터질 것 같았기 때문이다. 지안은 길게 뻗은 눈을 반쯤 접고는 어깨를 으쓱거렸다.

"세상에 비밀 없는 사람이 어디 있어요?"

"난 없어."

1초의 고민도 없이 확고하고 단호한 목소리가 지안에게 닿았다. 평생을 저에게 확신만 주는 남자를 가만히 바라보던 지안은 입꼬리를 살짝 올렸다.

"음~ 그건 유감이다."

필시 도진을 놀리는 말투였다. 지안은 도진보다 두 걸음 앞서고는 몸을 돌렸다. 붙잡은 손은 그대로였다.

"잘 생각해 봐요. 정말 나에 대해서 잘 알아요?"

도진과 마주 보며 웃던 지안은 질문을 하면서도 사실은 인정했다. 도진보다 정지안을 더 잘 아는 사람은 없었다. 그 범위 안에는 자신조차 포함이었다. 그러나 스스로도 쉽게 인정하는데도, 도진은 곧바로 답하지 못했다.

"오빠?"

생각했던 분위기와 다르게 흘러가는 탓에 지안이 도진을 불렀다.

"갑자기 왜……."

"우리 다시 만났을 때."

갑자기 왜 그러냐고 물으려던 지안의 말을 가로막고 도진은 말했다.

"내가 너 밀어냈잖아."

뜬금없이 과거를 상기시키는 말에 지안의 눈은 크게 뜨였고, 반대로 도진의 눈은 진지하게 가라앉았다.

"내가 그렇게 밀어냈는데, 근데 왜 나 포기 안 했어."

낮게 울리는 목소리에 착잡함이 담겨 있었다면 착각인 걸까.

"아, 맞다. 우리 결혼 못 할 뻔했지? 오빠가 너무 나빠서."

지안은 가라앉는 분위기를 느끼고 일부러 더 장난스럽게 웃었다. 무엇을 그렇게 깊게 생각하고 있나 했더니 정말 저에 대해 다 아냐는 질문을 이렇게 받아들이고 있을 줄은 몰랐다. 도진의 눈빛에서 모질게 자신을 대했던 지난날을 마음에 걸려 하는 것이 뻔히 보여 더 아무렇지 않게 웃었다.

"그런데도 이렇게 된 걸 보면, 그냥 우리가 운명이었나 봐요."

얼마나 됐다고 벌써 희미해지기 시작한 기억을 더듬었다.

시작은 무심코 눌러 버린 기사였다. 고작 핸드폰 화면이 크면 얼마나 크다고 화면을 큼지막하게 차지하며 요란하게 뜬 기사였다. 기사의 주인공은 제이 그룹이랑도, CHA 그룹이랑도 연관이 없었다.

정략결혼이든, 연애결혼이든, 재벌가의 젊은 경영인들의 결혼 소식은 포털에 자주 등장했다. 자신의 나이 역시 20대 후반에 들어섰으니 제 선배들이 하나둘 결혼을 한다는 건 전혀 이상하지도, 놀랍지도 않았다.

그러나 그런 흔한 뉴스를 평소처럼 가볍게 넘기지 못한 건, 바로 옆에 자리하고 있는 도진의 이름이 적힌 기사 때문이었다. 자연스럽게 도진과 결혼을 겹쳐 생각했다. 세상에 나온 적도 없는 헤드라인을 저도 모르게 생각했다.

지안은 그때, 도진의 옆자리에 서 있을 얼굴도 모르는 다른 여자를 생각하며 가슴이 쿵, 하고 떨어지는 걸 경험했다. 마치 세상이 무너지는 것만 같은 기분이었다.

그래서 결심했다. 다른 누군가가 죽은 유안의 자리를 차지할 것이라면 차라리 자신이 하겠다고. 그게 어쩌면 매일 저를 봐야 하는 도진을 아프게 하는 일일지라도 자신은 그보다 몇백 배, 몇천 배로 고통스러울 테니 차라리 그와 같이 아프겠다는 이기적인 심보였다. 그런 생각을 했다는 것 자체가 도진에게 죄를 짓는 것 같았지만, 어쩔 수 없었다.

시작은 이랬다고는 하지만 바보처럼 도진과 유안 사이를 오해한 것으로부터 기인한 상황이라 이제 와서 이 모든 걸 털어놓기에는 많이 창피하고 민망했다. 그래서 지안은 모든 게 부질없어진 말을 하는 대신 가장 중요한 말만 도진에게 전했다.

"오빠가 그만큼 좋았으니까."

"……"

"처음으로 나를 그렇게 차갑게 대했어도, 그래서 내가 상처를 받았어도……."

지안은 자신보다 한참이나 높은 곳에 위치한 눈을 마주 보기 위해 까치발을 들었다. 잡고 있던 손을 풀고는 두 팔을 동시에 뻗어 도진의 목덜미를 감싸 안았고, 도진은 그런 그녀가 힘들지 않도록 허리를 숙였다.

"그만큼 사랑하니까, 오빠 포기 안 했어요."

지안은 도진에게만 들리도록 작게 속삭였다. 오뚝한 콧대끼리 서로 맞부딪쳤다. 이윽고 도진이 떨리는 지안의 입술 위를 살짝 눌렀다.

"사랑해."

먼저 사랑을 말한 건 지안이었으나 사랑을 행동으로 옮긴 건 도진이었다.

"나도요."

지안이 살포시 웃으며 화답했다. 도진을 안았던 팔을 풀어내고 다시 그의 손을 붙잡았다. 여자치고 작지는 않은 손이라고 생각하지만, 그보다 훨씬 큰 손을 오늘도 신기해하며 걷기 시작했다.

머지않아 차에 도착하고 도진이 먼저 조수석의 문을 열었다. 도진의 에스코트를 받아 차에 올라타려던 지안은 그를 향해 몸을 돌리고는 짓궂게 웃었다.

"아, 근데 나 그때 차 안에서 운 거 알아요?"

자신의 눈물이 도진에게 있어서 최대의 약점이 된다는 걸 스스로가 제일 잘 알았다.

"울었어?"

저보다 더 아픈 눈빛을 하고서는 되묻는 도진의 반응을 굳이 보지 않고도 충분히 알 수 있었다.

"당연하죠! 오빠가 그렇게 차가웠는데 눈물이 안 나오는 사람이 있을까?"

"아."

도진이 낮게 탄식했다. 지안은 멍하니 벌어지는 도진의 입술 위를 제 입술로 꾹, 누르더니 엄청 인심 썼다는 듯이 말했다.

"이거 원래 비밀이었는데, 오빠가 나 힘들게 했으니까 꼭 반성하라고 말하는 거예요."

'흥', 새침하게 말하며 차에 오르려는 지안을 이번에는 도진이 멈춰 세웠다.

"반성할게."

"응?"

"다 반성할 테니까, 나한테 무엇이든 숨기지 마."

도진이 어딘가 갈급한 사람처럼 말했다. 그 속에는 지나친 걱정과 과한 애정이 담겨 있었다.

"내가 너에 대해 모르는 건 없게 해."

마치 명령조처럼 들렸지만 애절한 부탁이었다. 도진은 자신의 모든 것에 예민한 사람이었다. 지안의 입가에 숨길 수 없는 웃음이 번지기 시작했다.

"난 오빠 못 속이는 거 알잖아요, 맨날 다 들켜서."

지안은 직업이 배우인 것이 무색하게 도진에게는 사소한 것 하나까지 전부 들키는 편이었다. 어쩔 때는 자존심이 상할 정도로. 자신의 연기가 이토록 형편없는 걸까 생각하다가 이내 생각을 고쳤다. 다른 사람들보다 도진이 월등하게 기민한 것이라고 말이다.

"응. 그러니까."

"치이."

그러면 도진도 고개를 끄덕이며 인정했다. 지안은 자신의 말에 곧바로 긍정을 표하는 도진을 향해 입술을 삐쭉였다.

"계속 그렇게 나한테 다 들켜 달라고."

그러나 토라진 척을 하는 것도 아주 잠깐이었다. 자신의 등 뒤로는 차가 버티고 있었고, 눈앞엔 도진이 버티고 있었다. 틈도 없이 갇혀 버린 지안은 이어진 도진의 말에 점점 달아오르기 시작하는 볼을 식혀야 했다.

"너에 관해서 내가 알아채지 못하는 건 없게."

어쩐지 결혼을 하고 나서도 매일 고백을 받는 기분이었다.

유난히 길게 이어지고 있는 여름의 나날 중 하루였다. 도진은 출근을 해야 하고, 지안은 영과 브런치 약속이 있는 그런 평범한 날이었다. 다만 평소의 모습과 다른 건 암막 커튼이 아직 완전하게 걷히지 않았다는 것과 잠에서 잘 깨지 못하는 지안이었다.

지안이 잠에 드는 시간은 날마다 달랐지만 대부분 도진에게 맞춰 같이 일어났다. 도진이 씻을 동안 간단하게 아침을 한다거나 옷과 액세서리를 고르는 등 그의 출근 준비를 도왔다. 그러나 이상하게 오늘은 몰려오는 잠을 이기지 못했다.

지안은 잠에서 깨기 위해 비몽사몽한 눈을 열심히 비볐다. 그러자 눈가를 마구 비비던 손이 도진의 손길에 의해 얼굴로부터 떨어졌다. 곧바로 뺨에 따뜻한 온기가 닿았다.

"더 자."

도진이 침대에 걸터앉은 채 지안을 향해 말했다. 그도 일어난 지 얼마 되지 않아 목소리가 평소보다 더욱 낮게 잠겨 있었다. 나긋하게 들리는 것이 다시 잠에 빠뜨리는 것만 같았다. 지안은 눈을 크게 뜨기 위해 힘을 주었다.

"으응, 괜찮아요."

지안은 고개를 도리도리 저었다. 그러자 머리 위로 바람 빠진 웃음이 느껴진다.

"눈 다 감겼는데."

도진은 한 손으로 말랑한 지안의 뺨 위를 살살 문지르다가 여전히 뜨기 힘들어하는 지안의 눈가 위로 짧게 입술을 붙였다가 떨어뜨렸다.

"일어날 거예요."

가볍게 닿았다가 떨어지는 입술의 감촉을 느낀 지안은 무거운 눈꺼풀을 밀어 올렸다. 누가 억지로 일어나라고 시킨 것도 아닌데 고집스럽게 대답했다.

"고집은."

도진도 이걸 고집이라고 칭했다. 지안은 괜히 다 풀어진 눈으로 흘겨보았다. 그러나 전혀 타격이 없는 도진은 다른 손도 지안의 다른 뺨 위에 얹으면서 웃음기 가득한 목소리로 물었다.

"잠 깨게 해 줄까."

혹하는 제안이었다. 그러나 어스름한 햇빛 사이로 도진의 눈빛이 한층 더 살아나는 것을 본 지안은 왠지 모를 불안감이 엄습해 두 손으로 자신의 입술을 급하게 가렸다.

"아, 아쉽다."

지안의 생각이 맞았는지 도진은 재빠른 그녀의 행동에 웃음을 터뜨리다가 이내 아쉬운 얼굴을 하고서 건조한 아랫입술을 혀로 축였다.

도진의 시선이 침대 옆에 있는 은은하게 빛을 내고 있는 LED 시계로 향했다. 시간을 확인하고서 자리에서 일어난 그는 발걸음을 옮기기 전 지안의 머리 위에 손을 살포시 얹었다.

"씻고 올게."

여전히 입가를 가리고 있는 지안의 손등 위로 허리를 숙여 짧게 입을 맞춘 도진이 침실 안 욕실로 향했다.

지안은 피곤한 듯 제 목을 양옆으로 꺾으며 욕실 안으로 들어가는 도진의 뒷모습을 멍하니 바라보았다.

탁, 하고 문이 닫히는 소리가 들리고, 이윽고 샤워기 레버를 돌린 건지 쏴아아아 하는 거센 물줄기 소리가 들렸다. 어느 정도의 시간이 흐르고 나니 물소리가 멎었다. 천천히 침대에서 일어났지만 잠에서 완전히 깨어난 건 아니었다.

지안은 도진이 걸어간 길을 그대로 따라가 슬라이딩 도어를

밀었다. 문을 열자 멀지 않게 위치한 세면대에서 거울을 확인하고 있던 도진이 고개를 돌렸고 두 쌍의 시선이 서로 교차했다. 면도를 하려는 건지 도진의 앞에는 쉐이빙 볼과 브러시 그리고 크림이 놓여 있었다.

"내가 해 줄까요?"

지안이 나직이 물었다. 방금 샤워를 끝낸 탓에 습기가 내려앉은 욕실 속 공기를 타고 목소리가 울렸다. 그러니까 이건 그저 아직 떨치지 못한 잠결로부터 솟아난 용기였다.

드라이를 하지 않아 물기가 뚝뚝 떨어지는 머리카락, 훤히 드러내고 있는 너른 등, 수건 한 장으로 하복부 아래만 간신히 가리고 있는 도진의 모습. 평소였다면 부끄러워 도망쳤을 그녀였다.

도진은 무슨 생각을 하는지 알 수 없는 얼굴로 지안을 응시하다가, 이내 세면대로부터 한 걸음 뒤로 물러났다. 허락의 의미였다. 그가 물러난 공간으로 지안이 들어왔다.

"나 믿어도 돼요."

지안은 꽤 자신만만한 태도로 도진을 안심시켰다. 이미 수차례 로맨스 작품을 찍으면서 남자 배우들 얼굴에 직접 면도날을 가져다 대었던 경험에서 오는 이유 있는 자신감이었다.

도진은 대리석에 반쯤 걸터앉아 볼에 크림을 짜고 브러시로 풍성한 거품을 내기 위해 부산스럽게 움직이는 지안을 바라보았다.

거품이 만족스럽게 완성되었는지 실없는 웃음을 흘리며 제

다리 사이로 들어오는 지안의 허리를 반사적으로 감싸 안았다.

지안은 거품을 묻힌 브러시를 도진의 입가로 가져가, 굵은 턱선을 따라 골고루 거품을 바르기 시작했다. 얌전히 지안에게 얼굴을 맡긴 도진과 집중하느라 조용해진 지안, 두 사람 사이에는 눅진한 숨소리만 존재했다.

"이제 할게요?"

지안이 볼과 브러시를 내려 두고 면도기를 손에 쥐었다. 호기롭게 자신을 믿으라고 말했던 조금 전의 자신감이 무색하게 어딘가 긴장된 목소리였다. 오히려 살짝 고개를 끄덕인 도진이 잡고 있는 지안의 허리를 느긋하게 문질러 그녀의 긴장을 풀어 주었다.

쓱, 쓱, 날카로운 날이 턱을 조심스럽게 스쳐 지나갔다. 절대 도진의 얼굴에 상처를 낼 수 없다는 의지가 반영된 아주 신중한 손길이었다. 덕분에 상처 없이 점점 말끔해지고 있는 도진의 턱이었다.

"어때요? 나 진짜 잘하죠?"

면도를 마친 지안은 옆에 놓인 수건을 들고 도진의 얼굴을 꾹꾹 누르며 물었다. 살짝 올라간 목소리가 뿌듯함을 담고 있었다. 칭찬을 바라고 물었으나 돌아온 건 심드렁한 도진의 반응이었다. 예상하지 못한 그림에 지안의 낯빛에 당황이 서렸다.

"음…… 마음에 안 들어요?"

지안이 혹시나 상처가 났는지 아니면 도진의 마음에 들지 않았는지 하는 생각에 조심스럽게 물었다. 동그란 눈동자가 바쁘게 움직여 단단한 턱을 살피기 시작했다.

아무리 봐도 깔끔한데.

지안이 더 이상 눈에 걸릴 것도 없는 매끈한 턱을 뚫어져라 보고 있자 도진의 입가로 바람 빠진 웃음이 흘러나왔다.

"그냥. 너무 능숙해서 질투가 나네."

도진은 면도를 하는 내내 지안이 주는 촉감으로 전부 느꼈다. 제 턱이 상처 하나 없이 깔끔하게 면도가 되었다는 것을. 그러나 만족감보다 앞서는 건 질투였다.

"나보다 이걸 먼저 받은 놈들이 있다는 게 말이야."

질투의 대상은 지안이 연기했던 배역의 상대 남자 배우들이었다. 유치하게 그동안 지안이 출연했던 작품들을 하나씩 곱씹었다.

"그건 일이었는데……."

그제야 도진의 표정이 심상치 않았던 이유를 알게 된 지안의 말꼬리가 점점 흐려졌다. 대화의 돌파구를 찾지 못해 짓는 어색한 웃음은 덤이었다.

"알지. 그래서 내가 아무 말도 못 하고 있어."

도진이 짧은 숨을 뱉으며 못마땅한 표정을 지었다. 그건 지안을 향한 것이 아니라, 속 좁은 자신을 향한 불만이었다. 물론 지안의 탓이 아니라는 걸 누구보다 잘 알고 있었지만 이미 제 몸을 장악한 질투심에 기분은 나아지지 않았다.

가만히 지안과 눈을 마주치던 도진이 고개를 옆으로 살짝 틀었다. 가느다란 허리를 잡고 있는 팔에 힘을 강하게 주었다.

"읍!"

막힘없이 움직인 도진 때문에 지안의 입술은 그대로 잡아먹혔다. 서로의 혀끝이 닿고, 농도 짙은 키스가 이어졌다. 완벽하게 씻어 내지 않아 미약하게 남아 있는 소량의 크림이 하얀 얼굴로 옮겨졌다.

커다란 손이 지안의 허벅지를 타고 올라와 그녀가 입고 있는 슬립 안으로 들어왔다. 손을 넣은 그대로 지안이 유일하게 걸치고 있던 섬유를 천천히 위로 올리던 도진이 틈 없이 붙어 있던 입술을 아주 살짝 떼어 냈다.

도진은 크림 때문에 유분기를 띠어 번들거리는 지안의 입가를 내려다보며 낮게 웃더니 그녀의 등줄기를 검지로 훑었다.

"여보도 씻어야겠다."

지안은 제 남자의 나른한 눈을 오롯이 받아 내고 두 눈을 질끈 감아야 했다.

소재별로 정리가 된 시계가 들어가 있는 아일랜드 서랍장 위를 한 손으로 짚고 비스듬히 서 있는 도진이 낮게 한숨을 내쉬었다.

고개를 살짝 옆으로 꺾으면, 아직 정리를 하지 않은 머리카락이 자연스럽게 흔들렸다. 시선은 당연하게 저로부터 뒤로 돌아선 채 본인은 안중에도 없는, 자신의 넥타이핀을 고심하고 있는 지안을 향하고 있었다.

"오늘도 난 내 아내를 차영한테 뺏겼네."

도진의 입에서 불만이 튀어나왔다. 오늘따라 유치해지는 자신을 느꼈지만 구태여 참지는 않았다. 그러나 지안은 아랑곳하지 않고 넥타이핀을 고르고 서랍을 닫았다.

솔직히 지안은 어떤 걸 입혀도 찰떡같이 소화하는 도진 덕에 매일 옷을 고르는 재미가 쏠쏠했다. 그의 출근 준비를 같이하는 이유 중 가장 큰 부분을 차지할 정도였다. 본인의 취향이 아닌 날이 있을 법도 한데. 도진은 한 번도 그런 내색 없이 지안의 선택을 따랐다.

그래서인지 지안은 마치 인형 놀이를 하는 듯한 기분도 종종 들었다. 넥타이핀에 이어 커프스 링크까지 신중하게 고른 그녀는 유리 위에 서랍에서 꺼낸 케이스를 올려 두고 몸을 돌렸다.

"솔직히 언니한테 누나라고 부른 적은 거의 없죠?"

심기가 많이 불편해 보이는 도진을 의도적으로 모른 척한 지안은 웃음을 터뜨리며 물었다. 이안과 많이 싸우긴 하지만 꼬박꼬박 오빠라고 부르는 저와 달리, 도진은 누나인 영을 이름으로 부른 적이 더 많았다. 새삼 그게 웃긴 지안이 트집을 잡자 도진은 어이없는 듯한 실소를 터뜨렸다.

1년에 몇 없다고 해도 오버는 아닌, 도진이 점심 약속이 없는 날이었다. 너무도 당연하게 지안과 함께 점심을 할 생각이었으나 영과 선약이 잡혀 있는 그녀에게 단번에 거절을 당했다.

도진에게 있어서 지안은 언제든지 자신의 시간을 가져갈 수 있는 예외가 되는 사람이기에, 이렇게 미련도 없이 미안하다는 소리를 들을 줄은 몰랐다.

"지금 호칭이 문제야? 난 너를 차영한테 매일 뺏기고 있는데."

"오늘은 진짜 안 돼요."

지안이 짧게 실소를 쏟는 도진을 보고도 어쩔 수 없다는 듯이 웃었다. 그녀에게도 오늘 꼭 영을 만나야 하는 나름 합당한 이유가 존재했다. 영은 곧 해외로 나가는 장기 출장이 잡혀 있었고, 그렇기에 영의 도움을 받을 수 있는 기회가 오늘 아니면 없었다.

"여보가 오늘은 봐줘요, 응?"

결혼하고 처음 맞이하는 도진의 생일이 약 한 달밖에 남지 않았기 때문이다.

지안이 끝까지 자신의 유혹에 넘어오지 않자 시무룩해진 도진을 토닥여 출근을 시킨 그녀는 영과 만나기로 한 브런치 카페에 도착했다. 딸랑, 하고 은은하게 울리는 종소리가 지안이 도착했음을 알렸다. 일부러 사람들의 시선을 피하기 위해 카페 휴무일에 예약을 한 덕에 내부는 영과 카페 사장과 직원으로 보이는 남자 두 명을 제외하면 텅 비어 있었다.

영이 문을 열고 들어오는 지안을 향해 팔을 번쩍 들어 인사했다. 지안도 영의 인사에 화답하기 위해 손을 흔들고 그녀의 맞은편에 앉았다. 미리 주문을 했던 건지, 자리에 앉자마자 테이블 위로 먹음직스러운 음식이 하나둘씩 세팅되기 시작했다. 서빙을 마치고 물러나는 직원에게 지안과 영이 동시에 꾸벅 인사를 했다.

직원이 완전히 테이블과 멀어진 것을 확인한 영이 시선을 앞으로 돌리더니 근심을 잔뜩 품고 있는 지안의 표정을 확인하고서는 웃음을 터뜨렸다.

"도진이 생일 선물 때문에 그래?"

"……네……."

영의 물음에 힘없이 대답한 지안의 얼굴이 울상으로 일그러졌다.

"놀란 오빠의 얼굴을 보고 싶은데……."

결혼하고 나서 처음으로 같이 맞이하는 도진의 생일이었다. 사실 지안은 이 순간을 꽤 오랫동안 기대했었다.

도진을 만나지 못했던 10년의 시간은 말할 것도 없었고, 작년조차 급한 도진의 해외 출장과 바쁜 드라마 촬영이 겹쳐 어영부영 보내 제대로 축하해 주지 못했었다. 그렇기 때문에 도진을 향한 미안함 반, 그가 보여 줄 반응을 향한 기대감 반이 적절하게 섞여 일찌감치 고민을 하기 시작했는데, 막상 본격적으로 준비하려고 하니 눈앞이 깜깜했다.

"얼마나 대단한 걸 해 주고 싶어서 그러는 거야."

영이 포크로 샐러드를 뒤적거리며 의아한 얼굴로 물었다. 그러자 지안은 낮게 한숨을 지으며 대답했다.

"엄청나게 대단한 걸 해 주고 싶어도, **오빠**를 만족시킬 수 있는 게 세상에 있을까 싶어요."

지금 지안에게 가장 큰 문제는 지나치게 잘난 도진이었다. 머리를 아무리 굴려 봐도 이번 생일은 특별하게 보내고 싶은 자신의 욕심에 미치지 못했다. 대단한 걸 해 주고 싶어도 도진의 앞에 가져다 놓으면 어떤 것이든 늘 작아지는 것이 문제였다.

"너 자체가 그놈한테는 가장 큰 선물일 텐데."

요 근래 중 가장 심각해 보이는 지안을 가만히 바라보던 영의 눈썹이 살짝 기울었다. 마치 괜한 걸 고민하고 있다고 말하고 싶은 듯한 눈치였다. 그러나 지금 지안에게 이런 말이 와닿지 않을 걸 알았다.

영의 시선이 점점 아래로 내려가 지안의 손으로 향했다. 아직 포크조차 잡지 않은 모습에 작은 한숨을 내뱉었다. '금강산도 식후경'이라는 말이 얼마나 유명한데. 영은 턱짓으로 알록달록한 색감을 가진 음식을 가리키며 말했다.

"일단 먹어. 먹고 생각…… 아!"

지안은 좋은 생각이 난 듯 소리를 지르는 영을 보며 깜짝 놀랐다. 그러나 곧 기대에 가득 찬 눈빛으로 그녀를 바라보았다. 그 속에는 영을 향한 무한한 신뢰가 있었다.

"지안이 너, 아직도 둘이 있을 때도 도진이한테 말 안 놓지?"

예상치 못한 질문에 지안은 얼떨결에 대답하며 고개를 끄덕였다.

"가끔 반말도 섞긴 하는데, 아무래도 이게 편해서……."

436

말끝을 흐린 건 자신도 말을 놓지 않은 정확한 이유를 찾지 못해서였다. 하지만 도진도 딱히 크게 신경을 쓰지 않기도 했고, 꼭 부부가 되었다고 해서 말을 편하게 할 필요는 없다는 생각도 있었다.

"둘이 있는데도 존댓말 하면 괜히 뭔가 멀어 보이지 않나? 어려워하는 느낌도 들고."

지안의 대답을 들은 영이 테이블 위에 팔꿈치를 얹고 물었다.

"음."

"아, 물론 너희는 예외긴 해. 사실 지금도 내가 당장 떼어 놓고 싶을 만큼 둘이 너무 가깝거든."

홀린 듯이 영의 말을 듣던 지안은 '풋' 하고 웃음을 터뜨렸다.

"그게 뭐예요. 원래 부부끼리 가까운 게 당연한 거 아닌가?"

"차도진이 매일 널 잡고 안 놔주니까 하는 소리야."

지안은 이상하게 한결같이 도진을 향하는 영의 질투가 나쁘지 않았다. 생각해 보면 고작 다섯 살밖에 차이 나지 않는데, 그녀는 변함없이 늘 자신을 아껴 주고 예뻐했다. 그게 참 고마워서 입꼬리가 내려오지 않은 채 영과 눈을 마주하며 웃었다.

"이거 봐. 차도진이 너한테는 쿨한 남편인 척하는 것 같은데, 나한테는 너 빨리 보내라고 난리 난 것 좀 보라고."

영은 지안과 마주 보며 웃다가 이내 짧게 여러 번 울리는 진동에 헛웃음을 터뜨리곤 제 핸드폰 화면을 지안에게 보여 주며 말했다.

도진이 영에게 보낸 메시지를 확인한 지안은 몰려오는 민망함에 입가를 한 손으로 가렸다. 입꼬리가 내려올 줄 모르고 하늘로 솟는 걸 숨기려는 목적이기도 했다.

솔직하게 말하면 충만한 사랑을 기반으로 둔 도진의 집착도 저는 나쁘지 않았다. 두 남매에게 동시에 사랑을 받으니, 제 사랑도 커지는 듯한 느낌이 들었기 때문이었다.

"반말은 그냥 모르겠어요. 너무 오랫동안 얘기를 안 하다가 다시 만난 이후로는 계속 이렇게 말해서 그런가 봐요."

지안은 이대로 가만히 있다가는 도진을 향한 영의 화가 많아질 것 같아 다시 대화로 그녀를 이끌었다.

"그럼 나한테는? 도진이가 헛짓할 때도 꾸준히 봤잖아. 이제 제발 언니한테도 말 좀 놔 주면 안 될까?"

어쩐지 대화의 흐름이 계속 반말이냐 높임말이냐를 벗어나지 못하는 듯한 기분이 들었지만, 지안은 곰곰이 생각해 봤다. 누군가 왜냐고 묻는다면 답을 찾지 못할 질문이었다. 영이 어려운 건 절대 아니었다. 오히려 여타 다른 사람들보다 더 아끼는 마음에 소중해 존중하고 싶었던 건 아닐까 생각이 들었다.

"그럼 이번 생일 선물로, 둘이 있을 때만이라도 완전히 말을 놓아 봐."

"네?"

"남자들은 제 여자의 그런 변화에 은근 당황하던데?"

영이 써니사이드 업으로 주문한 계란 노른자를 포크로 톡 하고 터뜨리며 말했다.

"그게 대체 무슨 선물이에요?"

지안은 영의 제안이 말도 안 된다는 듯이 실소를 터뜨렸다. 그러나 영은 개의치 않고 적당한 거리에 서 있는 카페 사장을 향해 손을 흔들었다. 테이블로 가까이 다가온 카페 사장이 필요한 것이 있냐고 묻자 영이 물었다.

"사장님, 결혼하셨어요?"

"네? 아니요?"

"음. 그럼 여자 친구는요?"

"언니!"

"있습니다."

지안이 당황스러운 얼굴을 한 채 갑자기 카페 사장을 향해 호구 조사에 들어간 영을 불렀다. 그러나 영은 멈추지 않았다.

"여자 친구분이 사장님한테 반말해요?"

"반말하죠?"

연인과 반말을 하냐는 영의 질문에 말꼬리를 올리며 당연하다는 듯이 대답하는 카페 사장이었다. 자연스럽게 이어지는 스몰토크에 결국 지안도 귀를 기울이기 시작했다.

"혹시 갑자기 여자 친구분이 사장님한테 존댓말만 한다고 하면 어때요?"

"음. 당황스러울 것 같은데요. 내가 뭐 잘못한 거 있나? 그런 생각도 들고."

"그럼 반대로 원래 여자 친구분이 존댓말만 했다고 가정하고, 어느 날 갑자기 사장님한테 반말하면요?"

지안은 영이 카페 사장으로부터 도진과 자신의 상황을 이끌어 내려는 걸 알았다. 그래서 더욱더 적극적으로 말리지 못하기도 했다. 사실 조금 많이 궁금하기도 했다.

"그건 좀, 섹시할 것 같은데요."

카페 사장이 콧등을 찡긋거리고 장난스럽게 웃으며 대답하자, 영이 환하게 웃으며 고맙다고 인사했다. 다시 지안과 둘이 남겨지자 영은 자신만만한 얼굴로 어깨를 으쓱거렸다.

"내가 장담하는데, 아마 차도진은 환장할 거다."

영이 앞으로 허리를 숙였다. 마치 남들은 절대 알면 안 되는 비밀을 토로하듯이 말이다. 작은 목소리가 지안의 마음을 어지럽히기 시작했다.

"너 예뻐 죽어서."

의도치 않게 지안의 모든 걱정을 사게 된 도진의 생일 아침이었다. 동도 제대로 트지 않아 깜깜한 침실 안에서 인기척을 내는 건 지안 혼자였다.

— 사진 좀 찍어 봐 줄래? 차도진 표정, 너무 궁금하거든.

— 아쉽다. 이 영광을 내가 먼저 누려야 하는데.

지안은 뇌리에 박힌 영의 목소리가 떠나지 않았다. 선물은 아무것도 준비하지 말고 자신의 말대로 해 보라는 영이었지만, 그건 자신이 양심상 허락하지 않았다. 물론 물질적인 면에서는 모든 것에 심드렁한 도진의 성미를 누구보다 잘 알고 있었다.

고민 끝에 마음을 비우고 선택한 건 라인을 따라 컷 다이아몬드가 세팅되어 있는 브레이슬릿이었다. 액세서리를 즐겨 하지 않지만, 저번에 한 번 힘줄이 돋은 손등을 지나 팔목에 걸렸던 체인이 도진과 퍽 잘 어울렸다고 생각해 고른 선물이었다.

잘 포장된 붉은색 상자를 드레스 룸 안쪽에 잘 넣어 둔 지안이 발 빠르게 움직이기 시작했다. 침대 옆으로 가 핸드폰을 들어 도진의 알람을 꺼 버렸다. 사실 그의 핸드폰에 설정된 알람은 그저 미연에 예방하기 위한 방지책일 뿐이었다. 알람이 없어도 제시간에 단번에 일어나는 그였기 때문에 마음이 조급했다.

빠르게 미역국을 끓이고, 아침은 간단하게 먹는 도진의 취향을 반영해 과하지 않은 양의 식사를 준비했다.

완벽하게 세팅을 마친 테이블을 뿌듯한 얼굴로 바라보던 지안이 시계를 확인하고 침실로 걸어갔다.

지안은 침대 끝에 걸터앉아 불을 켜 둔 거실에서 은은하게 새어 나오는 불빛에 비친 도진의 얼굴을 가만히 바라보았다. 도진이 엎드려서 자고 있는 터라 시선을 살짝만 옮겨도 훤히 드러내고 있는 상반신 위로 잘 자리 잡힌 등 근육이 보이는 탓에 그녀는 마른침을 삼켰다. 자꾸 눈길이 가는 곳에서 애써 시선을 돌린 지안은 도진의 머리를 쓰다듬으며 그를 깨웠다.

"오빠, 이제 일어나요."

저를 깨우는 목소리에도 많이 피곤했던 건지 작은 신음을 흘릴 뿐 눈을 곧바로 뜨지 못하는 도진에 지안은 웃음을 터뜨렸다. 도진에게서 쉽게 보지 못하는, 몇 안 되는 아이 같은 모습이었다. 더 감상할까 싶다가 밖에 준비되어 있는 아침이 걸렸다.

지안이 도진의 얼굴 위로 자잘한 입맞춤을 쏟아 냈다. 이마에 한 번, 감긴 눈꺼풀 위에 한 번, 코끝에 또 한 번. 마지막으로 입술 위에 말캉한 입술을 포갰을 때, 목뒤로 커다란 손이 덮였다. 반사적으로 어깨를 웅크리자 도진이 나머지 손으로 살살 쓰다듬는 것이 느껴졌다.

짧은 입맞춤 끝에 도진의 힘에 의해 침대에 앉아 있던 지안은 그대로 침대 위로 엎어졌다. 정확히는 도진의 위였다. 서로의 얼굴이 엇갈렸고, 서로의 숨소리가 귀를 타고 흘렀다. 지안은 심호흡을 하고 고개를 돌려 도진의 귓가에 낮게 속삭였다.

"생일 축하해, 내 남편."

누구에게도 들리지 않을 애정이 담뿍 담긴 목소리는 부드럽고 달콤했다. 그건 말하는 지안도, 듣는 도진도 충분히 느낄 수 있는 것이었다. 그를 증명하듯이 도진은 눈가가 만족스럽게 휘었고, 설핏 웃음도 터뜨렸다.

"얼른 일어나서, 빨리 내 축하받아."

잠에 취해 나른함이 묻어 있는 얼굴을 물끄러미 바라보던 지안이 작게 속삭여 최대한 자연스럽게 말을 놓기 시작했다. 그러나 아직 잠결이라서 그런지, 아니면 지안이 어떤 행동을 해도 용인하는 성격 탓인지, 도진은 별다른 반응을 보이지 않았다.

"씻고 올게."

도진은 그저 제 품에 쏙 들어와 있는 지안을 힘주어 한 번 꽉 안아 주고 난 후에 침대에서 일어났다. 정신을 차리려는 듯 머리를 한 번 털어 내고는 욕실로 들어갔다.

지안은 그런 도진의 뒷모습을 물끄러미 바라보다가 멋쩍은 듯 한동안 자신의 머리를 긁적였다. 분명 영은 도진이 제가 예뻐서 어쩔 줄 모를 거라고 예상했었는데, 아마 그녀의 예상이 크게 빗나간 듯싶었다.

내가 언니 말을 너무 믿은 건가?

미약한 숨을 터뜨리며 생각했다. 고작 말을 놓는 것에 어제부터 긴장했던 것을 생각하니 김이 훅, 하고 빠졌다. 영이 제게 바람을 너무 세게 불어넣어서 그런지, 어딘가 아쉬움이 엉긴 복잡하고 묘한 마음이 들었다.

"아, 미역국……!"

지안은 도진이 일어나면 따뜻하게 데우려던 미역국을 떠올리고는 허둥지둥 자리에서 일어나 주방으로 나가 가스레인지의 전원을 켰다. 아직 열이 많이 남아 있는 터라 냄비는 금방 끓기 시작했다.

그릇에 국을 뜨고 몸을 돌리자 어느새 뒤에 와 있던 도진이 뜨거운 국그릇을 자연스럽게 지안의 손에서 가로채 갔다.

"내가 해도 되는데……."

"내가 해도 되는 거고."

테이블 매트 위에 그릇을 내려놓은 도진은 할 일을 잃어 멀뚱히 서 있는 지안의 어깨를 붙잡고 자신의 옆자리에 앉혔다. 늘 앉던, 서로를 마주 보는 자리가 아니었다. 지안이 올려 둔 테이블 매트는 언제 끌어왔는지 도진의 것과 나란하게 놓여 있었다.

남은 빈 그릇에 지안 몫의 국을 뜨고 그녀의 테이블 매트 위에 내려 둔 도진도 자리에 앉았다. 오늘도 자신이 준비해 놓은 셔츠와 팬츠를 입고 막힘없이 착착 움직이고 있는 도진을 따라가느라 지안의 눈동자도 바쁘게 움직였다.

"고마워, 잘 먹을게. 근데 이른 시간부터 귀찮게 왜 했어. 어차피 저녁에 밥 먹을 텐데."

지안은 작은 타박이 깃든 도진의 속사포 같은 인사를 듣고 웃음을 터뜨렸다. 왜 했냐는 질문에 서운한 마음이 들지는 않았다. 제 손에 물 묻히는 걸 별로 달가워하지 않는 도진을 잘 알기에 그저 웃음만 나올 뿐이었다. 도진은 본인의 생일보다 와이프인 자신의 노고가 더 우선인 사람이었다.

시간이 지나도 변하지 않는 도진의 모습 때문에 웃음을 참지 못해서 흐트러진 목을 '큼', 다듬던 지안이 대뜸 선전 포고 하듯이 말했다.

"나 이제 오빠한테 반말할까 해."

"……."

"둘이 있을 때는 그게 더 좋은 것 같아. 보다 더 가까워지고, 친밀해지는 것 같고."

처음이 어렵지, 두세 번은 쉽다고 다들 그러지 않나. 그건 지안에게도 적용되는 말인 듯 처음보다는 수월하게 입에서 반말이 나오기 시작했다. 그러나 곧 묘하게 변하는 도진의 표정이 눈에 걸렸다.

"……."

테이블 위로 짧은 침묵이 이어졌다. 도진은 몸을 사선으로 틀어서는 한 손으로 턱을 괴고 지안을 빠히 바라보기 시작했다.

지안은 애써 표정 관리를 했기에 티가 나지는 않았지만, 얼른 도진이 어떤 반응이라도 해 줬으면 하는 마음으로 이 침묵이 얼른 깨지기를 애처롭게 기다리고 있었다. 게다가 점점 밀려오는 어색함에 몸이 배배 꼬이기 시작했다. 결국 그녀는 손가락을 꼼지락거리며 도진의 눈을 당당하게 마주치지 못하고 시선을 아래로 내렸다.

"……나 그래도 되잖아……."

괜히 말을 덧붙이게 된다. 계속 이리저리 은근히 시선을 피하며 중얼거렸다. 그러자 옆에서 '피식', 바람 빠진 웃음이 낮게 들렸다. 도진이 턱을 괴고 있던 손을 떼어 내고 그대로 지안의 얼굴을 들어 올렸다. 자신에게서 시선을 피하지 못하도록 최소한의 힘도 더했다. 고개를 숙여 작은 입술에 짧게 입을 맞추고는 느릿하게 눈꺼풀을 밀어 올려 지안의 눈동자를 응시했다.

"되지. 네가 아니면 누가 되겠어."

지안은 마치 도진의 허락을 받은 것처럼 느껴져 혼자만의 미션을 성공한 기분이었다.

"정말? 괜찮아?"

"응. 색다르고 좋아."

"진짜?"

"그렇다니까."

지안은 생각보다 무덤덤한 도진의 반응이 아쉽기도 잠시, 이게 뭐라고 마음이 들뜨기 시작했다. 고작 말끝을 잘라먹은 것뿐인데 거기에 재미를 붙이기 시작한 것이었다.

"도진아!"

"……?"

"내가 이렇게 불러도?"

맑고 깨끗한 얼굴이 짓궂은 장난기로 물들어 있었다. 이름을 부른 건 도진의 반응이 궁금하단 충동적인 호기심에서였다. 그러나 생각보다 짜릿한 기분에 배시시 웃어 보였다. 가만히 지안의 말을 듣던 도진이 헛웃음을 터뜨렸다.

"그건 그냥 맞먹으려고 하는 것 같은데."

저를 놀리고 싶어 하는 것을 숨기지 못해 전부 드러내고 있는 저 투명함을 어떻게 받아 줄까, 가만히 고민하다 결국 그냥 웃어 버렸다. 애가 달아서 어쩌지 못하는 사람처럼 말이다.

"다 해도 돼. 내가 너 하고 싶은 거 못 하게 한 적 없잖아."

지안은 입꼬리를 살짝 올리고 당연하단 듯 말하는 도진을 보고 눈가를 좁혔다. 들뜬 마음에 이제 억울함이 번지기 시작했다. 전부 맞는 말이지만 유일하게 예외가 되는 순간도 분명 존재했다.

"그런 사람이 왜 밤에는 힘들다는 내 말을 안 들어주는 거지?"

가령 그 누구도 둘 사이로 침범하지 못하는 아주 깊은 밤 같은 순간 말이다.

"그것도 매일, 이제 그만 쉬고 싶다고 매, 일, 말하는데."

446

여유 넘치고 너그러운 도진의 모습이 퍽 얄미워 밉지 않게 눈을 흘겼다.

"네가 좋아하니까."

"에?"

"네가 좋아하는데 내가 어떻게 그만해."

의도치 않게 점점 대화가 적나라하게 이어졌다. 기나긴 하루를 시작하는 아침을 앞두고, 그것도 생일상을 앞에 두고 할 대화는 아니었다. 지안은 되려 자신을 탓하는 듯한 도진의 말에 마땅히 받아칠 말을 찾지 못해 어버버했다.

"근데 우리가 여기서 더 가까워지고 친밀해질 수가 있나?"

돌고 돌았던 대화가 도진에 의해 다시 처음으로 돌아가 버렸다. 당당한 도진의 태도가 황당했던 지안이 말을 내뱉지 못하고 더듬거리는 사이, 주도권은 확실하게 도진에게 넘어가 버렸다. 그는 의미심장하게 웃으며 물었다.

"응? 어떻게 더 그러지?"

힘줄과 뼈가 번갈아 가며 적절하게 도드라진 손가락이 지안의 턱으로부터 떨어져 무방비하게 드러난 하얗고 가는 목을 쓸어내렸다. 여자만이 가지고 있는 몸의 굴곡을 노골적으로 훑어냈다.

"……아!"

지안의 입 새로 옅은 신음이 흘러나왔다. 아찔한 숨소리가 귓가에서 흩어졌다.

지이이잉— 지이이잉—.

분위기를 단번에 깨는 진동 소리에 두 쌍의 눈동자가 반사적으로 테이블 위 핸드폰으로 향했다. 화면에 뜬 김 비서의 이름을 확인한 지안이 안도의 한숨을 내쉬었다. 긴장이 확 풀리자 잃어버렸던 여유를 찾을 수 있었다.

"얼른 전화 받아요. 급한 일이면 어떡해."

아직 가시지 않은 여운에 저절로 존댓말이 튀어나왔지만, 그런 것까지 신경 쓸 겨를은 없었다.

"여보세요."

도진은 그런 지안을 보며 아쉽다는 듯이 고개를 까닥거리고는 전화를 받았다. 검은 눈동자에 서린 열기를 버리지 못하고 연갈색 눈동자를 응시했다.

[이른 시간에 죄송합니다, 전무님. 오늘 본사로 바로 출근하셔야 될 것 같습니다.]

"알았습니다."

[보고는 출근하시는 길에⋯⋯.]

"두 시간이면 도착할 겁니다. 그때 한 번에 하죠."

[아, 알겠습니다. 이따 뵙겠습니다.]

지안은 굳이 두 시간의 여유를 만들어 내며 전화를 끊는 도진을 의아한 눈으로 바라보며 물었다.

"두 시간? 여기서 본사까지 그렇게 오래 걸렸나?"

"아니."

"근데 왜⋯⋯."

도진은 이미 샤워를 마치고 옷까지 입은 상태였다.

기본적인 준비가 끝난 터라 더 부지런하게 움직일 수 있는데 오히려 일을 뒤로 미루다니. 김 비서가 일찍 전화한 것엔 그만한 이유가 있을 터였다. 스피커폰으로 옆에서 같이 통화를 들은 지안도 손쉽게 느낀 김 비서의 의도를 도진이 모를 수는 없었다.

입꼬리를 살짝 올리며 희미한 미소를 지은 도진은 영문을 몰라 눈을 동그랗게 뜨고 있는 지안의 머리 위로 손을 올리더니 이내 살살 쓰다듬으며 말했다.

"우리 사이가 여기서 얼마나 더 돈독해질 수 있는지, 확인은 하고 가야지."

도진의 밀도 높게 쌓인 탄탄한 근육이 여린 몸을 감싸 안았다. 도진에게 번쩍 안긴 지안은 눈을 질끈 감았다. 급하지도, 느리지도 않게 맞춰 오는 입맞춤에 지안의 입술 사이로 가냘픈 신음이 낮게 흘러나왔다. 가볍게 섞이던 혀의 움직임이 점점 농도가 깊어짐에 따라, 팽팽하고 반듯했던 도진의 셔츠는 어느새 지안의 손길로 인해 구김살이 생기기 시작했다.

오늘은 다른 셔츠 입어야겠네.

지안은 도진의 셔츠 단추를 만지작거리며 생각했다. 거의 무의식적인 생각이었다.

"아!"

"나한테 집중해야지."

그 짧은 찰나를 알아차린 도진이 지안의 혀끝을 아프지 않게 깨물더니 고개를 살짝 떼고 낮게 속삭였다. 깜짝 놀란 지안이 눈을 마주치자, 도진은 목을 느긋하게 돌리며 고개를 반대쪽으로 틀었다.

지안은 다시 제 입술을 찾는 도진의 갈급한 입술을 받아들임과 동시에 눈을 질끈 감았다. 그러곤 눈을 감기 전 보았던, 열기에 잠식되어 있는 도진의 눅진한 눈빛을 떠올리며 생각했다.

― 내가 장담하는데, 아마 차도진은 환장할 거다.

― 너 예뻐 죽어서.

영을 향한 자신의 믿음은 옳았다고 말이다.

지안은 출근을 두 시간이나 미뤄 버린 도진 덕분에 깜빡 잠이 들고 말았다.

"헉. 얼른 가야겠다."

예상에 없었던 아침을 보내고 바쁘게 준비하고 움직여 도착한 곳은 꽃집이었다. 딸랑, 하고 방문을 알리는 종소리가 은은하게 들렸다.

"어서 오세요!"

"예약한 거 다 준비됐나요?"

사장님에게 묻는 지안의 눈빛은 기대에 차 있었다. 사실 가게 안으로 들어오면서 눈에 들어온 커다란 꽃다발이 제가 예약한 것임을 알아차렸다. 생각보다 더 아름다운 자태에 심장이 콩콩 뛰기 시작했다. 지안에게 꽃다발을 안겨 준 사장님은 웃으며 말했다.

"오늘 좋은 날이신가 봐요."

"네?"

"엄청 행복해 보이셔서요."

행복해 보인다는 사장님의 말에 지안은 표정 관리를 못했다는 생각이 들어 민망한 표정으로 고개를 끄덕였다.

"아, 오늘이 남편 생일이거든요."

수줍게 웃으며 대답한 지안은 저를 행복하게 만든 사람이 도진이라는 걸 내심 자랑하고 싶었다.

꽃집을 나온 지안은 바로 제 몸보다도 더 큰 꽃다발을 품에 안고 CHA 그룹 본사 한가운데에 들어섰다.

그녀는 저를 알아보고 인사하는 직원들에게 환한 웃음을 건넸다. 평소라면 눈에 띄지 않게 조용히 도진의 집무실을 찾았을 테지만, 오늘은 그냥 유난을 떨고 싶었다.

로비에서 기다리던 엘리베이터에 오른 지안은 시선을 살짝 아래로 내려 시야에 가득 차는 커다란 꽃을 바라보았다. 제 사랑이 온전하게 담겨 있는 꽃이었다.

─ 해바라기의 일편단심은 이름에서 알 수 있듯이 유명하잖아요.

꽃집 사장님의 말이 귓가에 맴돌았다. 평생 한 사람만 좋아한다는 건 불가능에 가까운 일이라고 하지만 그 어려운 걸 저도, 도진도 해내고 있었다. 그래서 많은 사람들에게 보여 주고 싶었다. 제가 이토록 그를 사랑하고 있다는 걸 말이다.

엘리베이터에서 내린 지안은 도진의 집무실에 있는 복도를 천천히 걸었다.

똑똑, 노크와 함께 문을 열자 비서들이 일어나 그녀에게 인사를 했고, 지안도 꾸벅 인사를 건넸다. 그러면 누가 말하지 않아도 자연스럽게 도진이 있을 방의 문 앞에 그녀를 안내했다.

문이 열리자마자 저 멀리 책상에 앉아 만년필을 쥐고 있던 도진이 지안을 발견하고 단번에 자리를 박차고 일어났다.

지안은 순식간에 제 앞에 다가선 도진을 보며 '꺄르르' 웃었다. 그러고는 마치 프러포즈하는 사람처럼 두 팔을 쭉 그의 앞으로 뻗었다.

"태어나 줘서 고마워."

지안의 말에 도진은 얼떨떨한 손으로 꽃다발을 받아 들면서도 실소를 터뜨렸다.

"꽃은 나보다 너랑 더 어울리는데."

가볍게 어깨를 으쓱인 지안은 애써 도진의 말을 못 들은 척하며 하고 싶은 말을 전했다.

"나랑 살아 줘서 고맙고."

"……."

"날 놓아 버리지 않아 줘서 고마워."

잔잔하게 읊조리는 지안의 고백에 도진은 낮게 웃으며 꽃다발을 근처에 있는 테이블에 내려 두었다. 허전하게 비어 버린 손은 자연스럽게 지안의 허리에 안착했다. 손목에는 출근길에 지안이 채워 준 시계가 자리하고 있었다. 그 위로는 지안이 고심해서 고른 그의 생일 선물인 브레이슬릿이 왕연한 빛을 내며 걸려 있었다.

도진은 숨 막히도록 지안을 세게 끌어안았다. 꽤 강한 악력이 도진의 감정을 여실히 드러내고 있어 웃음을 터뜨린 지안은 그의 상박에 턱을 찍고는 물었다.

"갖고 싶은 거 있어? 소원 말해 봐. 아무리 거창해도 내가 다 들어줄게."

지안이 마치 큰 아량을 베푸는 사람처럼 선물을 말하라고 으쓱거리면 도진은 자잘한 입맞춤을 선사했다. 그러면 지안은 눈을 감고 저에게 쏟아지는 온전한 사랑을 느꼈다.

"얼른 말해 보라니까?"

쉬지 않고 입을 맞추는 도진을 밀어내고 지안이 작게 투덜거리면 그는 낮게 웃으며 말했다.

"어차피 다른 건 눈에 안 들어와."

꽤 무덤덤한 목소리였으나 맞닿은 몸으로부터 열기가 고조되고 있는 것이 느껴졌다. 두 개의 시선이 서로 엇갈렸고, 천천히 호흡을 공유하기 시작했다. 한동안 이어진 끈적한 입맞춤을 끝낸 도진이 유려한 지안의 콧대를 톡톡 건드렸다.

"난 이미 제일 가지고 싶은 걸 가져 버려서."

지안은 까치발을 들고 사랑에 푹 잠긴 눈동자를 가진 도진의 목에 팔을 둘렀다. 그리고 자꾸 목을 치고 나오려는 말을 참지 않고 토해 냈다.

"영원히 사랑할게."

지안은 도진에게 다시 한번 영원을 약속했다. 그녀는 이미 알고 있었다. 그 누구도 부정할 수 없는 사실과도 같았다.

"내 모든 순간, 옆에 있을 차도진이 항상 웃을 수 있게."

도진이 없는 미래는 이제 제게 존재하지 않다는 것을 말이다.

3년 후.

"오랜만이네요."

반투명한 유리로 이루어진 회의실 문을 열고 들어가자 들리는 인사에, 지안이 안에 있는 사람의 얼굴을 확인하고는 잔잔하게 웃었다.

"난 또 작가님 얼굴을 제일 늦게 보네요."

회의실 안에 홀로 있는 사람은 우석이었다. 그런 그에게 지안은 밉지 않게 눈을 흘기며 말했다.

마지막 만남의 끝이 썩 좋지는 않았기에 약속 장소에 오면서도 많이 어색하면 어떡하지 걱정했는데 막상 얼굴을 마주하니어색함보다는 반가움이 컸다.

"몰타가 꽤 잘 맞았나 봐요?"

"음. 다시 오고 싶지 않기는 했죠."

몰타를 떠난 것이 꽤 많이 아쉽다는 얼굴을 하며 제 질문에 답하는 우석을 보고 지안은 헛웃음을 터뜨렸다.

"그럼 나한테 시놉시스를 보내면 안 되는 거 아니었나?"

"그럼 그렇게 공개적으로 날 기다리고 있다고 말하지 말았어야지."

지안이 어이없다는 표정으로 말을 하면 우석은 한마디도 지지 않고 여유 있는 얼굴로 받아쳤다. 그러자 지안은 됐다는 듯이 고개를 절레절레 저었지만, 입꼬리는 하늘을 향했다. 사실은 마음이 조금, 아니 많이 편했다. 그녀는 오히려 이렇게 뻔뻔한 모습의 우석이 보기 좋았기 때문이었다.

배우 정지안으로서 3년 만의 복귀였다. 그리고 지안은 자신에게 아주 중요한 그 시작을 우석과 함께하기로 마음먹었다. 천재적인 그의 대본 집필 능력, 그 이유 하나만으로도 우석의 작품을 고르기에 충분한 이유가 되었지만, 지안에게는 그보다 더 중요한 이유가 있었다.

지안은 일할 때만큼은 눈에 생기가 도는 우석을 알고 있었다. 그래서 우석이 그 유일한 원동력을 잃어버리는 것이 보기 싫었다. 그녀는 상처가 많은 우석도 행복하기를 바랐다.

3년 만에 만난 우석의 얼굴이 꽤 밝은 것으로 보아, 다행히 지안의 바람이 어느 정도는 이루어진 것 같았다. 지안은 이제야 비로소 모든 게 제자리를 찾은 기분이었다.

"아, 그리고 이건 선물."

저를 향해 미소 짓고 있는 지안을 빤히 바라보던 우석이 책상 아래 두었던 쇼핑백을 들었다.

"마음에 들었으면 좋겠네요."

지안에게 핑크색 쇼핑백을 건네며 말하는 우석의 얼굴이 기대감으로 잔뜩 물들어 있었다.

"오늘 수고 많이 했어. 얼른 들어가서 가족들하고 좋은 시간 보내."

"응. 오빠도 조심히 들어가."

드라마를 위한 우석과의 미팅을 마친 지안은 오랜만에 복귀해도 여전히 매니저로서 자신을 데려다준 경석을 향해 인사를 하고는 차에서 내렸다.

딩동—.

길게 이어지는 초인종 소리 끝에 언제 봐도 웅장하고 묵직한 대문이 철컥, 하고 열렸다. 지안은 익숙한 듯 문을 밀고 안으로 들어갔다.

"지안이 왔구나."

눈앞에 펼쳐진 돌계단을 다 밟고 올라간 지안을 반기는 건 도진의 할아버지인 차 회장이었다. 손자며느리인 그녀를 언제나 변함없이 다정하게 이름으로 불러 주는 차 회장의 모습에 지안은 살포시 웃음을 터뜨렸다.

"밖에 나와 계셨어요? 날이 아직 추워요."

봄이 왔다고는 하지만 아직 겨울바람이 머물고 있는 날씨였다. 지안이 걱정 어린 표정으로 차 회장을 향해 말하자 그는 호탕하게 웃으며 고개를 저었다.

"이 정도는 괜찮아."

"따뜻하게 입으셨죠?"

"그럼. 이제 들어가자. 도진이도 곧 올 거다."

차 회장은 지안의 애정 어린 잔소리가 시작되기 전에 말머리를 돌렸다. 지안은 웃으며 알겠다는 의미로 차 회장의 팔짱을 끼다가 문득 묘하게 느껴지는 기시감에 멈칫거렸다.

"왜 그러니?"

지안은 머지않아 이 기시감의 정체를 알 수 있었다.

─ 도진이는 곧 올 거다.

발걸음을 머뭇거리는 지안을 향해 묻는 차 회장의 목소리와 10년 만에 이 집을 다시 찾았던 그 어느 날 저를 향했던 차 회장의 목소리가 겹쳤다.

"아…… 아니에요. 우리 어서 들어가요!"

지안은 아무것도 아니라며 환하게 웃고는 차 회장을 따라 집 안으로 들어갔다. 앞장서서 들어가는 차 회장의 등을 바라보며 그녀는 실소를 터뜨렸다.

고작 몇 년밖에 지나지 않은 일인데, 새까맣게 잊고 있었다. 분명 도진의 눈조차 제대로 바라보지 못하고 상처만 남은 밤이었는데 어느새 다 치유되었는지, 한 번도 그때를 떠올리지 않았다. 아마도 도진의 무한한 사랑과 노력 덕분이겠지.

지안은 새삼 말로 형용할 수 없는 어렵고 복잡한 감정을 느꼈다. 그때의 우리와 지금의 우리는 비교도 할 수 없을 만큼 많은 것이 바뀌어 있었다. 그중에서 가장 큰 변화는 자신에게 도진 못지않게 사랑하는 사람이 생긴 것이다.

"음~마!"

저를 부르는 통통 튀는 목소리에 지안이 고개를 돌렸다. 그러자 영에게 안겨 2층 계단을 내려오고 있는, 자신과 도진의 사랑스러운 딸인 휘가 보였다. 그 뒤로는 이안도 함께 내려오고 있었다.

크고 동글동글한 눈은 엄마인 지안과 똑같았지만 오뚝한 코는 도진과 닮아 있었다. 누굴 더 닮았다는 말을 하기가 민망할 정도로 제 엄마와 아빠의 장점만을 그대로 닮은 휘는 요즘 차 씨 집안과 정씨 집안, 모두의 예쁨을 받고 있는 존재였다.

그런 휘가 엄마인 지안을 보자 신이 난 듯 발끝을 이리저리 흔들며 그녀를 향해 팔을 쭉 앞으로 뻗었다.

지안은 우석이 준 휘의 선물이 담긴 쇼핑백을 테이블에 내려두었다.

"나랑 꼭 붙어 있다가 엄마 왔다는 소리에 바로 버리더라?"

이안이 허탈한 듯 말했고, 그의 말에 동의하는지 계단을 다 내려온 영이 어이없다는 듯이 웃고는 지안에게 휘를 넘겨주었다. 지안은 자연스럽게 휘를 안아 들며, 웃느라 봉긋봉긋 솟아 있는 여린 뺨을 아프지 않게 꼬집었다.

"우리 휘, 그랬어?"

"네에~."

질문을 알아듣고 대답한 건지 모르겠지만 요즘 들어 부쩍 말을 잘하기 시작한 휘를 본 지안은 하루하루 빠르게 커 가는 제 아이를 신기하게 바라보았다.

"누가 차도진 딸 아니랄까 봐, 너 엄청 좋아해."

엄마에게 안긴 이후로 계속 방긋방긋 웃고 있는 휘를 본 영이 못 말린다는 듯이 고개를 가볍게 저었다. 그런 영의 반응에 웃음을 터뜨린 지안은 휘에게 물었다.

"휘야, 엄마가 제일 좋아요?"

"네에~."

휘가 이번에는 고개까지 끄덕이며 대답했다. 그런 휘를 한참 동안 눈에서 꿀이 뚝뚝 떨어지는 표정으로 바라보고 있던 지안이 허리에 감기는 익숙한 손길을 느끼고 고개를 옆으로 돌렸다.

"나 왔어."

지안의 등 뒤에서 나타난 도진이 자연스럽게 지안의 허리에 손을 감고 그녀의 뺨에 살짝 입을 맞춘 뒤, 휘를 향해 인사했다.

"우리 딸, 기분 좋나 보네."

"빠빠!"

도진이 검지로 지안에게 안겨 '까르륵' 웃고 있는 휘의 볼을 톡 건드리자 휘가 양팔을 위아래로 흔들었다. 아빠에게 가겠다는 딸의 신호를 알아들은 지안이 도진에게 휘를 넘겨주었다. 도진이 가뿐하게 안아 들자 휘가 팔로 그의 목을 감싸 안았다.

"다들 거의 다 오셨대."

메시지가 온 건지 이안이 핸드폰을 확인하며 말했다. 휘가 태어난 이후 한 달에 한 번은 꼭 가족 모두가 모이기 시작했다. 각자 회사, 재단 가릴 것 없이 워낙 바쁘게 일하는 사람들이라 같은 날에 시간을 빼기란 늘 쉽지 않았지만, 그 어려운 일을 꼭 해내게 하는 존재가 눈앞에 있었다.

"우리 공주님! 왕 할아버지 왔어요~."

집 안으로 들어온 정 회장이 휘를 발견하자마자 뛰다시피 걸어오기 시작했다. 지안은 늘 휘의 앞에서 모든 체면을 버리는 할아버지를 보고 웃음을 터뜨렸다.

정 회장의 뒤에 서서 차마 아버지를 제치고 오지는 못하는 지안의 부모님과 마찬가지로 선뜻 나설 수 없는 도진의 부모님이 발만 동동 구르는 모습에 이안은 고개를 절레절레 저었다.

도진이 휘를 바닥에 내려 주자 휘는 정 회장을 향해 달려가 안겼다. 정 회장은 나이도 잊은 사람처럼 휘를 번쩍 안아 들었다. 동시에 방에 들어가 있던 차 회장이 소란스러움에 거실로 나왔다.

"휘~ 이 왕 할아버지한테 올까?"

"이 사람아, 나 이제 왔어!"

"나도 영이랑 이안이한테 뺏겨서 휘랑 못 놀았다고."

하나뿐인 증손녀를 앞에 두고 투닥투닥 싸우는 집안의 가장 큰 어른들을 본 가족들은 모두 웃음을 터뜨렸다. 그중에서도 넘치는 애정에 둘러싸인 제 아이를 바라보는 지안의 웃음이 가장 환했다.

"행복해?"

모두가 휘에게 시선을 뺏긴 사이, 제 손가락 사이를 파고드는 손길에 지안이 고개를 돌리자 도진이 그녀의 손에 깍지를 끼며 물었다. 지안은 당연하다는 표정으로 끄덕였다.

"응."

오직 사랑으로만 가득 채워진 시간이었다.

"너무 사랑해."

행복하냐는 도진의 물음에 지안은 사랑한다고 답한다. 이보다 더 큰 행복은 세상에 존재할 수 없다고, 감히 확신하면서.

〈끝〉

작가 후기

안녕하세요. 처음 인사드립니다, 아리킴입니다.

제가 '작가'라는 호칭을 달게 될 줄은 몰랐던 터라, 아직도 익숙하지 않네요. 글이라고는 평생 영어와 숫자만 난무하는 논문만 읽고 쓸 줄 알았거든요. 이런 사람에게 카카오페이지 웹소설 론칭을 시작으로 웹툰 그리고 종이책까지! 과분한 일들의 연속이네요. 어쩌다가 취미에 진심이 되어 일이 커졌는데, 결과를 보니 이것도 제법 기분이 좋네요.

저는 무엇이든지 '처음'을 중요하게 생각합니다. 그래서 그런지 수많은 형태로 존재하는 사랑 중에 '첫사랑'에 꽂혔나 봐요. 특히 어리고 서툴다고 해서 진심이 아니지는 않을 테니, 첫사랑이 끝사랑으로 이어지는 걸 보고 싶었어요.

이 글의 시작은 단순했습니다. 주변에서 찾기 힘든 사랑을 보고 싶어서. '현실에 없으니까 소설이지'라는 생각에 제 입맛대로 이야기를 만들어 내며 사심을 아낌없이 드러냈습니다. 덕분에 서로에게 첫사랑 그 자체인《네 입술에 물들어》속 도진이와 지안이가 세상에 나오게 되었네요.

　그리고 비록 이루어지지는 못했지만 외전에 등장한 우석, 유안, 그리고 이안의 첫사랑까지. 글에 등장하는 대부분의 사랑이 첫사랑인 걸 보니 제가 첫사랑 집착증이 있나 봅니다.

　그래도 돌고 돌았어도 결국엔 만난 사랑이 있는가 하면 양보, 포기, 그리고 배신으로 다친 사랑까지. 같은 첫사랑이라고 해도 다른 결말을 맞는 사랑들을 하나의 글 안에서 다양하게 보여 드려 다행이라고 생각합니다.

　마지막으로 아무것도 모르는 제게 좋은 기회를 주신 테라스북 담당 피디님, 종이책이 나오기까지 고생해 주신 테라스북 편집팀, 저의 모든 일을 응원하며 함께해 주신 소중한 분들, 그리고 제 글을 읽어 주신 소중한 독자님들까지, 모두 감사드립니다.

네 입술에 물들어 2

초판 1쇄 인쇄 2024년 7월 15일
초판 1쇄 발행 2024년 7월 20일

지은이 아리킴 | 펴낸이 강성욱 | 책임 기획 전주예 | 기획 편집 김민지 방은지 손효은
표지 디자인 우물 | 내지 디자인 손효은 | 교정 손효은
펴낸곳 테라스북 | 등록 제 2022-000073호
주소 (04799) 서울특별시 성동구 아차산로 17길 26, 301호 (성수동2가, 규장각빌딩)
전화 070-4794-5826 | 팩스 0505-911-5826
블로그 https://blog.naver.com/terracebook | 전자우편 terracebook@naver.com
ISBN 979-11-6728-606-2 (04810)
ISBN 979-11-6728-604-8 (SET)

테라스북은 주식회사 스토리펀치의 임프린트 브랜드입니다.